西郷従道。天保14年（１８４３年）に生まれる。陸軍中将でありながら海軍大臣を3回にわたってつとめ、明治27年、日本初の海軍大将、31年には、日本初の元帥となる。35年、歿。

西郷隆盛。文政10年（１８２７年）に生まれる。薩摩士族を生かすべく征韓論を唱えたが敗れ、中央を去る。明治10年、西南戦争で戦死。

NF文庫
ノンフィクション

大西郷兄弟物語

西郷隆盛と西郷従道の生涯

豊田　穣

潮書房光人社

大西郷兄弟物語——目次

第一章　英傑雌伏

大西郷去る！……11
向島小梅の対面……17
大器の片鱗……25
誠忠組……33
寺田屋の血煙……38
薩英戦争……42
加茂の水……66
赦逸船……70

第二章　巨人登場

禁門の変……77
勝海舟の卓見……82

西郷と高杉……95
時節到来……103
吉之助と龍馬……106
苦悶する幕府……109
薩長連合……117
パークスの示唆……133

第三章　無血革命

慶喜の抵抗……137
船中八策……140
薩土盟約と長州……145
いざ、討幕へ！……149
複雑混沌……157
大政奉還……164

変革前夜……169
王政復古……178

第四章　鋭意断行
江戸の狼火……190
鳥羽・伏見……203
錦の御旗……213
信吾と幕末維新……231
江戸開城……241
英雄の挫折……247

第五章　兄弟永別
故山の秋風……260
出仕の勅命……268
廃藩置県……282

最後の賭け……288
台湾出兵……294
哀悼の慟哭……311

第六章　飄々転々

大久保暗殺……321
第二の新政府……324
従道と博文……330
農商務卿と開墾……336
天津談判……346

第七章　大物海相

海軍拡張……351
汚名消ゆ……360
天性の大人物……366

引責辞職……371
無類の遊説……374
絶妙のコンビ……380
権兵衛の気炎……388
初の海軍大将……397
六六艦隊構想……407
晩年と終焉……419
我が大西郷兄弟論……427

大西郷兄弟物語

西郷隆盛と西郷従道の生涯

時しあらば天に咆えなむ蛟龍の胸の奥なる桜島山

穣

第一章　英傑雌伏

大西郷去る！

皇居の濠に水鳥が泳いでいた。自在に水面を滑っていく。悠々としているように見えるが水の中では休みなく水掻きを動かしているのであろう。夫婦か兄弟か、鳥は二羽ずつ対になって泳いでいる。

――仲のよいことだ……と、西郷従道は思った。

――俺は兄(あん)さぁと一緒に泳いだことがない、大久保（利通）どんや伊地知（正治）どんは、甲突川でよく兄さぁと泳いだというが……。

陸軍大輔（陸軍次官格）で陸軍少将の軍服をつけた巨軀の従道が、うつむき加減で濠端をあるいていくのを、行き交う人は不審そうに眺めていく。

当時、参議（元勲格）や卿（外務卿や大蔵卿）は馬車で太政官（明治維新政府の最高官庁。いまの内閣にあたる。皇居に近い旧大名の屋敷を使っていた）に通うのがつねで、高級将校は馬で通う者もいた。永田町（山王神社の北）に住む従道は、太政官に近いので、徒歩で通勤していた。もちろん、馬は持っていて別当もいたが。

――兄さぁは、とうとう行くのか……と、従道は考えながら、皇居の松を見た。常磐といって、松の緑は変わらない。しかし、おれたち兄弟の友情は、今日で切れてしまったのだ……。

従道は太い眉を寄せた。舌の先に苦いものが、よみがえってきた。向島小梅の兄隆盛の隠棲先で飲んだ出がらしの番茶の味である。

明治六年十月二十五日のことであった。

この前日、宮中では、右大臣の岩倉具視が奏上した「征韓論を排し、内治の整備を優先する」という意見が裁可され同時に、前日、奉呈されていた西郷隆盛、江藤新平、板垣退助、後藤象二郎、副島種臣ら五参議の辞表も受理された。

――ついに征韓論派は負けたのだ。あの純粋で理想家肌の兄さぁもふくめて……。

終始、征韓論に反対して、大久保や岩倉、伊藤博文と行動を共にしてきた従道は、自分の意見が現代の日本にとって正しいという信念をもってはいたが、鹿児島の士族団や日本の政治の将来を思う兄の情熱が、これで崩壊したかと思うと、身を切られるようにつらかった。ましてや、九歳のときに相ついで父母を亡くしてからは、十六歳上のこの〝うど(巨人)さぁ〟と呼ばれた兄が親代わりで、自分を育ててくれたのであった。

――ついに父親代わりの偉大な兄さぁを裏切ってしまった……。

旧井伊家と浅野家の大きな屋敷の長い塀の間を、山王のほうに歩きながら、従道は深い悔恨の底にあった。風貌は兄に酷似しながら、性格は反対に知性的で、しかもときに繊細、時勢順応的である従道は、自分が兄に殉じて鹿児島に帰るべきだとは考えていなかった。

――兄さぁの、郷党や国の運命を思う気持は、ようわかる。しかし、いま韓国に兵をすすめても、日本には軍費がなか。陸軍は、洋式に訓練の最中で、海軍は、幕末に薩摩と佐賀が持っていた旧式の軍艦が一握りあるだけじゃ。そして、日本が韓国に兵を出した場合、おそらく清国とロシアは黙ってはいまい。明治維新からまだ六年しかたっていない。兄さぁは、五十万士族が立てば、韓国は占領できるというが、日本刀と旧式銃で、世界の強国といわれる清、露両国を相手にして、どう戦えるというのか……？

また、財政的な問題もあった。大久保と岩倉は、この経済問題で、西郷（以下、西郷と書くときは隆盛）を押した。しかし、東洋的な高士を理想とする隆盛には、それは通じなかった。

人間は高邁な気持を持っておれば、卑俗な飯の問題は自然に解決できる。現に自分は経済のことなぞぜんぜん考えずにきたが、飯は食えたし、衣服も武器も自然に備わって、幕末の王政復古、戊辰戦争にも勝ってきた。要は士道というものを弁(わきま)えておれば、飯くらいはなんとでもなる。

この大人物の考え方はこれであった。

たとえいまは清国やロシアに負けていても、後世はかならず日本の志のあるところを知ってくれる。いま安易な生活をむさぼっておれば、日本人そのものが、駄目になってしまうではないか。どうしても、ここで一番、活を入れなければならぬ……。

西郷の考えかたには、単に薩摩を中心とする、失業士族の救済としての征韓論ではなく、せっかくの明治維新が、各藩から中央政府に入った旧下級武士に官僚としての高位高官を与え、栄華の生活を与える結果になったことへの、怒りと反省があった。

――もう一度、第二の明治維新を！

この巨人はそう咆哮してやまなかった。

永久革命という言葉があるとすれば、この〝うどさぁ〟と呼ばれる巨人のそれは、永久維新であった。水が清まるまで維新をくりかえさなければならない。これが詩人でもある巨人の理想主義で、それが、現実的な大久保や、保守専制の岩倉とは、合わぬところであったのは止むを得ないことだったろう。

明治四年十一月、岩倉を全権大使とする欧米訪問使節団が出発した後、西郷らの征韓論が高まり、六年八月十七日の廟議（太政大臣、左右大臣、諸参議が出席する最高の政治議決機関）では、西郷を全権大使として韓国に派遣することに、三條太政大臣も賛成し、天皇の裁可を得るところまでいっていた。このときの西郷の思考法は、自分がゆけば、無礼な韓国は自分を暗殺するであろう。これを理由に出兵を行なえばよい、というものであった。天皇は、岩倉らとよく相談するように、といったというが、このとき、大久保と木戸はすでに帰国していた。しかし、大久保は大蔵卿で参議ではないし、木戸は病気といって廟議には出席しなかった。

喜び勇んだ西郷は、九月二十日に韓国へ出発ということで、〝生涯の愉快〟という日々を送っていたが、そこへ、九月十三日、岩倉の一行が帰国してきた。この時点から、征韓論の歯車が狂いだした。

つぶさに欧米を見てきた岩倉たちは、いまは征韓論の段階ではないとして、内治整備を唱えて三条を説いたのである。

このとき喜んだ人物の一人に、大久保利通がいる。三條の要請によって、五月二十六日、一人だけ帰国した彼は、高まる征韓論の波に、盟友西郷がおどるのをみて、沈黙を守っていた。参議でない彼は、廟議に出ることもなく、

「蚊が背に山を負うの類にて、なす所を知らず」とその心境を吐露していた。それが、岩倉らの使節主力が帰国すると、

「おいおい役者もそろい、秋風白雲の節に至り候わば、見るべきの開場もあるべし」ということになり、黒田、伊藤、従道らと組んで、征韓論と決戦する覚悟を固めたのである。

主情的な西郷よりはるかに主知的な大久保は、自分たちがすすめている国家改造という新政府の方針を貫くためには、甲突川以来の心友をも敵に回し、これを倒すつもりであった。そこには、鉄血宰相と呼ばれたドイツのビスマルクに似た組織者、政治実行者の強烈な意志があった。

このとき黒田や従道が薩摩の縁で大久保についたのはわかるが、長州の若手官僚である伊藤が大久保と組んだのは、少し筋が違うように思われるかもしれない。今回の欧米旅行中、

大久保は伊藤博文と懇談して、この防州東荷村の百姓上がりの官僚（当時、工部大輔）が、長州派の首領である木戸より、はるかに幅がひろく柔軟な視野を持っていることに感心した。アメリカにいく船のなかで語りあった大久保は、いまや長州は上士出身の木戸の時代ではなく、伊藤の時代であることを確信した。

とくに明治五年の春、ワシントンで条約改正の交渉をしたとき、全権委任状がないというので、大久保と伊藤の二人がこれを取りにいちじ帰国したとき、二人は一ヵ月以上も同じ船室にいて、すっかり意気投合したのであった。

九月十三日、伊藤が岩倉と一緒に帰国すると、大久保は眉がひらく思いをした。ここに〝周旋の俊輔〟といわれた博文の活躍がはじまった。

もともと、博文という人は自分一人で計画を強力に推進していくという才能には、かならずしも恵まれてはいないが、大物に付随してこれらの間を斡旋し、事態を前進させるということに関しては、無類の才能を持っていた。独創よりは総合、つまり取りまとめの才能で、これは政治家としては有効であったと思われる。

伊藤は、まず不仲であった木戸と大久保の仲をとりもって和解させ、征韓論打倒の共同戦線を張らした。新型の薩長連合がここに成立し、岩倉を代表とする反征韓論戦線が、十月には稼動するに至ったのである。

詳しい経過は後に述べるが、十月十五日の廟議で、いったんは西郷の韓国派遣が決定したが、その後、岩倉派が巻き返し、十八日には太政大臣の三條が病に倒れ、岩倉がその代理となり、ついに天皇は西郷の派遣中止に裁可を下されたのである。

向島小梅の対面

なんども転変をくりかえした征韓論と、兄隆盛の失脚のことなどを考えながら、西郷従道は旧大名屋敷の塀の間をさまようように歩いた。

右が井伊家（彦根）、左が浅野家（安芸）、それが尽きて左が鍋島家（佐賀）、右が浅野家となるあたりが霞ヶ関で、三條の邸はこのへんにある。そして、岩倉家は二重橋前にあり、この先に九鬼家（摂津）、左に曲がると裏霞ヶ関で、このあたりが潮見坂、これを東にいくと山下門と幸橋門の中間にでる。その途中、松平伯耆守と三浦志摩守の邸の間を右に入ると、虎の門の方向で、その手前の三年坂に大久保の邸がある。

従道は、九鬼家の角を斜めに右に曲がり、永田馬場の通りに出ると、丹羽家と五島家の間を山王の方に向かった。いまの日比谷高校の位置に、自分の邸がもう右手に見えている。

大名屋敷の間を歩きながら、従道は、昨夜（十月二十四日の夜）、向島小梅の越前屋の寮で飲んだ番茶の苦い味を、舌の上で反趨するようにころがしていた。

西郷が征韓論をあきらめて、帰国の決意をかためたのは、二十二日の岩倉邸における論争で、岩倉に負けたときである。

二十三日、西郷は、日本橋小網町の家をひき払って、向島小梅にうつった。従者は、先代からいる熊吉（くまき）という老人と小牧新次郎という青年だけである。

西郷は、舟で隅田川をわたり、小梅の寮にはいると、熊吉に投網の準備をさせた。戊辰戦争までは武将としての才能を発揮していた西郷は、その後、詩人の面をあらわにし、とくに岩倉、大久保と相対するときは感情的になり、冷静な作戦を忘れることが多かったが、引退をきめると、さっそく詩人にもどって、網で魚をとることを考え、それは楽しそうでさえあった。

二十三日、岩倉は参内して、征韓論を排する件に関して天皇に奏上した。すでに十八日、三條は錯乱状態に入り、岩倉が天皇から太政大臣代理に任じられていた。征韓論の敗退は必至と見られたが、この日、西郷が姿を消したので、征韓論派よりも反対派のほうが騒ぎになった。

すでに西郷は、陸軍大将、近衛都督、参議をすべて辞する旨を三條あてに上申している。とくに黒田や従道は、長い縁につながる自分たちが裏切ったことで、西郷が官を辞して郷里に帰るということにでもなると、腹心の桐野や村田ら薩摩出身の近衛将校の大部分が行を共にするものと思われ、そうなると、全国の士族たちが同調することも考えられ、新政府は重大な危機に直面することになる。

まず黒田が西郷をさがした。

このことを慮った朝廷は、西郷の辞表を受理するときは、陸軍大将はそのままとして、ほかの四参議と同じく東京を離れることなかれ、という条件をつけることにしていたが、肝心の西郷が東京から姿を消したのであるから、すわ反逆か、と血相を変えた者がいても不思議ではあるまい。

二十三日の夜、西郷の小網の旧居を訪れた黒田は、やっと西郷が向島にうつったことをつきとめた。

——西に向かう船に乗ったわけではなかったのか……。

黒田はほっとした。西郷が珍しく早わざを用いて、桐野、篠原、村田などを連れて、船に乗ったとしたら、中央としてはほってはおけない。当時、向島は葛飾郡で、東京のうちには入っていなかったが、川ひとつ向こうであるから、西郷に重大な決意があるとは思えない。胸をなでおろした黒田は、二十四日の朝、小梅の寮に西郷を訪ねた。

黒田の目的は二つあった。一つは、幕末から戊辰戦争にかけて、この先輩に世話になりながら、心ならずも裏切ることになったことの詫びで、いま一つは、西郷が故郷(くに)に帰るのかどうか、打診することであった。ここへきて、密偵のようなことをするのは、天衣無縫の先輩に対して相すまぬ気持であるが、官職(北海道開拓次官)にある身の宮仕えのつらさであった。

「西郷(せご)どん……」と呼びかけても、じろりと眺めたきりで、投網を打ちつづけた。

「西郷どん……」

黒田の頬を熱いものが流れた。

長い縁であった。十三歳年下の黒田は、文久三年(一八六三)の薩英戦争には、従道とともに参加して、弾運びをやった。禁門の変では、西郷の下で長州勢を撃退し、薩長連合でも西郷の下で連絡に当たり、戊辰戦争では越後口から庄内で戦った。このときの大総督府参謀が西郷であった。禁門の変から十年近くも、西郷といっしょに王政復古、新政府樹立に働いてきた。その縁も今日かぎり、と黒田は泣きながら、無言の西郷に別れを告げて、浅草に帰る渡しに乗ったが、この策士は向島のほうを眺めながら、

――西郷どんは、果たして東京にとどまるつもりなのか、それとも鹿児島に帰るのか。おそらく〝うどさぁ〟の気性としては、東京には長くはいまい。そうなると、桐野らを連れた〝うどさぁ〟を迎えた鹿児島の二歳（青年、とくに士族として訓練を受けたもの）どんたちの動向が問題でごわすぞ……と腕を組んだ。

――もっとほかに手段はなかったのか？　彼は岩倉や大久保を怨んだ。征韓論はつぶすとしても、西郷を慰留して、東京にとどめ、鹿児島に帰る桐野らとの接触を断つ、という方法を見つけられぬままに決裂するというのは、荒療治にすぎたのではないか。

酒乱で有名なこの薩摩の豪傑は、腕を組んだまま考えつづけた。

黒田よりも必死になって、隆盛の行方をさがしていたのは、とうぜんながら弟の従道であった。

――心ならずも兄に背くことになったが、このうえ、兄さぁが血の気の多い桐野らにかつがれて、鹿児島で反政府運動でもやるということになると、一門の不幸であるし、また陸軍大輔として、宮廷に申しわけがたたぬことになる。とにかく、〝うどさぁ〟と呼ばれる兄が、

鹿児島に帰らぬように意見しなければならぬ……。

そう考えて、二十三日は一日中、さがし回った。しかし、行方の知れぬまま、夕方になって、やっと向島から帰ってきた黒田から、兄の居所を聞いて従道は川に走った。そして、やっと渡し舟を見つけたときには、すでに夕靄が川面に漂っていた。

対岸に渡ると、従道は湿地帯に迷いこんだ。このあたりはいまでもゼロメートル地帯であるが、沼と沼の間に細い道が通り、それを小川が遮るという形で、従道は何度も水の中に足をすべらした。その上、何度もそれとおぼしき家を尋ねて断わられた。

やっと兄隆盛の隠棲所にたどりついたときには、すでに陽は暮れて、蛙の泣く水の面には星の影が映っていた。戸をたたく従道の前に、顔見知りの熊吉が現われたとき、従道はその場にへたりこみそうになるほど、疲れていた。

「おう、クマキか？　兄さぁはおらすか？」

従道の問いに、熊吉はためらいをみせた。黒田の訪問にこりた隆盛は、誰が来ても上げてはいかん、とこの老僕に命じていたのである。

「弟御で……」

人のよいこの老僕は笑顔で主人の在宅を示しながら、なおもためらった。人とは会いたくないという主人の気持を誰よりも理解しているのは、この先代からの下男であった。熊吉のようすで兄の在宅を知った従道は、とりあえず、

「熊吉よ、茶をくれんばね？　おいは喉が乾いてたまらんごっあるぞ」といった。そのとき、

ようすを聞いて隆盛が姿を現わした。小さな寮で、表のさわぎは奥の隆盛の寝所につつ抜けである。

「おう、兄さぁ！」

敬愛する兄の姿を見た従道は、腰が抜けるほどの疲れを意識した。幼いときはもちろん、成人してからもある種の恐れを感じることなしに従道はこの偉大な兄に接したことがない。兄はいつも温顔で、きびしいことを言ったことがない。

「信どん……」と、この兄は十六歳下の弟に敬意を表するような言い方をした。

目上の者はもちろん、目下の者に対しても敬意をわすれぬ言い方が、この大西郷のマナーであった。三條や岩倉に対しては「大臣殿」であるが、後輩であるはずの板垣に対しても、戊辰戦争の武勲を認める意味でか、「板垣先生」と呼ぶので、後世に至るまで、

「西郷さんの丁重なのには、まっこと痛みいったぜよ」と、この意気の荒い土佐っぽが述懐したという。

西郷は、天を敬い人を愛す、というその座右の銘のとおり、後輩にも敬意を表し、それが厭味にならないところが、この男の人徳であった。

「兄さぁ、なしてこげんところへ……」

従道は、鹿児島へ帰るつもりか、と聞きたくて、急には言い出せず、それよりも征韓論で兄に楯ついたことへの詫びが先かと迷いながら、そう言った。

「信どん、まぁ、あがったもんせ」

いつもの温顔をくずさず、隆盛は十六歳年下の弟にそういって、奥のほうに顎をしゃくった。このとき隆盛は数え年で四十七歳、従道は三十一歳であった。

床の間のある部屋に通ると、隆盛は縁側に腰を下ろして庭を眺めた。

「兄さぁ……」

従道は自分がどこに座ってよいかわからず、しばらく部屋の入り口に立っていた。

「兄さぁ、こん度(たび)は、がっつい（ひどい）こっごわした……」

従道が口ごもったとき、熊吉が茶をはこんできた。

「茶……」というと、隆盛はそのほうに顎をしゃくった。弟を意識していないようで、遇することは考えているという態度で、それが西郷流であった。

「かたじけのうごわす」

従道はその場に座ると、湯飲みを手にした。飲みかけると、

「信どん、おいはな……」と兄が言った。従道は右手に湯飲みを持ったまま、兄のほうを向いた。

「おいは、たんにカゴウマ（鹿児馬・薩摩人は鹿児島のことをこう呼ぶ）んこっばっか考えとったんではごわはん。おいは、日本国のことを考えとった。朝鮮半島は、オロシアが日本を攻める廊下じゃ。それをおさえようと思ってな。おはん、合点しょっとか？」

兄は庭の樹木のほうを向きながら、そう言った。

「兄さぁ、おいは、こん度は……」

従道が言いわけにかかると、

「茶！」と、隆盛は庭に向いたまま、少し強い調子でそう言った。

従道はがぶりと茶を飲んだ。苦い茶の味であった。質素な兄が上等の茶を使うはずがない。いつも出がらしで味も色も薄い。それが今日は苦く感じられた。従道の心の中の痛みがそう感じさせたのであろう。

――おいは、兄さぁに詫びなければならん。じゃっどん、兄さぁは、おいにそれを言わせんようにしてござる、大久保派のいうことなど聞きとうなか、と言わるるのか、それとも、もう終わったと言われるのか。いや、問題はこれからじゃ……。

「兄さぁ……」

湯飲みを畳の上においた従道は、また兄を呼んだ。

「信どん、もうよか、おいは負けた、じゃっどん、おいは堂々と日本国のために自分の意見を言ったまでじゃ。大久保どんのように術は使わんじゃった」

隆盛はつぶやくようにそう言うと、また庭を向いてしまった。

「兄さぁ……」

従道はそう言ったきり後がつづかない。しばらく兄の厚い肩を眺めていた。

――おいは、カゴウマに帰りもす。日本国のために働くことがでけんようなら、薩摩のために働くよりほかはなか……。

その肩はそう言っていた。

――兄さぁは、やはり帰りんしゃるとな、兄さぁには、カゴウマに帰るということが、どういう意味を持っているのかわかっとらるるとか……？

「兄さぁ、では、お達者でな……。おいは、もう帰りもんで……」

そう言うと、従道は力なく立ち上がった。

そのとき、

「信どん！」と隆盛が弟を呼び止めた。従道がふりかえると、

「おはんな、東京に残れ！」と、隆盛がやや強い調子で言った。

「なして」そう問いかえす従道の瞳に兄の大きな眼が映った。

「おはんはカゴウマにくる必要はなか、東京に残れ」

そう言うと、隆盛はまた庭のほうを向いてしまった。

それが薩摩の生んだ大物兄弟の最後の別れであった。

隆盛が城山の岩崎谷で死んだとき、そのようすを従道は参軍の山県から聞いた。別働第五旅団司令官として、城山攻撃の第一線にあった大山巌は、従兄弟の隆盛の首実検には参加しなかった。

大器の片鱗

うなだれがちに大名屋敷のあいだを歩いて、従道が永田町の家に帰ると、妻の清子が出迎

えた。清子は鹿児島の名門、得能家の娘で、二人の縁談をすすめたのは珍しくも兄の隆盛であった。

「よか薩摩オゴジョじゃ」

そう言って推薦しただけあって、清子は才色兼備の確り(しっか)した、いかにも薩摩女らしい女房であった。

清子の実家である得能家は、代々、学問にすぐれた家柄で、清子の父の良介は、十七歳のとき、薩摩藩の御記録所書役助として勤めた。その後、久光の供をして上京し、西郷、大久保、小松帯刀らと国事に奔走した。維新後は、大蔵大丞、紙幣頭を勤め、のちに紙幣印刷局長となった。

「お前さま、やはりカゴウマに帰りもすのか?」

清子は頭の手拭をとりながら、そう聞いた。

数日前、征韓論破裂と聞いたときから、彼女は従道が兄隆盛とともに鹿児島に帰るものと考え、引っ越しの準備をしていた。

従道もそれを止めようとはしなかった。昨日、小梅で兄に会って、「おはんは東京に残れ」と言われても、まだその決心がつかなかったが、昨日のうちに岩倉が征韓論を排するという奏上で、天皇の裁可を受けたという話が耳に入り、今日は桐野ら薩摩出身の近衛の将校がぞくぞくと職を辞して、帰り支度をしていると聞くと、従道の覚悟は定まった。

「おいは東京に残る」

従道は帽子を妻に渡しながら、そう言った。苦いものが舌の先によみがえった。昨日、小梅の寮で飲んだ茶の味である。

「やはり、兄上とはお別れで……」

「うむ、新政府もこれから、がっつい忙しゅうなるでのう……」

従道はそう言うと、和服に着替え、自室にこもった。

――泣いているのだろう……。と清子は思った。

図体の大きなわりに、この兄弟が泣き虫なことを、清子は知っている。兄の隆盛は感動しやすいたちで、すぐに涙を浮かべ、申しわけのないことをしたときには、おいおい声をあげて泣いたという。兄ほどではないが、従道にもそういうことはあった。ただ隆盛にくらべ、従道はずっと理性的で、自分の感情を制御するすべを知っていた。それだけ、兄ほどの人望には恵まれないが、感情の振幅は少ない。しかし、いまは兄との別離、しかも親愛なる兄を裏切っての別離であるから、泣くなといっても無理であろう。

従道は机の上に伏すと、声を忍んで泣きながら、幼いときのことを思い浮かべていた。残念なことに、兄との思い出は少ない。いっしょに甲突川で泳いだこともなく、酒を飲んだことも少ない。ただ鹿児島にいたとき、兄が従道らの郷中（青年武士の修業施設）で講義をしたときに親しくその風貌に接した程度で、あとは新政府に出仕してからであるが、これまた参議、陸軍大将、近衛都督と向こうが偉すぎて、近づきにくいところがあった。

――それなのに兄さぁが愛しい、兄だから愛しいのではなく、人間としての隆盛の偉大さに、おいは引かれているのだ……。
そう思いながら、従道は着物の袖を濡らしていた。

西郷従道は、天保十四年（一八四三）五月五日、鹿児島の加治屋町に生まれた。伊藤博文より二歳、大山巌より一歳年下、東郷平八郎より四歳年長である。

加治屋町は萩とならんで明治維新の元勲を輩出した町として、あまりにも有名である。いまもこの町に足を踏み入れると、いたるところに西郷兄弟をはじめ、大久保利通、大山巌、山本権兵衛、東郷平八郎らの生誕の地の碑を見ることができる。甲突川の北岸にあたるこの一帯は、薩摩藩の下級武士の住む町であった。上級武士は、城山の麓の鶴丸城に近い千石町に住んだが、残念ながら空襲で焼けて、むかしの建物はほとんど残っていない。が、それにしても、これだけ有名な政治家、軍人が一つの町から出るということは、外国では例がないし、考えられないことであろう。

筆者は、昭和十七年の夏から冬にかけて、甲突川の南にあった鴨池の飛行場に海軍中尉として勤務していた。休日に加治屋町にいって、街角にある元勲や将軍、提督の生誕の碑をさがしては、嘆息したことがある。

とくに西郷隆盛と東郷平八郎が、通り一つへだてたところで生まれたということに、異様な感激をおぼえたものであった。そのころは、西郷従道は海軍大臣をやった提督ということを知っていた程度で、山本権兵衛とともに帝国海軍を育てた大物であるということは、よく知らなかった。

従道は、幼名を龍助といい、本名は隆興、島津斉彬の茶坊主に出たときは、龍庵と名乗ったが、文久元年（一八六一）以後は信吾（慎吾とも書く）といった。従道の孫にあたる西郷従宏氏（陸士四十八期）の『元帥西郷従道伝』によると、（以後、従道の経歴については、この本によるところが多い）明治四年以後は従道で、これは太政官に出頭したとき、隆興を「りゅうこう」と発音したのが、役人が「じゅうどう」と聞きちがえて「従道」と書いたので、以後これを使うことにしたのだという。〝大物〟らしいエピソードである。

従道は「じゅうどう」と読むのが本当であるが、「つぐみち」「よりみち」などとも読まれる。

『元帥西郷従道伝』では、従道は西郷家の三男となっている。西郷吉兵衛には四人の男子があり、上から吉之助（隆盛）、吉次郎、信吾（従道）、小兵衛となっている。いずれも相当な人物で、隆盛とともに従道の親代わりになってくれた吉次郎は、戊辰戦争のとき、山県軍に入って越後口で名将と言われた河井継之助の軍と戦い、慶応四年八月に戦死している。

末弟の小兵衛も、陸軍の中で人望があったが、熊本の戦（いくさ）のとき、高瀬で戦死する。

兄弟の父の吉兵衛は小姓与（こしょうくみ）という低い身分で、藩の勘定方小頭（会計係）を勤めていたが、実直で清廉な人柄で、母の政子は太っ腹で男なら家老にはなっただろうと近所の人が噂したというから、隆盛はこの両方の血を多分に受けつぎ、従道は若いときは父型で、大臣になったころからは母型に移行したのかと思われる。

　ところが、嘉永五年（一八五二）、隆盛二十六歳、従道十歳の年の九月二十七日、父が急死し、母もその年の十一月二十九日に亡くなってしまった。

　当時、長男の隆盛は、藩の郡方書役助という軽い役で禄も少なく、西郷家の家計は非常に苦しくなった。その中で隆盛は悠然と貧乏にたえて、弟妹各三人を養った。

　従道は、ほぼ同年の大山巌といっしょに、薩摩藩独得の郷中教育の中で成長し、薩摩隼人魂を叩きこまれた。

　郷中教育というのは、数十戸を単位とする方限（ほうぎり）を一団とし、この団員を郷中といって、後年のボーイスカウトのように、たがいに心身を鍛え、学問をした。

　郷中は、年齢によって、小稚児組（六～九歳）、長（おさ）稚児組（十歳～十三歳）、二歳（にせ）組（十四歳～二十三歳）に分かれ、それぞれ稚児頭、二歳頭が指導係をつとめた。

　従道が長稚児であったころは、兄の隆盛が二歳頭であったので、郷中は西郷家に集まって論語、大学を学び、剣術、槍、弓などを習った。馬術、登山、相撲もあり、もちろん夏は甲突川で泳いだ。このころ兄の隆盛はすでに大人で、従道はいっしょに泳ぐことはなかった。

　西郷兄弟というと、堅物ぞろいのように思われるかもしれないが、彼らはいずれも冗談が好きで、従道も幼いころはよく茶目をやった。

　兄と同じく、幼いころから肥満していた従道は、大食であった。ある夕方、相撲をとって疲れた従道は、空腹のあまりお櫃（ひつ）の中の飯を全部食べてしまった。

　このころ、隆盛は座禅をやってから帰宅することが多かったので、午後九時すぎに帰宅するともう飯がなかった。事情を知っていた婆やが、従道が食べたことを話したが、隆盛は、「ガッツィ！（感嘆詞）龍助のやつめが、やりよったか……」と苦笑して、茶を飲んで寝てしまったという。

翌朝、これを聞いた従道は、兄に謝ったが、

「よかよ」と、この寛大な兄は笑っていたという。

従道は兄について漢学を学んだが、近くの伊地知正治から論語、孟子などを学んだ。伊地知は目と足が不自由であったが、兵学者として知られ、藩校造士館の教官となり、従道のほか三島通庸、高崎五六らを門人とした。薩英戦争、鳥羽・伏見の戦い、戊辰戦争で軍師をつとめ、板垣退助と協力して、会津城を攻める。のち、参議兼左院議長、宮中顧問官となった人物である。

兄に似て、従道は幼いころから、悠然としたところがあった。伊地知の門に入っても、「論語は、第一巻は兄さぁから習ったゆえ、第二巻から教えて下さい」と言ったので、朋輩は笑った。十歳の従道がどれほど論語を理解していたか疑問に思ったのである。

しかし、師の伊地知は、

「英雄と愚か者は、似通ったところがあるものじゃ。龍助（従道）は大物になるかもしれんぞ」といって、みなを戒めたという。

早く両親を失ったため、西郷家は赤貧に洗われていたが、安政元年（一八五四）、隆盛が藩主の島津斉彬に見出されて上京し、庭方役として側近となり、国事に奔走するようになる

と、家庭をかまっていられなくなった。

そこで安政二年、十三歳の従道は兄の友人である有村俊斉の世話で藩主の茶坊主となり、龍庵と名乗った。有村俊斉（のち、海江田信義）は、桜田門外の変に参加して死んだ有村治左衛門の兄らとともに、斉彬の腹心として一橋慶喜を将軍とする運動を行ない、安政の大獄で幕府から追われ、隆盛、僧月照とともに、大坂から鹿児島へ逃げる。文久二年、久光の供をして上京し、寺田屋事件では鎮圧の側に回る。江戸からの帰路に起きた生麦事件で英人を斬るときの供の中にいた。同三年夏の薩英戦争では斬り込み隊を企画する。慶応四年（一八六八）五月の彰義隊の戦いでは、隆盛とともに参謀として、これを攻めた。維新後は、攘夷派となり、出世コースからはずれ、大村益次郎暗殺にも関係する。弾正台忠、奈良県知事を歴任し、のちに枢密顧問官となる。

嘉永六年、浦賀にはペリー提督の黒船が来航しており、日本の国情は騒然としていた。兄隆盛は斉彬の側近として、信頼を集め、安政元年、斉彬について江戸に行き、水戸の藤田東湖、越前の橋本左内らの名士と国事を語るようになり、一橋慶喜を将軍に擁立する運動に参加したが、安政五年四月、井伊直弼が大老になると、アメリカとの通商条約を調印し、紀伊の慶福（家茂）を将軍に立てて、反対派を弾圧するため、安政の大獄を起こした。

弾圧される側にあった隆盛は、おりあしく藩主の斉彬が七月十四日に病死したので、落胆した彼は、十一月十六日、僧月照とともに鹿児島湾に投身した。隆盛は助かったが月照は死んだ。蘇生した隆盛は、藩が幕府の追及を避けるため、奄美大島に流されることとなり、その途次、隆盛は加治屋町の家にいちじ帰宅した。家族に別れを告げて港のほうにゆく兄を、従道は追ったが、止めるすべもなかった。

その後、文久二年、隆盛は、いったん許されるが、藩主（茂久）の父久光と合わず、同六月、徳之島へ、さらに南の沖永良部島に流されて、赦免されて上京するのは元治元年（一八六四）二月のことであった。

誠忠組

隆盛流島の間に、従道は、文久元年、還俗して信吾と名乗り、兄と志を同じくして尊皇攘夷に励むことになった。

このころ、薩摩藩では、保守（佐幕）と革新（勤皇）の二派がせめぎあっていた。これはお由良騒動の余波が、ペリーが来航して以来の騒乱に拍車をかけられたものともいえる。

隆盛を信頼してくれた藩主斉彬は、当時、諸大名の中でも傑出した英明な君主で、西洋の知識をとり入れ、大砲の鋳造と国防を考え、産業を促進し、薩摩藩に倒幕の活力を与えた英主であった。この斉彬は、父斉興の長男ではあるが、斉興には、愛妾お由良の方に久光という男子があり、これも利発な子であった。

斉彬はすでに三歳のときに、斉興の嗣子と定められていたが、成長するにしたがって、その洋学、洋式軍艦、軍隊への関心が深まり、五百万両の負債があった薩摩藩の財政再建に努力していた保守派の家老調所笑左衛門、島津将曹らは、斉彬が藩の経費を増大させることをおそれた。

そこで調所らは久光の擁立を画策し、斉彬の英明に賭ける勤皇党の赤山靫負、高崎五郎左衛門らは、これと対立した。途中を省くが、嘉永三年、赤山、高崎らは、お由良や反対派の家老を暗殺する計画が露顕して、彼らをふくむ十三人が切腹させられ、遠島、幽閉五十名におよび、斉彬派は潰滅した。これを〝高崎崩れ〟と呼ぶ。ただし斉彬は、この騒ぎの中心にはならなかったので、身分には影響はなかった。

西郷家では隆盛の父吉兵衛が、物頭の赤山靫負の用をも足していたから、隆盛も斉彬派に心を寄せていた。赤山が藩命によって自決するとき、二十三歳であった隆盛は、その席に呼ばれた。

「吉之助どん、おはんにおいの志をくれもそう……」

赤山は切腹後の苦しい息の中から、自分がつけていた血染めの肌着を隆盛に与えた。このときから、隆盛の気持はますます斉彬派に傾いていった。

〝高崎崩れ〟で、斉彬は多くの人材を失ったが、薩摩藩はそのまま久光派の手には移らなかった。斉興もさすがに嗣子の斉彬を排して久光を立てることははばかられ、これを聞いた幕府の老中、阿部正弘は、長く薩摩藩の世子として江戸にいた斉彬の英明を知っていたので、これを支持し、斉彬は、嘉永四年、四十三歳でやっと薩摩藩主となり、斉興は隠居し、久光派はなりをひそめた。

前述のとおり斉彬は、水戸の徳川斉昭、越前の松平春嶽らと交際して国事を計り、隆盛もその用を勤めた。そして安政五年七月、井伊大老の大獄がはじまるころ、斉彬は病死し、久光の子茂久（のち沖義）が藩主となり、久光は老公として後見役になるのである。

斉彬が亡くなったとき、龍助（従道）は十五歳であった。兄隆盛はまもなく奄美大島に流されるが、龍助は兄の志を継いで斉彬の流れを汲み、久光や茂久には反対の立場をとった。

そうかと思うと、龍助は平然と久光派の家にも出入りしたので、隆盛がいない間、家長として西郷家を守っていた次兄の吉次郎は、厳しく龍助を叱ったが、〝大物〟の片鱗を見せる龍助は受けつけない。吉次郎が殴りつけると、龍助は、従兄弟の大山の家に逃げこんだ。大山巌の父小兵衛は、隆盛らの父吉兵衛の弟で大山家に養子にいったものである。

また、母政子の実家でも、龍助が久光方に出入りするのは、信義を裏切るものであるとして龍助を非難し、叔父の椎原権兵衛は、論争の途中で抜刀して龍助を追ったこともあった。

しかし、〝大物〟の龍助は、ものほしげに久光派に接触していたのではなかった。彼はこうして久光派の動きをさぐり、大島の隆盛に報告していたのだ。

また、時代は久光のほうに移っていくので、尊皇攘夷の志を果たすには、いつまでも斉彬のあとを追うだけでは実行が伴わないことを、少年の龍助は早くも知っていたのである。

このように、一見、表裏があるように見えながら、先を見るのが従道の特技で、それは陸軍卿や海相の要職についてからもますますその特徴を発揮して、〝昼行灯（あんどん）〟大臣と呼ばれながら、敏腕の山本権兵衛を活用することになるのである。

文久二年二月、隆盛が大島から帰ってきたとき龍助は信吾と改名（文久元年、改名）していたが、隆盛は留守の間、信吾が若いのによく藩の情報を送ってくれたと感謝したという。

その前、安政五年、井伊大老が朝廷をないがしろにするというので、薩摩藩には斉彬の志を継いで、江戸で井伊、京都では公武合体をはかる九條関白、酒井所司代を倒して尊皇攘夷の実を挙げようというグループが出てきた。これを誠忠組といって、大久保正助（利通）、有馬新七、樺山三円、大山弥助（巌）、大山格之助（綱良、西南戦争時の鹿児島知事として、西郷軍に与して、処刑される）、野津道貫、奈良原喜左衛門（生麦事件で英人を斬る）、同喜八郎（喜左衛門の弟、寺田屋事件で久光の上意として有馬新七らを斬る）ら、そうそうたる尊皇攘夷派の若手を網羅し、西郷吉次郎、龍助の兄弟も参加し、隆盛は首領格で大島からリモート・コントロールをしていた。

安政六年十月、彼ら誠忠組が脱藩し、大船を仕立てて江戸に急行して井伊大老を襲撃しようという話が出てきた。じっさいには鰹船二艘で、参加者は四十八名、指導者は大久保で、京都で九條関白らを倒そうという計画であった。

しかし、この「突出事件」と呼ばれる計画は事前に洩れ（実際には実行不可能とみた大久保が、茂久の側近に漏らしたとも言われる）、茂久と久光が、脱藩中止を勧告する諭告を大久保に与えた。

その文中には、「時節がきたら順聖院様（斉彬の法名）の御深意を貫き……国家への忠勤を励む」という意味の言葉があったので、

「これで我らが目的を達したと同然だ」と、大久保は泣いて喜んだ。

しかし、過激派の中には、藩主のいうことは信用できない。やはり挙兵すべし、という意見が強かった。そこで大久保は、

「おれは藩主を信用する。どうしても挙兵するものはおれの首をはねてから行け！」と一喝した。

これで突出事件は収まった。考えてみると、これは大久保が計画した事件で、突出という無血クーデターで、藩主を脅かして、斉彬の方針を重んじることを約束させて、誠忠組を満足させ、事をぶじに運ぶというのが、目的であったかもしれない。策士・大久保ならそれくらいのことはやりかねないだろう。

この後、大久保は誠忠組と藩主の両方の力関係を利用して出世していく。大久保の力を知った久光は、まず彼を御小納戸役に登用、ついで側役として重用する。こうして隆盛が孤島の月を眺めて、島の女・愛加那（あいがな）と子供をつくっているあいだに、大久保は久光の側近として、公武合体を推進していくのである。

万延元年（一八六〇）三月三日、雪の桜田門外で井伊大老が水戸浪士らに殺されると、形勢は一転して、尊攘派に有利となってきた。

大久保はまたしても二股の道を歩んだ。

久光の腹心として、公武合体を押しすすめる一方、幕府の限界を知って倒幕をも考えるようになっていく。

寺田屋の血煙

文久元年、龍助は信吾と改名する。

この年、久光は公武合体のために上洛をはかり、大久保の進言もあって、大島から隆盛を召喚する。

同二年二月、隆盛は鹿児島に帰ってきたが、久光とは意見が食いちがって、長くは側近にいられそうになかった。

しかし、とりあえず隆盛の名声を必要とする久光は、隆盛と大久保を連れて、同年三月、大兵を率いて上京した。このとき、隆盛は、下関まで先行してそこで待機せよ、という久光の命令をやぶって大坂へ直行した。

京都では、諸国浪士が尊皇攘夷倒幕を唱えて集まり不穏な形勢にあるというので、その鎮圧に当たろうとしたのであるが、これが久光の不興をかい、隆盛は鹿児島に送り返され、六月、徳之島に流された。

一方、誠忠組の有馬新七らの強硬派は、久光の公武合体説に不満で、大坂に集結した後、四月二十三日、船で伏見の寺田屋に集まった。薩摩藩の同志は約四十名で、有馬のほか、大山弥助、西郷信吾、田中謙助、柴山愛次郎、橋口壮介らがおり、京都藩邸には長州の久坂玄瑞を首領とする山県、品川ら二十名も待機しており、そのほか、久留米藩浪士の真木和泉ら十人も寺田屋に入り、豊後豊岡の浪士三十名も参加することになっていた。

一方、これより先、四月十日、大坂に入った久光は、藩兵の三分の二を大坂に残し、残りを率いて京都に入った。

もともと有馬らは大坂で久光とその兵を迎え、勅命によって倒幕を行なうことを期待していたが、実際に久光が受けとった勅命は、

「浪士たちに不穏の企てがあるらしいから、これを鎮静せよ」というものであった。

ここに有馬らの計画は挫折し、自力で所司代を討とうとして、伏見に移動したのであるが、とうぜん久光はこれを見逃しはしなかった。

四月二十三日の夜、有馬たちが寺田屋で所司代襲撃の準備をしていると、九名の薩摩藩士が、突然、姿を現わした。

藩士の中でも腕利きと言われる奈良原喜八郎、江夏仲左衛門、道島五郎兵衛、森岡清右衛門で、さらに大山格之助ら五人がつづいていた。いずれも藩公久光の命令によって、決起の阻止にきたもので、聞かぬときは斬ってもよい、という上意討ちの命令を受けていた。

この時期、久光はよほど公武合体の成功を信じていたらしい。彼は土佐の山内容堂とともに公武合体の有力な指導者であった。宮廷では岩倉がリーダーであるが、久光は徳川を倒すことに反対で、朝廷を上に立てて、雄藩と幕府の合同政権で現下の危機を切り抜けられると考えていた。結局、禁門の変以後は幕府の無力を悟って、倒幕に切り代わるのであるが、その途中、彼の逡巡で、この寺田屋事件などで犠牲を出すことになる。

奈良原たちは寺田屋に着くと、顔見知りの有馬や田中や柴山らを呼び出し、
「藩公の命令でごわす。ただちに京都の藩邸に出頭されっち」と伝えた。
「われわれは尊皇攘夷のために宮家の命を受けちょりもす。藩公の命令じゃちゅうていけもはんで……」

有馬がそういうと、
「上意！」と、道島が田中に斬ってかかり、田中は額を斬られて倒れた。柴山も山口金之進の刃を受けて首を斬られた。

壮烈だったのは、有馬の死であった。田中を斬った道島が有馬に斬りかかると、有馬はこれと抜き合わせたが、刀が折れたので道島に抱きつき、近くにいた橋口吉之丞に、
「おい、もろともに刺せ！」と叫んだ。吉之丞は刀で有馬と道島を芋刺しにし、二人は胸を刺されて即死した。

つづいて大山格之助らが到着して、橋口伝蔵らを斬った。

これを見ていた奈良原は、これ以上の同志討ちは見るに忍びんとして、全裸になって二階に上がり、両手をひろげて、
「おはんたちゃ、同じカゴウマんちゅ（人）じゃなか！　これ以上は殺しあいは止めっち！」と叫んだ。

そのとき、二階の同志たちは総立ちで、信吾は刀を抜き、巌は得意の槍を構えていた。

しかし、奈良原の必死の気合いが、あたりの空気を支配して、誠忠組の藩士たちは、説得

に応じて帰順することになった。

信吾や巌たちは若かったため、とくにおとがめはなかったが、二人をふくむ二十三人は鹿児島に送還されて謹慎を命じられた。この中には後の西郷軍の一番大隊長、陸軍少将篠原国幹や自由民権弾圧の鬼と言われた三島通庸（福島県令、警視総監）らもいた。

とにかく「寺田屋事件」は〝高崎崩れ〟とともに、血で血を洗う薩摩藩の悲惨な事件で、二十歳の青年信吾には悲壮な印象を与えた。

中でも、自分が尊敬していた有馬新七が壮烈な死を遂げたことが、彼の胸底に深く刻みつけられた。二階にいて実情を知らぬ信吾は、有馬を斬ったのは、奈良原であると思いこんでいた。

奈良原（本名、繁）はその後、薩英戦争で奮戦し、維新後は内務省に入り、静岡県令、貴族院議員となり、明治二十五年七月、沖縄県知事となり、四十一年までこれを勤め、開発に努力した。

奈良原が沖縄県知事の内命を受けたころ、西郷従道は内務大臣であった。奈良原が大臣室に挨拶にいくと、従道は、

「おはんは、どなたでごわしたかな？」

ととぼけた。奈良原は驚いて、

「おう、信どん、おいじゃ、奈良原じゃよ。ほれ、よう甲突川で泳いだじゃなか」といった。

彼は、従道より八歳年上であるが、少年時代からの仲である。しかし、従道はなおもとぼけ

て、

「いや、喜左衛門（奈良原喜左衛門、繁の兄、慶応元年、没）どんなら、ご一新の前にみまかったごっ聞いちょるがのう……」

と、寺田屋に斬り込んだ喜八郎のことを認めようとはしなかった。従道にはそういうしつこい底意地の悪いところがあり、兄隆盛に及ばぬとすれば、兄の〝天衣無縫〟という点であろう。

薩英戦争

信吾が鹿児島で謹慎しながら、沖永良部島に流されたという兄のことを心配している間に、薩摩藩の運命は急転していく。

寺田屋事件から四ヵ月後の八月二十一日、今度はいま一人の奈良原（喜左衛門、繁の兄）が藩の命運にかかわる事件を起こした。

寺田屋事件の後、久光は攘夷実行と一橋慶喜の将軍後見職就任の勅書を携行する公家の大原重徳とともに江戸に向かった。

六月末、江戸に入った大原は、将軍家茂に右の勅書を渡し、久光が引率した兵力と大砲のせいもあって、将軍は慶喜を後見とし、松平春嶽を政治総裁とした。

使命を果たした大原勅使より先に、久光は江戸を去って京都に向かった。

八月二十一日、午後二時ごろ、久光の行列は東海道の神奈川の宿に近い生麦（鶴見駅の南）のあたりにさしかかった。

このとき、行列の前に、男三人、女一人の外人が馬に乗って現われた。四人はいずれも英国人の商人であったが、大名の行列に会ったときには、馬から降りて土下座するという日本人の習慣を知らぬらしく、馬上で行列を横切ろうとした。

供の侍たちは怒った。この時点で薩摩が非常に攘夷的であったかどうかはわからないが、いまや朝廷や幕府をも動かしうる雄藩だというプライドがあり、かつ横浜あたりにおける外人は、為替差額を利用してぼろ儲けをしたりして、非常に評判がわるかった。

また供の者の頭もわるかった。海江田信義と奈良原喜左衛門である。二人とも〝毛唐〟と呼んで外人をきらう攘夷の考えでは人後に落ちないほうである。

「こげん無体なこっすっか！」

まず、奈良原の刀が夏の真昼の太陽を斬った。奈良原は、藩内きっての示現流の達人である。先頭にいたリチャードソンは、腹を斬られて馬の鞍にしがみついていたが、まもなく落馬した。

武勇においては海江田も劣りはしない。

「チェースト！」

海江田の刀も空中に虹を描いて、外人の衣服と肉を割いた。供の藩士たちも外人の男女のほうに殺到する。ふと海江田が見ると、落馬したリチャードソンが合掌しながら、うめいている。

「そうか、いまらくにしてやるぞ」

海江田は武士の情けだと思って、脇差で止めを刺してやった。

久光の行列は、外人が逃げ去ったと聞くと、なにごともなかったように西に向かった。

英国人は怒った。大名の行列を横切った、というかどで、一人死亡、二人負傷である。

大英帝国の威信にかけて、薩摩討つべし、というので、横浜在泊の英国軍艦はもちろん、列国軍艦は二百人の陸戦隊を揚げて、幕府に抗議を申し込んだ。

幕府も当惑した。日本の習慣によれば、大名の行列を乱したのは向こうがわるいのだが、外国人には通用しない。開国してまもないので、ようすによっては不利な条件を押しつけられるかもしれない。

幕府の中には、箱根の関所を閉鎖して、久光の帰国を阻止せよ、という意見もあったが、将軍後見職になったばかりの慶喜が、

「それは穏やかでない（薩摩は兵力で押し通るであろう。そうなるとほかの雄藩も黙ってはいまい。要するに幕府の力が弱いのである）。ここは幕府が斡旋して、薩摩に下手人と賠償を出させるべきだ」と主張したので、強硬手段はとらないことになった。

英国の代理公使ニールも、外交交渉でいくことにした。しかし、幕府からの下手人差し出しの命令に、薩摩藩は、

「この事件の犯人は岡野新助という足軽で、ただいま探索中である」と架空の人物の名を挙

げるだけで、誠意を示さない。幕府もなめられたものである。

ニールが幕府に対し、賠償金十万ポンドなどの要求を突きつけたのは、翌文久三年二月であるが、その前後の慌ただしい政治の動きを拾っておこう。


文久二年(一八六二)――

閏八月、松平容保を京都守護職とする。

九月、廟議。攘夷を決定し、勅使、ふたたび江戸に下る。

十二月十二日、長州藩士高杉晋作、伊藤俊輔(博文)、井上聞多(馨)、久坂玄瑞らが、品川御殿山の英国公使館を焼き討ちする。


文久三年――

一月、徳川慶喜入京する。

三月、天皇加茂社行幸、攘夷を祈る。

五月、長州藩、下関通航のアメリカ、フランス、オランダの軍艦を砲撃する。

六月、アメリカ、フランスの軍艦、下関を砲撃する。将軍家茂、江戸に帰る。

七月、薩英戦争。

八月、公武合体派のクーデター、攘夷派の敗退、七卿の都落ち。


さて、ニールの言ってきた賠償金は、幕府に対して十万ポンド、薩摩に対しては二万五千ポンド。このころ、キューパー海軍中将の英国艦隊は十二隻が横浜に入港、示威運動を行なっていた。また、薩摩は犯人を逮捕、処刑すべきで、以上を二十日以内に実行しないときは、艦隊司令官は実力を行使するというのである。

弱い立場の幕府は、五月十日、十万ポンドを銀貨で支払ったが、薩摩は、この要求にまったく応じない。

すでに、三月下旬に帰国していた久光は、藩士に命じて、陸海の防備をかためさせて、英国艦隊の来攻を待った。

幕府が十万ポンドを支払った五月十日は、たまたま朝廷の命令による攘夷決行の日で、前述のように長州藩は下関で外国軍艦を砲撃している。

六月一日、米仏連合艦隊が報復のために下関を砲撃すると、同月二十二日、英国艦隊は、横浜を出港して、鹿児島に向かった。艦隊は、戦艦ユリアラス号（二千三百七十一トン）以下七隻で、総トン数は七千四百トンに及び、斉彬以来、建造した薩摩の全艦隊をあげても、対抗することは難しいと思われた。

六月二十七日、午後三時、英国艦隊は鹿児島湾口に姿を現わし、午後九時、桜島の南東十五キロの七つ島の近くに碇泊した。

「すわ！　敵艦隊きたる！」

薩摩隼人は興奮した。先祖以来の勇武の気性が、闘志を燃えたたせるのである。装備の近代性においては劣るところがあるかもしれないが、われに七百年、薩摩鎮護の歴史あり、桜島も照覧あれ、と隼人たちは防備に余念がなかった。

一方、英国艦隊のほうはあまりファイトがなかった。戦って損害をうけるよりも、威圧を与えて外交交渉で賠償金を取ったほうがいい、という考えが強かった。

翌二十八日の朝、英国艦隊は北進して、鹿児島の東側、前の浜と呼ばれる海岸の東に碇泊した。交渉の準備である。

「おう、来よったのう……」

眼をかがやかせながら、この威容を眺めている二人の青年があった。二十一歳の西郷信吾と一歳年上の大山弥助である。鹿児島港を守るために薩摩藩では、斉彬以来、多くの砲台を築いてきた。鹿児島港の東側に、北から祇園洲、新波止、弁天波止、大門口、砂揚場（甲突川の河口南岸）で、桜島の側にも横山、鳥島、沖の小島などに砲台があった。

信吾と弥助が守っていたのは、弁天の砲台で、十七歳の東郷平八郎（当時は仲五郎）もここで弾運びをやっていて、母の益子が砲煙をついて薩摩汁を運んできた話は有名である。

「来るなら来ちょったもんせ……」

信吾は桶のように口径の大きい臼砲を撫でながら待っていたが、まずはじまったのは、外交交渉である。

英国艦隊が碇泊するとまもなく、軍使として、軍役奉行の折田平八、軍賦役の伊地知正治らの四人が、小舟で旗艦ユリアラス号に乗艦して、交渉に入った。

英国側は先に要求したとおり、犯人の処罰と賠償金二万五千ポンドの支払いについて二十四時間以内に回答すべし、という文書を手交し、薩摩側は、まず司令官や公使が上陸して、城内の応接館で相談することを求めた。あわよくば捕虜にしようという計画であったが、敵はそれには乗らなかった。

ニールは期限以内の回答を督促するとともに、薪水、食糧などを買い入れたいと希望した。

翌二十九日も、伊地知らがユリアラス号にいって、司令官らの上陸を勧誘したが、相手は応じず、旗艦での交渉を提案した。

交渉は長引きそうである。

「おいはもうグラこいて（腹がたつ、苛々する）、のさん（たまらん）ど」

「こげん気ん長かこっ話はまとまらんちゃ」

弁天の砲台で、沖の英国艦隊をにらんでいた二人の隼人がそうつぶやいた。余人ならぬ生麦事件の責任者である奈良原喜左衛門と海江田信義である。

久光が豪気に英国側の要求をはねつけたから、二人は英雄気どりであるが、これが気の弱い藩主で、犯人を差し出して許しを乞うようなことになると、二人の首は胴についてはいないであろう。

「よか、エゲレスが上陸せんとなら、おいたちが乗艦して斬ってくれもそう」

「がっつい！　そいが早か」と、二人の責任者は一計を案じた。

旧暦の六月下旬は新暦の八月中旬である。おりから、炎熱の日がつづき、鹿児島湾は灼熱のるつぼの底にあった。

「こげん暑か日のつづくごっ、エゲレスも喉が乾いちょらすごっ」

「西瓜たい、西瓜でつって司令官以下なで斬りじゃ」

「それでエゲレスの船もチングラッ（滅びる、沈む）じゃ」

二人は老臣の許可を得ると、西瓜売りの斬り込み隊を募集した。

「そいつはよか！」

「こせな（生意気な）、エゲレスに薩摩の示現流の切れ味を見せてこまさんかい」

信吾と弥助の二人も、さっそく参加し、百人近くが大刀を腰にぶちこみ、浴衣の尻をからげて、弁天波止の桟橋に集まった。

斬り込み隊員たちは、小舟十六隻に分乗して、それぞれ英艦に漕ぎよせる。各船に乗りこんだところで、いっせいに攻撃する。斬り込みの合図は、港からの大砲のドンである。

「ホワッツマター？（なんだこりゃ）」

「ロッツオブ、ウォーターメロンズ！（いっぱい西瓜を積んでいるじゃないか）」

英艦の水兵たちは不思議そうに、近づいてくる小舟を眺めている。

「おい、喜左よ。こん太か船が大将の船のごっ……」

「うむ、司令官も艦長もまるごとチングラッじゃ」

海江田と奈良原の乗った二艘の舟は、旗艦のユリアラス号に横づけした。信吾は海江田の舟に、弥助は奈良原の舟に乗って、機会を待っている。

二千三百トンの旗艦ユリアラス号は乾舷（水面以上の船体）が高いので、隼人たちは仰ぐように乗組員と大声で交渉する。

「おうい、薩摩の西瓜じゃ」

「水気の多か西瓜じゃ、うまかぞ！」

そう怒鳴ると、日本語のできる医師がでてきて、通訳をした。

縄梯子が下ろされると、信吾たちは風呂敷につつんだ西瓜を首に巻きつけて、その梯子をよじ昇った。甲板には十数名の隼人たちが集まって、西瓜売りをはじめる。二十名以上の水兵がフレーベル銃を構えて、隼人たちと西瓜を眺めている。

「おい、カピタンはおらんとか？」

「カピタンなおらんとなら、アドミラルをば出せ！」

奈良原と海江田は口々に言ったが、

「カピタン、アドミラル、ここにいません。あなたたちなにしにきましたか？　ネゴシエイション（交渉）のテカミあるならだしなさい」

通訳はそういうだけで、司令官や艦長のいる奥の部屋（一段下の中甲板）に通そうとはしない。

「おい、どげんすっか、海江田」

「うむ、ほかの舟はどげんか」

奈良原が舷側にいって、ほかの船のようすを見ると、みな縄梯子もなく、舷の下で交渉している。

「こや、いけんぞ。もうじきドン（攻撃合図の砲声）が聞こゆっころじゃ」

二人が当惑していると、陸のほうから一艘の舟が漕ぎよせてきて、一人の侍が大声で叫んでいる。

「おうい、攻撃は中止じゃ。ひとまず港に帰るんじゃ」

見ると藩公の近習で、藩主の使いである。

「どげんすっか？」

「うむ、ドンが鳴らんところをみると、ほかん舟は具合が悪かごっあるど」

ついに奈良原たちも引き揚げを決意した。

「おうい、退け、退けぃっ！」

そのとき、

「こん西瓜はどげんしもっそ」と信吾が聞いた。

「うむ、そい持っちょっちゃエゲレスが襲ってきよったときに斬り合いが難しかろう」

「しよんなか、かたせ！（片づけろ）」

奈良原の命令に、

「こうかたすか！」

弥助が勢いよく首の西瓜を甲板に叩きつけた。

「ホワット、ユー、ドゥオン？（なにをするか）」

英兵が顔をしかめる中で、隼人たちは、つぎつぎに西瓜を甲板に叩きつけた。赤い果肉がはじけて人肉のように無残な色を、真昼の甲板に散らした。

「ガッデム！」

「カクサカ！」

水兵たちは縄梯子を降りていく隼人たちに罵声を投げつけた。

「おぼえちょれ、こんつぎは薩摩の大砲で、こげん船はあっちゅう間にチングラッじゃぞ！」

「首をばよう洗っちょけよ」

信吾と弥助は口々に言いながら、小舟に乗り移った。

この後、薩摩藩は、
一、犯人はまだ捕らえられていない。
二、賠償はこちらの措置が間違っていないので、いまは払えない。いずれ幕府と三者会談を行ないたい。
と回答した。

要するに要求の拒絶であり、談判は決裂したので、後は戦闘あるのみである。

キューパー提督も腹をきめて、七月二日、午前四時、四隻の英艦は提督の命令によって、重富（鹿児島の北二十キロ）の泊地にいた薩摩船天佑丸（七百四十六トン・十三万八千ドル）、白鳳丸（五百三十二トン・九万五千ドル）、青鷹丸（四百九十二トン、八万五千ドル）の三隻を拿捕した。

　このとき青鷹丸には、船長松木弘安（寺島宗則、のち参議、外務卿）と船奉行五代才助（友厚、のち大阪商法会議所会頭）が乗っていたが、捕虜にされて旗艦ユリアラス号に連行された。二人ともオランダ語がすこしできるので、さかんに抗議するが、通じない。通訳のアーネスト・サトウが相手になると、

「まだ宣戦布告をしとらんのに、わが船を奪うとはなにごとか！」と五代が食ってかかる。

「サツマがわが条件を拒否したときから、戦争ははじまっている」と、サトウは答えた。

　薩摩船三隻が捕らえられたという情報は、まもなく千眼寺（城山の南方）にいた久光のもとにとどいた。

「こせな（小癪な）エゲレスめ……」

　遠眼鏡で沖の英国艦隊をのぞんだ久光は、まなじりを決した。彼は大久保一蔵（利通）を呼ぶと攻撃開始を命じた。

　この日は、猛烈な台風が、鹿児島地方を襲い、暴風雨のなかで、正午、英国艦隊と薩摩隼人の壮烈な戦闘がはじまった。

「チェースト！」と火ぶたをきったが、敵までの距離が遠いので、弾着が近くに落ちる。たまたま桜島の横山砲台の近くにいたパシューズ号に砲弾が集中したので、同艦は錨をすてて逃げ出した。

　キューパー提督はもちろん、出港命令を下した。十二時五十分、英国艦隊は旗艦ユリアラス号を先頭に単縦陣を組んで、鹿児島市街の前の浜の砲台（弁天など）からの射距離外に出

て、桜島と鹿児島の中間に航路をとりつつ、北上した。

薩摩隼人たちは、自慢の歌とともに、大砲を撃ちつづけた。

〽エゲレスの軍艦が
　薩摩ん海にきもしたげな
　隼人ん砲台一斉射撃
　飯も食わずにチングラッ！

いい気になって撃ちつづける。十ヵ所の砲台から、八十三門の砲が火をふくが、ほとんどの砲弾は手前に落ちる。

「止めっち！　止めもはんか、おはんたち！」

声をからして砲台を駆け回る頬のこけた男がいた。久光のお側役で、前線指揮の伝令を仰せつかった大久保一蔵である。

「まだ弾はとどきゃせんが。弾をむだにすると藩公からお叱りがあるぞよ」

その鋭い声に、弁天砲台の信吾や弥助は首をすくめた。

午後二時ちかく、英国艦隊は、桜島の北四キロの地点で百八十度旋回すると、鹿児島の市街寄りに南下してきた。

「よし、来たぜよ！」

「今度こそ、チングラッじゃ」

北の祇園洲、港のすぐ東の新波止の砲台が撃ちまくる。しかし、悲しいかな、こちらは六十ポンドの先込め青銅砲である。一発撃つと砲口から火薬を押し込み、ついで丸弾を入れ、突っ込んで火縄で火口に点火して、発射するのである。一発の装塡時間が非常に長い。

撃つと火薬の煙がもうもうと立ちこめて、砲員の顔や鼻の穴を黒く染める。

まもなく英国艦隊は、弁天の砲台の射距離内に入ったが、一発撃つと、次発の発射までに、かなりの時間がかかる。

「えい、早うせんかい?」

撃ち役の弥助がいらいらした声を揚げる。

「そげんあわつるな」

信吾が悠々としたようすで弾をこめる。

「がっつい！　こげんこっでは、敵は、去んでしまうが……」

弥助は歯噛みをした。大山弥助は、後に日本砲術界の先達と言われるようになるが、その切っかけはこの薩英戦争であると言われる。

薩摩の砲にくらべて、英国艦隊側は砲身の長いアームストロング砲（七隻で百門あった）で、元込めであるから、射距離も長いし、発射速度も速い。また着発の信管がついており、弾の中には細かい鉄の粒がつまっていて、これが爆発とともに飛び散るので、被害が大きかった。

強風と降りしきる雨の中で、隼人たちは顔をしかめながら、射撃をつづけた。

「当たらんのう」

「藩祖忠久公（一一八六年、源頼朝によって、薩摩の地頭となる。島津家の先祖）の霊はどげんしちょるっかのう」

二人は顔を、火薬の煤と雨でべたべたにしながら、そうぼやいた。しかし、藩祖忠久公は幕末の隼人たちを見捨てはしなかった。

英国艦隊の旗艦ユリアラス号が、鹿児島の市街を火の海と化しながら、祇園洲の沖まできたとき、ユリアラス号の艦橋に、かっと火花が散った。

「チェースト！」

「やったど！」

「がっつい！」

隼人たちはいっせいに歓声をあげた。

英国艦隊旗艦の被害は、薩軍が予想したよりはるかに大きかった。薩摩の弾は丸弾で炸裂はしないが、焼き弾といって、真っ赤に焼いてある。これが艦橋に命中したので、たちまち火災を生じ、士官たちを焼いた。司令官のキューパーとニール公使はかろうじて難をまぬかれたが、艦長のジョスリング大佐と副長ウィルモット少佐は、大火傷を負って即死したのである。

もちろん、陸上にいる信吾たちには艦内のようすはわからないが、艦長が戦死したので、ユリアラス号は大きく左に変針した。後続のパール号は驚いて、戦線から離脱した。ユリアラス号にはなおも薩摩の弾が集中し、焼き弾がつぎつぎに命中して被害を増やした。

「やったど！　おいの弾じゃ」

「いんにゃ、おいが込めた弾じゃ」

弥助と信吾はそう手柄を競いながら、勢いづいて発射をつづけた。このときユリアラス号に命中した弾は、甲突川の河口に近い砂揚場砲台からの弾だという説もあるが、そんなことは信吾たちにはわからない。おいどんの弾じゃと信じきっていた。

このとき、同じ砲台で弾運びをしていた東郷平八郎少年も、この薩摩の弾の命中を認めて胸を躍らせていた。しかし、そのときは、だれも想像もしなかった。このとき、英国艦隊の旗艦に命中した焼き弾が、四十二年後の日本海海戦でバルチック艦隊の旗艦スワロフに命中する「三笠」の弾に通じることを……。

敵旗艦の火災で薩摩軍の意気は上がったが、鹿児島の被害も少なくはなかった。祇園洲、新波止、大波止、天保山などの砲台はもちろん、港に近い市街は大火災を生じた。

しかし、心理的にユリアラス号の艦橋のダメージのほうが大きかった。

「ホワッツ、マーター？」

炎に眉を焦がしながら、キューパー提督は叫んだ。

――日本の弾は打撃を与えるだけで、炸裂はしないといったのは誰なのだ。こんな火の玉を撃ち出すなんて、炸裂より、なおたちがわるいではないか……。

しかし、損害は旗艦にとどまらなかった。午後三時すぎ、祇園洲砲台を砲撃していたレースホース号は、エンジンが故障して砲台近くの浅瀬に座礁してしまった。

「オー、ゴッド！」

「オーノー、ジージャス・クライスト！」

ユリアラス号艦橋の提督と代理公使は神に祈ったが、鹿児島湾にはキリスト教の神様はいなかった。

市街を砲撃し終わったところで、提督は甲突川河口の沖で、百八十度左旋回して、桜島の沖を北上し、島の北側の薩摩砲台の弾のとどかぬ海面に錨を下ろして、損害の調査、修理、整備にかかった。

また、レースホース号は、僚艦がひっぱってやっと離礁し、本隊に合同した。

戦争というものは、味方の損害が大きく、敵の損害は小さく見えるものだという。薩摩側は、ユリアラス号が火災を生じたことはわかったが、艦橋で艦長や副長という幹部が戦死して、提督や公使が動揺していることはわからない。また、英国艦隊側には市街の火災は見えたが、各砲台の損害は具体的にはわからない。

キューパー提督は、やられた、と思った。六月一日、アメリカやフランスの艦隊が下関を砲撃したときの話では、日本の砲台は射距離がぜんぜん短いし、弾は丸弾で炸裂しないので、威力がないという話であったが、実際には、猛烈に撃ってくるし、弾は焼けていて火災を生じる。

――サツマの弾はチョーシューとはだいぶ違うのではないか……。

提督の胸にあるのは恐れであった。

──サツマの砲台は、港と桜島だけにあるのではない。湾口に近い沖の小島にも大きな砲台があるらしい。このまま、この湾にいてよいものか。明日はこの不吉なサツマの湾を出よう……。

提督はそう考えながら、桜島の小池沖に停泊して損害を調べさせた。

幸い暴風雨で、薩摩の砲台も沈黙している。調査してみると、ユリアラス号のジョスリング艦長以下、死傷者は六十余人におよんでいる。最近にない損害である。提督はインド・シナ艦隊の司令官であるが、最近、こんな損害の出る戦争をしたことがない。

──やはりこの湾を去ろう。交渉は、江戸で将軍の幕府をまじえてやったほうが有利らしい。それにしても、なんという勇敢で無鉄砲なやつらなのだ。アメリカ人のいうインディアンの突撃みたいではないか……。

提督はひそかに舌を巻いた。

翌七月三日、雨は小降りになった。鹿児島の市街はまだくすぶっていた。

午前十時、桜島の沖では、ジョスリング艦長以下十三人の水葬が行なわれた。信号兵の吹奏するラッパの音が悲しげに海面を這って、かすかに弁天の砲台にも伝わってきた。

「なんじゃ、楽隊か……」

「エゲレスは女どもを軍艦に乗せて、ダンスたらいうもんを踊っちょるんか」

砲台では、横浜勤務で外人のダンスを知っている兵士が、そうつぶやいていた。

午後二時すぎ、英国艦隊は抜錨すると南下をはじめた。桜島の横山砲台を射撃しながら、英国艦隊は湾口に近い沖の小島に向かった。ここにも砲台がある。これを砲撃した後、七つ島沖で破損個所の修理と乗組員の休養を行ない、江戸湾に帰ろうというのである。

「おい、エゲレスは沖の小島に向かっとうぞ」

信吾は眼を見張ると弥助にそう言った。

「おう、グチどんの水雷の場所じゃぞ」

弥助も眼を輝かせた。

沖の小島には、藩の砲術師範である青山愚痴（通称、グチどん）が大きな口径の砲十門を砲台に備え、しかもその近くには電気水雷三個が敷設されている。沖を通る外国船を砲撃して、向こうが近づくとこの水雷が炸裂するというわけである。

先に弁天の砲台で、信吾たちが唄った「チングラッ」という歌は、もともと青山グチどんの歌で、

〽薩摩の湾に異人の船が
　来やったとさぁ
グチどんの水雷で
チングラッ！

というのが、本来の歌で、それだけグチどんの砲術と水雷の技術は、藩士から信頼されていた。

「信吾、みんかい。エゲレスが、グチどんのほうに行くぞよ」

弥助が肩を叩くと、

「おい、これを貸さんかい」

信吾はたまらなくなって、近くにいた兵士から遠眼鏡を借りて、沖の小島のほうを凝視した。

英国艦隊は徐々に沖の小島の西方に進んでいく。

「よし、そこじゃ、グチどん、しっかりやらんばね」

頃合よしとみて、グチどんの砲台が火ぶたをきった。ここの砲台は、竹藪の中に隠してある陰顕砲台で、英国艦隊の司令官もこれには気づかないらしい。

突如、島から火花が飛んだ。英艦の一隻に弾が命中した。つづいてまた一発命中。

「ようし、ええど、さすがはグチどんじゃ」

信吾は遠眼鏡の中にそれを認めると喜んだ。これで英国艦隊の司令官が勇敢な提督なら、島に接近して猛撃を加えるであろう。そうすればグチどんが苦心の水雷がものをいうことになるのである。

しかし、英国艦隊の提督はもう弱気になっていた。彼は右に変針すると七つ島のほうに近づき、そこで停泊して修理整備にかかってしまった。

「駄目か……。グチどんの水雷も、ものをいわんじゃったか」

信吾は弥助と顔を見合わして、唇をかんだ。

薩英戦争による英国艦隊の被害は、死者二十人、負傷者四十三人、七隻のうち五隻は破損し、座礁したレースホース号は、曳航によってやっと湾外に出るという始末であった。

薩摩藩のほうは市街の一割を焼かれたが、死傷者はずっと少なく、藩主、藩士、領民は戦勝に湧いた。

しかし、このとき、大きな教訓を得たものもいた。弁天の砲台で興味深げに、英国艦隊の行方をみつめている少年があった。東郷仲五郎（平八郎）である。

「信吾どん」と、彼は呼びかけた。

「なして、みなは喜んでおらすと？」

彼は不思議そうにそう聞いた。

「うむ、戦は勝ちじゃ。今夜は、イモチューで乾杯じゃど」

弥助がそう言うと、仲五郎は首をひねった。

「まことに、わが方が勝ったのでごわすか？」

「勝っとるじゃなか。エゲレスの艦隊は、逃げちょるではなか」

信吾がそう言うと、

「また来るかもしれもはんで。敵は一隻も沈んではおりもはんど……」

後にケスイボ（生意気なやつ）という仇名をもらうだけあって、仲五郎少年はなかなか引き下がらない。

「沈んではおらんが、火をふいて逃げちょるではなか。わが方の勝ちたい」

砲術家志願の弥助も負けてはいない。

「おい、仲どん、おはん何が言いたいんじゃ？」

信吾がそう聞くと、仲五郎は答えた。

「信吾どん、おいは薩摩にもエゲレスのような海軍がなかかと思うちょりもす」と仲五郎は答えた。

「じゃっどん、海軍をつくるには金がかかりもんど。こうして陸の砲台で追い払えばよかじゃなか？」

砲台の威力を信じる弥助が、そう遮った。

「いや、弥助、仲どんのいうとおりじゃ。薩摩にも日本にも海軍がなか。船も異国から買ったものばかりで、わが方ではつくる力もなか」

信吾がそう助け船を出した。

「信吾どん、海から来る敵には海で守るが最善じゃとおいは思いもす」

仲五郎がそういい切ると、

「それは海軍があるに越したことはないが、いまの久光公にその考えがおわそうか。斉彬公ならともかく、まあ、撃退したんじゃから、それでよか」

そう言って弥助は、仲五郎の肩をたたいたが、まもなく、後の連合艦隊司令長官の言を肯定しなければならない事態が生じる。

七月四日、修理を終わった英国艦隊は、薩摩藩士の罵声を浴びながら、鹿児島湾を出て横浜に向かった。

「やはり勝ちじゃ」

「藩祖忠久公の遺徳じゃ」

藩士たちはそう言うと、芋焼酎で乾杯した。

砲台での人的損害は少なかったが、市街の損害は大きく五百戸以上が焼かれ、前記の汽船三隻のほか民船五隻（琉球貿易船をふくむ）も焼かれている。大砲製造所の集成館も焼失した。

英艦から水葬された将兵の遺体が浜に流れついたので、信吾は弥助や仲五郎とともに見に

いった。将校の服をつけた死体もあり、

「これが敵の大将じゃ」と、誇らしげにいう藩士もいた。

その後、信吾たちは焼けた市街を見て歩いた。

「おう、なんじゃや、この穴は？」

武家屋敷の厚い土塀にすっぽりあいた大穴を見て信吾は驚いた。直径一尺はある。それが

幾つもあいている。さらに内部では、炸裂した弾のために家屋は破壊され、火災を生じ、人

間も死んでいる。それが一軒や二軒ではない。松の巨木が根本から折られている。

「おう、こげん太か松が折れて……、落雷のごとあるではなか？」

砲術家の弥助も兜を脱いだ形である。不発弾をみると、先が尖ってよく飛びそうである。

「これは……。エゲレスの大砲（おおづつ）は相当なもんぞ」

弥助はそう言うと、信吾の顔を見た。

「うむ、仲どんのいうとおりじゃ。海からの敵は海で防がにゃあいけんど」

信吾は改めて仲五郎の意見を認めた。

「信吾どん、おいは船乗りになりたか……」

仲五郎がそう言うと、

「まことじゃ。薩摩にも海軍ちゅうもんが必要じゃど」

信吾も賛成した。

「そうか、こん戦（ゆっさ）は、薩摩の勝ち、とはかぎりもはんなぁ……」

弥助も敵艦隊の砲撃の威力を認めた形である。

大山弥助が漏らしたように、薩英戦争はまだ終わっていなかった。七月十一日（新暦九月下旬）、横浜に帰った英国艦隊の司令官キューパー中将は、薩摩の攻撃を中止した理由として、つぎのように本国に報告した。

「薩摩の汽船等は拿捕あるいは焼いたが、陸上の砲台は損害にも関わらず、頑強に抵抗し降伏のようすが見えない。わが方は薩摩の焼いた弾で損害を受け、燃料も不足となり、鹿児島を強襲しても、島津三郎（久光）を捕らえて処刑する可能性がなかった」

しかし、英国はその後も幕府を通じて、補償の交渉を行ない、薩摩も戦後に英国艦隊の砲撃の威力を知って、藩内の攘夷論者も影をひそめ、このさい、西洋の知識文明をとり入れ、藩のみならず日本全国の近代化をはかるべきだと久光以下、重臣も考えるようになった。

十一月一日、薩摩藩は支藩の佐土原藩を通じて、賠償金二万五千ポンドを支払う、生麦事件の犯人は逮捕できたら処刑する、などの条件で妥結した。

結局、薩摩藩は、信吾たちが感じたように、勝ちはしなかったが、この薩英戦争で得た教訓と進歩は非常に大きかった。

藩主以下が視野を世界にひらき、その文明をとり入れることになったこと、いったんは不仲となった薩摩と英国であるが、英国艦隊と公使も薩摩に軍艦購入の便宜をはかることになり、これがやがて薩摩の倒幕の原動力になっていくのである。

加茂の水

話が先に進んだが、この年（文久三年・一八六三）八月十八日、朝廷で政変が起きた。

それまでは長州と尊攘派の公家が中心になって、攘夷実行を推進していたが、この日、公武合体派の薩摩と会津の連合によるクーデターが行なわれ、長州藩兵は御所より退去し、長州と組んでいた公家七人が追放された。世にいう七卿の都落ちである。

これで、廟議は一転して、公武合体派が勢力を占めた。（このクーデターは孝明天皇の内意によるとも言われる）

このため怒った長州は、薩賊会奸と叫んで長く薩長の間は険しいものになった。

これらの状況と朝廷の要請によって、九月十二日、島津久光は千五百名の兵を率いて上京し、西郷信吾はその中小姓として随行し、大山弥助とともに、薩長が対抗する殺気のある京都の町の警備に当たった。治安が落ちつくと彼は長沼塾に入って漢学を学んだ。

しばらくの間、信吾は京都にあって、学問と世相見学に励む。京都は天皇のお膝元で、いろいろな人間がおり、一口に尊皇攘夷といっても、人によって内容はさまざまで、昨日までは攘夷であったものが、今日は公武合体派になるというわけで、木屋町の料亭に飲みにいっても、八月中旬までは長州の天下で、それ以後は薩摩弁や会津弁が幅を利かせるという具合で、薩摩の田舎者には珍しいことが多かった。

「これが有名な加茂の水か……」

「むかしの上皇が、比叡山の法師と加茂の水は意のままにならぬ、というた、その加茂の水たい」

信吾と弥助は三條大橋の上から加茂川を眺めながら、そんな会話を交わした。

「それにしても、ここから見る御所はなんとのう寂れてみゆるのう」

「うむ、尊皇攘夷というても、帝（みかど）の住まいには手が回らぬかのう」

二人が見下ろす加茂の水には、早くも秋の冷ややかな気配があった。

「ところで……」と弥助が言い出した。

「おいは江戸へ行こう思うちょるが」

「やはりそげんか」

信吾は川水から弥助のほうに視線を移した。

弥助が砲術の勉強のために江戸の江川太郎左衛門の塾に入るべく、数名の藩士と運動をしていることを、信吾は知っていた。

「うむ、おいはあのエゲレスとの戦争のときから、これからの日本は洋式の砲術を知らんでは、異国と太刀打ちはでけんと思うちょったんじゃ。信吾もどげんか？　お許しが出たら一緒に江戸へ行かんばね」

そういって、弥助は幼馴染みの信吾を誘ったが、信吾は重い表情であった。

「おいも行きたか。じゃっどん」

「兄さぁのことか？　心配なか。藩の重役のほうでも吉之助どんの赦免を願い出ておらるるところたい」

「うむ、それが決まるまで、おいは京都で漢学の勉強をばしちょるど」

信吾は淋しそうにそう言った。彼とても江戸にいって、砲術や航海、洋学の勉強をしたいのは山々であるが、兄の隆盛がまだ沖永良部島に流されている間は、藩公に無理な願いは出されなかった。

この年の秋、横浜で、英国公使と薩摩藩の代表との間で生麦事件の賠償交渉が行なわれ、ようやく妥結に近づいていた。

そして十一月中旬、大山弥助は藩公の許可を得て意気揚揚と、しかし、信吾に対しては少し淋しそうにしながら、江戸に向かった。

このとき同行した留学生の中には、後の総理大臣黒田清隆、海軍中将伊東祐麿らがいた。

「弥助もいってしもうたか……」

四條に近い藩邸から七條まで見送った信吾はがっかりして、橋の上から加茂の水を眺めた。彼の心はゆれ動いていた。弥助と仲五郎という二人の友の言葉が、彼の心の中にあった。

——これからの日本は、砲術を学ばにゃ駄目じゃ、と弥助はいう。

——いんにゃ、これからは海軍じゃ。日本は島国じゃ、海からくる敵は海で防がにゃならん、とまだ若い仲五郎はそういう。

海か陸か……二十一歳の西郷信吾の心は、深い迷いの中にあった。

しかし、翌元治元年（一八六四）になると、信吾の胸にも灯がともるようになってきた。大久保一蔵、海江田信義ら旧誠忠組の藩士たちの嘆願によって、ようやく隆盛の赦免がかない、帰国することになったのである。

この年の一月、将軍家茂は上洛し、公武合体の体制を固めるという意見を奏上して、天皇のご機嫌を伺った。

しかし、朝廷にはなお攘夷論はさかんで、長州の巻きかえし運動もあり、また朝廷の意向による横浜鎖港問題が紛糾していた。

和宮の降嫁（こうか）（文久二年二月）で公武合体は、一応、成功と思われたが、孝明天皇の攘夷論はきわめて強硬なものがあり、幕府は有力な大名によって構成された参予会議にこれをはかったが、すでに幕府と條約を結んだ列強が容易に承知するはずはなかった。

参予会議では、朝廷の意を迎えようとする幕府の代表である一橋慶喜が鎖港を唱え、島津久光、松平慶永（春嶽）、伊達宗城らが反対した。とくに久光は薩英戦争で異国と戦うことの無益を悟り、また貿易の面でも幕府に独占されることを警戒していた。

この年（元治元年）一月、土佐の山内、越前の松平、伊予の伊達につづいて久光も参予を辞任し、この新型の国政決定機関は有名無実となってしまった。

赦免船

同じ二月、信吾には嬉しい知らせがあった。

待望していた兄吉之助の赦免がきまり、藩の胡蝶丸が迎えに行くことになり、信吾も吉井幸輔（友実、のち宮内次官、枢密顧問官）らとともにこれに乗り組んで、二月二十二日、沖永良部島に着いて兄を迎えた。

吉之助は島の和泊（わどまり）の牢獄にいた。

上陸した信吾が、藩主の赦免状を手にして駆け寄ると、牢から出た巨人が待っていた。

「兄さぁ！」

一年半ぶりの対面に信吾は胸を躍らせながら、浜を走った。

「おう、信吾か、大きゅうなったのう」

吉之助は大手をひろげて弟を迎えた。

「兄さぁ、達者か？」

信吾はその大きな胸に飛びこんだ。

「長かったのう、兄さぁ……」

吉之助の袖が信吾の涙で濡れた。

「いやぁ、まことに長うごわした」

吉之助はそういって、吉井に挨拶した。

吉之助が最初に奄美大島に送られたのは、安政六年一月のことで、このときは罪人ではなく、安政の大獄で幕府から追われていたので、藩が奄美に隠したという形であったので、待遇はよかった。

吉之助は島の東北にある龍郷に住んだ。この土地の旧家である龍家が吉之助の生活の面倒をみた。龍家は琉球王朝がこの島を支配していたころからの名門で、吉之助の生活は豊かであったが、彼は薩摩藩から六石の禄をもらっていたので、食べるくらいには不自由はなかった。また後の徳之島などの生活とはちがって、島中での行動も自由であった。

島の生活は吉之助には珍しいことばかりであった。島に着いて一と月ばかりで彼は大久保一蔵に手紙を書いているが、つぎの点を強調している。
一、一と月間、毎日、雨が降る。
二、龍家以外の島人は、吉之助に反感（異国人に対する?）を持って、口をきいてくれない。（吉之助も異質なものを感じたらしく、島人を毛唐と呼んでいる）
三、島の女は非常に美しく、京、大阪の女は問題にならない。
四、島には薩摩藩からきた代官がいて非常な搾取を行なっている。（島の主産物は砂糖黍で

あるが、その大部分を藩が取り上げている)

吉之助は龍家の子供の家庭教師をやっていた。

また藩の悪政に怒った吉之助は、代官の不正を摘発したりした。

吉之助が島に着いてまもなく、龍家の一族である愛加那という若い娘が身のまわりの世話をするようになった。吉之助には嘉永四年に結婚した伊集院家の娘がいたが、貧困と吉之助の三人の妹との生活に疲れ、離婚して実家にもどっていた。

南国娘らしい愛加那の情熱と優しさにひかれた吉之助は、この年の末に結婚した。吉之助三十三歳、愛加那二十三歳であった。愛加那は吉之助との間に二人の子供をもうけるが、鹿児島に行くことはなく、終生、島で暮らした。

島では、鹿児島からきた役人や流人の現地妻を島刀自(しまとじ)といって、結婚しても島だけの生活で、この妻を鹿児島に連れて帰ることは藩の掟で禁止されているので、夫が帰国するときが別れであった。ずっと後のことであるが、愛加那の生んだ長男は菊次郎といって、後に京都市長となる。長女は於菊といって、大山巌の弟誠之助と結婚する。

愛加那は、大島紬などを織って家計を助けていたが、文久二年二月、吉之助が鹿児島に帰るとき、これが永遠の別れかと、愛加那は胸のつまる思いをしなければならなかった。

吉之助は斉彬に仕えてまもなく、男子の出生を祈って生涯不犯(女に接しない)の誓いをたてたが、島の無聊な暮らしに堪えかねて愛加那と結婚したので、長男が生まれたときには、いかにも照れくさいようすで、これを大久保に報告している。

二人の子供を囲む島の生活は、英雄・西郷隆盛の生涯でも、もっとも平安な時間であったといえる。もちろん愛加那にとっても、唯一の幸せなときであった。そして、龍郷の浜で永遠の別れを告げた愛加那に、神はまたも二人の再会の短い時間を与えて、よけいに愛加那を悲しませるのである。

いったんは鹿児島に帰り、藩の重要人物として、久光上京のさいに下関まで先行する役目を仰せつかった吉之助は、大坂に行って久光の怒りをかい、同年六月、こんどは徳之島に流される。吉之助は島の北西にある岡前（おかぜん）という村に近い海岸に上陸して、岡前に住むことにした。現在、徳之島空港の近くに、「西郷隆盛上陸の碑」というのが建っている。

民衆の生活に関心の深い吉之助は、ここでも島のようすを大島と比較している。ここの役人は大島ほど威張らず、豪族もいなくて、米がとれ、島民の生活は大島よりよいようであった。

謹慎の身ではあるが、島を巡り、龍郷の愛加那や子供のことを思いながら、面会はあきらめていた。

ところが、八月になると、兄弟の世話で愛加那は、二人の子供を連れて徳之島に会いにやってきた。

吉之助はこれを岡前の浜で出迎え、成長した菊次郎と生まれたばかりの於菊を抱いて、涙を流して喜んだ。

同じく嬉し涙にむせびながら、愛加那は、だれが自分が行くことを夫に知らせたのか、と不審に思った。見れば、吉之助は旅支度をして、荷物をかついでいる。

「お前さぁ、どこかへいきんしゃるとかね？」

愛加那がそばに寄ると、

「これ、科人（とがにん）に寄ってはいかん！」と役人が遮った。

不幸な偶然というのか愛加那が乗ってきたその船で、吉之助は南の沖永良部島に移されるところであった。

しかし、役人にも情はあったのか、船が出るまでの短い間ではあったが、二人は、民家で休息することができた。

そして、別れの時がきた。

二人の子供を連れて愛加那は浜に立った。菊次郎の手を引き、於菊を背負って、泣きながら手を振っている愛加那の姿が、吉之助の視野の中で遠ざかっていく。

「あんた、吉之助さぁ！」

愛加那のもの悲しい声が、波の上を渡って吉之助の耳を打った。吉之助は大きな眼をいっそう大きく見張り、妻と子供を眺めていた。それが島で縁を結んだ夫婦の今度こそ永遠の別れかと思われた。

沖永良部島に移った吉之助は、和泊の牢獄（といっても囲いの中は座敷で、役人も親切であった）の生活ながら、勉学と思想の錬磨に励んだ。

愛する女との別離という悲劇が、このおおらかな男を苦しめ、そして成長させた。西郷の「敬天愛人」の思想は有名であるが、その発祥は、この沖永良部島の思索の中にあったのである。現在、この和泊には南洲神社が建っている。

吉之助が、こうして牢で瞑想にふけること一年余、赦免の船が、弟の信吾を乗せてやってきたのである。

信吾は村田新八の赦免をも伝えてきた。

「おう、新どんもか、そりゃあよか」

村田は吉之助が大坂に先行したとき、一緒にいて連座して、鳥も通わぬと言われる喜界ヶ島（奄美大島の東五十キロ）に流されていたのである。

吉之助と信吾を乗せた船は、鹿児島に向かう途中、大島の龍郷に寄って四泊した。役人の好意によるものか、単なる航海の都合なのかはわからない。

はしなくもここで吉之助は、もう会えないと思っていた愛加那と二人の子供に会った。一年半ぶりの再会で、夢かとばかりに、愛加那は喜んだ。二人の子供も、ずっと成長していた。菊次郎は四歳になり、於菊は走るようになっていた。

しかし、二人ともこの巨人が父親だと言われても、急にはなつこうとはせず、やっとそばに来るようになったときは、もう別れであった。

二月二十六日、船は龍郷を出港した。子供を連れた愛加那は、腰まで濡れるのもいとわず船を追いかけて叫びつづけた。そして、これが本当の最後の別れとなった。

愛加那の生んだ菊次郎は明治二年、於菊は同九年、鹿児島の西郷家に引き取られたが、愛加那は終生独身で吉之助と子供のことを想いながら、明治三十五年、たまたま西郷従道と同じ年に、大島で六十六年の生涯を終えた。英雄のはなばなしい活躍の陰にひっそりと咲いた蘇鉄の花のような忍従の人生であった。

船は喜界ヶ島によって村田新八を乗せ、二十八日、鹿児島に着いた。

（この項、山田尚二著「西郷隆盛のすべて」、五代夏夫著「西郷隆盛をめぐる女性」参照）

第二章　巨人登場

禁門の変

吉之助が帰国した元治元年は、血なまぐさい事件の多い年であった。

有名な暗殺者集団である新撰組が活動しはじめるのは、前年（文久三年）の夏、八月十八日の政変の後あたりからである。

近藤勇、土方歳三らが率いるこの集団の、もっとも有名な活動は、この年（元治元年）六月五日の池田屋事件である。尊攘派の志士たちは、単なる攘夷ではなく倒幕を企んでいたので、幕府はこれを弾圧する役目を新撰組に与えていた。

祇園祭の少し前で、京の町はお祭り気分に浮かれていたが、この夜の新撰組の斬り込みで、三條大橋の西たもとにある池田屋は、たちまち叫喚の巷と化した。吉田稔麿、宮部鼎蔵ら大勢の志士が殺傷された。やられたのは長州が多く、肥後、土佐もいたが、薩摩はいなかった。

当時、新撰組は、会津の京都守護職松平容保のお抱えとなっていたので、長州藩は憎んでいた薩摩とともに会津を怨んだ。

前年八月の政変以来、長州の強硬派は兵を率いて上京し、天皇に自分たちの尊皇攘夷の志を知ってもらい、もう一度、尊攘派の首領となるべきだと考えていたが、この池田屋事件でいっそうそれが燃えあがった。

上京、天皇への直訴の急先鋒は久坂玄瑞、来島又兵衛である。この二人は、視野のひろい桂（小五郎）や高杉（晋作）とちがって、古い型の攘夷論者で、もちろん公武合体にも反対であり、高杉は来島の説得を試みたが失敗し、ついに彼らは決起してしまった。

六月の中旬、長州藩の三家老、益田右衛門介、福原越後、国司信濃は兵を率いて京都に向かい、久坂、来島、入江九一（久坂と吉田松陰塾の同門）、元久留米藩士で神官の真木和泉らも同行した。

ここで吉之助の活躍がはじまる。

吉之助は帰国してまもない三月四日、信吾を連れて船で京都に向かった。入京した吉之助は、三月十八日、久光に拝謁して、軍賦役兼諸藩応接係を命じられた。

時代はようやく、この藩の青年にもっとも人望のある巨人の登場を必要としてきつつあった。

これ以後、薩摩藩は吉之助、大久保、小松帯刀がリーダーとなるのであるが、四月十八日、久光が側役の大久保らを連れて帰国すると、京都に残った吉之助は、家老小松帯刀、軍役奉行伊地知正治、御小納戸頭取吉井友実らとともに、薩摩を代表して、京都の町ににらみを利かせることになった。

当時、京都には長州の怨みが深く残っており、「薩賊会奸」の合言葉がまだ言われていた。久光が京都を去るとき、このような薩摩の悪評を消すようにと言ったので、吉之助は静かに大勢を観望し、大坂で薩摩商人が茶の抜け荷（密貿易）をやるのを取り締まったりした。長州藩に反幕府の気風が濃いので、幕府が外国（フランス）の助けを借りて長州を討つ、というような風評もとんでいたが、吉之助は外国の助けを借りることも、長州を討つことにも不賛成であった。

すでに新しい日本をつくるためには、海外の事情を学び、貿易を盛んにして、富国強兵をめざすよりほかはなく、それには倒幕の道しかないことをこの巨人は知っていた。

六月五日の池田屋襲撃のとき、吉之助は楠公社建設のために兵庫に向かう途中、伊丹で泊まっていたが、明け方、京都の方向で火炎が見えたので、急いで京都に帰って事件を知った。

このとき、彼は大久保に送った書面の中に、

「これでは長州も黙ってはいまい。大挙して決起するかもしれない。いまのところ幕府も長州も薩摩を頼みにしているらしいが、この際、確固として動かず、禁裡の守護を一筋に考えることが肝心である」と書いている。

そして、いよいよ禁門の変である。

先発の福原越後の隊は、伏見の長州藩邸に入り、国司信濃、来島又兵衛の隊は西の嵯峨から御所をめざし、真木和泉、久坂玄瑞の隊は山崎に陣して北上をはかった。

これに対して御所を守るのは、薩摩、会津の精兵である。この少し前、幕府は、薩摩に対

して淀に陣をしいて長州を阻止するよう命じたが、いまや薩摩の代表である吉之助は、「この度の戦(ゆっさ)は、いまのところ長州と会津の私闘でごわす。薩摩には兵を動かす名分がごわはん」と言って断わった。

長州が落ち目であるのにつけ込んで、これを圧迫するのは薩摩隼人のとるべき道ではないというのが彼の論理であるが、もしも長州が朝廷に兵を入れるようなときには、薩摩も立たなければならないと、彼は決意していた。

六月二十七日、御所では朝廷の公家と一橋慶喜らが、長州藩主毛利敬親から提出された「赦免嘆願書」(文久三年八月の政変に関する)について討議が行なわれた。慶喜は交換条件として、長州藩兵の撤退を求めた。内大臣近衛忠房(関白近衛忠熙(ただひろ)の息、母は島津斉興の養女、朝廷と薩摩を結ぶ役目をしていた)は、吉之助を呼んで意見を求めた。

吉之助は慶喜と同じく、長州の撤退を求める意見であったが、長州が暴発したときには、追討の勅命を出すべきであると主張した。

しかし、腹に一物ある長州は、七月に入っても撤兵しない。来島や久坂はこのさい、一気に薩摩、会津の兵を押して御所に入り、天皇を擁して尊攘派の首領となる計画であった。薩摩、会津の兵は一時的に御所を守るための兵力で、長州が連れてきた兵力は、それを上回るものと、彼らは自負していた。

薩摩は大坂から援兵を送り、長州の後続部隊も到着して形勢は一触即発の状況となった。

廟議は、長州が撤兵しなければ、追討すべしときまり、薩軍は御所の北西の乾門と天龍寺方面に兵を配置した。

七月十九日、両軍は衝突した。戦闘は御所の西にあたる禁門（蛤御門）でもっとも激しかったので、この戦いを禁門の変と呼ぶ。伏見を発した長州軍は大垣藩兵によって撃退されたが、天龍寺の長州軍は御所に押し寄せ、一時は蛤門の会津、桑名の藩兵を圧倒し、優勢を思わせた。しかし、吉之助の直率する薩摩軍が乾門から駆けつけ、蛤門で激戦の結果、長州軍はついに敗退した。このとき大火災が起きて、京都の町は二万七千軒が焼けた。

また、六角の牢獄に入れられていた平野国臣ら尊攘派の志士三十三名が、新撰組によって処刑された。

この戦いで、吉之助は足に負傷したが、よく部隊を指揮して有能な武将の素質を示した。また、長州軍から押収した米五百俵を被災者に放出して、薩摩の評判をよくした。

この手柄で、彼は十月、側役に昇進し、大久保と並んで、いよいよ薩摩藩の中心となっていく。信吾も兄の率いる部隊の一人として蛤門で長州と戦った。薩英戦争についで、これが二度目の戦火の洗礼であった。

負けた長州勢では久坂、来島、入江ら、後に高杉、桂、あるいは伊藤博文、山県有朋らと並んで日本を担うべき多くの人材が戦死または自決し、真木和泉も天王山で会津、桑名の兵を迎えて戦い自決した。

禁門の変が片づいた後、吉之助は藩士の一人に、「戦いは好きであるが、戦争というものは二度としたくないほど難儀なものである」と書き送っている。

勝海舟の卓見

七月二十三日、廟議は宮廷に発砲した長州藩に対して追討の令を下した。いわゆる長州征伐である。

征長総督には紀伊藩主徳川茂承が任命され、後に尾張藩主の徳川慶勝に代わった。

禁門の変で最高の手柄を立てた吉之助は、征長総督参謀という枢要な地位につき、長州藩の運命を握ることになった。

彼は最初、長州をたたき潰すつもりでいた。

しかし、九月十一日、大坂で勝海舟と会ってその意見を緩和することにした。

いよいよ勝海舟が登場し、ここに幕末の役者がそろってくるわけで、後は坂本龍馬と桂小五郎が出ると、三役そろい踏みということになる。

海舟の経歴をのぞいておこう。

海舟は、文政六年（一八二三）、江戸の下町、本所亀沢町に生まれた。西郷隆盛より四歳年長である。父の小吉は御家人といって下級の旗本であった。

禄は年四十俵であったが、小吉は〝無頼の徒〟とつき合い、家計は貧しく、ある年の暮れには餅がつけないほどであった。

海舟は通称を麟太郎といって、幼いころから利発な子で、たまたま、大奥に勤める老女のつてで江戸城の庭を見物していたとき、その利発ぶりが十一代将軍家斉の目にとまり、孫の初之丞の遊び相手として、御殿に上がった。そこまでは順調であったが、徐々に運命が狂ってくる。七歳でお城に上がった麟太郎は、塾で学問をしていたとき、犬に睾丸を咬まれて瀕死の重傷を負ったが一命をとりとめた。

十二歳でお城から暇をもらったが、十五歳のときに、初之丞が一橋家を継いで慶昌と名乗り、麟太郎を側近として連れていきたいといってきた。このままいけば一橋家の側役という重臣となり、相続問題で慶昌が将軍にでもなれば、老中格の側用人にでもなれたかもしれない。しかし、この話のあった翌年に慶昌が病死したので、勝家の幸運も目の前を素通りしてしまった。

少年時代の麟太郎は、まず剣術を習った。

幕末の剣豪では、男谷下総守や島田虎之助らが有名であるが、勝家はこの男谷家と親戚筋であったので、麟太郎はまず男谷の門をくぐり、ついでその高弟である島田虎之助の弟子となって、本格的な剣の修行に打ち込んだ。

師の薦めによって禅の修行もした麟太郎は、二十一歳で免許をもらうと、今度は蘭学を勉強しはじめた。その理由が、江戸城中でオランダから贈られた大砲を見て、海防を考えるとともに、その砲身に書いてある文字を読みたくて蘭学に志したというから海舟らしい。

当時、江戸で蘭学の大家といえば箕作阮甫で、麟太郎はさっそくその門をたたいたが、ウマが合わなかったのか断わられてしまったので、永井青崖の門人となった。弘化二年（一八四五）で麟太郎二十三歳、ペリーが浦賀にくる八年前のことである。

この年、結婚した麟太郎は、新妻もそっちのけの勢いで蘭学に熱中する。剣も蘭学も、凝り性で入れこむたちの麟太郎には向いていたらしい。

有名なエピソードがある。当時、蘭学辞書としては、『日蘭辞書・ヅーフハルマ』（五十八巻）しかなかった。麟太郎は赤城某という蘭方医師からこれを借りて、一年近くかけて二組筆写した。この辞書の一揃いは六十両で、一年間の借り賃は十両であった。できあがった二組のうち一組を売って、麟太郎はその借り賃を払った。このころ、勝家は貧乏のどん底で夏は蚊帳がなく、冬は布団がない。柱や縁を削って飯を炊いたという。ようやく世相騒然としつつある幕末に、麟太郎青年のこの頑張りは一抹の涼風といえようか。

剣と蘭学を学んだ麟太郎は、兵学に関心を持った。

ここにまたエピソードが出てくる。隆盛、従道と同じく勝という人もエピソードの多い人である。

ある日、麟太郎は町の本屋で、新しいオランダ語の兵書を発見したが金がない。やっと金を工面して本屋に駆けつけたが、もうその本は売れていた。買った客は、四谷の与力だという。そこで、麟太郎はその本を譲ってくれるよう掛け合ったが駄目で、「夜なら見せてもよい」という。それで麟太郎は毎夜通って半年ばかりでこれも写してしまった。その努力に驚いた与力は、その本を麟太郎に進呈してしまった。麟太郎は自分の写した本を三十両で売って、また兵書を漁（あさ）ったという。

当時の洋式兵学はナポレオンの戦術を中心にしたものが多く、それに火薬の製造法や軍艦の建造、航海術、海戦術などがあった。

嘉永三年、二十八歳のとき、麟太郎は赤坂に塾をひらいて、蘭学と西洋兵学の講義をはじめた。

その三年後の嘉永六年にはペリーが浦賀にくるが、その少し前に、また麟太郎のエピソードがある。それは麟太郎が大砲をつくった話である。

麟太郎は大砲の設計を手がけ、鋳物師にたのんでこれを鋳造させて諸藩に売ったりした。六百両の大砲をつくると三百両くらいの謝礼が普通であった。ところが、鋳物師はずるくて銅の量をごまかしたりする。

ある藩から大砲三門の注文がきたが、担当の鋳物師が五百両の袖の下を持ってきた。秤をごまかすから大目にみてくれ、ということらしい。麟太郎は怒ってその金の分だけ精巧な砲をつくれ、設計者のわしの名を汚すな、といって追い返した。この話が、幕府の要職にいた大久保忠寛（一翁）の耳に入って、幕府に職を得ることになる。

ペリーが来航した翌年、幕府は麟太郎を海防掛目付に登用する。前記のエピソードもあったろうが、蘭学、兵学の麟太郎の名は、江戸でもようやく有名になってきていたらしい。

この前年、ペリーの来航に関して、麟太郎は意見書を幕府に提出した。これはつぎの五部に分かれている。

一、人材登用、言語洞開。

二、堅船をつくって清国、ロシア、朝鮮と交易し、その利益を国防の費用に当てる。
三、江戸の守りを固める。
四、旗本の困窮をすくい、洋式の兵制とする。
五、火薬の原料を入手し武器製造に力を入れること。
これによって麟太郎は幕府の重役に認められたのである。

安政二年、麟太郎は下田取締掛手付という職になり、蘭書の翻訳を命じられた。

幕府の職についた麟太郎の初仕事は、大久保とともに伊勢、大坂、兵庫、淡路島などの海防状況を視察し、その帰路、浦賀、房総をも視察して、幕府の海防結果の見直しをやった。

これが終わると、麟太郎に一つの転機がやってきた。安政二年七月、幕府は麟太郎に長崎の海軍伝習所で海事を習練することを命じた。

ペリーがきた年の秋、首すじが涼しくなってきた幕府は、オランダから軍艦を買おうと計画したが、かえってオランダから、航海や海戦を日本人が学ぶべきだと言われて、それを考えることにした。

安政二年六月、オランダは汽船スームビング号（のちに観光丸となった）を日本に寄贈し、ペルス・レイケンという海軍中尉の艦長以下の乗組員も日本に送った。そこで七月、幕府は長崎伝習所を発足させ、伝習生を選抜して長崎に送ることにしたのである。

伝習所の管理者（所長）は、旗本の永井尚志（なおむね）（のち、軍艦奉行、若年寄、慶喜に信頼され、鳥羽伏見の戦いでは幕軍を指揮する。箱館では榎本側について降伏、維新後は元老院権大書記官となる）で、伝習生の幹部は、麟太郎と矢田堀景蔵（関東代官の出、のち、軍艦操練所教授となって、榎本らを教える。軍艦奉行並から海軍総裁となり、維新後は、沼津兵学校長などを勤めたが不遇であった）の二人で、伝習生としては中島三郎助（浦賀奉行の息、のち、軍艦操練所教授として桂小五郎を教える。榎本とともに箱館で戦い、明治二年五月、戦死）、中牟田倉之助（佐賀藩士、戊辰戦争では朝陽丸の艦長として箱館を攻め、乗艦沈没、重傷を負った。維新後、兵学頭、海軍兵学校長をへて海軍中将、初代軍令部長となる。日本海軍草分けの一人）、塚本恒甫（幕臣、のち、軍艦頭、維新後、海軍少丞）、小野友五郎（幕臣、のち、軍艦操練所教授、咸臨丸に乗船、咸臨丸艦長として小笠原諸島を測量、勘定奉行並として幕府の最後に立ち会い、鳥羽伏見の戦いの後、大坂から金十八万両を軍艦に積んで江戸に運んだ罪で禁固一年、維新後、製塩業に従事した）、少し遅れて赤松即良（幕臣、咸臨丸渡米のとき、教授方手伝いとして乗船、オランダ留学後、沼津兵学校教授、維新後は海軍中将、横須賀鎮守府司令長官）、五代友厚（薩摩藩士）、榎本武揚（幕臣）らがはいってきた。これらはそれぞれ日本海軍の草分けであるが、出身が幕臣であるか尊皇派の藩士であるかで、維新後の運命がさまざまに変わっている。

伝習所の訓練は厳しく、麟太郎のように蘭学の素養のある者はまだしも、オランダ語に慣れるまでは、教官も伝習生も辛苦を重ねた。

しかし、その甲斐あって、安政四年、幕府は江戸に軍艦操練所をつくって、大規模な海軍の養成機関とする計画をたてた。

このとき、永井や矢田堀らの幹部は観光丸で江戸に向かったが、麟太郎は中島、榎本らとともに、後進の指導のために長崎に残った。

永井の後任には木村喜毅が監督となった。木村は後に摂津守となり、勝が艦長で咸臨丸がアメリカに行くとき、提督として同行している。木村は軍艦奉行の家に生まれたので、身分のひくい麟太郎とはウマが合わなかった。謹厳実直な木村はよく伝習生に小言を言い、麟太郎と喧嘩になった。咸臨丸でアメリカにいったときも、提督と艦長は仲がよくなかった。

永井らが江戸に去ってまもなく、幕府がオランダに注文していた軍艦のうち、ヤッパン号が長崎に着いた。これが咸臨丸である。麟太郎はこの船で朝鮮を訪問している。

安政五年は、井伊大老がアメリカと条約を結ぶ年であるが、この年の一月、麟太郎は鹿児島に行って島津斉彬に会っている。斉彬の死ぬ半年前のことである。船が山川港に着くと、指宿温泉にいた斉彬は単騎で駆けつけたというから、英雄、英雄を知るといえようか。

しかし、ここでは二人は意気投合というよりは、たがいに腹のうちを探るという一幕もあった。幕閣では薩摩藩が琉球を利用して密貿易をやっているのではないかと疑っており、麟太郎の船はそれを探索する使命をおびていた。それを察知した斉彬は鹿児島の軍事施設を案内して、秘密はないとして、勝の琉球行きを制止した。

また斉彬は、「今後は大いに国事を談じたいが、人に知れるといけないから、ひそかに書簡を出す。そのほうが貴君が疑いを受けなくてすむであろう」といったが、さっそく手紙を書いて、「現在、長崎奉行の手元で薩摩がオランダから買った鉄砲五百梃を抑えているが、うまくとりなしてほしい」というような注文を麟太郎につけた。斉彬の立ち回りは巧妙といえよう。

安政六年一月、幕府の伝習所縮小の方針によって、麟太郎は朝陽丸で五年ぶりに江戸に帰った。

おりから、井伊大老の安政の大獄が嵐のように吹きまくっている。永井、大久保ら麟太郎にゆかりの開明派の幕臣が職を追われていた。麟太郎はそれほど上位ではないので、江戸の軍艦操練所教授方頭取として、勤務していた。

この年の秋、先にアメリカと結んだ通商航海条約の批准に、使節を船でアメリカに送る話が具体化してきた。

アメリカ行きの乗り組みが発表されたのは、十一月下旬で軍艦奉行並の木村喜毅が提督、麟太郎が艦長で、船は咸臨丸と決まった。長崎伝習所の生徒も多く参加して、万延元年（一八六〇）一月十三日、咸臨丸は品川沖を出帆した。

冬の太平洋は荒れた。前から不仲であった木村と勝は、ここでも衝突し、太平洋の真ん中で、勝が、「おれはもう帰るから、バッテラ（ボート）を下ろしてくれ」とごねる一幕もあった。この船には福沢諭吉やジョン万次郎も乗っており、乗組員は伝習所出身者が主体であったが、麟太郎の指揮と相まってよく荒波をしのぎ、四十三日で太平洋を渡って、二月二十六日、サンフランシスコに入港し、大歓迎を受けた。

麟太郎や諭吉は、アメリカの港湾や社会制度などを勉強して、閏三月十八日、サンフランシスコを発して、ハワイに寄って、五月五日に帰国した。

咸臨丸が浦賀に着くと、捕吏が船に乗りこんできて、

「井伊大老が暗殺（三月三日）されたので、水戸の侍がいたら取り調べたい」と言うので、

「アメリカには水戸人はおらんぞ」と言って、麟太郎は彼らを追い返した。暗殺の事情を聞いて、白昼、天下の権力者が殺されるようでは、もう幕府もだめだ、と見切りをつけた。

アメリカから帰った麟太郎は、六月、蕃書取調所頭取助を命じられて、四百石をもらうことになった。

翌文久元年、講武所砲術指南役。文久二年七月、江戸の軍艦操練所頭取を命じられる。閏八月、軍艦奉行並、千石をもらう。この年の夏、土佐の坂本龍馬がきて門下生となる。

文久三年四月、将軍家茂の大坂湾視察に随行し、神戸の海軍操練所建設の許可を受ける。龍馬がこの操練所の塾頭になる。

元治元年二月、四国連合艦隊の長州攻撃を延期させるために長崎にいくが談判は不調。五月、軍艦奉行を命じられ、安房守となる。八月、四国連合艦隊の長州攻撃を止めるために豊後の姫島にいくが成功しない。

そして九月、西郷吉之助と会ったわけである。

勝と西郷の会見は、慶応四年三月、江戸城明け渡しのときの会見が有名であるが、その四年前に、すでに両雄は大坂の幕府の屋敷で肝胆相照らしていたのである。

このときの吉之助は長州に対して、相当に厳しい処分——長州の半分は朝廷に献上して、残りは長州征伐に手柄のあった藩（たとえば薩摩）で分けるというようなことを考えていた。

ところが、幕府の動きがはっきりしないので、切れものと評判の勝の意見を聞きにきたのである。

冒頭、勝はこう言って吉之助の目の前を明るくさせた。

「幕府には、もう天下を取り仕切る力はありませんよ。西郷さん、これからは薩摩のような雄藩が連合して国政をみることでげすよ。幕府大事の幕臣に一撃を加えて局面を打開して、大名会議のような共和政治をやるのが一番でげすよ」

「さようごわすか。この日の本に共和政治と言わるるごわすか」

吉之助は大きな眼をいっぱいに開いて、この先達を見つめた。

「つまり長州はたたきのめさず、幕府に代わる雄藩の会議に力を残すべしといわるるごわすな」

吉之助がそう言うと、勝はうなずいて、

「あんた大きな眼がよう見えるではござらんか」とその理解の早さに感心した。

「安房どん、幕臣が幕府をもういかんと言われるのはどげんもんでごわすかな？」

西郷が微笑をふくんでそういうと、

「なあに、江戸はもう、たががゆるんで、がたがたでげすよ。これからは西の風が強くなるな。西郷さん、あんたたちの時代でげす。幕府は、もう五年もてばよかろうかね」

そう言って、勝は笑った。

先見の明のありすぎた勝は、この年の十一月、操練所に尊攘派の浪人を入れたというようなことで、役を罷免される。

吉之助は国許にいた大久保への手紙で、

「勝はまことに驚くべき人物で、最初はたたくつもりでいたが、とんと頭を下げた。どれだけ知略があるかわからぬ。まずは英雄肌合いの人で、佐久間（象山）より仕事は一層できると思われる」と書いて勝に感心している。

この会見は、西郷が勝の人物に感心したというだけではなく、幕末の歴史に大きな影響をあたえることになった。すなわち、ここで吉之助は勝の共和政治論によって、はっきり倒幕を意識するからである。

そして、雄藩連合のために、長州征伐はほどほどにして、やがて慶応二年の薩長連合に持ち込むのである。

後年、勝は龍馬に、西郷のことをつぎのように述懐している。

「あのとき西郷はお留守居格だったが、轡（くつわ）の紋のついた黒縮緬の羽織を着て、なかなか立派な風采だった。意見や議論では、おれのほうが上だと思ったが、天下の大事を担当するのは、やはり西郷ではなかろうか、とおれもひそかに恐れたもんだったよ」

勝と西郷の会見で、征長軍が足並みをそろえたのに対し、長州ではお家騒動がつづいていた。革新派——正義派は主戦派（武備恭順）であり、俗論派は純一恭順説で争っていたが、ようやく俗論派が力を得てきた。

吉之助は、正義派の高杉や井上（馨）の動きに注目していたが、征長軍としては、恭順してくれるほうが都合がよかった。へたに抗戦してくると、たたかなければならない。それでは雄藩連合の総合戦力が減るのである。

かねて長州に密偵を入れていた吉之助は、その内紛が俗論派の勝ちらしいとみると、毛利の支藩である岩国の吉川経幹と連絡して、徹底抗戦をやめて恭順するように画策した。

吉川が山口の政庁に入ると、情勢は吉之助の計画に近くなってきた。

十月二十二日、征長軍は総督の徳川慶勝が大坂城で軍議を開き、十一月十一日、諸藩の軍は長州との国境に布陣し、十八日、総攻撃を開始することに決した。このとき、慶勝は吉之助を呼んで意見を聞いた。

「大義名分上、征長は止むを得ません。じゃっどん、こげんこって国力を消耗させもすは、日本国の不利でごわす。策を用いて不戦の勝ちを得るように支藩をして本藩を説得さするがよかと思いもす」と吉之助は進言し、納得した慶勝は征長の策いっさいを吉之助に任すといった。

吉之助は、十一月二日、薩摩藩士の吉井友実、税所篤らとともに広島に着き、岩国に向かい、四日、吉川経幹と会談し、

「征長軍の総攻撃の時期は切迫している。長州は責任者の三家老と主な参謀の処分を行なって、謝罪せよ」という総督の趣旨を伝えた。

また吉之助は、禁門の変で薩摩藩が捕虜とした長州藩の兵士十名を岩国に送還するという意向を示したが、この申し出は両藩の感情宥和に役立ったという。

長州藩は福原、国司、益田の三家老を自刃せしめ、八人の禁門の変の参謀を斬罪に処し、三家老の首は、十一月十四日、広島、国泰寺の征長軍の本営に到着した。

尾張藩家老成瀬正肥（犬山城主）は総督の名代としてこの首実検を行ない、諸藩に総攻撃の延期を伝えた。

このとき、薩摩藩は小倉と芦屋（遠賀川の河口）に部隊を待機させていたが、吉之助は伊地知正治を小倉に派遣して、攻撃延期を伝えた。

十一月十八日、徳川慶勝は国泰寺で三家老の首実検を行なった上、毛利父子（敬親と定広）の謝罪状の提出、山口新城の破壊、五卿の移動（文久三年の政変で都落ちして山口にいた三条実美以下七卿のうち、沢宣嘉は脱走、一人は死亡した）を命じた。

このとき、総督府には、このさい、周防の国を幕府において没収せよ、という過激な意見もあったが、吉之助は即座に反対した。近い将来、味方となるべき長州の力を削ぐのはまずい。いまは恩を売ると同時に長州にも力をたくわえさせる時期であった。吉之助の遠謀を知るや知らずや、総督は彼の意見を容れた。

問題は五卿の移動（九州の福岡藩に移す）である。彼らはすでに奇兵隊の高杉らによって長府（下関の北東十五キロ）の功山寺に移されていた。長州が五卿をかつぐ以上、一種の名分が成り立つので、和平は遠くなる。

「よか、おいが行きもそう」

吉之助は、長州の若手藩士で主戦派の高杉という男に会ってみようと考えたのである。

十二月四日、吉之助は小倉で五卿に随行している中岡慎太郎と会い、誠意を尽くして戦争終結のため五卿を太宰府に移すことを説いた。中岡ははじめは、この薩閥の巨魁を刺すつもりでいたが、聞きしにまさる吉之助の雄大な風貌と、おのれを空しくして国のために大義を説くそのあふれんばかりの誠意に打たれて、移動に関して諸隊を説得することを約束した。
西郷は不思議な人物で、理屈ではなくその無私の人柄と天真爛漫な態度で相手を魅了してしまう。海舟も感じたように一種のテレパシーを発するのが彼の特色で、当時は、これを腹芸と呼ぶ人も多かったらしい。中岡は龍馬の盟友として有名であるが、人一倍気の強い男なのに吉之助にはころりと参ってしまった。

十二月十一日、吉之助は吉井と税所を連れて下関に入った。禁門の変で長州勢を打ち破った憎むべき巨頭の下関入りを、血の気の多い長州人が黙って帰すとは思われない。征韓論のときと同じく、彼は使命のためにはいつでも自分を捨てる覚悟ができており、そこが大西郷と呼ばれる所以であろう。

西郷と高杉

幸いに吉之助は、ぶじに下関から帰ることができた。会見の相手が高杉晋作であったからである。

高杉は俗論派の圧力から逃げるため、谷梅之助と変名して、いったん長州から亡命して、福岡郊外の野村望東尼の平尾山荘に籠もって、長州再建の策を練っていたが、吉之助がきたときは下関に出て来ていた。

征長総督が毛利藩主の謝罪、五卿の移動などを要求したことを聞くと、怒った高杉は長州の俗論派を討つべく、十一月二十一日、望東尼に別れを告げて、博多で同志の月形洗蔵と別杯をかわし、二十五日、下関に着いた。

そして、十二月十一日の吉之助との会見になるのであるが、この両雄の激突はさぞかし見物であったろうと思われるが、詳しい資料が手元にない。昭和十八年刊行の『高杉晋作』（森本覚丹）や、四十三年刊行の『高杉晋作』（山口武秀）にはこの二人が会ったという記載がない。

森本版には興味ある記述がある。

このころ、西郷が福岡に来て、平尾山荘で高杉と会ったという伝説がある、と森本氏はいう。

月形らが二人を会わせようとしたが、高杉は薩人は信用できないといって、会わない。そこで望東尼が、

「くれないの大和心はいろいろの糸まじえねばあやに織られず」と詠じたので、高杉が西郷に会ったという説がある。

しかし、西郷の伝記を詳しく調べてみると、高杉が筑前にいたころ、西郷は広島や岩国にいて長幕の間を斡旋していたので、平尾山荘に来たというのは、一片の伝説にすぎない。ま

た、後に下関で西郷と会ったというのも伝説である、と森本氏はいう。

『西郷隆盛』（井上清・昭和五十九年刊）では、十二月十一日、西郷は下関で高杉と会い、また奇兵隊総督山県狂介らを説得した結果、まず征長軍が引き揚げ、その後に五卿は筑前に移るという妥協が成立した、となっている。「西郷と倒幕」（下堂園純治・昭和六十年刊『西郷隆盛のすべて』所載）でも、西郷は十二月十一日、下関に入り五卿の従士や高杉以下の諸隊長と会談し、説得に成功した、となっている。


しかし、両書にも西郷と高杉の会談のようすは書いてない。両雄のファンとしては、そこが知りたいのだが、果たして両雄は会見したのだろうか。また、西郷は下関に来たのだろうか。

それを解く一つの鍵として、『公爵山県有朋伝』（徳富猪一郎、昭和八年刊）を見たい。井上版では西郷は山県らを説得したとあるから、山県伝にはなんらかの記述があるはずである。これによると高杉の下関着は、森本版と同じく十一月二十五日である。


しかし、この山県伝には西郷が下関に来て高杉や山県に会ったという記述はない。「公（山県）と五卿西遷問題」の項に、

「五卿の筑前移転問題は、長藩が幕府の要求に対する条件の一であって、西郷吉之助を首とし、筑前の有志月形洗蔵らが征長総督と長藩の間に立って斡旋しつつあった問題であった」

とあるだけで、十二月十一日の西郷と高杉、あるいは山県との会談の記述はない。

山県伝は、この後、十二月十五日の高杉の挙兵（藩の俗論派を討つための）と山県の動向に

力を入れており、西郷に関する記述は少ない。

念のために、『高杉晋作』(奈良本辰也)も当たってみたが、高杉と西郷が下関で会ったという記述はなかった。

西郷・高杉ファンのために、伊藤痴遊の『西郷南洲』から講談的な描写を引用してみよう。

『馬関・稲荷町の大坂屋の離れの茶室に、高杉がひそかに来ているのだ。月形の紹介で西郷に会うためである。長州人の薩人に対する憎悪の念が、いまも盛んであるから、西郷に会って人目にかかるとうるさいから、こうした秘密の会見になったのである。

暗い廊下づたいに、暗い茶室に入ってきたのは、月形と西郷であった。

「高杉殿、おらるるか」

「やあ、月形氏」

「彼の人(西郷)をな」

西郷は月形の後から入った。立ち上がった高杉と西郷は闇中に手を握った。

「下関には何で来られたか」(と高杉が聞く)

「征長軍の一條で奇兵隊の勇士が幕命に応じぬ、と聞いて月形氏を煩わしたのでごわす」

「奇兵隊のほうはどうなりましたか?」

「どうもいかんごっ、これからおいどんは長府に行くつもりごわんど」

「お手前が行かれてもその甲斐はあるまい。もし奇兵隊がお手前の意見を聞かぬときは何とせらるるか」

「尽くすだけ尽くして届かんもんは止むを得んが、ただおいは貴藩のために惜しむのでごわすよ」

話はこれからすすもうとしていたが、おりから二階の連中が、西郷と月形の姿が見えぬと騒ぎ出した。仲居が駆けてきてそれを告げるので、止むを得ず二人はそのまま別れた。この二人は、このとき限り会うてはおらぬ。――』

十二月十五日夜、積もった雪を満月が照らす長府功山寺で高杉が挙兵したとき、吉之助はどこにいたのか。

「西郷と倒幕」では、吉之助は、下関での説得交渉の結果を小倉の征長副総督の松平茂昭に報告すると、二十日、岩国の吉川経幹に会って、長州藩鎮定について一層の努力を要請した後、二十二日、広島に到着した、となっている。

高杉の挙兵は、吉之助にまた面倒な事態となった。高杉の狙いは萩に向かって、藩庁から俗論派を追放することであった（一月末、それは成功する）が、長州征伐の終了を宣告し、兵士の解散を命じるつもりの、吉之助は当惑した。

総督府では、これでは長州藩の行く先が不安であるし、五卿の移動も実施がむずかしいとして、征長軍の解散に反対するものもいた。

しかし、吉之助は断固として解散を唱えた。長州藩の内乱は藩自体が解決することで、そのため征長軍が長く広島、小倉などに滞陣すれば、その負担によって諸藩は瓦解するかもしれない、というのが吉之助の意見で、総督徳川慶勝は、大英断をもって十二月二十七日、解散を令した。諸藩の兵士は、この大義名分のよくわからない出兵にうんざりしていたので、郷里で正月を迎えるため、いそいそと任地を引き揚げた。

その嬉しそうな姿を見た吉之助は、ふと、鹿児島で自分を待っているはずの家族や、そして、大島で二人の子供とあてもなく自分が帰ってくれる日を待っている愛加那のことを思い出して、涙をもよおした。

翌二十八日、吉之助は広島を発って小倉に向かった。内外ともに多事であった元治元年もやがて暮れようとしていた。船の甲板から防州の山を眺める吉之助の髪が風にそそけ立ち、豊かな頬に粉雪がちらついた。

——今年も暮れるか……。

ふと巨人の目許に感傷の影が宿った。去年の暮れは、まだ沖永良部島の牢獄の中にいたのである。その罪人が、今年は征長軍の参謀として、最高の権力者として年を送ろうとしている。物に動じない吉之助も、多少の感慨なきを得ない。

吉之助の視野に岩国の町が入ってきた。

——吉川殿にも世話になりもした……。

吉川の斡旋がなく、長州との全面戦争になったら、大勢の命を犠牲にしなければならない。桂や高杉を生んだ長州が焦土とならぬとも限らないし、そうなれば新しい日本をつくるための同盟国となるはずの長州は潰滅してしまう。吉之助は、今回の戦の始末に満足するとともに、来年の事業へ思いを馳せた。

慶応元年（一八六五）が明ける。

吉之助は、元日、小倉に着いて、副総督と薩摩藩の先鋒隊に会うことにした。

「兄さぁ」

と声をかける者がいた。ひときわ大きな青年である。二十三歳になった弟の信吾がそこにいた。

「おう、信吾か……」

そう言うと、吉之助は駆け寄ろうとした弟を手で制した。いまはまだ公務中である。

「元気か？」

それだけ言うとこの参謀は、本陣のほうへ歩をはこんだ。薩摩の隊に帰国を命じると、その夜、吉之助はひさかたぶりに弟と語りあった。しばらくぶりに見る弟は、いっそうたくましく成長しているようで兄を喜ばせた。

広島から連絡にきた伊地知正治から、兄吉之助の使命については、ある程度のことは信吾も知っていたが、こんど兄から長州処分の計画を聞くと、

――兄さぁは、また腹芸をやっとらすと……、と信吾は兄の偉大さに驚いた。

「兄さぁ、長州の高杉などげんお人でごわすと？」

信吾は、桂と並んでいまや長州を動かしているという高杉に関心を抱いていた。

「うむ、高杉どんな鋭かお人じゃ。奇兵隊ちゅうもんをつくりもって……。半次郎（中村半次郎・桐野利秋）と一蔵（大久保）どんを合わせたごっ」

そう言うと、吉之助は笑った。中村半次郎は鹿児島郊外の郷士のせがれで、文久二年、島津久光について上京し、禁門の変では大いに働いて、吉之助に認められていた。高杉と会った時間は短いが、密偵を使って長州の内幕を探った吉之助は、高杉がどの程度の武略の持ち主であるかをよく知っていた。

吉之助は、小倉で五卿の移動について一つの方策を示した。薩摩藩士の黒田清綱（のち、貴族院議員、歌人として明治天皇の歌の指導者となる）を五卿護衛主任として、五卿を太宰府に移すことにした（五卿は、一月十四日、長府の功山寺を発して、二月十三日、太宰府に入る）。この後、吉之助は船で、一月十五日、鹿児島に帰り、信吾は京都にもどって警備に当たった。

鹿児島にもどった吉之助は、久光と今後の藩の行き方について相談したが、保守派の久光が依然として公武合体によって幕府の延命を考えているのに対し、吉之助はひそかに倒幕を考え、それには薩長連合が必要であるが、長州嫌いの久光にそれを納得させるには、まだ時間が必要と思われた。

このとき吉之助は、鹿児島に帰った直後、岩山糸子と結婚した。糸子は御家老座書役の岩山八郎太の次女で二十三歳であった。彼女は吉之助との間に三人の子を生むが、国事に奔走する吉之助はめったに帰宅せず、彼女の生活も幸せではなかった。（糸子の生んだ長子・寅太郎は陸軍歩兵大佐となり、明治三十五年、父の功績によって侯爵となる。次子の午次郎は日本郵船

社員、三番目の酉三は函樽鉄道会社の社員であった)
二月六日、鹿児島を出発した吉之助は、太宰府で五卿のご機嫌を伺い、三月十一日、京都にもどった。長州征伐は終わったが、京都には依然として尊攘派の浪士たちが集まって、尊攘よりも、いまや〃尊皇倒幕〃の旗印をかかげて画策していた。

時節到来

そのころ、すでに古くなってしまった尊皇攘夷を信奉する先達たちの悲惨な消息がつたえられ、吉之助の胸を打った。それは前年の三月、筑波山に挙兵した水戸の天狗党である。

首領は藤田東湖の四男の小四郎で、水戸町奉行の田丸稲之衛門が同志となり、先君斉昭の攘夷の遺志を実現するため、幕府に刺激を与えようというもので、倒幕の意志はなかったものの、幕府はこれの追討に力を入れた。

やがて天狗党は、武田耕雲斎を首領として、京都におもむき、一橋慶喜に直訴して、攘夷を実行してもらおうと西に向かった。

総勢八百人は、上州富岡から信州に出て、中仙道馬籠の宿をへて京都をめざした。彼らは当初、筑波山に陣をしいて以来、軍資金調達と称して、豪商を襲撃したが、それがときには民衆にも及んだので、〃天狗党〃といって恐れられた。

二十四歳の若大将である藤田小四郎は、少年時代から秀才として知られたが、このときは紺糸縅の鎧をつけ、金鍬形の兜をかぶるといういでたちであり、大将の武田耕雲斎も金の武田菱をつけた緋縅の鎧をつけ、黒葵の紋のついた陣羽織を着用するという華麗な装束で、沿道の住民の眼をそばだてさせた。

中仙道馬籠の宿を通るときは、駅長で本陣を兼ねる青山半蔵（島崎藤村の父正樹）は、ひそかにこれを歓迎した。半蔵は、平田篤胤門下で、尊皇攘夷に関心があった。天狗党は、十一月二十六日、馬籠に一泊して、西に向かった。藤村の代表作『夜明け前』には、このときのようすが述べられている。

この後、天狗党は、大垣方面では幕府の命令で大垣、彦根の藩兵が固めていると聞き、美濃の鵜沼から北上して越前に向かった。真冬の美濃・越前国境、蠅帽子峠越え（海抜九百七十八メートル）は困難をきわめた。

天狗党の一行は、福井の近くを抜けて、九頭龍川に沿って北上し、三国の対岸の新保まできたとき、たよりにしていた一橋慶喜が討伐にくると聞いて、加賀の藩兵に降伏した。十月末、常陸を出てから一ヵ月半におよぶ辛苦に満ちた路程であった。

武田、藤田らは、船で敦賀に出て京都に入り、慶喜に直訴しようと考えていたらしいが、その慶喜が討伐にくると聞いては、たのみの綱も切れ果てたというわけである。

出発のとき八百人を数えた天狗党は、六百数十人に減っていた。彼らは、敦賀のにしん蔵に監禁され、待遇は悲惨で、これが尊攘派の志士を遇する道かと小四郎らを憤激させた。

翌慶応元年の二月、幕府の判決が出て、まず武田、藤田らの幹部が斬罪に処せられ、さらに三百五十余人が斬られ、百余人が遠島、残りの軽輩百八十人は追放となった。幕末に狂い咲いた徒花（あだ）というにはあまりにも悲惨な尊攘派の末路であるが、時代を見ることがおそく、時勢に逆らう者には、時代はつねに残酷な刑罰を用意しているものであることを、この事件は教えている。

さて、吉之助もこの大事件の余波を受けた。

三月中旬、帰京した吉之助は、幕府からの命令を受けとった。天狗党の一部三十五人を遠島処分として、薩摩に流罪にするから、敦賀港に船をまわして受けとるように、というのである。この手紙を受けとった吉之助は、苦い顔をした。すでに二月以来、幕府が天狗党の三百数十人を処刑したという話は、彼の耳にも入っていた。敦賀における処遇も悲惨をきわめているという。かつては尊攘派に身をおいた吉之助としては、人ごととは思われなかった。

吉之助はきっぱりとこれを断わった。

「降伏した侍に、過酷な処分をとることは、聞いたことがない。軽輩は赦免しては如何であろうか。またわが国では降伏者に厳重な扱いはできかねるので、きっとお断わりいたします」

ここには西郷のヒューマニズム、武士道とともにいまや雄藩の薩摩を代表する自信が示されている。

百年ほど前の宝暦三年（一七五三）、幕府は、お手伝い普請として、濃尾の木曾、長良など三川の治水工事を命じた。このとき、莫大な工費のかかる普請を受けるべきか、拒否して戦うべきかで、薩摩藩は大評定の結果、幕府を相手には戦えないといって、泣いてこの工事を受け入れた。宝暦五年五月、工事が終わったとき、四十万両の借金を残したかどで、家老の平田靱負は自刃、これ以前に工事の妨害をする幕臣や土地の農民と争って、自刃した者をふくめて、全部で五十余人の薩摩藩士が美濃に骨を埋めた。

このとき、薩摩には幕府に造反する力がなかったが、時勢もまたそれを許さなかった。しかし、いまや時節到来、倒幕、王政復古は吉之助の手のとどくところにきている。宝暦の治水で倒れた隼人たちは、世に薩摩義士とよばれている。そのとき隼人たちは、いずれの日にか幕府に目にもの見せてくれん、とまなじりを決したのであるが、百年後にやっと義士たちの怨みを果たすときがきたので、吉之助もいささかの感慨なきを得なかった。

吉之助と龍馬

話を少しもどして、吉之助の再婚と坂本龍馬との出会いに触れておこう。

前述のとおり、吉之助が、小倉をへて鹿児島に帰ったのは、慶応元年一月十五日である。一月二十八日、彼は結婚式を挙げた。相手の女性は、御家老座書役の岩山八郎太の次女・糸子である。

『西郷隆盛』（井上清）では、この結婚を薦めたのは、おりから鹿児島に来ていた坂本龍馬であるという。前年の秋、神戸の海軍操練所が閉鎖されると、龍馬の身を案じた海舟が、その身柄を吉之助に預け、吉之助は龍馬を鹿児島に送ったのだと井上氏はいう。

これに対して『西郷隆盛のすべて』の「西郷隆盛をめぐる女性」の筆者・五代夏夫氏は、この時点で龍馬が鹿児島にいて、吉之助に結婚を薦めたということは疑問があるという。同書の「西郷隆盛と倒幕」の項にもそのような記述はなく、二月六日に鹿児島を出た吉之助が三月十一日に帰京し、その後、四月二十五日に京都を出た吉之助が五月一日に藩船胡蝶丸で鹿児島に帰ったが、そのとき龍馬が同船していた、となっている。

また、『坂本龍馬』（山本大）では、「慶応元年初め頃の龍馬の動静はわからないが、土方、中岡の上京によって、生々しい長州の内情を聞いたであろうし」となっており、龍馬と土方、中岡の関係が述べられている。

井上版にもあったとおり、前年の十月に操練所が閉鎖されて、海舟が免職となって江戸に帰るとき、脱藩浪人である龍馬を海舟が薩摩藩に保護をたのんだのは、周知の事実である。海舟は小松帯刀にそれをたのみ、小松が国許の大久保に宛てた手紙によると、龍馬ははじめは薩摩藩の大坂屋敷に匿（かくま）われていたらしい。

一方、土佐の土方（久元）と中岡は、三條に随行して太宰府にいたが、三條の命令で長州の内情（十二月、高杉が挙兵して、この二月までには藩の実権を握ったというようなこと）を探って、二月に上京し、京都の薩摩藩邸に来て、龍馬にそれを報告したらしい、というのが、山本氏の記述である。

また『坂本龍馬』（飛鳥井雅道）でも、「龍馬の消息は五ヵ月近く、すなわち、元治元年十一月初めから慶応元年四月五日までわからない。四月五日、京にいたという消息は土方の日記によってわかるだけである」となっている。

くりかえすが、吉之助は十月二十二日、大坂城で軍議を開き、十一月二日、広島に到着、岩国に寄った後、小倉をへて、十二月十一日、下関にはいり高杉らと会い、二十二日、広島にもどり、二十八日広島発、翌慶応元年元旦に小倉着、一月十五日に鹿児島帰着。そして、二月六日に鹿児島発、三月十一日に帰京している。

右の足どりからして、龍馬が鹿児島で吉之助に会うとすれば、この一月十五日から二月六日までの二十日間ほどの間である。そして二月には、京都の薩摩藩邸で、土方、中岡を迎えるとすれば、一月下旬から二月初旬の船で大坂に帰らなければならない。

吉之助は、二月六日に鹿児島を出発しているが、その途中、太宰府で五卿に会って、三月十一日に帰京するから、それと同船していては、二月に土方らを迎えることはできない。

しかし、土方、中岡が京都の薩摩屋敷にきたとき、龍馬が出迎えたという確実な根拠はないようである。

慶応元年一月下旬、吉之助が帰郷して糸子と結婚したころ、龍馬が鹿児島に来ていたのか、あるいは京都にいたのかは、はっきりしない。

プリンストン大学教授マリアス・ジャンセンの『坂本龍馬と明治維新』にも、この時期の龍馬の動静はぜんぜん出ていない。海舟の保護がない以上、どこかに潜伏していたことは確かであろうが、その居所はわからない。もう少し詳しい資料がほしい。

　というのは吉之助と龍馬の両雄の出会いは、幕末英雄ファンの大いに興味あるところで、とくに、前年の八月、龍馬は海舟の紹介で吉之助に会って、つぎのような西郷評を海舟に伝えているからである。

「西郷という人は馬鹿ですな。大馬鹿です。小さく叩けば小さく鳴る。大きく叩けば大きく鳴るが、その馬鹿の幅がわからない。難しいのはその鐘をつく撞木が小さいことです」

　これを聞いた海舟は、「評する者も評する者、評せらるる者も評せらるるものだ」と言ったという。

苦悶する幕府

　話を慶応元年二月にもどそう。

　二月六日、鹿児島に出た吉之助は、太宰府で五卿に謁した。筑前の黒田藩に俗論派がはびこり、五卿が冷遇されているというので、吉之助が監察にいったのである。

　二月中旬、吉之助は福岡に行って、藩の重役に五卿の待遇改善を要求し、藩の了解を得た。このとき、吉之助は初めて三條実美に会い、その堅い信念に泰然として、苦境に堪える姿に感心し、五卿を早く朝廷に復帰させるべきだと考えた。長州藩問題と五卿の復帰のため、吉之助は急ぎ福岡を出発し、三月十一日に帰京した。

　一方、長州征伐は藩の恭順（三家老らの切腹）によって、解決したように見えたが、まだくすぶっていた。それは幕府が終戦の条件として、毛利父子と五卿を江戸に送ることを要求し、長州藩がこれに難色を示したからである。

久方ぶりに京都に帰った吉之助は、不思議な考え方の食い違いに驚いた。ペリー来航のころから幕権は日増しに衰えていたが、今回の征長の役では、幕権の復活を説く者が多くなってきていた。この際、失われつつある幕府の権力を昔にもどそうという反動が強くなっている。

——それは違うぞ……。

と吉之助は思った。

征長の役が、無血で、幕府のご威光も損せずに終わったのは、長州藩の内紛と自分たち薩摩の陪臣の裏面工作によるもので、総督や江戸の老中には、なんらの働きもなかったのである。いまや幕府の権力は、薩摩の一陪臣の力にも及ばなくなってきたのである。

そして、已れを知らない幕府は、ますますその思い上がりをエスカレートさせて、二月に入ると、幕府は井伊直弼が暗殺されて以来、五年間空席であった大老の席に姫路藩主の酒井忠績（最後の大老）を据えて幕閣の権威強化をはかり、さらに老中・本荘宗秀、同阿部正外を上京させた。

この二人は三千の幕兵を率いて、二月上旬に上京、朝廷や雄藩と妥協的な徳川慶喜を江戸に帰し、京都守護職の松平容保、同所司代の松平定敬を免じ、諸藩主、藩兵を帰国させ、御所の警備も幕兵が担当することにしようとした。

これは、文久三年夏の政変に似た一種のクーデターで、征長の役の成功をかさにきた、幕権の露骨な回復運動であった。

また京の巷には、二人の老中が三十万両という莫大な公家の買収資金を用意して、公家を意のままに動かし、朝廷を操縦しようとしているという噂もとんだ。

これを聞いて憤激したのは、吉之助の留守中、京都を預かっていた大久保である。彼はさっそく中川宮や近衛内大臣、二条関白ら公家の代表に会って、いま買収されるならば、王政復古は不可能になると説いた。朝廷からは、「関白以下の公家は、老中よりの賄賂を受けとるべからず」というきつい禁令が出た。

大久保は、薩摩のほか尊皇攘夷派の諸藩の兵と連絡をとり、二月二十二日、二人の老中が参内する日、関白らに建言して、彼らの上京の目的を詰問させた。二人は弁明に困惑した。結局、慶喜は江戸に帰らない、本荘が連れてきた兵は、大坂で摂津海岸の防備につく、阿部は江戸に帰って将軍の上洛を督促するということになった。

二人の老中はこれを聞いて最初の勢いはどこへやら、声もなくうなだれた。

これで元気を出した朝廷は、三月二日、さらに長州藩主父子と五卿の江戸召喚は取り止め、将軍家茂は、急遽上京して朝廷に今後の事態について指示を受けるべし、文久三年夏の政変で参勤交代を復活させていたのを、ふたたび中止せよ、と命令した。

こうして、幕府が面目を失していたところへ、三月十一日、吉之助が入京し、大久保は二十日に京都を発って鹿児島に向かう。前述の吉之助が天狗党の処遇に関して苦言を呈し、その薩摩流罪を断わったのはこのときである。

二月に二老中を京都に行かせて失敗し、面目を失した幕府は、天狗党の処遇で薩摩藩から拒絶を食っても、まだ公方様のご威光という空虚な夢を追っていた。鳥が死なんとするやその声や悲し、というわけであろうか。

三月十八日、幕府は、「もしも長州藩が幕府の命令である毛利父子の江戸送りを実行しないならば、将軍みずからこれを征伐する」と脅した。

また尾張、薩摩、筑前、宇和島の諸藩に、五卿の江戸送致を命じたが、各藩はこれを断わった。

焦った幕府は、四月十三日、前尾張藩主の徳川茂徳に征長先鋒総督を命じ、紀伊および譜代の諸藩、十一家に出兵を命じ、五月十六日、将軍が京都に向かう旨を布告したが、この布告で将軍の権威が地に落ちていたことがわかった。諸藩はいっこうに乗り気にならず、先の征長総督徳川慶勝、副総督松平茂昭や、雄藩、外様の大藩も、みなこの出兵に反対した。

いまや幕府の使命は一長州を討伐することではなく、内外ともに山積している政務を、手ぎわよく片づける有能な政治家を、登用することであった。

しかし、このさい、もっともその手腕の発揮を期待される勝海舟は、神戸操練所などの件で免職されていた。（海舟が軍艦奉行として再登用されるのは、翌慶応二年五月で、薩長連合の三ヵ月後で、大勢を挽回するには、あまりにも遅すぎた）

京都にあって、この幕府の狂態ともいえる焦りをみた吉之助は、そろそろ幕府も焼きが回ってきたか、と考えた。

このころの長州の動きと薩摩藩の考え方に触れておきたい。

慶応元年の段階で長州藩は、はっきり倒幕を打ち出していた。幕府に痛めつけられた長州としては、当然のことであろう。この場合、薩摩の西郷にあたる指揮者は、桂小五郎（木戸孝允）である。軍事では、高杉という天才がいたが、政治家としてとりまとめるには、桂の斡旋の才能が必要であった。

〝逃げの小五郎〟という仇名をもつ桂は、前年、池田屋の変のときは、事前に感づいて逃げ出し、禁門の変のときには京都留守居役であったが、戦闘に参加せず、その後は、映画にもあるとおり、乞食に変装して二條大橋の下に隠れ、愛人の芸者幾松に握り飯をはこんでもらっていた。五日後には、脱出して但馬の出石に潜伏していたが、長州処分も一段落とした慶応元年二月、対馬藩によって対馬に匿われていた幾松が、下関にやってくると、桂が出石に隠れていることが、伊藤俊輔（博文）、村田蔵六（大村益次郎）らにわかり、野村和作（靖）が帰国をうながす手紙を桂に書いた。情勢よし、と見た〝逃げの小五郎〟はようやく腰をあげて、四月五日、出石を出発して、同二十六日、下関に着いた。

すでに二月には、藩の実権は高杉らの手にある。桂はそれを運用すればよかった。富国強兵、そして倒幕である。高杉は武備をすすめる一方、下関の開港を説いて、利害関係から長府藩士に狙われる。

前述のとおり、幕権の回復を狙う幕府は、四月十八日、五月十八日をもって、将軍が長州再征のために江戸を出発するという宣言を発していた。おりから、坂本龍馬は、四月二十五日、大坂を発して吉之助とともに鹿児島に向かっている。

翌二十六日が桂の下関到着で、長府藩士に狙われた高杉は脱藩して、伊予から讃岐に亡命中である。彼が桂とともに藩の海軍興隆用掛を命じられるのは、この年九月のことである。

こうして幕末、王政復古の立て役者が、徐々に足並みをそろえて動き出した感じになってきた。

さて、薩摩藩である。明確に倒幕を藩の中心人物の方針としている長州藩とちがって、薩摩藩にはまだそれほどに強い意識はなく、むしろ幕府を批判することによって、薩摩が国政の主役に就こうという意欲が強かったといってよい。

吉之助はこの年の一月、鹿児島に帰郷したとき、すでに大久保と相談して、雄藩連合の実現を考えていた。それは、前年の九月に勝海舟に会ったとき吹き込まれた共和政治——賢侯会議による政治……つけ加えれば、天皇を上にいただく議会政治のテストケースであった。

もしもそれができない場合は、「割拠して薩摩一国を富国強兵として、来たる時に備えるべし」というのが、吉之助の方策で、これは偶然にも、長州で高杉が唱えた「大割拠・富国」で、この時期、雄藩の開明派、進歩派の方法論が共通していることを示して興味深い。

薩摩の主役は吉之助、大久保、小松で、これを補佐するのが、五代才助（友厚）、松木弘安（寺島宗則）らである。

ここで、たびたび名前の出てくる小松帯刀の経歴に触れておきたい。

小松は通称を尚五郎と言い、喜入の城主肝付主殿の息であるから、西郷や大久保とちがって上士の出である。側役、大番頭などを勤め、大久保らの誠忠組に接近し、文久二年、島津久光が上京するときは、家老として薩摩藩の政治にあたり、身分の低い吉之助や大久保を支援する立場に当たった。京都にいることが多く、禁門の変の処理にあたり、その後、薩長連合にも力を注いでいる。大政奉還や王政復古でも薩摩藩の代表として活躍し、維新後も大久保と組んで版籍奉還を画策、元勲の一人となるべき人物であったが、惜しいことに、明治三年、三十六歳の若さで大坂で病死した。

小松が生きていたら、征韓論決裂のときも、西郷と大久保の間を斡旋できたかもしれないし、西郷が去った後の大久保の相談相手として、また大久保亡き後、松方、黒田と組んで、伊藤（長州）、大隈（佐賀）と対抗できたかもしれない。

五代と松木（寺島は、維新後、参議、外務卿となる）は、薩英戦争のとき英国艦隊の捕虜となったが、元治元年には許されて藩にもどっていた。

薩摩藩は薩英戦争の経験で、よその藩より早く開国を考えていた。後に大阪商法会議所の会頭となる五代は、早くもその商才を発揮して、長崎に出て上海との貿易を藩のために推進していた。それが富国強兵の良策で、一朝事あるときには、この力が藩のために役立つと五代は考え、吉之助も大久保も賛成であった。

五代はまた、軍事力を増強するためには若き知識人を養成する必要があると考え、慶応元年三月には十六名の留学生を英国に派遣することに成功した。統率者は家老の新納刑部で、五代と松木も監督として同行した。幕府にとどけず、脱藩扱いで、五代は関研蔵、松木は出水泉蔵と変名していった。

留学生の中には、後の文部大臣森有礼、外務大輔、フランス公使鮫島尚信、海軍中将市来勘十郎（松村淳蔵）らがいた。

五代は、ヨーロッパ各国を視察して翌二年に帰国する。この旅行で、五代と松木は日本の封建制度はもう古いとして、新しく中央集権の統一国家をつくるべきで、それには強く豊かな薩摩藩が主導して雄藩連合を結成させ、やがて全国統一政権にもっていくべきだと考え、帰国後、これを大久保に進言して認められた。

大久保がこういう新しいプランを実現するのに打ってつけの人物であることは、幕末から維新後にかけての彼の活躍を見ればわかるであろう。

長州の桂、高杉、薩摩の大久保、小松らが、それぞれ幕府を遠くにらみながら、大割拠によってつぎの飛躍を考えているとき、吉之助は長州処分のために奔走し、いったん帰国して大久保と打ち合わせをした後、京都にもどったが、幕府の強引なクーデター計画、長州再征の無謀な考え方に、いよいよ薩摩藩も覚悟を決めなければならないと考えた。それには、どうしても薩長連合が必要で、よきフィクサー（まとめ役）が必要で、ここに坂本龍馬が脚光を浴びて、花道から登場するのである。

薩長連合

四月二十五日、小松、龍馬とともに薩摩藩船胡蝶丸で大坂を発した吉之助は、五月一日、鹿児島に着いた。このとき、龍馬は神戸の海軍操練所の同期生をかり集めた。陸奥陽之助（宗光）、近藤長次郎、新宮馬之助らが集まって、この胡蝶丸を操縦したのである。

鹿児島に着くと、龍馬は陸奥たちと二年前の薩英戦争のときに焼かれた市街や、隼人たちが奮戦した弁天の砲台を見て歩き、

「薩人もなかなかいごっそう（頑固者）であるぜよ」と感心した。

吉之助と小松は大久保と会談して、まず、幕府の出兵命令には応じない、という態度をきめ、ついで倒幕を論じた。大久保は長崎滞在中の伊地知正治に、武器、汽船の購入について指示を与えたが、この手紙の中で、

『このたびの長州再征は、別して面白い芝居になるだろうと楽しみにしている。たいてい我が思う図に参りつつある。彼は彼、我は我で一大決断策を用いなければ、すまないだろう』

という意味のことを書いて、倒幕の近いことをほのめかしている。

五月十六日、鹿児島を去って太宰府に向かうまで、龍馬は西郷家に滞在した。この間に吉之助、大久保と会って、薩長連合の打ち合わせをしたわけであるが、碁をうっていたという話もある。

吉之助夫人・糸子の回想によると、ある日、龍馬が、

「西郷さんの一番古いふんどしをくれんですか？」というので、古いものをくれると、これを聞いた吉之助は烈火のように怒り、

「坂本君は国のために献身している人ごわんど。一番新しかもんをあげろ」と言ったので、糸子は急いで取り替えたという。

また、西郷の家は粗末で雨が降ると寝ている龍馬の顔に雨だれが落ちた。糸子が客人にわるいから屋根をなおしてくれ、と夫にたのむと、

「いまは日本国中、雨漏りじゃ。その太か雨漏りをなおすんが先でごわそう」と龍馬の顔を見て笑った。

龍馬は小松の家にも泊まった。小松には、自分が好きでたまらない海運会社設立のことを説いた。

「小松さん、あんたは薩摩藩の家老じゃきに金が自由になろうが。わしに金と船をつかぁさい。海軍と海運貿易をやる会社をつくるきによ。幕府を倒して日本をメリケンやフランスのような共和政体にするんぜよ」

「ほ、ほう、海運会社？　面白かじゃのう……。もうかりもすか？」

五代の影響で経済にも関心のある小松は、愉快そうにこのやる気のある青年の浅黒い顔を眺めた。

この時期、小松の周囲にはあまりにも異色のある人物が多すぎた。久光公をはじめ西郷、

大久保、五代、松木、大物に切れ者、西洋の知識を取り入れたがる者、尊皇攘夷から尊皇倒幕と、目まぐるしく移り変わり、最近では雄藩連合、共和政治と、つぎつぎに新しい言葉が出てくる。そして、今度は西郷が連れてきた土佐の大男が海運会社をつくりたいという。

——まったく才能のある人物とつき合うのも並たいていではない……。

そう考えながら、小松はそう聞いたのである。

「もうかるぜよ」

青年は平然として膝をたたいた。挫折を知らない顔つきである。

——若いということはいいことだ。たとえ挫折してもやりなおしがきく……。

小松と龍馬は天保六年生まれの同年であるが、家老という役目柄から小松は、いつも老成した考え方をしており、それが吉之助や大久保に信頼されていた。

「小松さん、いま外国との貿易は幕府の一手専売じゃきによ。各藩は指をくわえちょる。密貿易をやるんじゃ。薩摩のように……」

「どげんこっごわす？　薩摩のように、とは……」

小松はとぼけたが、琉球を通じる薩摩の密貿易はなかば公然たる事実であった。

「つまり、船をたくさん集めて長崎と上海の間で密貿易をやって、珍しい品物を買って、江戸や大坂の商人に売る。その金で船と大砲を買って幕府を倒すんじゃ」

「薩摩が、そげん会社をつくると、幕府がうるさかじゃろう」

「そじゃけん、わしが浪人を集めてやるんじゃ。薩摩は金だけ出しんさい。仕事は操練所の連中がやるけん。もうけは山分けじゃ」

「そんではおいが藩公に叱られる。七三（薩摩が七分、会社が三分）でゆかんばね」

小松もつりこまれて、商売気を出した。

「いんにゃ、六四でどうかね？」

龍馬も負けてはいない。龍馬の押しに負けた小松は口をすべらせた。

「わが方には、船はないことはごわはん。長崎で海門丸ちゅう汽船を買うことになっとりもす。プロシアからはワイル・ウェフ号ちゅう帆船を、売り込みにきちょりもすが……」

「帆船もよろしい。操練所の連中は帆船にもよう慣れちょりますけん」

龍馬はますます操練所を売り込んだ。

「さようか。操練所の連中というのは、よほど海男ばかりじゃとみえるな。おいも長崎にいく用があるゆえ、同道ねがいもそう」

「よろしい」

龍馬は胡蝶丸にいくと操練所の連中に、薩摩が船を貸してくれそうだと喜ばせて、一同を小松とともに長崎に行かせ、自分は、五月十六日、陸路、熊本に向かった。

熊本での龍馬の目的の一つは、横井小楠に会うことであった。小楠は肥後藩士で開国論の先覚者である。越前藩から招かれて松平春嶽を補佐した後、文久三年に帰国していた。龍馬は、この先達から、薩長連合、海運、共和制について意見を聞き、大いに激励された。

徳富蘆花の父一敬がたまたま小楠の家に来ていて、龍馬と小楠の対面のようすを語ったのを、蘆花が『沼山津村』という作品に書いている。

「坂本は大久保からもらったという白の琉球飛白を着て、色の黒い大男であった。酒が出ると坂本は、大久保や西郷に関する人物論をぶったが、みな意表に出て面白かった。

『おれはどうだ？』と小楠が聞くと、

『先生は二階で美人に酌でもさせて、西郷や大久保がやる芝居を見物して、二人がゆきづまると、ちょっと指図をしてやればよろしいでしょう』と坂本が答えたので、小楠は笑った」

その後、熊本を発った龍馬は、五月二十三日、太宰府に着いた。

ここに蟄居している三條と東久世通禧に会って、龍馬は朝廷や公家の意見を聞き、海舟から学んだ自分の開国、海運、そして、共和制の話を聞かせて反応を試した。尊攘派の三條はあまり関心を示さなかったが、若手の東久世は興味を持ち、その日記に、

「坂本龍馬面会、偉人なり、奇説家なり」と記している。

五月二十八日、太宰府を発った龍馬は、閏五月一日、下関に入り、綿屋（白石一郎）の家に入った。白石は勤皇浪士のパトロンとして有名であった。閏五月五日、龍馬はこの家で、先に京都で一緒であった土方（久元）に会った。土方は、天下の情勢をこう語った。

「幕府は第二次長州征伐を考えている。これを防ぐには薩長連合しかない。そのためには西郷・桂の会談を急ぐべきだ。いま、中岡が鹿児島に行って西郷を説いているから、近く京都にゆく途中、西郷は下関に寄る予定だ。そのとき桂が待っていて会見できるよう、お主が説得しておいてもらいたい」

「そうか、いよいよ西郷どんが下関にくるのか……」

龍馬は喜んだ。この二人が手を結べば、回天の大事業も夢ではなかろう。

一方、中岡は閏五月六日、西郷に会って、桂と会うことを薦めた。西郷も了解して、閏五月十五日、海路東上し、その途中、下関に寄ることを了承した。しかし、好事魔多しというのか、このときはついに西郷・桂会談は成立しなかった。

また、同じ閏五月六日、龍馬は桂に会って、西郷との会見を薦めた。しかし、案に相違して、桂はいい顔をしなかった。

「坂本君、あんたの熱意はわかる、薩長連合はいまの日本にとってもっとも重要な問題だ。しかし、八月十八日の政変、禁門の変と、わが長州は、ずいぶんと煮え湯をのまされて来ちょるんじゃ。わしは西郷君を信頼しちょるが、藩の上層部がどういうかということだよ」

「桂さん、いまは、昔のことを、とやかくいうとる場合ではないぜよ。新しい日本をつくって、異国の侮りを避けることじゃ。だいいち薩摩が幕府について攻めてきた場合、長州は防げるんかよ」

「高杉はできるというちょる」

「腹背に敵を受けるとは、戦術家とも思えんぜよ」

嘆息した龍馬は、じつは幕府は崩壊の危機に瀕しており、いまが薩長連合によって王政復古に持ち込む好機会であることを力説した。

桂もしぶしぶながら了承したが、当てごとは向こうからはずれてくる。

吉之助は引き出し役の中岡とともに、閏五月十五日、胡蝶丸で鹿児島を出港し、豊後水道を北上した。吉之助の主な任務は、京都の朝廷にいって、将軍家茂の長州再征への勅許をおさえることであって、桂との会談は二の次であった。

船が大分の手前の佐賀関に寄ると、京都の大久保から至急の飛脚便が入っていて、「京洛の動き急を要す、何をおいても上洛ありたし」という文面である。

「こげん文でごわす。中岡どん、今回は勘弁してやったもんせ」

吉之助はすなおに頭を下げた。

ここが龍馬なら、フィクサーの本領を現わして、武士の一言、などといって、吉之助を説得するのであるが、中岡は無骨で弁舌がとくいではない。尊敬する西郷の誠実さに負けて、その違約を許してしまった。吉之助は大坂に直行し、中岡は佐賀関で降りて、閏五月二十一日、下関に着いて龍馬にその経緯を話した。

――しまった、虎を逸したか……！

龍馬は波止場で大きく挙げた両手で、自分の尻を打った。どうも中岡には荷がかちすぎると思ったが、後の祭りである。

――俺がいたら、西郷の鼻面をとってでも下関にひっぱってくるのだが……、と、龍馬は悔やんだが、おそい。ここが革命政治家の龍馬と武弁的行動家肌の中岡の違いである。

案の定、長州側は怒った。

「またしても薩摩のイモめが。どこまで長州を愚弄すれば気がすむのか！」

しかし、一番怒るはずの桂は冷静であった。この事実で、彼も薩長連合の重要性を認識したようである。彼はしきりに頭を下げる龍馬にこう言った。

「坂本君、僕も約束を破ったことはある。止むを得ずにだ。この件はまだ機会はある。それより君がこの埋め合わせをしてくれるならば、長州に船を貸してもらいたいのじゃ。承知のとおり、船を買うには、長崎で長崎奉行の承認のもとに外国の商人から買う。ところが、わが方ではそれができん」

「なるほど、薩摩の顔で買って、長州に貸す。それを倒幕に使うというわけかよ」

さすがは知恵者の桂である。この男、度胸のほどはともかく頭の切れることでは、長州藩で高杉くらいしか右に出る者はいまい。

「どうかな？　それをやってくれれば、薩摩の誠意なるものを認めようではないか？」

「合点、承知ぜよ。京にいったら西郷どんにたのんでみよう」

龍馬もやっと助かったというように首をなでた。そばにいた中岡もほっとした。気性の激しい彼は、どうしても桂が許してくれないならば、この場で腹を切ろうと考えていたのである。

郷士とはいっても、「才谷屋」という酒屋の出でもあって商才もあり共和制を考える龍馬とちがって、中岡は骨の髄からの土佐っぽ侍であった。頭は柔軟ではなく、回転も早いとは言い難いが、この時期、剣をとって実戦をやらせたら、この男と対等に戦えるのは、薩摩の中村（半次郎）、新撰組の近藤勇くらいしかいなかったかもしれない。

文久年間に〝天誅〟という暗殺がはやって、田中新兵衛、岡田以蔵、川上彦斉というような刺客が恐れられたが、彼らのは攘夷に反対する公家や武士を暗殺するので、不意を衝くのであるから、尋常な斬り合いでどのくらい強かったかは、よくわからないことが多い。

中岡は武弁的ではあるが、その眼光には鋭いものがある。彼には『時勢論』という好著があるが、その西郷評はつぎのとおりである。

「当時、洛西の人物を論じ候えば、薩摩には西郷吉之助あり、人となり肥大にして、後免（高知市東方の町）の要石（当時、土佐で有名な力士）にも劣らず、古の安部貞任もかくやと思われ候。この人学識あり胆略あり、常に寡言にして最も思慮深く、雄断に長じ、たまたま一言を出せば確然人の肺腑を貫く。かつ徳高くして人を服し、しばしば艱難をへて事に老練す。その誠実、武市（半平太＝瑞山）に似て学識これある者、真に知行合一の人物なり。これ則ち洛西第一の英雄にござ候。

是について胆あり識あり、思慮周密、廟堂の論に堪ゆる者は長州の桂小五郎、胆略あり、兵に臨みて惑わず、機を見て動き奇をもって人に勝つは高杉晋作、これまた洛西の一奇才。その他、諸藩の英傑に度々出合仕り候」

西郷が桂との会見をすっぽかした償いに、薩摩の名義で買った船を長州に貸す件を引き受けた龍馬は、閏五月二十九日、中岡とともに船で京都へ向かった。

六月下旬、二人は京都に入り、西郷に会って下関を素通りした件を責めた。

「いや、がっつい失礼をばいたしもした。桂どんには詫びの言葉もなか……」

西郷はすなおに謝り、船の件を引き受けた。

龍馬はこれを桂に手紙で知らせ、喜んだ桂は、腹心の伊藤俊輔（博文）と井上聞多（馨）を長崎に派遣した。

長崎では亀山社中（小松帯刀（たてわき）の胆いりで龍馬たちがつくった海運専門の商社）が龍馬の指示で動いていた。

社中の幹部である近藤長次郎が井上とともに鹿児島におもむき、薩摩藩の許可を得て、長崎の商人グラバーから汽船ユニオン号を購入し、これを桜島丸と名づけて長州が借りることになった。

名目は薩摩藩が買ったわけであるが、代金三万七千七百両は長州が払う予定なので、桂たちは、当然この運航は、長州藩士が受けもつと考えていた。

ところが、亀山社中では、近藤以下、伊達源二郎（陸奥宗光）ら神戸の海軍操練所で訓練をうけた連中が、自分たちの船ができたと喜んで、このユニオン号を操縦して下関に入ったので、長州・海軍総局の航海士官たちが騒ぎ出した。

ここでまとめ役の龍馬の力を借りるわけであるが、龍馬はこのころ京都にいた。

七月十九日、京都を去る中岡を見送った龍馬は、しばらくは伏見の寺田屋で、愛人のお龍と甘い日々を送っていた。

九月中旬になると西郷が龍馬に、

「坂本どん、下関へ行ってもらいたか。薩の軍隊が京へ上りもすにつき、途中、下関でその船に兵糧を積んでもらいたか」

今度は薩摩のために、長州の力を借りたいというわけである。

龍馬は、九月二十四日、京都を出発し、二十九日に下関着、十月早々、山口に入って桂と会い、西郷の言葉を伝えた。

「西郷もやるのう。いずれ長州も薩摩と運命をともにするかもしれん。それはよいが、こんど買った船のことでもめちょるんじゃ。下関へ顔を出してくれんか」

桂がそういうので、龍馬は下関に行って、近藤と会った。桜島丸ことユニオン号の運航をめぐって、もめていることを知った龍馬は、桂の代理の高杉とあって、

一、船の所有者は長州藩とする。

二、船には丸に十の字の島津の旗を掲げる。

三、乗組員は亀山社中の航海士等を使用する。

という約束をとりつけた。

これで、せっかくの船を薩摩にとられると心配していた井上馨も顔が立ったと大いに喜び、桂の許可を得て二百両（?）ほどの金（かね）が近藤に渡された。ところが、ここに思いがけぬ悲劇が生じた。

この金は、当然、長州藩から亀山社中に渡されたものであるが、〝切れ者〟の近藤は、かねて念願のロンドン留学を果たそうとして、この金を船賃としてグラバーに渡して、翌慶応

二年一月、その船に乗って、とりあえず上海に向かうことにした。ところが、これが亀山社中の仲間にバレ、近藤は横領の罪で切腹せしめられた。二十九歳であった。

輝かしい時代は、こうして維新へと動いていく。

この年（慶応元年）の九月二十一日、京都における西郷、大久保の苦心にもかかわらず、幕府は「長州再征」の勅許を得ていた。

とくに理由はなく、「長州はその後も恭順が顕著でなく、武器を購入し、過激の思想を抱く藩士が多い」というような漠然としたもので、要するに幕府は湧きあがる倒幕の波を押さえるため、先に（西郷の努力によって）易々として恭順に服した長州を、再度、痛めつけて、威光を示そうと試みたものである。

諸藩に反幕の動きありとみて、長州に〝外征〟を行なうことによって諸藩の不満をおさえようという苦肉の策であったが、柳の下に二匹目のどじょうがいるであろうか。

このころ、幕府はフランスの力をたのみ、薩長はパークス公使が辣腕を示すイギリスへと接近していた。

〝長州再征〟の報に憤激した長州藩は、今度こそ反撃しようと防備をととのえた。軍事の指揮官は村田蔵六（大村益次郎）、高杉晋作、山県狂介（有朋）らである。

今回は薩摩も長州再征に抵抗することになった。それには懸案の〝薩長連合〟が必要である。

西郷は、後輩の黒田了介（清隆）を山口に派遣して、桂の上京を要請した。

十月、桂は山口で、高杉、伊藤、井上らの正義派（革新派）の幹部とともに龍馬に会って、薩長連合の実行についてはかった。このとき彼は、黒田が持参した西郷の手紙を一同に見せた。

「去る五月、貴地を訪れる予定であったが、幕府の征長勅許をおさえるため上京を急ぎ、約束を破って申しわけない。ご存知のとおり、幕府の再征がきまった。この際、二藩が同盟して倒幕、新政への道を開くべきであると思われる。桂兄の上京を待つ」

読み終わった龍馬は、率直に桂に上京をすすめた。

「いよいよ時機到来ぜよ、桂さん」

しかし、桂はためらっていた（もしくはそのふりをしていた）。

決死の蛮勇をふるうことはないが、つねに要人の心を読み、時局の動きを先取りすることで、この男に優るものは少ない。桂に悲劇がありとすれば、先を読みすぎて、しかもその読みすじどおりには事がすすまなかったということであろう。

――いま同盟を結ぼうとすれば、弱身のある長州が借りをつくることになる。自分が、西郷に頭を下げることはできない。誰か仲介者がいて、対等の立場で談判したいものだ……。

そう考えながら、彼は龍馬の顔を見た。豪放のように見えて、人の心を読むこともできるのが〝斡旋の天才〟龍馬のよいところである。

「桂さん、先に行っとってつかあさいや。わしも後から行くけん……」

龍馬が好意をこめてそう言うと、桂も腰を上げることになった。

十二月二十五日、桂は品川弥二郎らを連れて山口を出発し、京都に向かった。

龍馬は桜島丸の一件の後始末をして、下関で年を越して、慶応二年が明ける早々、一月十日、船で大坂に向かった。

一月十七日、大坂に着いた龍馬は、薩摩藩邸に入り、亀山社中の池内蔵太らと再会した。彼は薩摩藩にたのんで通行手形を発行してもらい、薩摩藩士になりすまして船で淀川を上って、十九日の夜、寺田屋に入り、ひさかたぶりにお龍を抱いた。

寺田屋のおかみのお登勢(とせ)は、

「坂本はん、気いつけなはれ。伏見奉行の役人がこのへんをうろついておりますのえ」と警告した。

桂なら、ここで〝逃げ〟を考えたかも知れない。しかし、〝日本の共和制〟と〝世界に乗り出す商船団〟の指揮をとることを念願としている三十二歳のこの男は、その大前提としての薩長連合に向かって、前進せざるを得なかった。

一月二十日、龍馬は池内蔵太とともに京都に入った。

桂は長州屋敷に入ると幕吏に狙われるというので錦小路の薩摩屋敷に入り、ついで御花畑の小松帯刀の別荘に入った。ここには小松の愛人で、気の利く琴子がいて桂の世話をした。

西郷と小松の桂に対する待遇は丁重をきわめた。(この時点で大久保も京都にいたように書いてある資料もあるが、『大久保利通伝』によると、「桂が入京するとまもなく利通は所用があって

帰藩した」とあるから、薩長連合のときは帰りの船の中にいたらしい）

しかし、一月二十日、小松の屋敷で桂と会った龍馬は意外な事実に驚いた。この屋敷に入ってから十日近くになるが、ご馳走は出るが、西郷は最初の日に小松とともに接待してくれただけで、後は顔を見せないというのである。

これを聞いて龍馬は憤激した。

「桂さん、あんた、十日近くも、西郷の方から連合のことを言い出すのを待っていたのか。なんたる女々しいことかよ」

これを聞くと桂も顔色を変えた。

「女々しいとはなにごと！」

刀を引き寄せ、片膝を立てると桂はいった。

「坂本君、ぼくは一介の桂ではない。長州藩を代表してここに来ちょるんじゃ。薩摩には文久以来、たびたび苦渋をなめさせられている。いま当方から頭を下げれば、長州の面目は、さらにつぶれる。武士の対面を汚すよりは、日本中を敵として、最後の一戦を戦う方がましでござるよ」

これを聞くと龍馬は怒号した。

「桂さん、あんたの考えは、藩を思うに似て、じつは日本国を忘れた女の痴情じゃ。なぜ、小なる藩の対面を捨てて、大なる日本国を救うための連合を生かさないのかよ。それが男の真情ちゅうもんぜよ。男の真情の前には長州の体面など、痴情にすぎんではないかよ」

烈々火を吹く龍馬の闘志とその弁舌に、桂はやがて静かに頭を下げていった。

「坂本君、すまんかった。いま一度、西郷君にたのんでみてはくれんか」

こうして、龍馬の仲介で、一月二十二日、薩長連合は成立した。

西郷、小松、桂、そして龍馬の四人が出席して、つぎの条項を契約した。
一、征長の戦いがはじまったときは、薩摩はさっそく二千の兵を長州に増援して京都を固める。また大坂へも千人を派遣して要所をおさえ、幕軍の長州攻めをおさえる。
二、戦局が長州に有利なとき、薩摩は朝廷に上申して長州に有利の処置を仰ぐ。
三、万一、長州が劣勢であっても、一年や半年で潰滅することはないから、その間に薩摩も尽力する。
四、やがて幕軍が東に帰ったときは、薩摩よりも朝廷に進言して、長州の冤罪を晴らすよう尽力する。
五、一橋慶喜、会津、桑名らが、我々の正義に抗することがあらば薩摩もこれらと戦う。
六、冤罪が晴れたときは、双方誠心をもって談合し、皇国のため砕身努力する。いずれにしても、今日よりは双方皇国のため、皇威相輝き、御回復に立ち至ることを目標として尽力致すべし。
この盟約は会議の席上で明文化されたものではなく、口頭で西郷と桂が約束したものを、後日、桂が「覚書」として手紙で龍馬に送り、〝立会人〟として裏書きするよう求めたもので、龍馬は後に、つぎのように裏書きして桂宛に送り返した。

「表に御記なされし六條は、小（小松）、西（西郷）両氏、及び老兄（桂）、龍等も御同席にて談合せし所にて毛も相違これなく候。（後略）

丙寅二月五日　　　　　　　　　　　坂本　龍」

こうして、幕府や会津、桑名の知らないところで、二雄藩は武力連盟を結び、時局の歯車は倒幕へと回転を速めていくが、長州征伐の失敗がさらにこれに拍車をかけることになる。

パークスの示唆

薩長連合の成立を知らぬ幕府は、その翌日（一月二十三日）、つぎの二項について朝廷の承認を得、征長の具体化をはかった。

一、長州藩の封土十万石を削る。

二、藩主毛利父子に蟄居を命じる。

当時、幕府の危機は対長州関係ばかりではなく、長年の圧政に不満を抱く民衆は、百姓一揆の増加によって幕政への批判を強めていた。農兵がさかんになったのは、高杉の奇兵隊を擁する長州だけではなかった。

幕府はこのような民衆の不満をおさえるためにも、長州を倒す必要を感じていた。

四月、幕府は征長出兵を割りふって、諸藩にそれぞれの攻め口（芸州口、石見口、小倉口、大島口）に出陣するよう指令を発したが、各藩の動きは遅々としており、幕府の威令もようやく地に落ちつつあることを示した。

五月、関西をはじめ東海、東山、北陸、山陰、山陽の各所で民衆の蜂起——打ち壊し——がはじまった。

それにもめげず幕府は、六月七日、征長諸藩に進撃を命じた。

この中で薩摩藩にも出兵の命令がきたが、西郷、大久保によって根回しができていた同藩は、これを握りつぶし、七月九日、島津久光、忠義（藩主）父子の名で朝廷に「征長反対」「政体改革」（幕府の独裁をやめて、朝廷の主導のもとに幕府代表〈一橋慶喜〉と雄藩代表の合議制とする）の意見書を提出した。

一方、幕軍対長州軍の戦いの幕は切って落とされたが、その結果は意外であった。

関ヶ原合戦以来、刀を握ったことのない大名の家臣と、百姓町人を動員した奇兵隊を中心とする長州の民兵諸隊の対決であるが、すでに長州の内戦を経験している民兵は、村田、高杉、山県らの指揮よろしきを得て、各攻め口で幕軍を撃破し、洋式調練と鉄砲隊の威力を示した。

幕府にとって悲劇を深めたことは、七月二十日、将軍家茂が大坂城内で病死したことである。

八月二十二日、朝廷は幕府に停戦を命じ、九月二日、休戦協定が成立、十九日、幕府は諸藩に撤兵を命じた。第二次征長は完全に幕軍の敗北と化し、長州の勝利は多くの面で革新を前進せしめた。

この間、三月に帰藩した西郷は、主として軍備と経済の面で藩の近代化を押しすすめていた。紡績工場を設置し、イギリス式の歩兵隊、砲兵隊を組織して、〝富国強兵策〟を前進せしめた。

一方、西郷はイギリス公使のパークスとも親交を深め、〝幕仏連盟〟に対処する〝薩英同盟〟の実をあげることを考えていた。

この年（慶応二年）六月十六日、パークスは軍艦三隻とともに鹿児島にゆき、反射炉などのある集成所や工場を視察し、〝新興軍事国家〟薩摩の進歩に満足の意を表した。

六月十八日、西郷は英艦プリンセス・ロイヤル号上でパークスと会談し、勅許なしに安政の条約を結んだ幕府を非難した後、

「近く条約が勅許になるが、外交は朝廷の公家代表と雄藩代表が行なうであろう。さらに、世界万国に通用する条約を結び、開港した兵庫港の関税は朝廷に納めるようにする」といって、パークスの了承を得た。

またパークスは、「将軍をタイクン（大君）と呼ばせるのは問題で、一国に二人の君主がいるということは、ヨーロッパではあり得ない」と、西郷に倒幕をけしかけた。フランスと結んでいる幕府を倒し、朝廷——薩摩（雄藩をふくむ）のラインを頂上に押し上げ、これと結んで貿易の利益をあげたいというのがパークスの狙いであった。

パークスから、日本に二君があるのはおかしい、と指摘されたとき、西郷は、

「これはまことに、日本人が外国人に対し面目なきことにてごわす」と神妙に頭を下げた。

しかし、〝腹芸〟の西郷は、パークスに心服していたわけではない。

――フランスと結んでいる幕府を倒すためには、イギリスと結ぶほかはない。しかし、イギリスの力、とくに、武力を借りることは、慎まなければならない。インドもシナもその武力に押されて領土の全部または一部を制圧されているのである。幕府を牽制するためには、イギリスの勢力とフランスの勢力を均衡させる。しかし、その武力を借りて日本国の一部にユニオンジャックが翻るようなことは、防がねばならない……。

西郷が下手に出たのは、そのようなふくみがあったからである。

文久三年六月、四国（英、米、仏、蘭）艦隊が下関を砲撃し、上陸したとき、イギリスのキューパー提督は、長州代表の高杉に彦島の租借を申しこんで断わられている。ヨーロッパの強国が、つねにアジアの後進国に貿易の要請のみならず領土的野心を抱いていることは、警戒されなければならなかった。

もっともこの段階で、ペルシアやインド、シナなどで民衆の抵抗に手を焼いてきたイギリスは、いきなり日本の長崎なり兵庫、横浜などを香港のように租借しようとは考えていなかった。彼らがもっとも経営に力を入れているのはシナであって、この利潤を守るためには、日本でも、フランス、ロシア、ドイツ、アメリカと拮抗している必要があったのである。もっとも、日本のエキゾチックな工芸品や陶磁器は魅力があり、武器、汽船、そして、いまでは汽車を売りこむ相手としてのうまみ味のある国ではあったが……。

こうして、討幕の太鼓の音は、急速にそのひびきを高めてゆくのである。

第三章　無血革命

慶喜の抵抗

わずか二十歳で大坂城内で没した将軍家茂の後継には、一橋慶喜が推されたが、彼は表面上、その就任をこばんだ。そこには老中や諸藩が、どのていど自分を必要としているかを打診するという〝賭け〟があった。

おりから京都にいた大久保は、これをいいことに朝廷に雄藩会議を召集させ、これに将軍を決定させるという案をたて、九月八日、この旨を鹿児島にある西郷、小松に知らせた。

十月下旬、西郷は小松とともに上京したが、この動きを知った慶喜は、急遽、朝廷に上申して、十二月五日、将軍の宣下を受けた。これは慶喜の策略勝ちであるが、といって大久保の方に将軍のよき後継者——紀州、水戸のつぎは尾張であるが、慶勝、茂承ら尾張出身の藩主は征長の責任者で、新しい時代の将軍に適当とは思えなかった——のあてがあるわけではなかった。

慶喜はこのとき、家茂のような少年とちがって分別盛りで、雄藩への反撃とともに、幕政の改革による幕府の延命策を考えており、西郷らの討幕も一頓挫をきたしたかに見えた。

このとき、パークスは通訳のアーネスト・サトウを西郷のもとに遣わして倒幕派の奮起をうながした。パークスは慶喜の将軍就任で、幕——仏のラインが強化されるのを案じて、兵庫開港を雄藩連合の手で行なうようヒントを与えたのである。

大久保と相談して西郷は、松平(越前)、伊達(宇和島)、山内(土佐)と協同して兵庫開港を促進することにした。

おりから、倒幕派に都合のよいことが起こった。公武合体派にのせられていた孝明帝が、十二月二十五日、急死したのである。一部では、岩倉具視派による毒殺だなどという説が流れたが、これで倒幕派が有利になった上に、大喪による恩赦で、翌慶応三年一月、中山忠能(明治帝の外祖父)、大原重徳ら反公武合体派の公家が、幽閉をとかれて廟堂に復帰したのである。

この新情勢に力を得た西郷は、四侯会議をはかるために、二月、鹿児島に帰り、藩に相談したところ、久光も賛成したので、西郷は京都への途中、土佐から宇和島へ回ったが、賢侯の一人といわれた伊達宗城は、下士からあがっていまや国勢を動かす西郷に反感を抱いたものか、応対はあまり丁重ではなかった。

一方、フランス公使ロッシュと相談した慶喜は、三月五日、諸侯を出しぬいて朝廷に兵庫開港の勅許を仰いだ。これで点数をかせごうというのである。

しかし、昨年秋までの親幕派が利していたときとちがって、いまや廟堂は割れ、慶喜への返答は遅れた。

朝廷たのむに足らず、とみた慶喜は、三月末、各国の公使を呼んで、期日（慶応三年十二月）どおりの兵庫開港を内示した。

さすがは〝東照神君の再来〟といわれた慶喜の辣腕に、スローモーションの西郷は押され気味である。しかし、十五代将軍を相手に、久光と、雄藩連合を背景にして、日本の主導権を争うのであるから、加治屋町出身の〝吉どん〟も出世をしたものである。

慶喜の動きを耳にした西郷は、いよいよ実力行使のとき近しとみて、四月中旬、イギリス式騎兵隊をふくむ七百余の精兵を率いて、四月十五日に入京し、懸案であった四侯会議を推進し、五月一日、これがはじまった。

ようやくに足並みのそろった四侯は、五月十四日、慶喜に会い、まず長州藩主父子への寛大な処分を行なった後で兵庫開港にもちこむべしと申し入れたが、慶喜は、断然、開港が先決であるとし、両者は決裂した。

――これはいかぬ……と西郷は大久保と協力して、有力公家の説得に向かったが、なかなか効果があがらない。

五月二十四日、朝廷は慶喜に対し、「長州処分は寛大にすべし、兵庫開港は勅許する」と指令を与えた。

またしても慶喜の勝利で、四侯会議は失敗に終わり、いや気のさした山内容堂は帰藩し、会議は分裂した。

この間、四侯会議の無力を悟って、西郷、大久保、小松は、五月二十五日、「かくなる上は、薩長連合を利用して武力討幕のほかなし」として、長州に接近することをはかった。

六月十六日、京都にいた山県狂介（有朋）、品川弥二郎を久光が呼び、協力の話をすすめた。

品川はさっそく帰藩して、薩摩の老公（久光、藩主忠義の父）の意向を、藩の重役に伝えた。なにしろ、八月の政変（文久三年）、禁門の変（元治元年）と、薩摩には痛めつけられているので、長州藩側は懐疑的であったが、第二次征長以来の経緯もあって、とりあえず薩摩と歩調をそろえて倒幕にすすむことになった。

土佐藩も中岡の仲介で、板垣らが、武備をととのえて倒幕に踏み切ることになった。

ところが、ここに、武力討幕とは別の経路で、〝政体改革〟を叫ぶものが出てきた。またしても、坂本龍馬の登場である。

船中八策

一月二十二日（慶応二年）、桂を怒鳴りつけて薩長連合を成立させた龍馬は、一月二十三日、寺田屋で伏見奉行と新撰組の輩下に襲われるが、お龍の機転で指に負傷しただけで助かり、薩摩屋敷にころがりこんだ。

この後、小松と西郷のすすめで、龍馬はお龍を連れて鹿児島にゆくことになった。この以前に二人は結婚していたので、これが日本での最初の〝新婚旅行〟ということになる。鹿児島の鴨池に近いところに二人の記念碑がある。この旅行は一般に西郷の肝いりということになっているが、じっさいには、三十一歳の若き薩摩藩家老小松帯刀であったようで、二人は三月十日、鹿児島に着いた。そして、いったん小松の家に入った後、日当山（ひなた）、霧島などの温泉めぐりに出発している。怱忙（そうぼう）をきわめた幕末の仕掛人・龍馬の晩年を彩る束の間のレジャーであった。（龍馬は、翌三年十一月十五日、京都で暗殺される）

四月十二日、鹿児島に帰った龍馬は、六月二日、例のユニオン号にお龍とともに乗船し、長崎に向かった。長崎でお龍をおろすと、龍馬は同号で六月十六日、下関に入港した。すでに六月七日、征長の役ははじまっている。龍馬もこの戦いにまきこまれて、六月十七日の下関海峡の海戦に参加することになった。

この日、奇兵隊参謀兼海軍総督の高杉晋作は、丙寅丸らを率いて、海峡の小倉藩側・田の浦砲台を攻撃することになり、龍馬の乗るユニオン号もこの海戦に参加し、非常に面白かったという意味の手紙を、龍馬は兄の楯平に書き送っている。

前述のとおり、第二次征長は、幕軍の完敗に終わった。

龍馬が、下関―長崎―鹿児島―長崎と南行北帰している間に、慶応二年もあわただしく暮れ、三年が明ける。

この年早々、長崎で亀山社中の指導をしていた龍馬は、清風亭で後藤象二郎と会談した。

後藤は土佐の上士の家に生まれ、大目付をしていて龍馬が所属していた土佐勤王党とは反対の立場にあり、このときは土佐藩が経営する土佐商会の管理のため、長崎に来ていた。龍馬は偉ぶる後藤を腹の底で嫌っていたが、薩長土連合のために、後藤を利用しようと考えて協同することにした。

この年の二月十六日、西郷は高知へきて、山内容堂と討幕を論じた。

すでに前年の十月、後藤と並ぶ〃切れ者〃の土佐藩参政の福岡藤次（孝弟）が、容堂の命をうけて上京し、西郷と、討幕、大政奉還の打ち合わせがしてあったので、西郷・容堂会談は、スムーズにことがはこんだ。

西郷の斡旋で、龍馬と中岡の脱藩の罪も許され、まもなく、龍馬の海援隊と、中岡の陸援隊が討幕に参加することになる。

四月には、海援隊が手に入れたいろは丸が、紀州藩の明光丸と衝突、沈没するという事件もあったが、後藤と五代（才助）の応援で、八万三千両の補償金をとることに龍馬は成功している。

そして六月九日、龍馬は後藤とともに土佐藩船夕顔丸に乗って長崎を出港し、大坂に向かうことになった。京都にいる容堂から、時局収拾について意見を聞きたいと使者がきたからである。

問題は、提議した四侯会議と兵庫開港の始末である。

前述のように、四侯会議は、慶喜の先制にふり回されて、五月下旬、分裂症状となり、容堂もまもなく高知に帰ってしまうので、龍馬と後藤が京都に着いても、呼んだ当の容堂はいないのである。

しかし、この船中でえらいことが起こる。二人が京に入るのは六月十五日であるが、その途中、夕顔丸の船室で、龍馬はついにその大才を発揮して念願の日本の政体変革の大策を成文化した。五ヵ条の御誓文や明治憲法の根源をなすといわれる『船中八策』がそれである。

船が瀬戸内海に入ると、龍馬は後藤を船尾に呼び出して話をはじめた。おりから梅雨で、内海の島が小雨に煙っている。

「後藤さん、いよいよ薩長土連合で討幕ということですのう」

「うむ、日本人同士の戦乱は好もしくないがのう」後藤も思案顔で雨を眺めている。

「それに、外国のつけ入るもとですけんのう。幕府が大政奉還をしてくれれば、無事ですがのう」

「龍馬、お前、何かうまい策はないか？　大政奉還後の日本運営策に名案があれば、慶喜公もいやとはいうまいが……」

「それですけん、前から考えていたことがあるよって、少し待ってつかあさい」

龍馬は中甲板に降りると海援隊書記の長岡謙吉を呼び出して、

「お前、おれのいうことを筆記してくれんかや」と頼んだ。

やがて、長岡の耳に驚嘆すべき日本改造法案が入ってきた。それはまさしく日本の黎明を告げる号砲第一弾ともいうべき、民主化、君権維持共和政体の試案であった。

一、天下の政権を朝廷に奉還せしめ、政令宜しく朝廷より出ずべきこと。
二、上下議政局を設け、議員をおき、万機を参賛せしめ、万機宜しく公儀（議）に決すべきこと。
三、有材の公家、諸侯、および天下の人材を顧問に備え、官爵を賜い、宜しく従来、有名無実の官を除くべきこと。
四、外国の交際広く公儀にとり、新たに至当の規約を立つべきこと。
五、古来の律令を折衷し、新たに無窮の大典を選定すべきこと。
六、海軍宜しく拡張すべきこと。
七、御親兵をおき、帝都を守護せしむべきこと。
八、金銀、物価宜しく外国との平均の法を設けべきこと。

これは天皇親政の名による立憲政治であり、議会政治である。

龍馬は、若いときから勝海舟、大久保一翁、横井小楠から学んだ欧米諸国の立憲政体のメリットを、この八ヵ条に盛り込んだ。フランスのように革命による流血を避けるため、王政とし、広く公論による政治を行なう。また、海軍、近衛兵、貿易、為替法などについても彼は考えていた。なんという先見の明であろう。

「凄いですね、坂本さん……」

筆記し終わった長岡は、ふーっと溜めていた息を吐いた。龍馬を、統率力はあるが目先の利く船乗りの首領ぐらいに考えていた長岡は、目の前に落雷をみた思いで、しばらく声がでない。

　尊皇攘夷から、いまや倒幕、王政復古へと流れてゆく時代の波は彼も感じているが、このような議会制度による国家の運営を、龍馬が考えていたとは、つゆ知らなかったのである。

「どうじゃ、これなら、薩長はもちろん、慶喜公ものるきに……」

「そうですな、まさに日本の革新ですぞ」

　自信をもった龍馬は、これを後藤に見せた。

「うむ、これか、お前のいうとった新政の絵図面ちゅうのは……」

　一読して後藤は、その『船中八策』を手にしたまま、船室に入ってしまった。老獪な後藤は、これを自分の策として容堂に売り込むことにした。維新後、商人と組んでは私腹を肥やして指弾される後藤は、人の功を自分の手柄にするくらい平気であった。

　結局、後藤は、この『船中八策』を自分が立案したような顔をして容堂にふきこみ、やがてこの秋、京都における大政奉還の有力な青写真として自分の功を吹聴するのであるが、歴史は今日、これが龍馬の発案になるものであることを確認している。

薩土盟約と長州

　龍馬の『船中八策』には〝あとがき〟があり、その末尾に彼は、

「伏して願わくは公明正大の道理に基づき、一大英断をもって天下を更始一新せん」と言っている。

ここに龍馬のコペルニクス的転回があった。西郷、大久保、あるいは容堂が、武力討幕を止むなしと考えているのに対し、龍馬は、道理を説いて一大英断を行なうべきだと主張しているのである。

——なるほど、道理でいくのなら武力を用いずして大政奉還は可能だ。この八策を示せば、怜悧な慶喜公は納得してくれるだろう……。

抜け目のない後藤は、まずこれを容堂に見せ、ついで雄藩の実力者——西郷、大久保——に示して了解を得、ついで慶喜に示して〝一大英断〟を発してもらい、これを土佐の功績、ひいては自分の手柄にしようと考えた。

しかし、六月十五日、後藤と龍馬が入京したとき、容堂はすでに帰国していないので、後藤は、まずこの八策を在京の土佐藩重役に示し、公議政体、大政奉還を目途とし、西郷らの了解を求めることにした。

それはとりもなおさず、薩土同盟の成立をも意味する。

そこで、龍馬と長岡が斡旋に動き、六月二十二日、京都三本木の料亭で、薩摩側＝西郷、大久保、小松、土佐側＝後藤、福岡、寺村左膳らが出席、龍馬、中岡も同席して、つぎの内容の盟約が結ばれた。

大綱

一、国体を協正し万世万国にわたりて恥じず。是れ第一義なり。
二、王政復古は論なし。宜しく宇内の形勢を察し、参酌協正すべし。
三、国に二帝なし、家に二主なし。政刑唯一君に還すべし。
四、将軍職にいて政柄（せいへい）をとる、是天地間あるべからざるの理也。宜しく侯列に帰し、翼戴を主とすべし。
右、方今の急務にして天地間常有の大條理也。心力を協一にして斃れて後止まん。何ぞ成敗利鈍を顧るに暇あらんや。

約定

一、天下の大政を議する全権は朝廷にあり、制度法制は京師（けいし）の議事院から出るべし。
二、議事院の費用は諸藩より献上する。
三、議事院は上下に分かれ、諸侯は上院の議官となる。
四、将軍は辞職して列侯の一となる。
五、外国との條約は新たに結ぶ。
六、当今の時勢に応ずる国家の基本を建てる。
七、この皇国興後の議事に関係する士大夫（しのたゆう）は、私意を去り、過去の曲直を問わず、人心一和を主としてこの議論を定むべし。

ここには、薩長連合や、西郷・板垣の討幕密約のような武力討幕の気配はまったくなく、また龍馬の『船中八策』のうちの中央集権の項目が削られている。これは藩祖山内一豊以来の徳川家の恩顧を重んじる藩主の胸中を考えた後藤が、討幕、徳川廃止の項を避けたものと思われ、ここに後藤の要領のよさが現われている。

前年の一月には桂と会って、武力討幕を約束した西郷は、素直にこの〝無血大政奉還政策〟に共鳴し、七月七日、この内容を、長州に帰った山県、品川に報告している。彼の人格として〝無血〟の方を喜んだのは当然であった。

しかし、この〝土佐路線〟の出現で、西郷が武力討幕の線を捨てたとみるのは誤りであろう。

〝腐っても鯛〟……徳川の底力と譜代大名、旗本の力は、第二次征長でその無力を暴露したとはいいながら、いざ徳川が倒れるとなると、必死の抵抗を示すものが現われることは、目に見えている。

かつて、宝暦の治水で徳川の圧迫に屈して、血涙を呑んだ経験を知る西郷としては、封建制による藩主への忠誠心、愛郷心を、身をもって体験していた。安政五年秋、僧月照と相抱いて水に投じたのも、一つには主君斉彬の死を追慕したからにほかならなかったのではないか。

——土佐路線でやれるだけやらせ、徳川がこれを容れないならば（西郷は、そう読んでいた）、武力討幕の刃を抜く……。

西郷はそう二段構えで考えていた。

一方、後藤はこの案をもって在京の島津久光、松平春嶽、伊達宗城ら賢侯に会って、同意を求めた後、七月八日、高知にもどり、容堂に八策を示して大政奉還の断行を説いた。（この帰郷の目的の一つに、後藤が次回上京するときは、土佐の兵を連れてくると西郷に約束したので、これが後に問題となってくる）

案の定、容堂は武力倒幕より和平奉還の方を喜び、将軍に提出する建白書の準備をはじめた。

また、龍馬は長州と土佐の連合の必要を考え、六月二十五日、廟堂への根回しとして、岩倉に会っている。

いざ、討幕へ！

慶応三年夏、時局は明らかに倒幕へ向かっていたが、その方向は三つに割れていた。

一、薩摩＝西郷、大久保、小松は倒幕派であるが、かつて公武合体派であった久光は、小松とともに、いったんは西郷らの倒幕を認めたが、やがて土佐派の『船中八策』を基本とする無血「大政奉還」に引かれていく。

二、長州＝断固倒幕派であるが、またしても薩摩に裏切られ、怒りのうちに、とりあえず政奉還」に持ち込む。

三、土佐＝もともと公武合体派のリーダーであった容堂は、後藤から、『船中八策』による無血「大政奉還」を聞くと、今度はこの派のリーダーとなり、将軍慶喜に建言して、「大政奉還」を眺めることになる。

この三つ巴の中で、またしても長州が薩摩に煮え湯を呑まされる一幕が挟まるが、これに触れる前に、この時期、日本の大勢を分類しておきたい。（『開国と攘夷』＝『日本の歴史』19による）

天皇＝天皇個人はとくに考えも権力もないが、天皇の地位は極めて大きく、この〝玉（ぎょく）〟の争奪がエスカレートしていく。

宮廷内

倒幕派公家＝岩倉具視が中心。王政復古派公家、雄藩倒幕派と提携する。

王政復古派公家＝「大政奉還」によって朝廷に政権がもどることを期待する。武力倒幕にはいたらない日和見派。

佐幕派＝（公武合体派）依然として幕府の力にたより、慶喜を朝廷内に組み入れる。二条関白ら上位の公家に多い。

無関心派＝いわゆるノンポリ、地位が安全ならどの派でもよい。

幕府

将軍慶喜とそのブレーン＝幕権の復活、強化をめざしているが、昔のような幕閣の独裁は無理で、公家、雄藩との連立政権（もちろん将軍が主導する）止むなしと考えている。

親仏派＝フランス公使ロッシュを指導者として、軍隊をフランス式に近代化し、その艦隊の力によって、倒幕を狙う雄藩をおさえようとする。

開明派＝開国、貿易、国際化を考え、雄藩連合から「大政奉還」止むなし、とする。

雄藩、諸藩

薩摩、長州、土佐は前述のとおり。

芸州藩＝薩摩と土佐の中間、何度も転々と寝がえり、長州をいらいらさせる。

宇和島藩、越前藩＝土佐に近く、より佐幕的な面もある。

会津藩、桑名藩＝藩主は、いずれも尾張の徳川慶勝の弟、最後まで徳川のために戦う決心である。（会津は白虎隊で有名、桑名藩は藩主松平定敬〈容保の弟〉が鳥羽伏見の戦いの後、慶喜とともに江戸に向かったので、幼君を立てて官軍に降伏する）

外国勢

イギリス＝薩長など雄藩支持。とくに薩摩に親しい。朝廷を中心とする雄藩連合政権を、期待している。しかし、内戦が拡大し、民衆勢力からの革命が起きることは望ましくない。イギリスは資本主義をとっているので、その利益を考えている。上からのなし崩し的改革、つまり「大政奉還」を望んでいる。

フランス＝幕府と組んで自国の利益をはかる。したがってイギリスとは対立する。（フラ

ンスの徳川への入れこみようは大変なもので、箱館の榎本軍には、フランス士官の軍事顧問がいた）

民衆勢力

打ち壊しなどで公方様の政治に抵抗を示している民衆は、あまりにも長い徳川の政治に飽きてきていた。したがって民衆は倒幕に賛成であるが、武力倒幕がよいか、無血「大政奉還」がよいのかは、それぞれの職種や階級によってまちまちであったとみられる。

さて、またしても長州が薩摩から煮え湯を呑まされる事件である。

薩土同盟の少し前、島津久光が長州の品川と山県を呼んで、薩摩が倒幕を押しすすめる話をして、薩長の協力を求めたことは、すでに述べたが、そのとき久光は、近く西郷が打ち合わせのために長州へ行くといったので、長州では桂や奇兵隊らの諸隊も、大いにその来長を待っていた。

一方、薩摩もあることを待っており、そのために西郷の訪長が遅れた。

そのあることとは、土佐の兵士の上京である。

七月八日、後藤が高知に帰ったことは、すでに述べたが、そのとき後藤は、上京するときは、土佐の兵士を連れてくると、西郷に約束した。もともと武力倒幕の意思のない後藤がそういうことをいうべきではないが、後藤には体裁を飾り、無責任なところがあった。

西郷は、長州のことを心配していた。山県たちが帰国の途についた後に、薩土同盟ができて、龍馬の『船中八策』による公議政体論による「大政奉還」の線がつよまったことを、長州に報告しなければならないが、その反面、後藤が京に兵士を連れてくるのを、薩摩は待たなければならない……。

この連絡を密にしなければ、また長州を裏切ることになる。そこで西郷は村田新八を長州へ使いに出した。村田は七月中旬、山口に着いて、以上の状況を桂や山県に説明したが、長州側は釈然としない。

「また禁門の変の二の舞じゃぞ」と、血の気の多い品川はいきまく。

――高杉が生きていたら、もっと怒っただろう……と、桂は腕組みしながら考えた。去る慶応元年五月、桂は中岡が西郷を連れてくるというので、龍馬と一緒に下関で待っていた。しかし、西郷は佐賀関で大久保の至急信を見ると、下関を素通りして、大坂に行ってしまったのである。

熱血漢で戦争の天才であった高杉は、この年（慶応三年）四月十日、胸の病のため、下関で死去していた。

――これからが働きどきだというのに、死んでしまって……。

桂は自分にない軍事の才能を持つ高杉の死を痛むとともに、いらだたしいものを感じていた。

「薩賊会奸か……」

山県がうめくように言った。

「とにかく京に使いを出そう」

桂は、品川や藩主の側近である柏村数馬と御堀耕助を上京させた。

柏村らは、八月十二日に上京し、小松の邸で、小松、西郷、大久保と会談した。小松は薩土同盟ができても、薩摩は武力倒幕を決行する、というので、柏村はその具体的な方法をたずねた。

「本藩では、京都に一千名の兵力を持っておりもす。いざという場合、その三分の一をもって御所を守り、三分の一で会津藩邸を攻撃、残る三分の一で堀川の幕府軍屯所を焼く。一方、国許から三千名の兵士を来させ、これで大坂城を攻撃、幕府の軍艦を焼くのでごわす」と小松は答えた。

じっと聞いていた柏村は、

「京で戦いとなったとき帝はいずこに？」

と聞いた。

これは〝玉〟の問題である。文久三年八月の政変、禁門の変と、いずれも長州は〝玉〟を薩摩に握られてきた。

「一応、男山八幡と考えておりもすが……」と小松は言葉をにごした。

――これは臭い……。と柏村は思った。なおも細部にわたって柏村は質問したが、小松は徐々に言葉があいまいになっていく。

西郷が重い口を開いて、

「当藩は倒幕はいたしもさんど。兵を挙げて京を占領した後に、将軍を討つという綸旨が下りもした節は、同士の方方とまた談合いたしもそう」という。

なるほど、薩摩も兵を挙げるところまでで、このクーデターが倒幕にまでいくかどうかは、やってみなければわからない。

「とにかく薩摩は立ちもす。いまは土佐の後藤どんの返事を待っとりもす」と西郷がいうので、柏村らもそれを待つことにした。

ところが、後藤の返事は遅れた。それは藩論の問題ではなく、国際的な問題である。長崎・丸山の花街で、イギリスの軍艦イカルス号の水兵が二名殺され、その嫌疑が土佐藩士にかかったのである。

八月六日、パークスは抗議のため軍艦に乗って土佐にやってきた。容堂はこの交渉を後藤に命じた。結局、証拠不十分ということで、土佐藩は難を逃れたが、後藤の上京は遅れた。

(この真犯人は福岡藩士で、犯行の夜に自殺していたことが、明治元年になってわかった)

水兵事件を幸いに、上京を遅らせていた後藤は、やっと九月四日に、上京してきたが、約束の兵を連れて来ておらず、西郷を落胆させた。

後藤は、西郷、小松と会って、「大政奉還」の建白に同意を求めたが、西郷は怒って薩土同盟を破棄した。薩摩はすでに千余名が本国から増援して来ており、なおも増強中で、倒幕の勢いを示した。

九月十日、大久保は芸州藩の重臣を説いて、倒幕に賛成させた。京坂と長州に挟まれる芸州藩は、難しい立場にあった。国家老の辻将曹は、藩の立場を二転、三転させてこの苦境を切り抜けようと苦心していた。藩主は後に長寿で知られるようになる浅野長勲であるが、当時は二十七歳で、辻が藩政を見ていた。

この後、芸州藩は雄藩の雲行きを見て旗色を変えるが、薩長のようにヘゲモニーを取れぬ藩としては、止むを得ないところで、荒波をくぐり抜けるのも、政治家の手腕であろう。

八月の下旬、柏村らは長州に帰り、京の状況を桂らに報告した。長州藩はますます倒幕の準備をすすめた。

このところ倒幕の仕掛け人となった大久保は、九月十七日、山口に行って、桂、広沢（真臣・長州藩の実力者、維新後、暗殺される）、および藩主父子と会見、薩摩は土佐を相手にせず倒幕に突進するのだといって、長州の同意を求めた。

このとき、桂も藩主も、

「事を挙げたとき、帝をどこにやるのか？」と聞いた。

長州藩は、よくよく禁門の変などで〝玉〟を奪われたのがこたえたらしい。大久保は、大坂を考えている、と答えたが、木戸はさらに、

「もし幕府が外国と結んで、雄藩側が難しい立場になり、帝を遠いところに移さねばならなくなったときは、どうするのか？」と追及した。

桂は、薩摩藩が帝を握ることを警戒していたが、大久保は、

「そのときは、勤皇諸藩のうち適当なところに移すことになる」といって、その場を切り抜けた。

複雑混沌

この時点の西郷、大久保、桂らの手紙には、〝玉（ぎょく）〟という言葉が頻繁に使われている。〝玉〟は政権を握るための重要な武器であった。

尊皇家であるはずの西郷や桂が、このように〝玉〟にこだわるのは、彼らが人民の盛り上がる力に依存する革命家ではなく、名目上の権威ではあるが、大義名分の旗印である〝玉〟を珍重して、その力にたよる一種の征服者であって、民主革命の方法を知らないからであろう。

彼らの倒幕には、フランス革命の原動力となったルソー（一七一二年〜一七七八年）の『社会契約論』のような革新的な「思想」がなかった。これは大久保、小松も同様で、西郷の「思想」といえば、その開明的な考え方は、島津斉彬の影響で、個人的には、沖永良部島で体得した「敬天愛人」という儒教的、東洋的なものであった。

その点、勝海舟や横井小楠、大久保一翁らから民主主義、議会制度、共和制の「思想」の洗礼をうけた龍馬の方が確然とした「思想」を持っており、それが『船中八策』となって、土佐を動かし「大政奉還」の骨子を形成するのである。

龍馬の『船中八策』は天皇を上に立てているが、選挙による議会政治を考えており、力で幕府を倒すことを考えている西郷や大久保と、思想的にはかなりの差があると考えてよかろう。

西郷には、無私、虚心、公明正大というような東洋的な美徳があり、これが倒幕のための統率力となっている。しかし、彼の、部下を愛する情念と、薩摩藩と藩主に尽くす封建的な考え方には、明治新政の中央集権、廃藩置県、徴兵、そして自由民権、議会制度にいたる改革と相容れないものがあった。

この部下と藩を愛する美徳が、やがて征韓論となり、部下と郷里のために一身を捧げる悲劇となるので、そのためにこそ、〝西郷どん〟の偉大さが、永久に日本人に追慕される所以なのである。

ということは、ほかの元勲たちが、藩閥の代表として派閥をつくり、あるいは大久保のように規律に厳格にすぎたり、木戸のように幕末の活躍しかメリットがないように見えたり、伊藤博文は立身出世主義、山県は派閥の権化、井上馨は商人的、大隈や板垣は自由民権を唱えながら、大臣の椅子や、爵位にひかれるというようなことで、個人的な美徳に乏しいからではなかろうか。

西郷が民主主義、共和制の思想を明確に打ち出し、民衆を糾合して幅ひろい挙兵によって倒幕を成功させるならば、その「思想」的な立場は後世から賞賛されるであろうが、日本の場合、天皇制をどうするかという壁があった。

フランス革命のように国王を処刑するようなことは、日本ではとうていできない。それどころか革命家のすべてが尊皇家で、尊皇倒幕がその旗印であった。そのゆえに西郷、大久保、桂も、〝玉〟を貴重に考えるのであり、明治維新が〝ブルジョワ〟革命とよばれる所以でもあろうか。

さて、倒幕の経過をたどろう。

九月十九日、大久保は、長州と倒幕のための出兵の手順を決めた。

九月下旬、薩摩の軍船二隻が三田尻（徳山の西）に入港し、一隻は大坂に先行し、一隻は長州兵を乗せて大坂に向かう、という手はずであった。

一方、京都にあった後藤は、諸藩を「大政奉還」方式に引き込むことに、懸命になっていた。芸州藩を倒幕からこちらに引き入れる。その反面、芸州藩は山口に使者をやって、薩摩の軍船を御手洗（大崎下島、呉の東三十キロ）で待ちうけて芸州兵を乗せて大坂に向かうという約束をしていた。和戦両様というべきか、日和見というか、そこに辻将曹の苦心があったのであろう。

この時点で、薩摩の上層部が割れてくる。不思議なことであるが、小松や、最近、兵を率いて上京した島津備後ら藩主に近い上士は、西郷らの武力倒幕を危険と考えはじめた。

――なぜ武力でなければならないのか。和平のうちに、「大政奉還」をしてもよいのではないか……。

西郷らの下士の連中は、挙兵に失敗しても、腹を切ればそれですむが、家老職ともなれば、藩の興亡を担っているのである。七百年つづいた社稷（しょく）を自分たちが老職にあるときに滅しては、先祖に申しわけが立たないのである。

若手家老の小松が動揺すると、先に山県や品川らに倒幕を吹き込んだ久光も、またもや公武合体派の本性を現わしたのか、倒幕に疑問を感じはじめていた。

こうして長州を置き去りにして、京都では「大政奉還」が前進していた。

九月二十七日、後藤は西郷と大久保に、「大政奉還」を慶喜にすすめる建白書を、提出することを計った。藩主以下が倒幕に疑問を呈しているので、西郷も反対はできない。この時点で西郷も、和戦両様の構えを取らざるを得なくなってきていた。

ところで、なぜ彼は武力倒幕にこだわるのであろうか。まさか百十年前の宝暦の治水における薩摩の恨みを、いま果たそうというだけではあるまい。西郷が武力にこだわる理由はつぎの諸点からであったと思われる。

一、武人としての気質を多分に保有する西郷は、二百六十年つづいた徳川幕府が、土佐の山内容堂の説得だけで、いかに坂本龍馬の『船中八策』が新型の国家改造法案とはいえ、政権を簡単に朝廷に返上しようとは、考えられなかった。

二、禁門の変で薩摩の力を示し、長州征伐で高杉の奇兵隊ら諸隊の優勢を見せつけられた西郷は、大きな変革には、理論よりも武力による制圧が一番、と考えるに至った。

三、西郷は弁舌の徒を嫌った。論を立て雄弁をもって人を説得しても、腹に誠実がなければ何にもならない。体を張った力による一撃こそ自分の言い分を通し、相手を屈伏させるものだと信じていた。

四、大政奉還は結構であるが、土佐にイニシアティブを取られることを西郷は警戒していた。容堂はもともと公武合体派であり、後藤は誠実に乏しいところがある。坂本ならともかく、この二人のコンビで大政奉還が実現された場合、容堂の主導する土佐中心の新政府は、たぶんに親徳川的なものになり、慶喜が依然として、新政府の中心に居座ることになる。それでは改革の庶政一新は難しくなるのである。

五、俗な言い方をすれば、西郷は振り挙げた拳の遣り場に困っていた。すでに三千の薩軍が、京坂に入っており、ひきつづいて薩摩から増員されるはずである。いま無血大政奉還となると、この一万近い薩摩隼人の力を用いる相手がなくなってしまう。ここは一戦あってしかるべし、と彼は考えていた。幕軍を痛撃した後の大政奉還こそ、すっきりした紛れのない新政をもたらすべし、と彼は考えていた。この部下を愛し、その力を十分に発揮させることを念願とする彼の思考法こそ、七年後に征韓論を主張し、鹿児島で旧部下とともに孤立するようになる大きな原因とみてよかろう。

九月二十九日付で、西郷は国許の重役である蓑田伝兵衛に京坂の近況を報告しているが、それには土佐派の建白には触れず、長州と倒幕をすすめていることなどを書いていた。

また西郷はこのころ、珍しく謀略を用い、江戸で撹乱政策をとって、幕府を混乱させる策をすすめた。

すなわち、策士の益満休之助と伊牟田尚平をひそかに江戸に送った。益満らは市内で勤皇軍用資金の調達と称して、強盗、火つけを働き、最後には薩摩屋敷が焼き討ちされることになる。

また、伊牟田は、下総の農家の出身である勤皇家相楽総三を江戸に連れていった。相楽は関東から信州にかけて、尊皇倒幕の運動を起こすが、維新後、官軍（東軍）の東征のとき、赤報隊を指揮したが、そのとき官軍を詐称した暴挙があったとして処刑される。

西郷が倒幕を推進している間に、後藤の大政奉還は前進していく。

十月三日、後藤は、老中板倉勝静（かつきよ）に、山内容堂の大政奉還をすすめる建白書を提出した。その中には、当然、龍馬の『船中八策』を基本とした薩土盟約の中の、京都の議政所で制度法律等、万機を決すべし、というような法案八ヵ条が盛られていた。

これを知った芸州藩の在京家老辻将曹は、すかさず藩主松平（浅野）安芸守の名で、徳川は政権を朝廷に返上すべし、という建白書を幕府に提出した。これで芸州藩も王政復古のときに功績を認められることになる。

西郷、大久保も負けじと、長州から急行した品川、岩倉と会って、幕府征討のさいには、仁和寺宮を大将軍とすることなどを討議した。

ここでまたしても、長州は薩摩に煮え湯を呑まされることになる。

それは、先に大久保が長州と倒幕の手はずを決めたとき、九月下旬、薩摩の軍船が三田尻に行って長州兵を乗せて大坂に向かう約束をしたが、そのころになると、薩摩の国許でも無血大政奉還が盛んになり、この軍船の派遣が遅延することになってきた。

一方、長州では約束どおり部隊を三田尻に集結して、薩摩の船を待っていたが、十月に入っても、それがなかなか現われない。

「またしても薩摩の裏切りか……」

と、藩主の世子・定広とともに三田尻にきていた桂は、怒髪天を衝かんばかりに憤慨した。

十月六日、桂は、薩摩を詰問させるために野村靖を鹿児島に派遣した。同じ日、やっと薩摩の軍船が大山綱良を指揮官として、兵四百名を乗せて三田尻に入港した。桂からさんざん罵られても、大山は返す言葉がない。

長州は、薩摩といっしょの倒幕決起は延期とし、九日にも薩摩から九百名が到着したが、これらは当分、待機ということになった。

じつはこれらの兵は、薩摩の側では倒幕を目的としてはいなかった。久光の趣旨は、「長州が京に出兵するというので、禁裡を守護し奉るため」ということになっていた。

状況はますます複雑となり、だれのいうことを信じてよいのか、混沌としてきた。そして長州は、ますます不利となっていく。

同じく十月六日、長州の広沢が上京して西郷と会った。西郷はあくまでも倒幕を推進しようと、広沢に芸州藩の説得をたのんだ。広沢が辻に会って、倒幕に協力するようたのむと、土佐にならって建白書を出したばかりの辻は、あっさり倒幕を認めた。いったい、芸州藩は何を考えているのか。

十月八日、薩摩藩邸で、西郷、大久保、小松らが、品川、広沢、辻、植田（芸州藩）らと会って、倒幕について、協力することに一致した。

この後、大久保、品川、広沢、植田が、中御門、中山卿に会って、挙兵倒幕について、三藩の意思が堅いことを報告した。この日、西郷、大久保、小松は連署して、中山卿らに斬奸状ともいうべき倒幕の趣意書を提出した。

その中には、幕府の罪状とともに、珍しく生活難の万民を救う、という文字が入っていた。これには二つの理由があった。おりから、全国で幕政に不満な民衆が、一揆や打ち壊しなどの方法で、造反をしていたが、西郷らにはこれら民衆のエネルギーを無視できないところがあった。

また、若いときから郡書方助などの役で農民と接触してきた西郷は、奄美大島、徳之島、沖之永良部島などで薩摩藩から搾取されている島民の怨念に接してきたので、民衆の声には親しいものを感じていた。

大政奉還

こうして、大政奉還も武力倒幕も、ようやく大詰めにきた。大義名分を必要とする倒幕派は、岩倉に、「倒幕の密勅」を要請した。

岩倉は正親町三條実愛と相談し、顧問の玉松操（西園寺家の末流、父は参議侍従の山本公弘、僧として修行し国学を教える。慶応三年、岩倉と知り合い、腹心となる。この後、十二月の王政復古でも詔勅案を起草する）に密勅を起草させ、これを中山、中御門らが天皇に提出して承認を受けたというが、当時十六歳の天皇には詳しいことはわからず、じっさいには岩倉のリモートコントロールによるものと思われる。策士、大奸物といわれた岩倉は、公家としての身分が低いので、天皇の外祖父である中山や中御門などを利用したのである。

　この密勅の内容は、「賊臣徳川慶喜を征伐し、京都守護職松平容保、同所司代松平定敬を失墜させよ」というもので、岩倉、西郷の意見が強く反映しているものと思われる。

　この密勅は、十月十四日の朝、島津久光父子に、ついで毛利敬親父子に授けられた。場所は正親町三條実愛邸で、薩摩代表の大久保と、長州代表の広沢が受けとった。芸州藩はいつ寝返るかわからないというので、密勅は渡されていない。

　ところが、歴史の偶然というのか皮肉といおうか、この十四日こそ、かねて武力倒幕を避けるために秘策を練っていた慶喜が、大政奉還を朝廷に申し出た日であった。といっても、慶喜は完全に政権を返上する気はなかった。政権というものは、名目だけではかつての天皇家のように実質が伴わない。いったんは奉還ということで倒幕派の鉾先をかわし、武力、経済力を養成して人心をつかみ、捲土重来を期そうというものである。そのような意味で、この大政奉還は、慶喜の〝いやがらせ運動〟ともとれるのである。

　さて、片方で岩倉らの倒幕、密勅の動きに引きずられていた朝廷は、慶喜の奇襲作戦に狼狽した。ここで奉還されては、せっかくの倒幕の密勅がカラぶりに終わってしまう。二條（斉敬）摂政らの公卿は、奉還を許さずという態度であったが、不思議なことにこの奉還の議は、翌十五日、あっさりと裁可になってしまった。

その裏には、西郷ら薩摩の三人と、岩倉の秘策が動いていた。慶喜の大政奉還上奏を知ると、彼らはつぎの条件で奉還を許可することを、二条摂政に要求した。

一、長州藩の復権を決める。
二、賢侯を召して、会議を開くこと。
三、慶喜の征夷大将軍を返上させること。
四、太宰府に蟄居している五卿を赦免すること。

薩摩と岩倉の怪力に押された二条は、わけもわからず奉還を許可することにした。
ところで、なぜ西郷、大久保、小松は慶喜の大政奉還に賛成したのであろうか。
一、倒幕のための兵力を集めるには、時間をかせぐ必要があった。
二、大政奉還に反対する理由が見つからない。
三、まず一と四を実施させて、しかる後に貯えた兵力で慶喜を討ってもおそくはない。

しかし、彼らは公卿の韜晦(とうかい)戦術にしてやられた。朝廷は大政奉還を許しただけで、西郷らの出した条件をなんら実行せず、慶喜の将軍職、松平兄弟の守護職などをいままでどおり、幕府領も同じとし、ただこれからは衆議を尽くす、と観念的なことを言っただけである。

これでは何のための大政奉還かわからない。名目だけで倒幕派の狙いをかわすという慶喜の方策は図に当たったように見えた。

ここで西郷は一種の敗北感を味わった。

「土佐にやられもしたごつある」

彼は大久保を顧みると、苦笑した。

「うむ、慶喜公は、さすが東照神君以来といわれるほどのことはごわんど」

大久保も渋い顔をして、小松を見た。不思議なことにこの段階で、小松はまたしても武力倒幕派に加担する。

「西郷どんな、どげんなはっと。やはり武力で倒幕をばやらんとね？」

小松がそう言うと、西郷は大きくうなずいた。

「慶喜公の大政奉還な策でごわす。策士、策に倒れるの類でごわそう」

西郷の頬にやっと笑みが上がった。

三人はとりあえず、十月十七日、長州に向かい、山口で桂と会って挙兵の打ち合わせをした後、二十六日、鹿児島に帰り、すでに帰っていた久光に会い、藩主島津忠義を激励した。大兵を率いて上京させるためである。

俄然、藩論は湧いた。宝暦三年、濃尾の河川修理の幕命を受けたときの大評定以来といってもよいほどである。倒幕派に対して、
一、経済的に出兵する力がない。
二、ここで武力を用いて失敗すれば、鎌倉以来の藩は滅亡するおそれがある。
三、大政奉還は尊皇派であった薩摩に有利である。まず自藩の内政を整備すべし。

などの理由で反対派は出兵を拒んだ。

西郷が立つと、

「このたびの倒幕は帝を守るためのものでごわす。ただいま京には徳川方のほか、会津、桑名、新撰組、紀伊、津、大垣の諸藩兵約一万が集まり、御所、薩摩、長州屋敷を焼き払い、薩長を討て、という意気込みにごわす。このときにあたり当藩が傍観してはいけもはんど」

烈々火を吐く西郷の熱弁に、藩主以下が動かされた。

西郷という人物は、いざというときに、ずばりと言い切って、一座を説得する術を身につけていた。それは雄弁ではなく、一種の圧力をもったテレパシーともいうべきもので、これが物をいっているとき、彼は大物なのであり、それが影をひそめると、彼は単なるいいけにえにかつがれるおそれがあった。

忠義は、十一月十三日、三千名の兵を四隻の船に分乗させて鹿児島を出発、長州に向かった。忠義は三邦丸に乗り、西郷は参謀として同乗した。

三邦丸は、十七日、三田尻に入港し、西郷と桂はここに初めて笑顔のうちに握手し、芸州藩をもふくめた倒幕案を練った。大坂を根拠地として、京は薩摩兵が守り、長、芸はこれを応援するというもので、またしても薩摩にいいところをさらわれそうで桂はいらいらした。

作戦案によって忠義は、二十三日に上京し、三藩の兵力は、ひしひしと京都から兵庫にかけて布陣し、その勢一万と噂された。

一方、徳川方も一万を京を中心に集めたという。京師（けいし）の形勢は一触即発に近くなってきた。

さて、薩長連合の功労者で、政治、外交、海軍の天才と呼ばれた坂本龍馬と中岡慎太郎が暗殺されたのは、この騒ぎの最中、十一月十五日のことであった。斬ったのは、京都見廻組の組頭佐々木只三郎と隊員の今井信郎だといわれる。場所は、河原町三條下ル蛸薬師角の醬油屋「近江屋」の二階であった。(現在ではその店があったところに、「史跡近江屋跡」という碑が建っている)

佐々木たちは、十津川の郷士といつわって坂本の部屋に通った。十津川はどこの藩にも属せず、勤皇の志の厚いことで知られる土地である。このころの龍馬は新政府の方策を定め、これをどう実施するかで心を砕いていた。彼の立場は会社の創立者と秘書長と渉外課長を兼ねていた。龍馬が佐々木が出した名刺を見ているとき、いきなり佐々木が龍馬の頭に斬りつけた。出血多量で龍馬は即死、今井に斬りつけられた中岡は、翌日、死んだ。

明治維新の仕掛け人で、もっとも開明的な共和制、議会制度の主唱者、天才、坂本龍馬はこうして日本の夜明けを見ることなく、月が加茂川を照らす夜、なんの栄光とも関係なく、ひっそりと死んでいった。

変革前夜

大政奉還によって、議会派の土佐と慶喜が一安心している間に、西郷は倒幕をすすめていた。彼は龍馬の死をまだ知らない。

十一月十九日、彼は忠義について、三邦丸で三田尻を出港し、二十二日に大坂着、上京した。長州、芸州の兵も後を追って京坂に入る。

一方、西郷がいない間に京都の形勢は、当然、議会派に有利になっていた。

十月十七日に西郷ら三人が長州に向かってからの、京師の動きを見てみよう。

二條摂政、大臣、前関白らが、宮をかついで、慶喜をいれて最高政策決定会議のごときものをつくって、衆議による内政、外交を討議することをすすめていた。

十月二十二日、朝廷は在京諸藩重役六十余名を集め、衆議に問うて内政は慶喜に任せる、外交は三藩にまかせる、という議決をしたが、彦根ら佐幕側の藩から、三藩とは薩、土、芸を意味するから反対する、と言われ、これも、衆議による、と変えた。

龍馬の死の一ヵ月たらず前、すでに朝廷は、しきりに龍馬の好きな衆議により一決する、という方式を口に出していた。

また、先に、十月十四日、倒幕の密勅を薩摩、長州にあたえた中山、中御門らの公家は、大政奉還派有利とみて、二十一日、この実行を猶予すべし、との御沙汰書を両藩に伝えた。じつに倒幕と衆議一決の間で揺れ動く公家や諸藩の動きではある。

十月二十四日、慶喜は将軍職辞退を朝廷に申し出たが、二十六日には諸侯の京都参集を待って決定すべし、とまたしても衆議が持ち出された。こうなると衆議一決は、公議政体というよりは、朝廷の議事引きのばしの口実に使われることが多くなっていくのである。

その諸侯参集であるが、十一月十日には、美濃の岩村藩主松平乗命が、お召し辞退を申し出た。藩主がわざわざ京都にいくほどのこともあるまいというのが理由であるが、これにならって、お召しを辞退する藩が続出し、七、八十藩におよび、幕府と同じく朝廷も、いまや諸侯への威令があやしくなってきていることを示した。こうなると何が権威なのかわからない。西郷の考えどおり、痛撃をもって幕府を倒したものが、強権をふるう、と考えてよいのであろうか？

そして、京師は切迫しながらもあいまいな雰囲気のうちに、先述のとおり十一月十三日、島津忠義が西郷を連れて鹿児島を出撃、十七日、三田尻着、薩、長、芸の三藩の倒幕戦略が決定され、忠義と西郷は薩軍を率いて二十二日に大坂着、翌二十三日に入京したのである。

さて、いよいよ王政復古であるが、この、日本史でも際どい時期、京都は武力倒幕か、衆議による慶喜と雄藩諸侯の合議政体か、戦火の可能性をふくんで時限爆弾を抱えたように、緊張した空気の中にあった。

二十五日、西郷は先に入京していた大久保と会って協議し、この後、この二人と、岩倉、品川、山田顕義（長州）らが密会しては、王政復古のクーデターをいつ実行するかで、密議をつづけた。二藩の兵力を背景に、クーデターを行ない、抵抗する幕府を武力倒幕するというのが、西郷の原案であった。この時点で変転つねなき芸州藩はクーデター計画から除外されていた。

十二月に入ると、西郷、品川らはクーデターの日取りを八日と決定した。ここで面倒なのは、土佐をどうするかということである。

土佐の後藤は大政奉還派であり、これに計画を打ち明けることは危険であったが、容堂の土佐を敵に回すのも事が厄介になる。この時点で後藤はクーデター計画を感づいており、公武合体派の松平春嶽と相談して、諸侯会議を開いて、慶喜をその議長にしようとはかっていた。


この事実を、西郷はどの程度まで知っていたのか、例の太っ腹で、

「おいは、後藤どんを信じもす。なぜなら乾（板垣）どんが、後藤どんのことを保証しもしたゆえでごわす」というようなことを言って、二日、西郷と大久保が後藤を訪問して、このクーデター計画を打ち明け、協力をたのむことにした。

策士の後藤は、意外なほど簡単に、土佐の協力に賛成したが、

「ただいま、容堂侯が近く上京するからこれにはからねばならぬので、実施を十日に延期してもらいたい」とたのんだ。

策士の後藤は、こうやって時間をかせぎ、その間に、〝玉〟を擁して諸侯会議を開催し、慶喜を頭として王政復古を実現し、倒幕派を出し抜こうとはかっていた。

五日、後藤はさっそく、西郷たちの言いぶんを松平に報告し、中山忠能を訪問した。中山は天皇の外祖父（二女の慶子は明治天皇の母）であるから、この段階で、西郷も後藤も〝玉〟を握ることを不可欠としていたのである。

中山忠能は権大納言中山忠頼の息で、母は正親町三條実同の娘である。文化六年（一八〇

九）生まれ、弘化四年に権大納言となり、嘉永六年のペリー来航のとき以来、攘夷派公家として活躍したが、公武合体派が朝廷で勢力を得ると、これに変わり、文久元年、和宮降嫁のときは、縁組御用掛として、ともに東下した。長州とは親しく、禁門の変以後、面会を禁じられたが、慶応二年十二月、睦仁親王が明治天皇となると、許され、前述のように、岩倉、正親町三條実愛らと王政復古、倒幕を画策した。そして王政復古後、議定となり、維新後、神祇伯となり、従一位にのぼる。

その中山を訪ねた後藤は、クーデター決行を十日に延期するよう了解をとり、さらに岩倉を訪問して延期を要請し、尾張、越前もこの挙に加えるよう説いた。後藤に説得された中山は、八日には朝議があるから、九日でなければ朝廷の都合がわるい、と主張し、ついに岩倉、西郷、大久保らの会議の結果、決行は九日ということになった。

こうして、大政奉還派の激しい巻き返しの中で、決行の日、十二月九日を迎えるのであるが、諸侯会議の議長に目されている慶喜は何をしていたのか。彼は御所に近い二條城に入って、老中板倉勝静と策を練っていた。

後藤から、クーデターのことを聞いた春嶽の使者、家老の中根雪江がこれを慶喜に報告したのが六日である。

日頃、聡明な将軍といわれていた慶喜は、このとき、公家のような優柔不断を示した。――ただちに参内してこのクーデターのことを天皇と摂政に知らせる一方、会津、桑名の藩兵で、御所を固め、〝玉〟を握れば、西郷らのクーデター計画は水泡に帰するのである。

しかし、慶喜は動こうとはしなかった。

「越前や土佐が動けば、薩長も暴挙はできまいが……」

慶喜がそういうと、板倉もうなずいた。俊敏なはずの慶喜も、ここへきてファイトが鈍ってきたらしい。

ところが、倒幕派のほうも、岩倉、中山らが動揺し、将軍、薩長、土佐と、三者三竦みのうちに、クーデター前夜の十二月八日がやってきた。

この革命前夜ともいうべき八日夜、岩倉は、薩摩、土佐、芸州、尾張、越前の重臣を自邸に招いて、王政復古のクーデター断行を告げて、協力を求めた。このとき、岩倉は、勅令という言葉を使い、五藩兵は宮廷九門の警備についた。

これより先、西郷、大久保は、尾張、越前侯による将軍への辞職斡旋について、この可否を問うたのに対し、つぎの内容の決然たる書を、岩倉に渡している。

「今般、御英断をもって王政復古の基礎を固めるべく発表されましたが、かならず混乱はあると思われます。しかし、二百有余年の太平の旧習に汚染されてきた人心を一新するには、一度は干戈を動かして、天下の耳目に衝撃を与え、中原の決意を定めるべきかと存じられます。決戦を覚悟して死中に活を得るという着眼が急務かと思われます。

この度、尾越をして将軍に反省、謝罪させるというご意見は誠に寛大の処置であるが、徳川の大罪は明らかで、慶喜を諸侯の列にまで下し、所領を返上させるまでしなければ庶政一新はできません。もし寛大の名のもとに、処置が当を得ないときは、庶政に条理、公論を破

ることになり、朝権は振るわず、昔日の大患を再発するのは、間違いのないところでありま
す」

このあたり西郷の立論は冴えている。

大政奉還派は公議政体論を主張するが、彼らの公論は単に大名たちの結論にすぎない。時代の要求にかなうものが、正当な条理であり、人民の生活への声を集約したものが、公論でなければならない。それには、一大勇猛心を奮い起こして、クーデターと武力倒幕の決意がなければならぬ。西郷はそう立論したので、明治六年の征韓論よりは、人民のための公論という意味で、よほどすっきりしているのではないか。

岩倉が五藩の代表に協力を求めた八日夜、御所では中山が言ったとおり、公家の代表らが集まって、会議が開かれていた。慶喜と会桑二藩の兵が動かぬ以上、御所を囲んでの薩長らのクーデターは必至であり、朝廷としてはこれに対する方針――公家たちの保身の術――を考えておかねばならない。

この会議には、二條摂政、諸親王、各大臣、前関白、正親町三條実愛、中山忠能らのほか、将軍慶喜、会津藩主松平容保、桑名藩主松平定敬も呼ばれていたが、出席していない。まことに不思議な慶喜や松平たちの心情である。しかもこの一ヵ月あまり後には、鳥羽・伏見で兵を動かすのであるから、それならばこの時点で機先を制して、御所を固め〝玉〟を握って、公議政体論による新政府を樹立すべきではなかったのか。

公家は〝玉〟を擁するだけで、兵力を持っていないのであるから、早く兵を動かして、公

家と〝玉〟を握ったものが勝ちであることは、文久三年八月の政変で、会津藩も経験済みのはずである。

この慶喜と会津らの怠慢と先見の不足のために明治維新は成功するのであるけれども、このとき慶喜が決起していたら、当分、公議政体という名のもとに、慶喜や徳川の幹部たちの政治がつづいたであろうが、いずれ日本は新しい政体のもとに入るので、徐々に変革すればあのざわついた薩長土肥の藩閥政治と、成り上がり官僚の醜態で、西郷を怒らせ、西南戦争を引き起こすこともなかったかもしれない。

さはあれ八日夜、時間は岩倉の邸でも朝廷でも、平等にすぎていく。朝廷では以上の公家の他、在京の諸侯、および諸藩の重役が召集され、クーデター前夜の苦吟をつづけていた。薩長らを宥和するには、つぎのような条件をつけるべきだという意見が強い。

一、毛利父子と五卿の赦免。

二、蟄居中の処分を受けた公家（岩倉をふくむ）たちの赦免。

肝心の大策士の岩倉がいないので、この会議には青写真をつくり、根回しをする仕掛け人がいない。そうなると、どんぐり連中の小田原評定となって、実のない公論ならぬ空論の、くり返しになる可能性が強い。

議長格の中山は、長州の赦免は簡単にいくと考えていたが、反対論があり、諸侯参集の上で決めるべきだという。

坂本龍馬が生きていたら、

「ベコノカァ（大馬鹿野郎）じゃのう、お前（まん）たちは……」と慨嘆したであろう。

この毛利と公家の赦免は、明日のクーデターの激しさを宥和するための対策である。クーデターの前に諸侯参集などできるはずがないではないか。

この井戸端会議で、岩倉の側も影響をうけた。岩倉が五藩主に指示した朝廷への参内と、各藩兵の御所警護開始時刻は、九日午前六時である。しかし、会議がようやく終わったのは、午前四時である。

この日、岩倉は眠れぬ夜を過ごしていた。西郷は朝議が紛糾していると聞いて、午前二時ごろ、四時の参内と出兵を取り消し、追って沙汰すると通告したが、通じがわるく、午前四時には予定どおり尾張藩兵が、宮廷の間の守備についてしまった。

宮廷内ではまだ会議が沸騰している。公家たちは大騒ぎになり、二条摂政も尾張の指揮官を詰問する。これを知った西郷は、

――しまった……！　と唇を噛んだ。慶喜が気づいて九門を会桑の兵で固めたら、万事休すである。

ところが、御所には、慶喜も二人の松平も出席していなかった。ここでも徳川方は立ち遅れた。

一方、尾張藩の指揮官は機転をきかして、

「わが殿が御殿から退出するとき、賊に襲われたという報が入りましたので、駆けつけまし

た」と言いわけしたので、摂政も了解した。会議の席には尾張慶勝が同席していて、冷や汗をかきながら、部下の失態を謝罪した。

午前四時、毛利父子の赦免がきまり、午前九時には五卿の赦免なども可決され、列席の公家諸侯はつぎつぎ退出した。そこでやっと西郷も、五藩の指揮官に出動を下令した。薩軍は勇んで出動し、尾張、芸州、越前もこれにならったが、どういうわけか土佐が動かず、西郷と大久保をいらいらさせた。

王政復古

ここで、前夜、大坂から入京した前土佐藩主の山内容堂の動きを追ってみたい。昨夜、入京した容堂は、河原町の土佐藩邸に入らず、東山七條の妙法寺に入った。昨夜、入京した容堂は、後藤から九日のクーデターのことを聞くと、激怒した。すでに廟議は大政奉還から公議政体へと移行することに決定していたはずである。それをまた薩摩の下士上がりの西郷や大久保が、いじり回して武力倒幕に持ち込もうとしている。いったい、この名門土佐の前藩主の苦心を何と考えているのか。容堂は後藤を叱りつけ、出兵を厳禁した。したがって土佐藩兵の受け持ちは薩摩兵が兼務した。

午前八時すぎ、河原町の藩邸から大目付の神山左多衛がきて、昨夜の朝廷の会議のようすと容堂に参内のお召しがきていることを告げた。容堂はそれを無視して杯を傾けつづけた。

容堂は怒っていた。〝鯨海酔侯〟の仇名のとおりの酒豪で、怒るとますます杯の往復が激しくなる。

――わしが土佐に帰っている間に、天子が幼いのをよいことに、薩摩の陪臣どもが、二、三の野心的な公家を抱き込んで、せっかくのわしの公議政体論による新政府の構想をひっくりかえし、京師を戦場にしかねない武力制圧行動をとることになってしまった。将軍職を廃止させ、あまつさえその領地をまで召し上げようというのか。初代家康公から受けた恩顧を思えば、山内家としてはこんな恩知らずのことはできないではないか……。

正午を回っても、容堂の杯の往復は止まない。彼が今日のクーデターを企んだ人間の面皮をひんむいてやろうと御所に参内したのは、クーデターが一段落した午後四時のことであった。

一方、藩侯の憤慨をよそに主だった藩士たちは、土佐の孤立を防ぐため、クーデターに協力するような顔をして、前後をつくろうために苦心していた。

この日、午前九時すぎからはじまったクーデターは予想より順調に進行した。御所の要所である公家門や蛤門（禁門の変のとき激戦があった）は、それぞれ桑名、会津の兵が固めていたが、薩軍が踏み込むと、公家門の桑名兵はすでに逃走しており、蛤門の会津兵もまもなく退却した。

このころ、宮廷では王政復古の会議の出席者が、つぎつぎに姿を現わしはじめていた。

まず、昨夜からの会議でやっと赦免されたばかりの、岩倉が、〝大号令〟（王政復古の宣言書）を捧げ、胸をそらして参内する。中山、嵯峨の二卿は、昨夜からの居残りで、尾張、越前、芸州の三侯も同じである。

中御門が参内すると、岩倉は、中山、嵯峨を合わせて四人で天皇に拝謁し、王政復古を本日決行することを上奏して裁可を得た。

諸侯の中で、まだ参内しない大物は島津と山内だけで、これがこないと会議ははじまらない。

午後二時、島津忠義が参内し、そして四時、やっと容堂が姿を現わして、小御所で会議が開かれた。さっそく岩倉が大号令を披露し、これを可決した。

玉松操の苦心の内容は、つぎのとおりである。

——「徳川内大臣、従前委任の大政返上、将軍辞退の両條、今般断然聞こしめされ候。そもそも癸丑（嘉永六年）以来の国難、先帝頻年宸襟を悩ませられ候次第は、衆庶の知る所に候。これより叡慮を決せられ、王政復古、国威挽回の御基立てさせられ候間、自今摂関、幕府等廃絶、即今、まず仮に総裁、議定、参与の三職を置かれ、万機を行なわせらるべく、諸事神武創業の初に原づき、晋紳、武弁、堂上、地下の別なく、至当の公議を尽くし、天下と休戚を同じく遊ばせらるべき叡念につき、各勉励、旧来驕惰の汚習を洗い、尽忠報国の誠を以て、奉公致すべき候事」

鎌倉以後、七百年の武家政治にピリオドを打ったわけで、その新政に賭ける意欲は、千二百年前の大化の改新にも比すべきものがあった。

この後、従来の一切の要職が廃止され、政府総裁に有栖川宮、これを補佐する議定に二人の宮と中山、嵯峨、中御門の三卿と尾張の徳川慶勝、越前の松平春嶽、芸州の浅野茂勲（長勲）、土佐の山内容堂、薩摩の島津忠義を任命、参与には岩倉、大原、万里小路、長谷、橋本の五卿と、議定の五侯の藩士から各三名が命じられた。薩摩からは西郷、大久保と小松の代わりに京都にきていた家老の岩下方平が任じられた。これらはすべて西郷と岩倉の人事である。

この大号令には、各論として、新政府の方針がついているが、その中には、

「第三、旧弊一洗につき言語の道が洞開されたので、見込（意見）のある者は貴賤を問わず忌憚なく献言すべし。また人材の登用は第一の急務であるから、心当たりの仁あれば、早々に言上あるべし。

第四、近年物価格外に騰貴、如何ともすべからざる勢い、富者は益々富を重ね、貧者は益々困窮に至り候趣、畢竟（ひっきょう）、政令不正の致す所、民は王者の大宝、百事一新の折柄、かたがた宸衷を悩ませられ候。智謀遠識、救弊の策あらば、誰彼となく申し出ずべく候」

というような、徳川の治世ではとうてい考えられないような、言論の自由、人材の登用、経済の低下を為政者の責任とするような民主的な方策が、はっきり打ち出されている。

まことに驚嘆すべき政治の一新で、岩倉、西郷、大久保らが新政に賭ける情熱の深さを知ることができよう。

この中でこの理想的な新政に、もっとも大きな期待を寄せていたのは、西郷である。もちろん岩倉も新政に胸をふくらませていたが、それは七百年ぶりに天皇親政の時代がきて、自分がその政府の中心として、天皇の名前において号令することへの期待であって、西郷のようにこれで日本の民衆が楽に生活できるというようなユートピアを、策謀家の岩倉は考えてはいなかった。

その点、現実主義者の大久保は、岩倉と似ていた。彼は人間というものをもっと生臭いものとして、冷たい眼で見ていた。彼の考えているのは、新しい組織とその運営であって、西郷のようにこれで日本の国民全部が極楽に往生するような夢を、大久保は描いてはいなかった。西郷はその夢ゆえに自滅し、大久保はその組織づくりのあまりにも厳しい現実主義のために、非業の最期を遂げるのである。

夜に入って六時ごろから、小御所で、最初の三職（総裁、議定、参与）会議が開かれた。正面の一段高い場所には、御簾の奥に天皇が出座している。その向かって右側には、総裁、宮、三卿、五卿がすわり、その向かい側には、議定に任じられた五人の大名がすわった。その下の部屋には、各藩から、十二日に参与に任じられることになっている薩摩の大久保、岩下、尾張の田宮如雲、丹羽淳太郎、田中国之輔、越前の中根雪江、酒井十之丞、安芸の辻将曹、久保田平司、土佐の後藤、神山らが、まだ発令はされていないが、とくに陪席を仰せつけられて列座している。しかし、西郷はこのとき警護の総指揮官として、公家門の薩摩藩兵詰所にいた。

会議は、司会者格の議定・中山忠能の「聖旨を奉戴して、公議を尽くされたい」という言葉ではじまった。

待っていたとばかりに、腹に一物の容堂が、発言を求めた。

「今回、王政の基礎を打ち立てるこの会議に、徳川内府が召されていないのは、なぜか？公平の処置とはいえぬ。早々に内府を召すべきである」

表面は冷静をよそおっているが、必死に怒りをおさえているのがわかる。参与の大原重徳が反論した。

「内府は政権を奉還したとはいうものの、果たしてその真意が忠誠心から出たものか疑わしい。まず内府の忠誠の証拠を見てからにすべきである」

忠誠の証拠とは慶喜が官職を辞して、領地を返上することを意味し、そこにこの会議の狙いがあった。

これを聞くと容堂は、烈火のごとくに怒った。朝から飲んでいた酔いが、一挙に爆発したようでもある。

「なんといわれる！　およそ今日のことは極めて陰険である。ことに多数の兵士が、ものものしく宮門の内外を固めているのは、不祥きわまりなく乱の初めを開くものである。そもそも二百余年このかた、天下万民をして太平を謳歌せしめたものは、じつに徳川家の功績ではないか。ゆえなくしてこの大功あるものを除け者にするのは、はなはだもって公議政体の精神を失っている。

ことにいまの内府の忠誠は、将軍職辞退、政権奉還で十分実証されている。その真意は政令一途に出さしめんとするものである。また内府の英明は、すでに天下に聞こえている。すみやかにこの人を朝議に参加させて、意見を叩くべきである。建武中興の例を見ても、とうてい公家のみの手で天下の政事を行なうことはできない。二、三の公家たちは、いったい何の見るところあって、今日のような武断を行ない、あえて天下の乱階を開こうとするのか！」

容堂は向かい側の岩倉と三卿をにらみつけ、怒髪まさに天を衝く勢いである。

ここで賢侯の中で温厚な性格の松平春嶽が少し言葉がすぎる、と注意したが、容堂の怒りは収まりそうにもない。

「畢竟（ひっきょう）するに幼冲（幼いこと）の天子を擁して、権力を私しようとする二、三公家の暴挙、というほかはあるまい」

そこまで言うと、たまりかねた岩倉が一喝した。

「御前でござるぞ。言葉をお慎みあれ！　聖上は不世出の英機をもって、大政一新の鴻業をたて給う。今日の挙はすべて御宸断より出たこと、幼い天子を擁して、とは無礼にもほどがあろう！」

ここで、はっと酔いでも醒めたように、容堂はわれを取りなおし、自分の失言を謝った。

岩倉の奇襲勝ちといえようか。

会議の空気は白々しいものとなり、気まずい沈黙があたりを領した。奥の玉座の若い天皇は、じっとこのようすを見守っていた。岩倉のいうほど十六歳の天子が、万機を取り仕切る力を持っていたかはわからないが、この天皇が歴代の天皇にくらべて、決して能力の点で見劣りのしない英主であることは、後に明治の歴史が証明することになる。この段階では、自分の国政における価値、自分の背中にかかっている責任と重みを、少年ながらひしひしと感じていたのではなかろうか。

天皇の前で幼冲の天子などと、批判がましい言葉を発したのは、容堂の勇み足であった。容堂が眉をよせてうつむくと、春嶽がとりなすように容堂を支持した。

「王政の初めにあたって、刑名を先にして、道徳を後にするのはよくない。徳川二百年の太平の功は、現在の罪をつぐなって余りがある。公議を尽くすために、容堂侯のいうとおり内府を出席させられたい」

すると、今度は岩倉が乗り出した。

「太平の基礎を開いた家康の功績は認めるが、その子孫は権勢をたのんで上は皇室を侮り、下は公家諸侯を制圧し、君臣の義にそむくこと久しい。その上、癸丑以来、勅命をないがしろにし、外は専断をもって欧米諸国と結び、内は暴威をふるって、憂国の宮、公家、諸侯を処罰し、多くの勤皇の志士を殺した。さらに無名の戦（いくさ）をおこして、長州を再征伐し、人民を苦しめ、国家に禍をもたらした。内府が本当に反省しているなら、当然、自ら官位を退き、土地、人民を朝廷に返し、その反省の実効を現わすべきである。朝議参加はその後のことである」

——いよいよこの会議の本音が出てきもしたな……。

末座にあった大久保はほくそ笑んだ。西郷が警護の頭で表にいるので、ここは大久保が、頑張らなければならない。にじり出た大久保は、一座を見回しながら発言した。公家などが何をいおうと力はない。そして、現在最強なのは、薩摩軍団なのである。

「おそれながら、幕府近年の失政、罪悪はご承知のところにござります。内府の正邪を見分けるには、その言ではなくその行動を見るべきでございましょう。よって岩倉公の仰せのとおり、内府に辞官、納地のことを命じ、彼がただちにお受けすれば、朝議に召してよろしい。少しでも抵抗する気配があれば、その罪をならして討伐すべきである」

大久保は熱弁をふるった。薩摩の陪臣が高貴の面々が居並ぶ御所で、弁舌をふるう最初の機会である。そして、ようすによっては、最後の機会となるかもしれない。

——ここは恰幅のよい西郷を出すべきであったが……と反省しながら、大久保は雄弁を示したのであった。

大政奉還派の後藤も黙ってはおられない。容堂に断わらずに、倒幕派に賛成するような素振りを示して、主君に叱られたので、ここは容堂の援護をしなければならない。しかし、後藤の論旨はあまりにも容堂のむしかえしで、新鮮味がない。ただし、このクーデターの内幕を知っている後藤が、その〝陰険〟ぶりを指摘するので、岩倉や大久保も少々鼻白む思いである。

司会の中山が尾張慶勝の意見を聞くと、「土佐侯に同意」という。芸州も同じ。薩摩は、「一蔵（大久保）の説が正しい」という。会議は、空転しはじめた。総裁の宮、二親王、三卿は発言しない。どちらにもつけないというのであろう。いつもながら公家の保身の術はしぶとい。形勢を観望して、有利ときまったほうについて、身分を利用して天皇との間を取り持ち、かつがれようというのが、彼らの平安以来の処世術なのである。

当惑した中山は、自席を離れて、正親町三條、万里小路、長谷の三卿と相談しはじめた。本日は休会として、時間をかせごうというのである。

これを見た岩倉は、声高に言った。

「聖上親臨したまいて群議を聞きたまう。諸臣よろしく誠意をかたむけて論じるべきに、私語するとは何事？」

家柄からいっても身分からみても、岩倉は中山より下であるが、後に〝東洋のラスプーチン〟といわれる策謀家の彼は、いまここで慶喜の身分と経済力を剥奪しなければ、王政復古のクーデターは、諸卿、諸侯の日和見によって崩壊するであろうと決意を示したのである。

中山は自席にもどり論議はなおもつづいたが、慶喜を呼ぶ、呼ばないは並行線をたどり、時刻は子の刻（午前零時）に近づいてきた。夜食の寿司が配られ、寒気の厳しい外の各門警護の兵士には、酒、するめ、赤飯が配給された。

このとき、薩摩の岩下は不安になってきた。このままでは慶喜の召集問題で、会議は決裂か空中分解してしまい、王政復古はどうなるかわからない。土佐や越前の諸侯に振り回されては、薩摩の立場はどうなるのか。そして、最近まで謹慎中ということで出席していない長州は、なんというか。また薩摩に煮え湯を呑まされた、というにちがいない。

心配になった岩下は室外に出ると、西郷を呼んで、事情を説明してその意見を聞いた。これという武装もせずに、筒袖の着物で、兵児帯に刀を一本さしただけの西郷は、

「いまだにそげんことを言いあっとっとか。（容堂侯の反対は）短刀一本あれば片づくではごわはんか。岩倉公にも一蔵どんにもよく伝えたもんせ」と事もなげに言った。

西郷には多くの逸話があるが、この王政復古のときの決断は、長く歴史に残る一語であるといってよかろう。もちろん、あくまでも容堂が慶喜を擁護するならば、刺し違えよ、というのは、過激ではあるが、そのくらいの覚悟がなくては、革命は成り立たない。当然、西郷は、武力によって土佐や越前を討つ覚悟を固めており、その気迫が岩下を打った。新しい歴史がつくられる転瞬の空気の動きであった。

さすがに岩倉も、公家の怪物といわれるほどの男である。岩下からこの西郷の言葉を聞くと、深く決意して短刀をふところに忍ばせて、つぎの会議に臨むことにした。天皇の御前ではあっても、大目的の前には容堂を刺そうと彼は腹を決めた。

議定大名の中で容堂説に賛成していながらも動揺している芸州の浅野侯を、岩倉は呼び出して非常の決意を打ち明けた。二十六歳の茂勲は、岩倉の決意に驚いて、決行の前に家老の辻将曹に後藤を説得させようといった。若い芸州侯の発想が王政復古を前進させることになる。辻が後藤を探すと、休憩中も後藤は大久保と激論を交わしている。辻が後藤を片隅に誘

い、岩倉の決意と西郷の実力行使の用意を説いた。柔軟が取り柄の後藤は、薩軍と争うことの無益を悟り、容堂に今日はこれ以上の論争が無駄であることを告げ、春嶽にも再考をうながした。

再開された朝議は御簾の向こうの天皇が、おや、と思うほど穏便に進行した。まず腹に一物の岩倉は、気味がわるいほど下手に出て、

「土佐侯の議は一理あれども、すでに王政復古の大号令は発せられたのである。公家は無力ではあるが、一歩踏み出した以上、後退はできない。この際、諸侯のご協力を仰ぎたい」と請願の形をとった。すでに説得された容堂も春嶽も、岩倉の束帯の下に短刀が忍ばされていることを考えて、反対はせず、朝議は岩倉の予定どおり、慶喜は召集せず、その辞官、納地を命じるということに決定し、午前二時、無事閉会した。

また、両松平侯の京都守護職と所司代の罷免は、混乱を避けるために、しばらく後にするという案が出たが、慶喜の方から両藩主の職を免じたという知らせがあったので、これも無事に解決した。

岩倉もほっとしたが、このとき彼は西郷という男のなみなみならぬ決断力と、その人間的な迫力を知らされるのであった。

第四章　鋭意断行

江戸の狼火

かくして、大化の改新にも似た王政復古のクーデター（蘇我入鹿の殺害には至らなかったが）は、無血のうちに成功した。この革命は多くの教訓を残したが、それはつぎのように整理される。

一、短刀一本あればという西郷の決断が、最終的に会議の向背を決したが、公議政体派はいたずらに形勢を観望するだけで、決め手に欠けていた。戦勝の秘訣は先制と集中だといわれるが、主将（ここでは岩倉）の好機における決断が重要である。

二、〝玉〟を握った岩倉側が勝った。容堂の慶喜を呼べという論にも、一応の理屈はあるが、究極には天皇がもっとも信頼している祖父の中山権大納言を味方に引き入れ、〝玉〟を握ったので、総裁の宮も二親王も、岩倉や三卿には反対できなかった。

一方、容堂や春嶽は慶喜を立てようと試みたが、落日の将軍ではとても〝玉〟には勝てなかった。そして、この〝玉〟取り戦術にもっとも周到であったのは、西郷、大久保よりも、御所には参内できなかった長州の木戸たちであった。

文久三年の政変でも、元治元年の禁門の変でも、長州は〝玉〟を囲んだ薩摩にやられている。それで大久保が山口にきたときも、木戸たちは、〝玉〟をどこへやるのか、とくどいくらいに聞き質したのであった。今回は〝玉〟は御所の中にいて、長州が懸念したように薩摩に連れていかれるようなことはなかったが、岩倉が〝玉〟をしっかり手中に握っていたのが勝利の原因であった。

三、クーデターでは、一種の気合いが必要である。それは大化の改新のときもそうであるが、王政復古のときも西郷の率いる薩軍は、士気旺盛で新しい歴史をつくるという西郷、大久保の意気込みに応えて十分で、会津、桑名を圧倒した。上り坂の薩摩が、下り坂の会津、桑名を押したのである。

四、岩倉――西郷のコンビで徹底的に信念を貫いたのが、成功の一つの因である。途中で妥協し、名目上、慶喜に将軍職を辞任させ、領地や家臣を温存させるならば、かならずまた巻き返しを生じる恐れがあった。

さて、十二月九日の会議では、慶喜の辞官、納地を決めたが、慶喜がそれを承認したわけではない。そこで、翌十日から、早くも容堂、春嶽、慶喜側の巻き返しがはじまる。これだけの変革を一片の会議の議決だけで、実現することは難しい。辞官はともかく領地に関しては、将軍は江戸、大坂、横浜、長崎のほか、天領といって、全国の四分の一近くを保有している。また旗本八万騎をはじめ、御三家、親藩、譜代など徳川寄りの膨大な軍事力を擁している。これに会議の結論を押しつけるには、まだ一波瀾も二波瀾もありそうであった。

十日の巳の刻（午前十時）、春嶽は前夜の朝議を伝えるべく二条城に慶喜を訪問した。城内は旗本の有志を組織した遊撃隊や、薩摩に追われた会津、桑名二藩の兵が充満していて、薩摩を討て、と殺気がみなぎっている。

これでは危険と、春嶽はいったん帰宅した後、夕刻、慶勝とともに慶喜を訪問した。二人は慶喜の部屋で将軍職の辞退は許可されたと述べ、徳川家の所領四百万石のうち二百万石を朝廷の費用として献上するようにという内命を伝えた。

案の定、慶喜はすぐに応諾はしなかった。

「徳川領の実質は二百万石しかないのである。それを全部献上はできない。旗本や会、桑の兵が興奮していることでもあり、いちおう彼らの静まる間に老中たちの意見も聞いて、かならずお受けするから、その旨を朝廷にお伝え願いたい」といって、慶喜は二人を帰した。

二人は御所に帰って、三職会議にこれを報告すると同時に、

「慶喜の辞官、納地は、われわれがかならず実現するから一任されたい」と要請した。

それに対して西郷と大久保は、

「問題は領地の返上だが、確実な答えがない」と強硬に主張した。

しかし、朝議はついに慶喜の願いを聴許した。

またこの日、晴れて赦免のかなった長州兵の一部は、摂津から京都に入り、相国寺（御所

の北、薩摩屋敷の近く）に陣した。

十一日、二條城ではタカ派の陸軍奉行竹中重固や、若年寄の大河内正質らはしきりに倒薩を叫ぶが、優勢な薩軍にどういう戦いを仕掛けるかで、意見一致せず、ここでも幕軍は気勢が上がらなかった。

一方、朝廷では、早くも総裁有栖川宮が辞表を出したが、受理されなかった。

十二日には仁和寺宮が、「宮中での身分の上下を紊るべからず」という意見書を出した。これは下級公家の岩倉や陪臣の西郷、大久保などが権勢をふるうのに不満を示したもので、早くも公家の貴族趣味が表に出てきたという感じである。彼らは戦乱になると引っ込むが、収まるとみると公家の権威を示そうとする。それで西郷や大久保にばかにされるのである。

同じ日、山内容堂はつぎの意見書を朝廷に提出した。

「目下、市内には薩、長、芸と会、桑の兵力が対峙し、一触即発の危険をはらんでいる。すでに王政一新の基本は定まっているから、戒厳をゆるめ、議事制度を起こし、諸侯に会合を命じ、朝廷の公明なるご趣旨を宣明せらるべきである。また、慶喜が官一等を下り、朝廷の経費を献上するならば、諸侯これにならうべきである。慶喜の処置は春嶽に任すべし」

この容堂の説で弁舌家の後藤が、阿波、筑前、肥前、肥後、久留米など、十八藩を説得した。これら外様の諸藩を味方にひきいれようというのが、容堂の策であった。

どうも薩摩は力を用いているが、策では土佐が一枚上のようである。戒厳令をといて諸侯会議を召集すれば、諸藩の連合政府は慶喜が首班になるに決まっている。西郷、大久保の策は、徳川から領地を奪って、新政府の経済的基礎をつくることであったが、連合政府は、諸藩に朝廷と新政府の経費を分担させようとするが、この方が合理的に見え、そして、徳川の力は温存することができる。

九日の会議では、西郷の勇断で押し切られた山内容堂と後藤であったが、その後、みごとに巻き返して、優勢に立った。

慶喜は容堂の活躍を過分に思いながら、十三日、大坂に移った。春嶽と慶勝が、いま京都で紛争を起こすと、朝敵にされるおそれがあるから、ここは大坂に退いて、部下の静まるのを待ったほうがいい、と忠告したからである。

――朝敵……。

慶喜が一番おそれているのは、この言葉である。

――いずれ薩軍と一戦しなければなるまい……。と慶喜は覚悟していた。

京坂に集結している幕軍は約五千、会津三千、桑名千五百、その他で一万ちかい兵力がある。薩長はこの半分に足りない。江戸の海軍が大坂湾に回航できれば、幕軍に勝ち味がある。しかし、戦（いくさ）の問題は大義名分である。

薩摩は、いち早く〝玉〟を握っている。彼らは錦の御旗（大久保がつくらしたといわれている）を用意しているという。朝敵となれば、勤皇が看板の土佐はもちろん、尾張、越前も二の足を踏むであろう。一戦交えるべきか。失敗すれば徳川に、朝敵の汚名を冠することになる。戦を避けて江戸に帰り、恭順すべきか？　初代東照公以来の領地は、薩長の壟断するところとなろう。

――それにしても、一介の陪臣でありながら、徳川の屋台骨を揺するとは、西郷、大久保とは、いったいどういう人物なのか……？　と春嶽から名前を聞いたその連中のことを、慶喜は不気味なものに思っていた。

この時点で、その当の大久保は、慶喜の大坂後退を、

「大坂城を戦略拠点として、親藩、譜代の兵力を集結せしめ、時間をかせぎ、その間に、容堂、春嶽、慶勝を仲介に公家を味方にひきいれて、朝廷の同情をかい、かつ薩摩を孤立させて、徳川の勢力を温存し、最後の決戦に備えようというもの」と見ていたが、それは当たっていた。

慶喜の下坂は、岩倉や西郷、大久保に動揺を与えた。岩倉は西郷、大久保につぎの二点を相談した。

一、ずばり薩長の兵力で〝玉〟を擁して、従わぬ者を朝敵として討つか？

二、宥和策として慶喜が納地を承諾すれば、これを議定に推し、他の公武合体派の諸侯、公家を登用して、新政府を形成するか？

第一策は薩長側の立ちおくれで勝算がない。ふしぎなことに、九日の夜、あれほど自信に満ちていた薩軍が、幕軍優勢と聞くと、勢いを失ってきた。第二策は妥協に見えて、じつは屈伏である。

そこで、大久保は西郷と相談して、当分は尾張侯らの斡旋のようすを窺い、おりを見て実力行使を考えようと答えたが、その本心はちがっていた。

このころ、岩倉は、慶喜恐怖症にかかっていたかもしれない。十四日には、「王政復古」が全国に布告されたが、九日の大号令の本文のつぎに、「これは皇国維持のためであって、朝廷、徳川家には何の異変もない」という意味の付記がついていた。

十五日の朝議で岩倉は、朝廷から慶喜に辞官、納地を命令することを主張して、容堂らの猛反対に会う。

一方、慶喜は江戸の陸軍を乗せた艦隊を大坂湾に呼んだ上、フランス人軍事顧問をも大坂に呼んだ。

慶喜はフランス公使ロッシュと相談して、イギリス、フランス、アメリカ、イタリア、プロシア、オランダの公使を集めて、九日のクーデターを非難し、外交権はあくまでも幕府にあることを強調した。これに対してロッシュは、幕府と条約を結んでいる諸国は、今回中立を守ることを声明した。

親薩派のイギリス公使パークスは、ひそかに大久保に働きかけて、十九日、つぎの天皇の詔書を公布するところまで漕ぎつけた。

一、朕は大日本国の天皇にして諸藩同盟の主である。
二、朕は国政を任せてきた将軍職を廃する。
三、大日本国の政治は同盟の会議をへて朕がこれを裁可する。

四、諸外国はタイクン（将軍）と条約を結ぶといえども、以後、朕の名に相手を変えるべし。

これは明らかに天皇が公議政体を主宰することを宣言したものといえるが、まだだれもその具体策を討議してはいない。慶喜の処遇でもめていて、同盟の内容を吟味するところまでいっていないのである。

二十日、この詔書に天皇が署名したが、総裁以下が副署する段階で春嶽が異論を唱えた。じっさいに諸藩の会議をへて、公布すべしというのである。芸州の浅野茂勲（世子であるが、藩主長訓に代わって中央の政治に関与していた）、容堂も同じ意見で、この大久保案は流れた。智謀の人といわれる大久保も、王政復古までは采配が冴えたが、それ以後の公議政体派の巻き返しには、しばしば遅れをとっている。

その公議政体派で大久保とならぶ知恵袋は、土佐の後藤と越前の中根であった。中根は福井藩士で知行は七百石であるが、このとき六十一歳、諸藩の代表の中でも長老格で、若いとき国学を学び、天保時代に藩財政の改革に功があって、藩主になったばかりの春嶽に認められ、ペリー来航以来はその謀臣となり、橋本左内らとともに活躍する。安政六年、左内が刑死した後は、春嶽の腹心として公武合体派の参謀となり、春嶽を補佐する。

その後、幕府と薩摩の対立が激しくなると、西郷が遠島中、大久保、小松と交渉して春嶽を助けた。

中根には春嶽（『逸事史補』などの著作がある）に劣らぬ文章の才があり、『昨夢紀事』『再夢紀事』『丁卯日記』『戊辰日記』などの著書で、嘉永から維新までの時局を記録している。

『大久保利通伝』に『丁卯日記』（丁卯は慶応三年）からの引用があり、この時期に、中根ら諸藩の代表が、西郷、大久保をどのように見ていたかがわかる。

十二月中旬の段階で、中根は、慶喜の辞官、納地に関し斡旋していたが、幕府の若年寄永井尚志に会ったところ、永井は、すでに幕府は、一戦を交えて薩長をのぞき、王政復古以前にもどすつもりであると言って、中根の意見を拒絶した。

以下、中根の日記より。

「（前略）（永井の説によれば）辞官、納地というも長州さえも入京を許可された今、上様（将軍）に何の罪があろう？　朝命という名で下された辞官、納地の指示に、大蔵大輔（春嶽）、容堂は何をしおるや、など坂地（京阪）の風説もしきりである。かようなる不都合を企み出した根源は、二賊（西郷、大久保）の行為であるから、かの二賊を除くことが方今の急務、大蔵大輔様にも此処をご心配下さるべく、（幕軍が）薩邸に打ち込む勢いは十分にこれあり、少しでも激すれば、ただちに爆発すべし、というので、（中根が）今日の御用は、二賊を除くということご相談ですか？　と（永井に）聞くと、いかにも左様である、という。そこで藩邸に帰り（主君に）報告したところ、『玄蕃（永井）までが左様の心得では（困る）』と、ご大息された。右の次第、手紙を以て象二郎（後藤）まで概略伝え、明朝、永井殿に会って一議論に及ぶように依託する」

これに見るとおり、西郷、大久保は幕府側の憎悪のターゲットであった。

これが十六日のことで、翌十七日、後藤は永井に会って、「昨日、貴殿が中根に告げたような戦闘的なことではとうてい平和は望めない。京師に兵を動かすことになるが、これを避けるには、内府（慶喜）が上京して、尾張、越前二侯の斡旋により、九日の朝議を変更することである」と説いた。

永井はこれを了解して、即日、慶勝、春嶽、永井、中根、後藤が京都で会議を開き、慶喜の上京後、辞官、納地に関して慶喜が述べたところを、慶勝、春嶽が筆記して、これを上奏し、朝廷から慶喜の参内を命じるようにする、という案を考えた。

翌十八日、永井は大坂に帰り、中根も尾張の田中（不二麿、田宮如雲らとともに勤皇党の幹部、のち、フランス公使、法相）と一緒に下坂した。

この段階で、幕府側が慶喜の参内によって、大勢を九日以前にもどそうとしていることを大久保たちはまだ知らなかった。

この間、大坂の幕府側は、気勢ますます上がり、〝武力倒薩長〟という実力行使のもとに、九日以前にもどすため、幕軍および諸藩の兵を、西宮、札ノ辻、守口、住吉などの部署に任じ、真田山、天王寺を本営とし、歩兵の一部を八幡、山崎に、一部を枚方に出し、伏見には歩兵千余名のほか新撰組を派遣して、戦闘準備を整えた。

十六日の外交の勝利で力を得た慶喜方では、慶喜の名で、『挙正退奸の上表』をつくって、大目付戸川安愛がこれを持って上京し、十八日の夜、幕府の元山陵奉行戸田忠至を通じて、総裁有栖川宮に奉呈しようとした。

この上表の内容は、つぎのとおりである。

「臣　慶喜が天下の形勢を見て、将軍職を辞退し公議政体を上奏したにもかかわらず、朝廷においては一向にご沙汰がない。一、二の藩が武力を宮廷に入れて大変革を行ない、先帝の遺志にそむき、今上天皇の真意を曲げている。このようなことでは金甌無欠の皇統もいかになるであろうか？

殊更外交は皇国一体にかかわる重要事であるが、聖断を歪める輩が外交に当たれば、国際的信義を失い皇国の大害を醸すのは必然である。よって天下公論の決するまでは慶喜がこれまで通り外交を担当すべきである。要するに公明正大、すみやかに天下諸藩の衆議を尽くさせ、正を挙げ奸を退け、万世不朽のご規則を立て、上は宸襟を安んじ、下は万民を楽しませるべきである」

この上表を託された戸田忠至は、大いに驚いてこれを岩倉に見せた。岩倉も驚いた。このような表を朝議にかければ、たちまち王政復古派は慶喜の討伐を指示するであろう。といって、復古派にも、いま武力で大坂の幕軍を討つ自信はなかった。

戸川は、容堂、春嶽にもこの表の奉呈の斡旋をたのんだが、二人とも反対で、それよりも慶喜が微行で上京し、辞官、納地の願書を出せば、かならず徳川の地位と、ある程度の財産は保証できよう、と戸川に言ったので、戸川も安心して大坂に帰り、慶喜に報告した。

慶喜は、上京はするが、辞官、納地を自分の方から申し出ると部下が騒ぐので、朝廷から召された形にしたい、と春嶽、容堂に依頼した。

二十三日の三職会議では、いかなる形で辞官、納地を命じるかということで、論争になった。容堂らは、徳川家もほかの諸藩と同じように新政府の経費を献上する形がよいと言い、大久保らは、徳川家だけの領地返上を主張した。会議はつぎの日もつづき、結局、容堂側が勝った。徳川だけが領地を返上するのではなく、諸藩も同様となったのである。

二十六日、容堂と春嶽は大坂に行き、この結果を慶喜に伝えた。慶喜は喜んで、二十八日、「請け書（承諾書）」を出した。今後は議定となり、将軍ではなく前内大臣と称することにするというのである。

これで、十二月九日の夜の小御所での、徳川を裸にするという大久保派の狙いは、完全に崩れた。このままいけば公議によって慶喜が議員の議長となり、徳川の支配がつづくことになる。

西郷、大久保は無念の敗退となり、

「吉どん、後藤や中根たちにやられもしたな……」と不屈の大久保も腕を組んで瞑目した。

西郷は例によってゆうゆうとしていた。

――この大物の友は、少し鈍いのではないか……と大久保は首をひねった。しかし、西郷はとぼけていたのではなかった。

「一蔵どん、もうそろそろ江戸の薬が効いてくるころでごわそう」

そう言うと、西郷はにやりと笑った。

「江戸の薬……？」

けげんそうな顔をした大久保も、やがて膝を打った。

十月十四日の大政奉還で、倒幕の機会を逸した西郷は、江戸を攪乱するために益満らを送りこんでいた。彼らは江戸を混乱状態に陥れ、幕府の兵力を江戸に留まらせ、薩摩討伐の戦（いくさ）を仕掛けさせるのが、目的であった。

そして江戸では、二十五日、放火、強盗など薩摩の暴挙に怒った幕府の命令で、市内警備の庄内藩兵が、三田の薩摩屋敷を焼き討ちした。

その報告が大坂城にとどいたのが、二十八日、すなわち慶喜が「請け書」を提出したその日であった。この益満らの江戸における暴挙は、西郷が秘策として手を打っておいた大挑発であった。

ただでさえ〝薩摩討つべし〟の闘志を燃え立たせていた大坂城の幕軍と佐幕諸藩の兵は、一気に倒薩に団結し、もはや慶喜も老中板倉勝静もこれをおさえることは不可能となった。

この江戸の情報は、まもなく京都の西郷、大久保にも伝わり、

「吉どん、江戸の薬が効いてきもしたな」と、大久保がいうと、西郷も、

「こげん知らせを待っておりもした」と微笑した。

これで幕軍は倒薩のために京都に攻めてくる。あのまま静かにしておれば、政権はまたしても徳川に転がりこむのに、戦を起こせば、どちらが勝つかわからない。薩長にとっては、巻き返しの絶好の機会なのだ。

鳥羽・伏見

慶応四年（九月八日から明治と改元）が明けると、元日早早、慶喜は、薩摩藩の罪状を列記した「倒薩の表」をつくって、大目付から朝廷に奉呈させた。

この表には、つぎのように記されていた。

「十二月九日の大変革はすべて薩摩の奸臣たちの陰謀から出たものである。また、江戸、長崎、関東の騒乱も同じで、東西相呼応して日本を攪乱しようというもので、天人ともに憎むべき所業である。従ってこれらの奸臣を当方に引き渡されたく、これが許容されないならば、断固誅戮するものである」

この表は、慶喜みずから起草したという説もあり、大坂城内は一種勇壮の気に満ちあふれた。

しかし、江戸の薩摩屋敷焼き討ちの報に興奮した慶喜は、重要なことを忘れていた。それは〝玉〟である。日本における政権争奪の内乱やクーデターのときには、〝玉〟を握った方が勝つ。〝玉〟がないと大義名分が立たないので、初めはよくてもやがて敗北することが多い。それは六十八年後の二・二六事件でも同じである。理知的といわれた慶喜も、薩摩憎しの思いから、勝敗の鍵をみずから敵に渡してしまったのである。〝われすでに勝てり〟と慢心したとき、勝利の神は去ってゆく。西郷はそれを知り、慶喜はそれを忘れていた。

西郷は漠然と味方の勝利を確信していたのではない。この段階で、幕軍は会、桑を合わせて一万五千、倒幕派は薩摩三千、長州千五百、合わせて五千に足りない。しかし、西郷は自軍が精兵ぞろいであることをたのみにしていた。長州軍は村田や高杉が鍛えた洋式の新型軍隊で、薩軍またしかり、薩軍は京都に入ってからも調練をつづけていた。烏合の衆で、及び腰の幕軍に、けっして引けはとらぬ、と西郷は自信を抱いていた。

彼は九日のクーデター以後、かならず倒幕決戦になると信じて、つぎのような作戦と〝玉〟の取り扱い方を考えていた。

一、いざ開戦の時は、〝玉〟をどこに移すべきか？

二、まず山陰道は如何か？

十六歳の少年天皇を女装させて、山陰道（鳥取あたり？）に微行させるという案があった。

三、総裁は宮廷に留まるべきか？

四、大坂での決戦のときは、天皇は移動しない方がよいか？

五、供は何人とすべきか。中山卿はかならず入れる。
六、岩倉卿はかならず踏みとどまり矢玉を冒して、奮戦せらるべきこと。

さて、いよいよ鳥羽・伏見の決戦である。

先手は幕軍がとった。二日午前、一万五千の幕軍は、威風堂々大坂城を出撃して、夕刻、淀に達した。この後、ここを本営として、軍を二手に分け、会津兵を先鋒とする本隊は伏見に向かい、桑名兵を先鋒とする別働隊は鳥羽に向かうというのが、陸軍奉行竹中重固の作戦であった。

竹中は、美濃出身の寄合（よりあい）という上級の旗本で、豊臣秀吉の軍師といわれた竹中半兵衛重治の子孫であった。五千石を領し、若年寄並であったが、その采配は祖先の半兵衛ほど冴えなかった。彼は本隊を率いて戦ったが、時利あらず敗退の後、江戸に帰り、戊辰戦争では東北で戦った後、箱館で榎本軍に入った。五稜郭が降伏したさい、脱走者として記録されたが、その後の行方はわからない。

竹中が率いる本隊の先鋒は、三日未明、幕府の伏見奉行所に到着、これを本陣とした。

一方、京都の朝廷ではゆうゆうとしていた。幕軍が伏見に入ったという報が入った三日の朝になっても、朝議は幕軍との一戦を決行するということに決しなかった。

二日の朝議から、公家たちの慶喜処分の生ぬるさに憤慨していた大久保は、西郷と相談して、つぎの内容の意見書を朝廷に提出した。

「朝廷はいままでに二つの間違いをしている。九日の大変革のさい、その場で慶喜の辞官、納地を命じなかったこと、つぎに慶喜の下坂を許し大坂で戦備をととのえさせたこと、そしていま、慶喜を上京させ参内を許すというのは、第三の大きな間違いである。この遅れを取りもどすには、勤皇の藩が勇猛心をふるい起こして、幕軍と決戦しなければならない」

大久保はこの意見書を差し出すとともに、岩倉に決戦を激しく促した。ここにおいて岩倉も決戦に覚悟をきめた。しかし、まだ朝廷のやり方は手ぬるい。

三日正午、三職百官の会議がひらかれ、慶勝と春嶽が、幕軍に退去を勧告し、聞かないときは、討伐するということになった。

薩摩藩邸で、大久保からこれを聞いた西郷は、大きくうなずいた。

「やることが遅か。尾張や越前の意見など、幕軍は聞きゃせんど。早く撃った方が勝ちごわんど……」

大久保がそう愚痴ると、

「いや、もうおいの方は鳥羽・伏見に布陣完了じゃ。問題は、いざ、ちゅうときの〝玉〟の行方でごわすよ」

総参謀という役の西郷は、とっくに戦闘の用意をととのえていた。敵が京都に迫るときは、三條、中山が女装した天皇の供をして、薩長兵の援護のもとに、山陰道に向かい、中国山脈を越えて、安芸のあたりに行在所を設け、ここから倒幕の詔書を全国に公布する予定になっていた。

西郷は優秀な軍人としての素質をもっていたが、この戦闘の薩摩の指揮官は、参謀伊地知正治（前出、薩摩藩の軍師、西郷従道の兵学の師）で、薩英戦争、禁門の変で実戦の経験のある伊地知は、みごとな采配ぶりを示した。伊地知と西郷の作戦は、鳥羽は薩摩、伏見は長州が担当し、街道遮断、拠点包囲の作戦を完了していた。

昼すぎ、伏見にいた幕軍の指揮官竹中重固は薩軍に使者を送り、「今般、内府が上京参内するにつき、護衛の部隊が通行する」と通告した。これに対して薩軍の隊長は、

「朝廷の指示があるまでは通すことはできない」

と答えた。

一方、鳥羽では、薩軍の隊長桐野利秋が、通ろうとする会津、桑名の隊長と、押し問答をくりかえしていた。そのうちに桑名兵が強引に通行しようとしたので、

「えい面倒臭か！」と桐野が一発撃たせた。

その砲声は、京都の薩摩藩邸の西郷の耳に入った。このとき西郷が、「鳥羽方面から聞こえた一発の砲声は百万の味方を得たよりも嬉しか」といった話は有名であるが、西郷には絶対に勝つという自信はなかった。だから、いざというときの〝玉〟の行き先に苦心していたのである。しかし、ここで幕軍が決戦を避けて、和平交渉となると、また公議政体派と倒幕派の討論となり、後藤、中根らの策謀に勝つのは並大抵のことではない。

——ついに決戦に持ち込めた。勝敗は天に任そう。やるだけはやったのだ……。

そういうほっとした気持が、この一言に現われているといえよう。

鳥羽・伏見の戦いで勝敗を決したものは何か。西郷にいわせれば、それは天であるというであろう。数において幕軍は薩長の三倍はある。装備、その精鋭度、作戦の指揮、どれをとっても、幕軍が大きく劣っていたとはいえない。ただ士気は、断然、薩長が勝っていた。相撲でも小兵は巨漢に闘志満々で飛びつく。数で劣り、緒戦で立ち遅れた薩長は、猛烈果敢に攻撃をはじめた。実戦は数ではなく、死を恐れず前進する兵士の気合いが勝負を決する。その点、数におごる幕軍はこの戦に死を賭けるという覚悟に不足していた。

そして、最後に指揮官の闘志と将兵の団結が、勝機をかち得るのである。

合戦の初日である三日、心配した西郷は伏見まで戦況視察に前進した。一致団結した薩長は、みごとな闘志で幕軍を淀の線まで押しかえし、追撃中である。まず鳥羽では、薩軍が幕軍の果敢な反撃をものともせずに前進し、四日の未明、桑名兵が駐屯していた鳥羽の民家に火を放った。

伏見でも、参謀山田顕義（のち陸軍中将、法相）の指揮する長州軍は、幕軍本営のある奉行所を猛撃して、大火災を生じさせた。

ここにいた竹中総司令は、フランス人顧問が訓練した洋式歩兵部隊を督励して、反撃させたが、高杉の奇兵隊以来、猛訓練を重ねた長州軍は、これを蹴散らし、竹中は淀城への退却を命じたのである。

その夜、彼は、

「薩長は、予想以上によく訓練されている上に、指揮が統一していてまとまって行動している。わが軍は全体の数は多いが、砲兵は砲になれておらず、歩兵の突撃もまちまちである。加うるに薩長は、それぞれ実戦の経験を持っているが、わが軍では会津兵ぐらいしか実戦の経験を持っていない」と弱音を吐いた。

しかし、戦闘の勝敗を決めるのは、訓練や経験だけではなく、藩の名誉を重んじて、勇戦するという精神力であることを、竹中は考えるべきであったろう。

四日は朝から霧が立ちこめていた。竹中は全軍に反撃を命じた。一時は幕軍も、鳥羽・伏見に肉薄したが、伏見の幕軍は、またも山田の指揮する長州軍に負けて、淀に退却した。そこでこれを追撃した長州軍は、鳥羽の会津軍の側面を衝いた。これには会津軍もたまらず後退する。

五日になると、ようやく大勢は幕軍に決定的となってきた。朝から激戦がつづいたが、劣勢の幕軍が淀城に入って籠城しようとすると、守備兵はこれを拒んだ。淀藩の藩主は現職の老中稲葉正邦（在江戸）であるのに、幕軍に門前払いを食わせるとはなにごと、と幕軍は憤慨したが、もっとふしぎなことが起こった。薩長軍が幕軍を追撃して、淀城に迫ると、守備兵はいそいそと城門を開いて、これを城内に迎え入れたのである。

天下の老中の城がこのような状態である。薩長軍は謀略ではないか、と不審がりながら城に入った。この段階で、藩主の稲葉は江戸にあって幕府のために働いていたが、国許は尊皇か佐幕かで、割れており、結局、尊皇派が勝ったのである。

　敗走をつづける幕軍は、木津川の南の八幡――橋本の線で最後の抵抗を試みようとしたが、近くにいた味方のはずの津（藤堂藩）の兵が、幕軍を砲撃しはじめた。これには幕軍もますます驚いた。

　もともと津の兵士は、形勢を日和見していたところへ、前夜、勅使の四條隆平がきて、「早く朝廷側につかないと藩の将来は保証できない」と脅した。

　これを聞いて、指揮官の藤堂釆女は、この日、目の前にいた淀藩の裏切りで大いに動揺していたところなので、橋本の幕軍指揮官に、

「徳川の恩顧を忘れるわけではないが、ただいま勅命を受けたので、これには歯向かえない」と、使者を送り、その返事も待たずに砲撃をはじめたのである。

　藤堂釆女は、津藩の伊賀上野城代家老の家に生まれ、慶応元年、二十八歳で家を継ぎ、伊賀の城代家老となり、七千石を領した。文久三年、天誅組が幕府に討伐されたときは、組に同情的でそのために斡旋するところがあった。もともと津藩主の藤堂高猷（たかゆき）は尊皇攘夷派であり、幕府から、天誅組の追討を命じられたときも、捕らえられた志士たちのために助命嘆願をしている。その後も、慶応三年以来、勅書によって山崎に出兵し、京都の警護に当たっていた釆女も、ここが戦場となるときは、朝廷側に味方するのが、江戸にいる藩主の主旨にかなうのではないか、と考えていた。

　鳥羽・伏見の戦いがはじまったとき、山崎の陣内では、朝廷、幕軍いずれに味方すべきか

で議論が分かれたが、指揮官の釆女は勅使がくると、断固、幕軍を討つことに踏み切った。朝廷の岩倉や大久保が、山崎に勅使を送ることを考えたのは、津藩と藤堂釆女に勤皇の志があると考えていたからである。釆女の単なる日和見から薩長に味方したわけではない。

維新後、釆女は論功により津藩の執政となり、津藩権大参事となった。著作に『藤堂釆女日記』『山崎へ出張戦争勤書』がある。

こうして幕軍は各戦線で総崩れとなり、潮の引くように大坂城めがけて総退却に移った。

この報を聞くと、近畿、西国の諸藩は、ぞくぞくと朝廷側につきはじめた。ようやく出来あがった錦の御旗を前に、

「これでやっと、この旗の値打ちがでるようになりもした」と、西郷は薩摩藩邸に顔を見せた大久保の顔を見て笑った。大久保は朝廷にいて、とまどう公家を督励していたのである。

一方、大坂城にいた慶喜は、意外の敗戦に驚いた。一万五千の幕軍が、三分の一の薩長軍に叩きのめされるとは、大きなショックであったのだ。

――勝（海舟）がいてくれたら……。と彼は後悔した。

勝は神戸の海軍操練所をつくってから、幕府のおぼえが悪くなり、一時、引退させられていたのを、また海軍奉行につけたのだが、江戸の老中たちは、勝を敬遠していた。そして、いまや勝がいても、鳥羽・伏見では幕軍に勝ち味がないことを、この最後の将軍は気づいていなかった。

山崎における津藩の寝返りで、決定的な敗北の報が大坂城に伝わると、慶喜は江戸に逃げ

帰ることを決意したが、全軍に総退却を命じると、徳川の沽券にもかかわるし、反乱が起きる恐れもあるので、板倉老中、永井若年寄とはかって、こっそり逃げ出すことにした。

「いよいよ決戦である。明日は将軍みずから陣頭指揮で薩長を粉砕する。各隊奮励せよ」という通知に、敗走してきた幕軍も、元気を取りもどしたが、その夜、慶喜は板倉らのほか松平容保、定敬の兄弟を連れて大坂城を後にし、小舟で安治川を下り、天保山沖にいるはずの幕艦開陽を捜したが、見つからないので、その夜はアメリカの軍艦に保護してもらい、翌六日、やっと開陽に乗り移った。

ところが、艦長兼軍艦奉行の榎本武揚は上陸中なので、副長の沢太郎左衛門（長崎海軍伝習所出身、軍艦操練所教授出役となり、オランダ留学後、開陽の副長となる。のち開陽の艦長として箱館で榎本軍に入り、政府軍と戦ったが、敗戦後、投獄される。明治五年、放免となり、海軍兵学校教官となり、近代日本海軍の発展につくす）は、艦長がいないのに出港はできない、と主張したが、慶喜は、

「将軍の命令である」と出港を強行させた。開陽は、十一日、品川着、十二日、慶喜は江戸城に帰った。

将軍に裏切られた幕軍と諸藩の兵士は、大いに憤慨した。もともと大義名分がなく、士気も上がらない幕軍はこれで戦意を喪失して、てんでんに解散してしまった。このとき抜け目のない艦隊司令官の榎本は、大坂城にあった幕府の軍用金十八万両を幕艦に積んで、江戸に帰った。これが箱館戦争の軍資金となるのである。

かくて鳥羽・伏見の戦いは薩長の完勝に終わり、西郷の念願とした武力倒幕が成功した。装備がわるく、寄せ集めで、士気の上がらぬ幕軍は約三分の一の薩長軍に負け、ここに明治維新はその緒につき、新しい日本が船出するのであるが、佐幕派諸藩をふくむ各大名の去就は、ほとんど不明で、日本丸の前途は多難で、そこに西郷、大久保の働き場所が待っているわけである。

錦の御旗

この鳥羽・伏見の戦いの記述は『西郷隆盛』（井上清）などの史書によったものであるが、伊藤痴遊著の『西郷南洲』には、講談調ではあるが、興味をひく記述があるので、その一部を紹介してみよう。

伊藤版によると、薩長軍のうち薩軍の本陣は東寺（京都駅の南西）におき、参謀の伊地知がこれを指揮する。長州軍の本陣は東福寺（京都駅の南東）で、同じく参謀の山田顕義が指揮した。

京都に入るには伏見と鳥羽の二街道があり、これを封鎖する必要がある。伏見は中村半二郎（桐野利秋）が守り、（井上版では桐野は鳥羽を守った）鳥羽は野津兄弟がその関門（木柵と小さな門）を守った。野津兄弟の兄の七左衛門（鎮雄）は後に陸軍中将となり、西南戦争では、第一旅団長として薩軍を攻める。弟の七次（道貫）は西南戦争時、第二旅団参謀長（大佐）として同じく薩軍を攻め、日清戦争時、第一軍司令官（大将）、日露戦争時、第四軍司令官を勤め元帥となる。兄は五番隊長で鳥羽の守備隊長を勤め、弟は六番隊長で兄の下で鳥羽を守った。

伏見口は中村が薩軍を指揮し、山田が長州軍を指揮するが、山田の下には林半七（友幸・槍の名手、幕長戦では奇兵隊長官として奮戦、のち、内務少輔、貴族院議員となる）が奇兵隊五百名を率いて中原寺、専教寺を固める。薩摩の遊軍としては、島津式部、吉井幸輔（友実、のち、宮内次官）が五百名を率いて御香宮に陣した。緒戦期の薩長軍は千五百名にすぎなかった。

これに対する幕軍は、鳥羽街道を北上するのが総司令の竹中重固で、幕軍歩兵三大隊に会津兵四中隊、桑名兵三中隊、大砲六門を備えて総勢五千名と称した。

伏見口には歩兵奉行の佐久間近江守が総指揮官で歩兵三大隊、会津兵八百名、砲八門を備え、城和泉守の率いる歩兵三大隊、新撰組三百名、高力主計頭の率いる歩兵一大隊、砲二門らが大仏、黒谷方面に向かう。別手として陸軍奉行並の大久保主膳正が三千余名を率いて鳥羽街道の西を二条城に向かう。

さて、鳥羽の関門を守る野津兄弟の前に幕軍が現われたとき、野津の部下の椎原小弥太という武士（薩英戦争のとき本陣で勤務、禁門の変でも奮戦して、西郷に褒められた。鳥羽・伏見では五番隊の監軍を勤め、軍使となったが、二日後の五日、淀橋の戦いで戦死する）が、幕軍と談判する軍使を志願した。

「おはん行くのはよか。じゃっどん敵がこちらのいうとおり退くというならよか。退かんときは戦じゃ。合図はどげんか？」

隊長の野津七左衛門がそう聞くと、椎原は、

「合戦のときは、自分が陣笠を投げるきに、鉄砲撃ちなせや」

そういうと、椎原は敵の中にすすんでいった。幕軍の先鋒隊までできて、

「大将に会いたい」というと、主将と思われる人物が出てきて、

「拙者が陸軍奉行の竹中丹後守でござる」といった。総司令の竹中重固である。椎原が、

「王城の地、京に大兵を率いて進軍するは不敬に当たる。いかなる理由でごわすか？」と聞くと、竹中は、

「徳川内大臣の入京の護衛でござる」と答えた。

「そげんこっは許されもはんで……」

「なぜでござる？」

「天下太平の今日、一人の内府殿を守るという理由で、こげん大兵を京に容れるこっは筋とおりもはんで。我らは朝命によってこの関門を預かるもの。朝命を破るもんはすべて朝敵でごわんど。見たところ、会津、桑名の兵がいるようじゃが、これらは朝命によって入京を止められおるはずじゃ。早々、大坂にもどるがよか」

椎原は頑として聞き入れない。竹中は焦った。

「いかなる朝命かは存ぜぬが、内府は内府の格式をもって入京する。止め立てすると蹴散ら

しても通らねばならぬ」

「こや面白か、通れるもんなら通ってみやんせ」

椎原は大手をひろげた。右手には陣笠を持っている。

「言うにゃ及ぶ！」

竹中が部隊に進軍の合図をしようとしたとき、椎原の陣笠が宙に浮いて、待っていた薩軍の砲が火を吹いた。

これを見た幕軍の歩兵が、銃で狙撃しようとしたとき、竹中が鞭でそれを止めた。

「敵ながら天晴れの肝っ玉じゃ。撃つのは惜しい。薩摩もよい侍を持っているのう」

竹中が感心している間に、椎原はゆうゆうと自陣に引き揚げた。

この伏見の戦いで幕軍の先頭に立ったのが、見廻組の隊長である佐々木只三郎（坂本龍馬を斬ったといわれる）で、つづいて会津の槍隊が突撃した、と伊藤版ではそうなっている。

鳥羽口の戦いは薩摩の勝利となるが、これは薩軍が日頃このあたりの地理を十分研究しているのにくらべて、幕軍が疎かったのが原因の一つといわれる。

この戦いで野津兄弟は、「蘇鉄兄弟」という仇名をもらった。鹿児島にも多い蘇鉄は病気になると、鉄の釘を根元に刺す。すると病気がなおる。

この兄弟も、この日、全身に負傷したが、医師が治療せよというのに聞かずにまた前線に出て、結局傷がなおってしまったという。鉄の刀が薬というわけである。維新後、この兄弟は、〝大野津〟〝小野津〟と呼ばれて、陸軍の名物男となった。

伏見口の戦線では、二人の勇将の講談的なエピソードが伊藤版に出ている。

昼ごろ、薩軍から一人の隊長が出てきた。この戦線は、敵味方の最前線の間がわずか六間（十一メートル）という近さなので、退屈した両軍は冗談を言いあったりした。薩軍の一人が尻を叩いてみせると、幕軍のほうは鼻をつまんでみせる、というふうである。しかし、その隊長のは、冗談とも思われない。彼は槍を構えている幕軍の目の前にくると、

「火を借りとうごわす。石（火打石）持ちなはらんと？」と、煙管（きせる）に煙草を詰めた。

その豪胆さに歩兵が驚いていると、幕軍の方から一人の隊長が出てきて、

「火を借りたいといわれるか？」と、腰の袋から火打石を出すと、カチカチと打って相手の煙管に火をつけた。

「こや、あんがとごわす」

相手は立ったままスパスパやると、

「ご無礼ないたした」と一礼して、背中を見せようとした。

「待たれい！　お名前をなにとぞ……」

そう聞かれると、相手は、

「薩藩、中村半次郎ごわす」と、事もなげに名乗った。幕軍はどっとどよめいた。

――これが〝人斬り半次郎〟と音に聞こえた示現流の剣客か……と驚いたのである。後に桐野利秋となって、西南戦争で西郷と運命をともにする武人であるが、幕末の京都では、勤皇の志士を暗殺する幕府方の侍を斬るというので、おそれられていた。

「おはんは何といわしゃるんじゃ?」

中村の問いに、相手は、

「松平太郎でござる」と答えた。

中村がうなずいたところを見ると、これも幕軍では知られた男らしい。松平太郎は将軍の小姓を勤め、その剣、胆力ともに幕軍では有名で、この戦いでは、幕軍の歩兵頭、軍目付をしていた。維新後、榎本軍に入って陸軍奉行並として、箱館で戦い、敗北後、榎本とともに東京に送られ、投獄される。出獄後は、新政府に入ることなく落魄の生活を送る。

この薩幕両軍の猛者には共通点がある。それは一時、有名となって、後に落ち目になるところである。ただし、松平は桐野が城山で戦死した後、三十二年も生きのびて、明治新政府のあり方をとくと確かめた。

伏見口には、六十歳で会津の槍組を率いた林権助という老人がいる。明治に入って公使となり男爵となった林権助は、この人の息子だと伊藤玻はいう。

この方面では、主将の佐久間は練習隊という部隊二千名を率いて奉行所の東の本街道から突入した。友軍には土方歳三の率いる新撰組の抜刀隊四百名がいた。新撰組の局長近藤勇は戦(いくさ)の前に、大坂との連絡のときに伏見で狙撃されて、このときは参加していない。

こういう事態になって、山内容堂もようやく倒幕に賛成したので、土佐兵が伏見口にもきた。土佐兵と新撰組が激しくもみあうのを、横目で見ながら、中村が薩軍に突撃を命じる。一時は幕軍が優勢であったが、中村は一歩も退かず血塗れの仁王様のように幕軍の前に立ちはだかって、斬りまくる。そこへ篠原冬一郎（国幹・三番隊長、のち、陸軍少将、西南戦争のとき田原坂で戦死）、川村与十郎（純義、四番隊長、のち、海軍卿、海軍大将）の率いる新手の薩軍が増援したので、幕軍は浮き足たった。そこへまた山田の長州軍が側面から猛攻を加えたので、幕軍は総崩れとなって、淀の方に退却した。京都の薩摩藩邸にいた西郷が、戦況視察に伏見にきて、味方の勝利に安心して引き揚げたのは、この頃のことである。

このときの戦いで会津の槍組の隊長林権助は、崩れていく幕軍にふがいなしとして、部下五十名とともに薩長軍の中に突撃し、槍が朱塗りとなるまで奮戦し、ついに敵弾のために戦死したが、その勇猛ぶりは薩長を感心させた。

この日、薩長軍の勝利を確かめて京都にもどった西郷は、参内して戦況を報告した後、「このさい、ぜひ朝敵征伐のために錦旗と節刀をご下賜ねがいたい」と三條、岩倉に請願した。

ところが、このとき、公家の中から反対が出た。「錦旗と節刀は容易に渡すべきものではない。いま一時的な勝利によって、徳川を朝敵と断ずることは難しい」というのである。

西郷は開きなおった。

「よか！　おいどんは、今日かぎり鹿児島に帰りもす。朝命によって戦うのが、私の戦（いくさ）のように思われては、迷惑千万、この先のことも痛心に堪えぬゆえ、ご奉公も今日かぎりと致しもそう」と西郷は立ち上がった。

これには苦情の多い公家たちも驚き、三條、岩倉のとり成しで錦旗の件を上奏することになった。

激戦第一日の夜が訪れると、野津隊長は夜襲をやろうと言い出した。ほかの隊長は、昼の戦いに疲れているからと賛成しないが、野津が強引に押し切って、市来勘兵衛（禁門の変で活躍、五日、鳥羽街道富の森の戦いで戦死）、弟の勘十郎（松村淳蔵、日本海軍の草分け、海軍中将となる）と野津の指揮で、横大路村の敵陣に夜襲を決行したところ、案の定、敵は疲れ切っていて、あたふたと敗走した。

ところが、この夜襲の報を聞いた幕軍の陸軍奉行並大久保主膳正は、兵三千名を率いて桂川の西岸の加茂村で薩軍を待ち伏せした。不意の一斉射撃で薩兵はつぎつぎに倒れる。これを聞いた伏見の中村、西郷信吾、鈴木武五郎（一番隊長、鳥羽・伏見の後、江戸で彰義隊と戦い、会津攻めでも功を立てたが、江戸に帰る途中、熱病で死去）らが横合いから奇襲し、薩軍も立ちなおって、また幕軍を破って勝利を得た。

この戦いで信吾が負傷した（『元帥西郷従道伝』では、信吾が中村とともに斥候に出て負傷したとなっている）。

本陣に運ばれた信吾が病床でうなっていると、中村がやってきた。信吾は、右の耳の下に貫通銃創を受けて、耳がよく聞こえない。

「おーい、信吾、しっかりせんかい！」と中村が言っても、よく聞こえないらしい。傷のようすを見た中村は、

「これは重いのう。いっそ斬ってしまおうか？」と、看病している鈴木武五郎に言ったので武五郎も驚いた。

「こけなことをいうな。どげん理由で信吾を斬るとか？」

「いや、こいつがあまり苦しそうじゃけん、楽にしちゃろう思うてな」

人斬り半次郎のいうことは、いつも荒っぽい。とにかく野戦病院に送ることにした。二本松に近い薩摩屋敷のそばにある相国寺が病院になっていて、信吾はそこに運ばれたが、だんだん重くなる一方である。信吾の幼馴染みで、この戦いに砲兵隊長として参加していた大山巌が病院に見舞いにきて、そのようすを知ると、驚いて兄隆盛のもとに駆けつけた。

「信吾どんの怪我は重かごわんど」

「そげん重か？」

情にもろい隆盛であるが、実弟のことであるからあまり同情するようなこともいえない。

大山が、

「西郷どん、このままでは信吾どんは死ぬ。エゲレスの医者を呼ぶことでごわす」と強く主張して、そのとき兵庫にいた英国公使パークスのもとに早馬を立て、ウエルスという医者を呼んで治療し、やっと信吾も命をとりとめた。

西郷隆盛はこの戦いの長引くのをおそれていた。なにしろ幕軍は多勢で、戦況が彼に有利となると、御三家、譜代の大名なども動揺して、腰のふらつく公家と結んで、薩長を追い出そうとするかもしれない。

そこで錦旗のほかに、征討総督の宮の出馬を朝廷に請願して、仁和寺宮（小松宮嘉彰親王）の出馬を仰ぐことになった。

品川弥二郎のつくった歌をうたいながら、朝廷軍は景気よく南に向かった。

〽宮さん、宮さん、お馬の前に
ヒラヒラするのは何じゃいな
あれは朝敵征伐せよとの
錦の御旗を知らないか
トコトンヤレトンヤレナ

これを見ると勤皇の志士たちも、無駄に茶屋遊びをしていたわけではないことがわかる。

さて、薩長軍は、五日までにほぼ大勢を決したが、会津方にも、歴史に名を残す勇将がいた。俗に〝会津の四将〟といって、先述の林権助、佐川官兵衛、山川大蔵、白井五郎太夫がそれである。中にも佐川は〝鬼官兵衛〟と呼ばれた会津藩きっての剣豪であった。山川（浩）は、会津藩家老の家柄で、後に陸軍少将となるが、大山巌の妻の捨松の兄である。白井も有名な剣の猛者であったが、この戦いで戦死する。

佐川も家老の家柄で、文久二年、藩主容保が上京するとき同行して物頭となった。中村とは逆に勤皇の志士を斬ったので、その勇名は内外に高かった。鳥羽・伏見の戦いでは、軍事奉行頭取として戦闘を指揮したが、その豪勇ぶりで〝鬼官兵衛〟の仇名をもらった。後、越後の戦いでは、中立を考える長岡の名将河井継之助を官軍と戦わせるため、官軍の陣地を襲撃して、その前に長岡藩の旗を巻き散らして、河井を東軍に引っ張りこむ。会津の戦いでは家老として戦闘を指揮し、彼が担当した南方の戦線は、藩主が降伏を決意したときでも、ただ一ヵ所だけ官軍に負けてはいなかったので、「勝っているのに、なぜ降伏するのか?」と造反し、君命によるまで降伏を承知しなかったという。

さすがの〝鬼〟も、維新後は、幽閉生活を送り、その後、西南戦争が勃発すると、少警部として巡査隊を指揮し、憎い薩摩の輩をぶち斬ろうと張り切ったが、豊後口から進軍して、一の宮で敵の弾を額に受けて戦死する。

五日に至って、竹中と佐久間は、幕軍の再起をはかり、陣容を立てなおして、二道から北上しようと試みた。この結果は、すぐに薩長の方に漏れたので、西郷は、伊地知、山田と相談して、徹底的に幕軍を叩くことにした。薩軍二千五百は、野津兄弟、中村半次郎（小頭見習）、村田新八（二番隊監軍）、篠原冬一郎（二番隊長）、川村余十郎、市来、大山弥助（巌、二番砲隊長）を指揮官として、南下する。

長州軍二千は、三浦梧楼（のち、陸軍中将）、石川厚狭介（振武隊小隊長）、藤木英次郎、河上四郎らが指揮官となり、山田市之丞（顕義）が総指揮官となった。後から参加した土佐兵三百は山地忠七（元治、小隊司令、のち、陸軍中将、日清戦争時、第一師団長）が指揮官となった。西郷は五百を率いて、東寺に進出し、錦旗をひるがえして、気勢をあげた。薩軍は鳥羽街道を守り、長土の連合軍は伏見に陣した。

幕軍は長土軍を千本松原で破り、薩軍を富の森で撃破する方針で、千本松原には横田伊豆守が二千、佐川官兵衛の斬り込み隊が三百、富の森方面には徳山出羽守が三千、これに桑名兵千を加え、先陣は会津の勇将白井五郎太夫で北上した。

数において幕軍はまさっていたが、地の利で幕軍は六分の損があった。主戦場に予定されている千本松原は伏見から淀に通じる一里余の松原で、道幅も狭く左右は宇治川と巨椋沼（おぐらぬま）にはさまれて、両側には湿地帯もあり、進退の不便なところであった。会津の華と謳われた斬り込み隊を率いた佐川は、巨椋沼の芦の茂みにかくれて、戦い半ばに斬って出る作戦を立てた。

戦機は熟し長州勢は伏見街道を勢いよく南下した。これを見た幕軍は鉄砲を撃ちかける。長州勢も応射しながら千本松原にさしかかったところへ、芦の中から佐川の命令一下、斬り込み隊が打って出た。中央突破の戦術に、長州勢は二つに分かれて苦戦に陥った。

長州勢の隊長石川厚狭介は、

「引くな！　押せい！」

声をからして突撃を命令する。銃隊も猛射を加える。そこへ、芦の間から会津藩に聞こえた槍の名手望月新平が長柄の槍で突いてかかった。不意を衝かれた石川は、胸を突かれながらも、望月に一刀を浴びせたが、ついにこの日、戦死した。

これを見た長州の隊長藤木英次郎は、会津兵の直中（ただなか）に斬り込んだ。そこへ現われたのが、強豪佐川官兵衛である。会津侯から拝領の古渡錦の陣羽織に白綾の鉢巻を締め、大身の槍をひっさげて、藤木の前方をさえぎった。古風で大仰なことの好きな佐川は、自分の部隊に前進を命じるとき、「槍を入れい！」と号令するのがつねであった。

彼は暴れ回る藤木の前に立ちはだかると、

「それなるは長州に名ある侍と見受ける。この方は会津藩にその人ありと知られたる佐川官兵衛なり！」と戦国時代もどきで叫んだ。

「長州、奇兵隊小隊長、藤木英次郎！」

藤木のほうは手短に名乗り、血に染まった太刀で斬りかかった。しかし、すでに藤木は疲れており、佐川の敵ではなかった。強力で槍を振り回すと石突きで藤木の剣を払い、つぎに佐川が一歩後退して槍を構えたときは、ちょうど槍の先に藤木の胸があった。

「どうか！」

飛躍とともに佐川が槍を突き出すと、串刺しにされた藤木は、刀を落として、その場に倒れた。つづいて佐川は槍をふるって長州勢を突きまくる。怖じ気づく長州勢の中から、

「えい！　引くな！」

一人の若侍が太刀をふるって佐川に斬りかかった。

「健気なり、若者！」

それをかわして佐川が槍を一突きしたところ、若者はそれを払って、なおも斬りかかる。

その太刀先はなかなか鋭い。

「やるのう、わしは会津の佐川じゃ。お主は……？」

槍を構えた佐川がそう聞いたとき、幕軍の一弾が若者の左足を貫通した。

である。

膝まずきながらも三浦はそう名乗った。この強豪と勝負を決しなかったのが、残念そうで

「吾こそは長州藩奇兵隊にその人ありと知られたる三浦梧楼なり！」

足を抱えてうずくまる若者を尻目に、佐川は別の敵を相手に突き立てる。

「無念なり！」

「命があったらまた会おう」

そういうと、佐川は乱軍の中に消えていった。

三浦はこのとき二十二歳。明治十年春、佐川が巡査を志願して薩摩討伐の警官隊を指揮したとき、三浦は陸軍少将で征討第二旅団司令官であった。佐川の戦死は三月十八日なので、二人が顔を合わせたかどうかはわからない。

鳥羽街道の幕軍は、白井五郎太夫が富の森に陣を張って、薩軍を待っていた。白井は、前夜、薩軍が夕食をとっているところに奇襲をかけ、これに打撃を与えたので意気が揚がっている。これを攻めるのは、市来、後藤長四郎の薩軍で、二番砲隊長の大山弥助（薩英戦争で英艦隊の砲撃の凄さを知って、砲術研究を志し、江戸の江川太郎左衛門塾に入って砲術を勉強し、わが国で初めてという十二斤臼砲を製作、これが弥助砲と呼ばれた）の新式砲隊は四斤砲六門、十二斤臼砲三門で、ここを先途と撃ちまくる。四斤砲の霰弾と臼砲の丸弾が一度に落ちてくるので、その物凄さには、さすがの会津兵も耳をおおった。

しかし、幕軍にも大鳥圭介（江川塾で大山を教えた。この戦いでは幕軍の歩兵指図役頭取、戦

後、歩兵頭となって江戸を脱出、箱館で榎本軍に加わって戦う。その後、明治政府に出仕して、工部頭、清国公使などを歴任する）の教えを受けた砲術家がいたらしく、正確な砲術で薩長軍を悩ませた。大山はこの戦いで、右の耳に負傷した。

幕軍が苦戦を強いられていたとき、千本松原の方から威勢のよい一隊が走ってくると、薩軍に斬り込んだ。これが佐川官兵衛の隊で、薩軍も斬り立てられる。このとき、幕軍の中から一人の若侍が薩軍に斬り込んだ。剣術の稽古着に小倉の袴、晒の鉢巻という簡素ないでたちで、太刀をふるって、薩兵を斬るのであるが、じつにその腕が冴えている。薩兵もこの男と対等に戦うには、桐野を連れてこなければなるまい、と舌を巻いた。

このとき、馬上で戦況を見ていた官兵衛は馬を近寄せ、馬から降りると、

「みごとなる早業、敬服の至りでござる。拙者は会津藩士佐川官兵衛と申す、貴下の尊名伺いたく存ずる」と声をかけた。

その若侍はしばし敵を斬る手を控えて答えた。

「お尋ねにあずかって恐縮でござる。拙者は幕臣、伊庭八郎と申すものでござる」

「おう、有名な伊庭軍兵衛殿のご子息か。道理で今日のお働き、まことにお見事、ご父君に見せたきものでござる」

官兵衛がそう褒めると、八郎は、

「お言葉、おそれ入りまする」と一礼すると、また乱軍の中に斬り込んでいった。

伊庭八郎は、幕臣伊庭軍兵衛の長男で、父も有名な剣客であった。やはり剣客の伊庭軍平

の養子となり、実父と養父の両方から仕込まれ、若くして〝伊庭の小天狗〟と呼ばれた。鳥羽・伏見のときは二十五歳で遊撃隊士として奮戦し、伏見で負傷、江戸に帰った後、官軍の背後を衝こうと箱根で奮戦した後、箱館で榎本軍のもとで戦ったが、豪剣をもって鳴る剣客も、鉄砲にはかなわず、肩と腹に重傷を受け、五稜郭の陣中で没した。

かくて佐川、白井、伊庭の活躍で、この方面の薩軍は非常に苦戦をした。市来、後藤、そして幕軍の竹中総司令と談判した椎原も、乱軍の中で、つぎつぎに戦死した。この方面の薩軍の参謀は伊地知正治であったが、ついに兵力の不足を感じて、東寺の西郷のもとに応援をたのんだ。

その伝令がつくと、西郷は微笑して、

「伊地知どんな、まだ生きてごわしたか?」といったきり援兵のことは何もいわない。

伝令が帰ってそれを報告すると、伊地知は唇を噛んだが、すぐに、

「よか、西郷どんに、こげんこっいうたんが、おいの弱気ごわした」と全軍に総攻撃を命じた。

西郷には春風のように暖かいところと、秋霜のように厳しいところがあった。しかし、厳しさと冷酷さとは違う。彼はこのとき易々諾々と伊地知に応援をしたら、まず伊地知の面目がつぶれる、つぎに苦戦でも堪えるだけ堪えなければ、援軍はいくらあっても足りないということを考えて、士気を高めるために伊地知の依頼を拒否したものである。

このころ、さすがの〝鬼官兵衛〟も負傷して、淀の本陣（淀城の北）に担ぎこまれ、幕軍

も沈滞しはじめた。そこへ西郷が仁和寺総督宮をかついで、錦旗とともにくり出したので、幕軍は総退却に移った。

千本松原で薩長軍の退勢を挽回しえたのは、総司令の山田参謀の冷静な采配がものをいったからである。山田は小兵であるが、沈着で戦争上手であった。彼の実戦経験は相当なもので、文久二年、狙撃隊を編成してその隊長となり、禁門の変には奮戦したが敗れて帰国し、八月、下関で四国艦隊と戦う。第二次征長の役では、高杉の挙兵のときは、御楯隊司令として藩の恭順派を破って藩論を回復し、第二次征長の役では、幕艦を撃破し、各地に転戦して幕軍を悩ませた。その後、整武隊総督となり、京都にのぼって鳥羽・伏見に臨んだのである。

この日は、東寺で戦闘を指揮しながら、予備隊をにぎっていた。そこへ、大山弥助が味方の苦戦を伝え、応援をたのんできた。山田が平静な調子で、予備隊長に、

「出掛けちょくれんか」

というと、その隊は整然と前線に出ていった。山田の用意周到なのに大山は感心した。

この日の午後、戦局はようやく幕軍に決定的に不利となってきた。最後の拠点ともいうべき淀の小橋を後ろにして、白井は背水の陣を布いて必死の抵抗を示した。白井は怒っていた。何かあると〝旗本八万騎〟といって大名に喧嘩をふっかけるのが旗本の腹いせであったが、二百七十年の太平に慣れて、鎧や装束はすばらしいが、士気は一向に上がらず、伊庭八郎が奮戦を示したのみで、いまや総退却に移っている。むしろ会津の働きが際立っている。このさい、会津の奮戦の最後を飾らんものと、白井は、奮戦の末、ここで覚悟の戦死を遂げた。

長州の石川、市来、後藤、鈴木、薩摩の椎原、そして会津の林、白井らは、もし生きていたら、維新後、それぞれに活躍したと思われるが、この一戦で惜しい命を散らした。

前述のとおり、五日の午後は、幕軍が淀城入城を断わられ、山崎の藤堂勢に砲撃されて、敗退した日である。

山崎の藤堂勢の裏切りについて、伊藤版には付記がある。

勅使四條隆平が山崎の藤堂采女のところに来て、朝廷のために幕軍と戦って、勤皇に勤めよ、と命令したとき、采女は幹部たちと相談していて、なかなか返事を出さなかった。このとき、長州勢のなかに毛利の分家である徳山藩の世子毛利平六郎という人物があり、交渉の遅いのを心配して、山崎に駆けつけて、采女に会って勅命に従うことを勧告した。

「ただちに幕軍を攻撃されよ。しからずんば拙者の首をはねられよ!」と、平六郎が叫ぶので、采女もついに砲口を橋本の幕軍に向けることにした。

一方、幕軍の方では、山崎の向背が心配なので、軍目付の渋沢成一郎を派遣した。成一郎は後に財界の巨頭となる栄一の従兄弟である（武蔵の農家に生まれ、尊攘運動に入り、のち、栄一とともに一橋家の家臣となる。維新後、彰義隊を結成してその頭取となり、箱館に走って榎本軍に入る。敗戦、入獄後、渋沢喜作として実業界に入り、多くの会社を経営する）。千葉門下で北辰一刀流の名手でもある成一郎が、采女に会ったのは、毛利平六郎が帰った後である。采女は、決して徳川に楯突くようなことはしない、というので、信頼した成一郎が帰ろうとすると、大砲の砲口が橋本の方に向いているのに気づいた。橋本には幕軍がいる。

——やはり藤堂は薩長に通じたのか！

渋沢は釆女を斬るべきかと思ったが、若いとき尊攘運動に入っていた渋沢は、これも人の世かとあきらめた。

——時勢はもはや徳川に背を向けている。沈む太陽を呼び返す手段はないのだ。しかし、俺だけは徳川を見捨てるようなことはしないだろう……。

そう考えながら、彼は幕軍の陣地に帰った。

信吾と幕末維新

兄の活躍とともに、いよいよ弟の出番も回ってくるわけであるが、ここで西郷信吾（従道）の幕末における動きを眺めてみたい。

若いときの従道はなかなかの熱血漢で、文久二年四月の寺田屋事件のときも、突出組の一員として参加し、同三年七月の薩英戦争で活躍したことは、前に触れた。

その後、元治元年二月には、久光から赦免になった兄吉之助を迎えに沖永良部島にゆき、久光の命令で兄が上京すると、信吾もこれにしたがって、ふたたび動乱の京都に出た。

七月十九日の禁門の変で、吉之助は薩軍を指揮して、長州軍を撃退するが、このとき足に怪我をした。信吾も兄の指揮下で働いた。このころ、すでに兄吉之助は、薩摩の頭領格で十六歳年下の信吾は、まぶしいもののように兄を仰ぎ見ていた。

この年（元治元年）の秋、長州征伐がはじまり、倒幕のために長州の勢力を温存しようという吉之助は、大坂、広島、岩国、下関と忙しく動き回る。

この年、年末には、長州も三家老を切腹させて服罪することになり、隆盛は広島にゆき、長州処分をきめて、征長軍を解散させ、翌慶応元年一月、帰国した。このとき信吾は禁裡警護のため京都に残った。

鹿児島で糸子と結婚した隆盛は、三月、ふたたび上京して、信吾と顔を合わせた。

隆盛はますます忙しい。上京したかと思うと四月末、坂本龍馬を同行して鹿児島に帰り、幕府の長州再征に反対する藩論をまとめる。すでに倒幕の胎動が見られる。いまや薩摩藩はもちろん、日本は西郷を中心に回っているようになってくる。

閏五月十五日、隆盛、鹿児島発、二十三日に入京。またこの月、将軍家茂は第二次征長のために江戸を出発。九月末、隆盛は龍馬を同行して大坂発、十月四日、鹿児島着、信吾も同行して周旋と海事の天才龍馬に接する。隆盛は京都の情勢を久光に説明して、その上京をうながす。十月十四日、隆盛は小松とともに兵を率いて鹿児島発、二十五日、入京。このころ二十三歳の信吾は、治安のわるい京都で、兄や大久保のボディーガードを引き受けることになった。すでに京都には尊攘から倒幕をも一緒にして、クーデターを狙う浪人が集まっており、守護職の配下や新撰組は倒幕の首魁である隆盛や大久保を狙っているという噂が強まっていた。

信吾が兄を護衛し、大山弥助が大久保を、あるいはその反対の形でガードをつとめた。

慶応二年に入る。一月二十二日、薩長連合成る。

このころは西郷兄弟は京都の隆盛の家に同居し、大山巌、村田新八、甥の市来勘六、宗介兄弟が同居し、ときには野津兄弟も遊びにきて、非常に賑やかであると、隆盛は大久保に書き送っている。信吾は維新の改革の熟議にも参加したと隆盛は書いている。しかし、このころの信吾は、中小姓という役で、大久保、木戸、龍馬、小松などという大物の会談に出席したかどうかは疑問である。護衛や伝令の程度ではなかったか。

なおも隆盛が、京都と鹿児島の間を往復して、倒幕の手筈をすすめているうちに、六月七日、第二次征長の役がはじまるが、幕軍はふるわない。七月二十日、将軍家茂死去、八月、征長の役は中止された。

そして慶応三年。前述のとおり、十月の十四日に大政奉還、十二月九日に王政復古。

太宰府にいた三條ら五卿が赦免になると、京都に帰ることになり、信吾は大山巌とともに薩摩の春日丸に乗って、筑前まで公家たちを迎えにいった。ここでも信吾は、有名な三條や東久世という公家と知り合いになった。三條も隆盛が弟や従兄弟を迎えの使者に立ててくれたことに、感謝をしたらしい。

この筑前行きの少し前、信吾は、巌、野津（鎮雄）とともに嵯峨に鹿狩りに出かけたが、途中で腹が減ってきた。とある民家をのぞくと、飯どきで台所に飯やお菜が準備してある。声をかけたが、返事がない。

「おい、失敬して頂きもそう」

一番肥満している大山がそう言ったので、三人はそれを頂いてしまった。そこで信吾が詫証文を残して、立ち去った。家の主は憤慨したが、その証文の主が、後に英雄西郷隆盛の弟であることがわかり、大いに珍重したということである。

そして、慶応四年が明ける。

信吾は中村半次郎とともに斥候に出たが、鳥羽の田圃で幕府の斥候と衝突し、撃ち合いとなり、右の耳下に貫通銃創を負って、京都の薩摩藩邸にかつぎこまれた。重傷で一時は危篤といわれたが、長州の名医・青木周弼(明治の外相・青木周蔵の父)が、たまたま藩邸にいて治療してくれたので、助かった。このため耳が少し遠くなったが、後年、都合のわるいときは聞こえないような振りをしてとぼける理由になったという。

慶応四年、信吾は二十六歳であった。しばらくは兄隆盛の時代がつづくが、信吾の動きを追ってみよう。

隆盛は東征大総督(有栖川宮)府下参謀(事実上の司令官)として、二月十二日京都発、東征軍の先鋒部隊を率いて、江戸に向かった。この遠征行には、次弟の吉次郎、信吾、小兵衛がともに参加した。吉次郎は小銃八番隊監軍、信吾も監軍、小兵衛は隊士として参加した。

隆盛は、信吾を下級参謀という格で司令部において教育したらしいが、詳しいことはわからない。幕末以来、兄がますます重要な役割を演じるのを、信吾は眼を丸くして、眺めていたのであろう。

吉次郎は前線の指揮官として、五月、越後長岡城の攻撃に参加した。名将河井継之助の守るこの城は攻めるに難しい城であったが、七月、これを陥落させた。さらに八月には、越後の曲淵村で会津軍と戦い、腰に弾を受けて戦死した。

信吾は、三月の江戸城明け渡しの前に駿府にやってきた山岡鉄舟に、隆盛が降伏条件を渡すときも、三田の薩摩屋敷での西郷・勝の談判のときも、司令部付として軍中にいて、談判の一部始終を見聞した。これが後に政府の幹部になってから、大いに参考になったことは言うまでもなかろう。

そして、五月十五日の上野の彰義隊の戦いのときも、隆盛直率の本隊にいて、上野の攻撃に参加した。彰義隊の頭取は、鳥羽・伏見で信吾たちと戦った渋沢成一郎で、副頭取は天野八郎である。

天野は上州の農家の生まれであるが、与力の養子となり、旗本を称するようになった。王政復古後、徳川の朝敵の汚名をそそがんものと、同志九百名を糾合して上野寛永寺に立て籠もった。隊員は二千に増えたが、渋沢は意見が合わずに脱隊したので、その後は天野が指揮をとった。政府軍に敗れた後、本所に潜伏したが捕らえられ、獄中で病死した。号を斃止（斃れて後止む）といった。

いよいよ彰義隊攻めとなったとき、従兄弟の大山は、砲兵隊長で寛永寺の敵を砲撃することになった。信吾は司令部で弥助と会った。大村益次郎の命令で、弥助は上野の盛り場の「雁鍋」という料理屋の屋根に大砲を揚げて、砲撃するという。

「おいは、どうも撃つ気がせんのう」

「まこと、敵には砲がなか。人数もこちらが断然、多かよ。弱いもんに、弾をぶちこむちゅのは、どげんもんかのう」

信吾も弥助の気持に同情した。そこへ、

「おう、弥助どん、きてなはったと……」と隆盛が顔を見せた。

「兄さぁ、上野の砲撃は止めにしたらどげんかのう。弥助も弱いもんいじめは一丁好かんちゅうとるけん、鉄砲くらいにしたらどげんか？」

信吾がそう訴えると、司令官格の隆盛は難しい顔をした。

「信吾、ここは戦場ぞ。弟といえども、作戦に口をば出すな。ええか？　彰義隊は、江戸を明け渡すちゅう朝命に背くもんじゃ。これに同情していては、官の威令はどげんすっか！」

いつにもない兄の厳しい表情に、信吾は縮み上がった。公私を厳密に区別するのが隆盛の性格であったが、信吾もそれを戦場で深く身にしみこませるようになっていく。

やがて戦場は、宇都宮から東北、そして、越後へと移動していく。

前述のように越後長岡では、政府軍は名将河井のために苦戦した。そこで政府軍は増援の必要に迫られ、隆盛の命令で、信吾は兵を募るために鹿児島に急行した。

このころ隆盛も藩主の供をして鹿児島に行き、七月二十三日、北陸出征総差引（総司令官）を命じられ、八月六日、信吾らが集めた歩兵三小隊を引率して、信吾とともに鹿児島を出港、十一日に新潟に入港した。この少し前、八月二日に信吾の次兄の吉次郎が負傷して、そのとき柏崎の病院に入院していた。もちろん隆盛はそれを聞いたが、見舞う暇もなく、吉次郎は、十四日、病院で没した。信吾も兄を見舞う余裕もなく、監軍として会津・庄内の連合軍と戦った。

七月二十九日、すでに長岡は落城し、河井は残兵を連れて会津をめざし、奥只見の塩沢村で重傷のために、八月十六日、世を去った。

河井継之助は、後に太平洋戦争で英雄となる山本五十六とともに越後長岡の生んだ軍事、政治の英才である。継之助は長岡藩の勘定奉行の家に生まれた。江戸と長崎に学んで、郡奉行をへて慶応四年、家老に登用された。この間、継之助の軍事、経済、民政の改革には見るべきものがあった。

王政復古後、幕藩体制に崩壊の危機が迫ると、継之助は独特の方策を考えた。それは越後共和国の構想である。徳川にも朝廷にも属さない、長岡藩独自の政府をつくり、外国にも宣言して、独自の内治と外交を行なうのである。これは日本では最初の共和国構想で、非常に興味を引くものである。後に榎本武揚が、箱館で「北海道共和国」を宣言して、政府軍のために敗れるが、越後共和国も新政府の認めるところとはならなかった。天皇のもとに中央集権を考える新政府が、そのようなものを認めたら、全国に共和国ができて、日本はアメリカのような合衆国になってしまう。そして、継之助の共和国は、外交もこの共和国の大統領が行なうものだとすれば、それは天皇の統治権を認めないもので、アメリカの中央集権よりなお統治が分散するわけで、薩長藩閥がそのようなものを認めるわけがない。

共和国構想を藩主の牧野忠訓に認めさせながら、臨戦準備として江戸から新式の大砲、小銃を持ち帰った継之助は、五月二日、小千谷で政府軍の軍監岩村高俊（土佐藩士、のち、佐賀県権令となり、江藤新平の乱を鎮定、貴族院議員となる）に会って、長岡藩はこの内戦に中立を守りたいと訴えたが、認められず（小千谷談判）、佐川官兵衛の謀略もあって、戦闘に巻き込まれ、いったんは長岡城を占領されたが、ふたたび奪還し、また占領され、会津に落ちていくのである。

九月二十二日、会津開城、つづいて庄内降伏、隆盛はこれらに立ち会っており、信吾も同行していた。このころ、山県狂介（有朋）が隆盛に、欧州視察の希望を述べているので、信吾もいっしょに行ったらどうか、と隆盛が言ったのではないかと、『元帥西郷従道伝』は推測している。

以上、戊辰戦争に関する隆盛と従道の関係を簡単に拾ってみたが、つぎに吉之助（隆盛）の動きを中心に、この日本最後の内戦の経過をたどってみたい。

一月六日、徳川慶喜が幕艦開陽で江戸に向かうと、朝廷は七日、慶喜追討令を発した。この命令には、「賊と通じ、あるいは賊を匿（かくま）う者も同様に朝敵とみなして厳刑に処す」という布告がついていた。

こうなると、いままでは、日和見をしていた徳川御三家（水戸はもともと勤皇、尾張は王政復古の直前、きわどいところで倒幕に踏みきり、国許の佐幕派の家老十二人を処刑した。このために藩内は非常に動揺した。残る紀伊藩もこれで倒幕に踏みきることになる）も、四天王の井伊（彦根）、酒井（鶴岡）、榊原（高田）、本多（岡崎）も、それぞれに勤皇に加担、あるいは徳川と運命を共にすることを考えるようになる。たとえば彦根藩（井伊通憲、二十五万石）は王政復古の段階で朝廷側について、鳥羽・伏見では幕軍に最初の砲弾を撃ち込んでいたが、戊辰戦争では西郷の命令で、関東、東北で佐幕派諸藩を攻撃する。

逆に庄内の酒井忠篤（十七万石）は、庄内藩として先に薩摩屋敷の焼き討ちを行なっただけに、会津藩と同じく政府軍に抵抗し、西郷らの追討をうけ、降伏開城している。

高田の榊原政敬（十五万石）は、長州再征には先鋒として参加したが、慶応四年正月には勤皇に踏み切り、幕軍を攻撃、会津攻めにも参加した。

岡崎の本多忠民（五万石）は、老中を勤めたこともあるが、慶応三年十月、朝廷から上京せよとの命令に、養子の忠直をつかわし、自分は江戸にあって藩論を勤皇にまとめるべく努力した。

佐幕派の諸大名がつぎつぎに勤皇に鞍替えする中に、一人造反したのは、土佐の山内容堂で、この戦いは徳川と薩長の私闘で、朝廷が慶喜追討令を出すのは当たらないとして、反対したが、岩倉から、

「しからば土佐侯には、ただいま大坂に行き、土佐兵をもって慶喜公を助けられるがよかろう。それほど朝敵となることが望ましいのか？」といわれて黙ってしまった。

当時二十歳の若き公家、西園寺公望は、四日、山陰道鎮撫総督を命じられていたが、この

論争を聞いて、

「この戦争を私闘とするようでは、日本はどうにもならんぞ！」と叫んで、

「小僧、よう言うた！」と岩倉から褒められたという。

慶喜の武力討伐に踏み切った朝廷は、山陰道鎮撫総督のほか、東海、東山、北陸、中国、四国、九州の鎮撫総督をつぎつぎに任命して、日本全国を、朝廷の支配下におこうとした。総督がきた各地ではおおむね恭順して、領地を献上する意図を示したが、北陸、東北は錦旗に逆らい、長岡の河井や会津白虎隊のような悲劇を生むことになる。

こうして日本の大部分を支配するようになると、それにふさわしい新政府がいる。

一月十三日、朝廷では宮廷外に新たに「太政官代（代は第・役所）」をつくり、前年の十二月、王政復古のときに制定した三職（総裁、議定、参与）の制度を拡大、再確認するほか、実務をする役所として七科を設けた。神祇、内国、外国、海陸軍、会計、刑法、制度の七科には、それぞれ総督と事務掛がおかれ、総督には親王、公家、諸侯が、事務掛（次官）には参与が任命された。

主なところを拾ってみると、内国事務科では総督が正親町三条実愛で、大久保と芸州藩の辻将曹が事務掛になっている。外国事務科では総督が三条で、事務掛は後藤（土佐）と岩下（薩摩）である。海陸事務科では総督が仁和寺嘉彰親王と岩倉で、軍務掛は西郷隆盛と広沢真臣である。

二月三日、天皇の名で徳川慶喜を親征するという詔書が発せられた。この中には、万民の

苦しみを救う、という趣旨のことが書かれている。民衆のために天皇が戦うのは、日本歴史で初めてのことで、これは西郷の献策によるものであろうと『西郷隆盛』(井上清)はいう。

二月六日、有栖川宮が東征大総督に任命され、五万の政府軍(官軍)を率いて、十五日、京都を出発して江戸に向かった。

〽宮さん、宮さん、お馬の前に
ヒラヒラするのは何じゃいな……

という官軍東征の歌(都風流ぶし)が、東海道の空気をふるわせながら東に向かったのは、このときのことである。(西郷は下参謀となって、十二日、先発隊として、薩軍を率いて出発していた。上参謀は公家二人である)

江戸開城

東海道の東征軍は、なんの抵抗もうけず、三月五日、駿府に入り、西郷は三月十五日を期して、江戸城の総攻撃を命じた。それを迎え討つ幕府側は、分裂していた。はじめ慶喜は主戦派で、海軍副総裁榎本武揚、勘定奉行小栗上野介(忠順)、歩兵奉行大鳥圭介、陸軍奉行並松平太郎、歩兵頭荒井郁之助らも抗戦論者であった。

これに対し、陸軍総裁勝海舟、若年寄大久保一翁のような開明家は、江戸を戦場とすることの民衆への影響、徳川の時代が去ったこと、フランスなどの外国の力を借りることの危険を説いて、慶喜に恭順をすすめた。

慶喜もいまとなっては、江戸を焦土と化しても抗戦することの無意味を悟り、二月十一日江戸城を去って、上野寛永寺に引き籠もって謹慎の意を現わした。東征軍に慶喜討伐の意向があるとみて、前将軍の未亡人で明治天皇の叔母にあたる静寛院宮（和宮）らが慶喜助命の嘆願をはじめた。

しかし、西郷は王政復古以前からの武力倒幕の考えを捨ててはいなかった。慶喜は、一月二十六日、引退して紀伊藩主の徳川茂承に宗家を譲りたいという意思表示をしていた。これに対し西郷は大久保への手紙で、

「慶喜が引退したいといっているが、不届き千万、ぜひ切腹させなければならぬ。ここまで押し詰めたところで寛大になると後でほぞを噛むことになる」と厳しいことを書いている。

西郷にはトップを倒せ、という考えが強かったようである。ということは、まだそれだけ薩長の新政府に自信がなかったことを示している。大蛇を殺すのに尻尾だけ切って頭を残せば、また復活するおそれがあるので、かならず首と胴を切り放さなければならないという思考方式である。大久保も、慶喜には京坂で、さんざん悩ませられてきたので、「天地の間から消える（切腹する）までは許してはいけない」という方針であった。

一方、江戸側でも、英才勝海舟は、慶喜の助命とともに江戸の無血開城を考えていた。西郷が総攻撃の命令を発した三月六日、勝は、山岡鉄太郎（鉄舟）に薩人益満休之助（昨冬の薩摩屋敷の焼き討ちのときに捕らえられて、三日ほど前、勝の屋敷に預けられていた）をつけて、

駿府の西郷のところに手紙をとどけさせた。

山岡は益満を利用して薩軍の中を通り、三月九日、駿府に着いた。山岡が、

「幕臣、山岡鉄太郎、駿府の大総督府参謀まで、まかり通る！」と大声で叫んで、薩軍の気勢を殺いで通行したというのは、このときの話である。

（山岡は、幕臣の家に生まれ、千葉周作門下で修業し、無刀流を創始し、剣禅一致で知られる剣豪で、文久二年には、幕府が京都警護のために集めた浪人たち〈新撰組〉の取締役を命じられ、大目付となった。維新後は伊万里県令の後、明治天皇の侍従となり信任が厚かった）

勝の手紙の冒頭はつぎのとおりである。

「無偏無党、王道堂々たり。いま官軍駿府に迫るといえども、君臣慎んで恭順の礼を守るは、わが徳川の士大名といえども、皇国の一臣たるを以てなり」

勝の手紙には、慶喜の助命などは書いてない。兄弟は家の中で争っても、外敵は防ぐべきである。しかし、いかなる不敬の民が何をやるかわからない。参謀諸君、すべからく皇国のために条理を正すべし、というのである。

西郷はその意味と旧友勝の苦衷を察して、つぎの条件を実行すれば、徳川の処分は寛大にするし、政府軍の江戸攻撃も止める、といった。
一、慶喜を備前藩に預ける。
二、江戸城を政府軍に明け渡す。
三、軍艦、兵器の一切を官軍に引き渡す。

四、慶喜のあやまった行動を助けた者を、きちんと謝罪させる。
五、旗本の中で徳川の力で鎮撫できない者のみを官軍が鎮圧する。

このへんの西郷の徳川処分は、以前から大久保と相談してもいたが、冴えている。戦闘は禁門の変以来の経験があるが、城の明け渡しや、旧政権の処分ははじめての経験のはずであるが、過不足のない案である。

この条件のうち、さすがに山岡は、慶喜を備前岡山にお預けにするのは、
「厳しすぎる、貴君が島津侯をよそに預けろ、といわれたら如何なさるか？」と反発した。激論の末、西郷が、
「決して慶喜公をわるいようにはせぬ」と保証して、山岡は通行手形をもらって江戸に帰った。

西郷もその後を追って、江戸に入り、十三日、高輪の薩摩屋敷で勝と会見した。これが有名な「江戸城明け渡し」の会見で、いまその跡に碑が立っている。

十四日は、前年に焼き討ちされた三田の薩摩屋敷の近くの橋本屋という家で会見したが、そのとき勝は、つぎのように条件の修正を求めた。

一、慶喜の備前藩お預けを、水戸で謹慎とする。
二、江戸城は明け渡しの手続きを完了した上で、田安家に預ける。
三、軍艦、兵器はいちおう残しておき、慶喜の寛大な処分が決定した後、大部分を引き渡

す。

四、慶喜の行動を助けた者の処分も寛大にする。

この修正案をみて、西郷は心の中でうなった。

――なんという勝の遠謀と強気であろう。慶喜を江戸より北の水戸（慶喜の父は水戸斉昭である）に預けるというのは、慶喜を人質にさせない、ということである。江戸城は明け渡しの後、徳川一族の田安家に預けるというのは、徳川に残しておく、ということになる。とくに武器を徳川が保有するというのは、十分の抵抗力を残すということで、これでは徳川は恭順せず、江戸城の明け渡しも、形式的なものになるのだ。勝は、慶喜や旗本にいい顔ができるであろうが、こちらはいいところがないではないか……？

しかし、太っ腹の西郷は、その場は、とりあえず明日からの官軍の総攻撃を中止することにして、勝と別れ、彼の案を池上本門寺の大総督府に持ち帰って、岩倉、木戸、大久保らと討議した。

総督府で待っていた大久保は驚いた。

「こりゃあ、がっつい！　吉どん、勝という男はどちらが勝ったか、わかっとらんではなかか？」

まさに無条件降伏ならば、とうてい出せないような条件を、勝は平然と提案しているのである。

「幕軍は負けても、勝どんな負けとらんちゅうごっごわすな」

西郷も腕を組んだ。物見の報告によれば、江戸の幕軍は、臨戦準備おさおさ怠りないという。十分の余力を残しておいて、条件が非常にわるければ、焦土抗戦も辞さないという態度で胸を張っておいて、よい条件をかちとろうという脅しなのである。要するに勝の狙いは、単に慶喜の安全を保証するよりも、むしろ江戸市民に無用の血を流させたくないということにあると見るべきであろう。

——できれば江戸を焦土にしたくはないが……という勝の賭けが、同じ司令官として、西郷には身にしみるほどよくわかるのである。

「感心していてはいけんごっ、吉どん、こちらも強気でいかんばね」大久保はたちまち対案を出した。西郷との協議でできあがったその案は、つぎのとおりである。
一、慶喜の水戸行きはそれでよいが、江戸城は明け渡しの後は、尾張藩（いまは政府軍方）に預ける。
二、軍艦、兵器は、いちおう全部を官軍に引き渡した後、徳川の処分完了後、適当な数を返す。
このうちの二は非常に重要である。慶喜の方は恭順、恭順といっているが、武器を捨てなければ拳骨をふりあげておいて、「もう降参した」というようなもので、その真意はわからない。こちらの条件を入れさせるには、武装解除が第一条件である。

勝はこの第二案をみてうなずいた。だいたい彼が予想していた線に、西郷が歩み寄ってくれたのである。彼はいまは亡き龍馬が言っていたことを思い出した。

――あの西郷という男は底の知れん男ですらい。釣鐘のごとくで、大きく叩けば大きく鳴り、小さく叩けば小さく鳴る、まこと大物であるきに……。

西郷は譲歩しているようで、じつは肝心なところは、きちんとおさえていたのである。

これで二人の近世まれな大政治家の談判によって妥結ができ、四月四日、東海道先鋒総督が江戸城に入り、同十一日、本隊が入城、無血開城は成功し江戸市民は戦火からまぬかれ、二人の英傑の名は不滅となったのである。

勝の巧妙なかけひき、西郷の寛大とみせながら要点はのがさぬ眼力、しかも両者の視線は、つねに権力者の去就よりも、民衆の生活と福祉に向けられていた。後世の政治家がもって範とすべき識見というべきではなかろうか。

もちろん、信吾は、このときも兄の本陣にあって、山岡との応酬、勝とのかけひきなどをつぶさに見聞して、後年の参考にしていた。（隆盛が三田で勝と会見したとき、信吾が警護の供の中にいたという説もある）

英雄の挫折

この江戸城明け渡しは、後世の史家にも、民衆を愛する〝西郷どん〟の最高のメリットとして、高く評価されるものであるが、西郷の明治維新の構想は、このピークで行きづまり、その才能、行動にも挫折が始まる。

政治家に限らず軍人、外交官、財政家、芸術家、教育家、宗教家、あるいは武道家など、どのような偉い人物にでも挫折はある。それはある目標に到達したとき、あるいは到達したと思ったとき、じつはそれが歪められていたときに始まる。

西郷の場合、江戸城の無血開城は、彼の一大メリットであったが、じつはこれが彼の挫折であり、その没落（彼の純一無比の人間愛にもかかわらず）と自滅（歴史をつくった彼が、その思想と性格ゆえの運命にひきずられていく――新政府の急激な改革と、新官僚の立身出世主義に彼は反対で、もう一度、維新を断行したいと考えていた）の始まりであった。

それはどういう意味か。西郷はこの後も、新政府の中心であり（一時、不満を持って帰国するが）、参議（筆頭、木戸と並ぶ）、近衛都督、陸軍大将（日本最初）と位人臣をきわめていく。しかし、それは、明治維新の強力な仕掛け人としての栄光であり、かつ実行者としての栄光であり、時代は徐々に、あるいは征韓論以後は、急激に彼を必要としなくなっていくのである。

そのピークへの過程と、挫折の内部構造を分析してみよう。

元治元年秋の第一次長州征伐で、長州の軍事力が激減しないように暗躍したころから、西郷の胸には倒幕の構想がふくらみつつあった。これに拍車をかけたのが、外国の圧力による幕府の無力と混乱、龍馬の斡旋による薩長連合、薩摩の軍事力の強大化、そして第二次長州征伐における幕府のみじめな敗北であった。

もちろん、その背後には、三百年にわたる徳川の圧政と封建的で強力な統制にあきた民衆の抵抗と蜂起があって、それらが、このヒューマニズムにあふれる政治家に、民衆の生活と福祉（彼は若いとき、農家と関係する役人を勤め、奄美大島、徳之島、沖永良部島で、下層の民衆の苦しい生活を見聞していた。彼の奄美における現地妻も、生活苦にあえぐ被占領下の民衆の一人であった）の重大性を教えることとなったのである。そして、さらに重要なことは、彼の武将としての、あるいは将軍としての資質である。彼は倒幕を実行するにさいして、「徹底させる」ということを最重要と考えてきた。それは、その苛烈さにおいて比類をみない大久保や、幕府嫌いの陰謀家である岩倉もおよばぬくらい、この時点での西郷は、倒幕を徹底させることに打ち込んでいた。

その〝徹底〟とは何か。将軍徳川慶喜に切腹させて、徳川の支配を完全に転覆させることであった。

ここから、彼を中心とする大久保、岩倉、小松らのグループと、慶喜を中心とする容堂、春嶽、慶勝、そして後藤、中根らの熾烈な智謀の戦いが展開されるのだ。

大政奉還、王政復古、そして慶喜の抵抗と時代は移り、人々は歴史に流されていく。流されずに残った者に歴史は力と名声を与えるのだ。西郷は残った。その最大のエレメントは、意外にも慶喜が恭順の隠れ蓑をかぶって、公議政体を実現し、彼が議長となって、ふたたび国政を牛耳る日がくるのを待っていた維新前夜、十二月二十八日、江戸からとどいた薩摩屋敷焼き討ちの報であった。これで大坂の幕府側は一挙に恭順を止めて、倒薩にひっくりかえり、鳥羽・伏見の敗戦、慶喜の江戸逃亡と、時代は西郷の徹底的倒幕に有利に動いていくのである。

その後、徳川家は、坂道を転がる石のように没落を早めていく。西郷のターゲットである慶喜が、寛永寺に恭順して、静寛院宮がその助命を嘆願したとき、西郷は、「慶喜に切腹させる」ことをはっきりと意思表示している。

しかし、その反面、そのころから、彼が動かしていたはずの歴史の歯車が、少しずつ回転が狂っていく。

二月の末、静岡に進出したとき、西郷は、まだ「慶喜切腹」の考えを捨ててはいなかったと思われる。

「徳川を倒壊させて、天朝の世に返し、薩長が上に立って民衆のための政治を実現する……」

彼の厚い胸は理想への到達にふるえていたであろう。そして、まさにその瞬間に挫折がはじまるのである。

三月九日、山岡鉄舟が勝の書面を持参して、静岡の本営にやってきたとき、歴史は方向転換の鐘を高々と鳴り響かせた。

ここに西郷・勝と、その時代を代表する二つのユニークな個性の激突がはじまる。純粋・無私と見せながら肝心の点は逃さず、ときに強権をふるう西郷、つねに時代を先取りして、権力のプラス・マイナスをこまかく計算して、所期の結論に導いていく精密機械のような勝の政治力が、火花を散らしたが、残念ながら、結果は西郷の負けであった。

もちろん、江戸を戦火から救ったことは、この二人にとって大きなメリットで、そのために江戸市民は、後に上野公園に〝西郷どん〟の銅像を立てて、感謝の意を表しているのであるが、西郷の「徳川潰滅を徹底させる」という構想はここに挫折したのである。

これから先の西郷は、明治四年七月の廃藩置県と軍制の改革まで、しばらく行動の目標を失い、鹿児島に帰って、藩政の充実と旧部下の優遇に力を注ぐので、日本を代表する大政治家としての西郷は、一時、休憩という形になる。

明治維新から、この明治四年までの空白期間における西郷は、薩摩軍閥にかつがれる一介の老将軍として、逼塞したように見える。もちろん、その純粋無私、智仁勇兼備の卓越した人格は余映を残してはいるが。

西郷が地方軍閥の司令官として、中央から遠ざかっている間に、中央では新しい官僚閥が成長して、その制度が固まっていく。

組織づくりの名手で、そのためには苛烈な手段をも辞さない大久保、長州を代表する高級官僚然とした木戸、土佐では武人的な板垣と、斡旋がうまく商人的な後藤、そして遅ればせに維新のバスに飛び乗った佐賀からは、司法に才能を示す江藤、知的で財政を知る能吏の大隈らが、頭角を抜きんでてくる。

征韓論で、西郷とともに江藤、後藤、板垣、副島らの参議が野に下って、西郷が城山で最期を遂げ（その前に木戸が病死する）、大久保が凶刃に倒れると、吉田松陰から、〝周旋の俊輔〟という仇名をもらった伊藤博文、軍事の秀才といわれた山県、財政家の井上らの長州勢と佐賀の大隈、薩摩の松方、黒田らが三巴（みつどもえ）になって、拮抗するようになっていくのである。

この戊辰戦争における西郷の挫折と、新政府の官僚群との勢力の交替は、昭和十一年二月の二・二六事件をはさむ皇道派と統制派の交替を思わせる。

荒木貞夫、真崎甚三郎をあおぐ皇道派は、国家改造、天皇親政をスローガンとして、〝君側の奸〟である重臣（とくに統制派の）を一掃して、民衆のために理想的な政治を行なうとして、雪の日に決起して、斎藤内大臣、高橋蔵相、渡辺教育総監らを殺した。

このためにかえって皇道派はいっせいに低落し、統制派の天下となり、やがて、軍部の独裁がエスカレートして、太平洋戦争の勃発となるのである。

もちろん、西郷の挫折とは状況が違うが、一つの勢力が没落して、ほかの勢力が勃興するときは、旧勢力の挫折があるのが普通である。

西郷の同郷の後輩で、聖将と謳われた東郷平八郎にも、そのようなピークからの行きづまりに似た現象はあった。

日本海海戦で完全勝利を得た東郷元帥は、英国のネルソンに匹敵する、あるいはそれ以上の評価を内外で得るようになった。しかし、聡明な東郷はその後、政治にかかわることなく、山本権兵衛のように二回も内閣がつぶれるような悲劇に遭遇することを避け得た。

しかし、大正十一年、時の海相加藤友三郎がワシントン軍縮会議で、主力艦を制限する条約を締結すると、軍令部系の参謀たちは、米・英・日が五・五・三の比率では、日米戦争が起きたときに防衛できないとして、これの訂正を望むようになり、昭和五年のロンドン軍縮会議でそれが爆発した。

時の軍令部長加藤寛治は、補助艦（巡洋艦、駆逐艦、潜水艦）の比率が少ないとして、財部海相、浜口総理と衝突した。結局、侍従長の鈴木貫太郎が、浜口の味方をして、軍縮条約は妥結したが、多くのしこりを残した。

このとき、加藤が苦衷を訴えたのが、伏見宮と東郷元帥であったといわれる。戦後一部の史家が東郷は加藤らの艦隊派にかつがれたというが、これには無理もない事情があったと思う。それは明治の日本海軍をつくったといわれる組織者の山本権兵衛をはじめ、東郷ら当時の提督はすべてが艦隊拡張派で、そのころは世界中の海軍がみな増強に狂奔していたので、軍縮会議で条約を結ぶ「条約派」などはなかったのである。

海軍の指導者全員が艦隊派で、第一次大戦後、軍備拡張が経済を破綻させることに気づいた欧米の政治家が、軍縮を叫ぶまでは、どの国にも艦隊派の提督しかいなかったのである。東郷が加藤らに利用されたとしても、それは決して彼の判断がわるかったとはいえまい。

むしろ加藤が軍備制限で、戦略が立て難い、と訴えたとき、

「艦隊の比率には制限があっても、訓練には制限はごわはんじゃろう」といったという東郷の言葉に、日本海海戦の英雄らしい面影を偲ぶことができよう。

話を西郷にもどして、ここで彰義隊討伐までの戊辰戦争における彼の足跡をたどってみよう。

三月十四日、西郷は橋本屋での勝との会談で、明け渡しに関する勝の条件を聞いた後、ただちに江戸発、十六日、静岡着、大総督宮に勝の徳川処分案を報告後、静岡発、二十日、京都着、朝廷の会議に、勝の案に対する政府軍側の案をかけて、了解を得る。

二十二日、京都発、二十八日、横浜でイギリス公使パークスと会って、内戦不干渉を申し入れる。（フランス公使ロッシュは盛んに幕府に味方をするようなことを申し入れて、利権を得ようと狙っていたが、パークスは倒幕に賛成で、新政府とイギリスにとって有利な條約を結ぼうとしていた）

四月四日、勅使とともに江戸城に入り、明け渡しの勅書を将軍代理の田安氏に渡す。十日、勝と会い、江戸城地受け渡しのことを議す。徳川家の跡は田安亀之助（徳川家達）が相続して十六代宗家となり、駿府で七十万石を与えられることになった。（家達は、田安家から出て徳川家茂の後見を勤めた徳川慶頼の三男で、六歳で宗家を継ぎ、明治三十六年から昭和八年まで貴族院議長を勤め、ワシントン会議の全権を勤める）

四月二十九日、江戸発、閏四月五日、京都着、十一日、勅使三條実美とともに京都発、二十三日、江戸着、そして、五月十五日の彰義隊討伐となる。

西郷と勝の談判で、四月十一日、江戸城が開城となると、その日、徳川の降伏に不満の幕臣は、ぞくぞくと武装して江戸を去った。

まず海軍副総裁榎本武揚は、幕艦八隻を率いて、江戸湾の館山に逃走した。旗艦開陽には榎本が鳥羽・伏見の戦いのとき、大坂城から運んできた十八万両の金があった。彼は八月十九日、優秀艦四隻を率いて北海道に向かう。

陸では、歩兵奉行の大鳥圭介が不平分子二百名を連れて下総の市川に脱出し、諸藩の脱走兵を集めて、二千名に達した。

江戸では、二月に旧旗本らが結成した彰義隊が政府軍と争っていた。彼らは、ちょうど五年ほど前、新撰組が京都で暴れまくるように、政府軍の兵士を殺傷していた。

大総督府は、各地で反抗している旧幕軍に対するのと同じように、この彰義隊を討伐する必要にかられた。

このとき、西郷は、第一次長州征伐のときと同じく、

「長州をして、長州を処分せしめよ」という策を主張した。

しかし、政府軍の参謀総長並のつもりでいる大村益次郎（村田蔵六・軍防事務局判事）は、即時、武力討伐を主張し、太っ腹の西郷は長州側の意見に同意した。

五月十五日、大村は各方面から上野に籠もる彰義隊を攻撃する作戦を立て、一日で彰義隊を潰滅させた。この日は西郷みずから薩軍を率いて黒門口（広小路に向いている最重要な正面口）を攻撃し、みごとな指揮官ぶりを見せた。が、この頃から、そろそろ西郷の軍事の指揮官としての能力を示す最後の機会に近くなっていくのである。

余談であるが、筆者が新聞記者のころ、上野に近い下谷に「鍵屋」という古い飲み屋があった。安政三年開業の由で、むかしは酒屋で、そこのおばあさんが母から聞いた話では、彰義隊の戦(いくさ)のときは、負けた隊士が千住へ逃げる途中、この店によって、枡(ます)で酒を飲んでいったという。それからまもなく、南千住で、むかし旅館をやっていたという店の二階を見せてもらったら、彰義隊が斬りつけたという斬り傷が柱についていた。

彰義隊以後の西郷の足取りを追ってみよう。

五月二十九日、西郷は江戸を出発、六月五日、京都着、おりから、朝廷は島津忠義に奥羽の鎮定を命じたところであった。これを知った西郷は、主君に奥羽行きを止めるように進言した。戊辰戦争における討伐の手柄が、薩摩に偏るのを恐れたのが理由だという。

しかし、朝廷はなおも忠義に対し、西郷を連れて薩摩に帰り、兵をととのえて奥羽鎮定に出発せよ、と命令した。九日、西郷は藩主とともに京都発、十四日、鹿児島着、西郷は病気といって、温泉で湯治をはじめた。

七月二十三日、西郷は、北陸出征総差引を命じられる。八月六日、東北地方鎮定のために三小隊を率いて、鹿児島出発、と『西郷隆盛のすべて』の年表には書いてあるが、『西郷隆盛』(井上清)によると、西郷は忠義が奥羽討伐の総督を命じられると、長州に対してあまりにも薩摩の重みが加わるので、これを抑えたが、結局、忠義は奥羽に行かず、西郷が鹿児島で五十日も湯治をしているのはわからないという。『明治維新人名辞典』では、忠義は、

「鳥羽・伏見の戦においては幕軍を粉砕し、ついで関東、北越、奥羽の戦には、つねに政府軍の主力として活躍した」となっている。西郷の行動には不可解なところが多くなっていくようである。

さて、鹿児島を出発した西郷は、八月十一日、新潟に上陸し近くの松ヶ崎に陣をとった。当時、北陸道鎮撫総督府は新発田にあったが、西郷が新発田にこないので、総督府参謀の山県有朋や黒田清隆、吉井（友美）は、わざわざ松ヶ崎へいって協議しなければならなかったという。西郷の行動は、ますます不可解なところが多くなっていく。

前述のように、西郷が信吾とともに新潟についたときは、すでに苛烈をきわめた政府軍と長岡軍の河井継之助との戦いは終わっており、九月十四日、米沢に進出したが、ここも降伏している。二十七日、こんどは庄内に進出したが、ここも前日に降伏している。

彰義隊の戦いで手腕を示した西郷は、北陸、東北では、後手を引いているようである。降伏した庄内藩（十七万石）の受け取りには、西郷が独自の寛大さを示して、これが同藩の上下から、きわめて感謝されることになった。庄内藩は、慶応三年末、薩摩屋敷の焼き討ちを担当した藩なので、同藩では薩摩の報復を懸念していたが、西郷は黒田や大山綱良とともに、きわめて寛大に藩主の謝罪を受け、城地、武器、弾薬を受け取ると、早々に兵を撤収した。この処置が西郷高級参謀の処断であったことを知った藩主酒井忠篤（当時、十六歳）は、二年後の明治三年、藩士七十余名とともに鹿児島に遊学して、西郷の教えを受けた。

また旧庄内藩では、明治五年から旧藩士三千余名が、月山の麓に大開墾事業をはじめた。

当時、酒田県の権大参事であった菅実秀（元庄内藩家老）の依頼によって、国有地の払い下げや資金の融資などの世話をしたので、旧庄内藩士は、長く西郷の仁慈を徳とした。

九月二十九日、庄内発（ここには三日しかいない）、十月中旬、京都着、戊辰戦争のために準備していた多くの兵士、武器を整理して、二十三日、京都発、十一月の初旬、鹿児島に帰り、日当山温泉で静養に入った。この間、七月十七日、江戸は東京となり、九月八日、年号は明治となる。九月二十日、天皇は京都を発し、十月十三日には江戸城に入り、これを東京城と改めた。大総督府参謀として、権力があり、天皇の信任の厚いはずの西郷が、一件落着報告の拝謁もしないで、鹿児島に引き籠もるのはおかしい、と井上氏はいう。

そろそろ西郷の新政府嫌い（手柄も能力もない公家や討伐側諸藩の旧藩士が、威張るのが気に入らない、制度が公正でない等）が、はじまっていたのであろうか。それとも軍事の秀才の大村が見事な作戦指導を行なうので、自分の出番はない方がいいと考えたのか。あるいは、長州に対して薩摩の軍功が卓越するのを防ぐ気持があったのか。

無私、純粋、寛大、仁慈……というような観念で西郷の性格を割り切ることが多いようであるが、西郷の性格には単純で複雑なところがある。俗物から単純と見られる点が複雑で、難解と見られる点が案外単純であるということもある。普通の人間なら、維新、倒幕の大事業の功労者であるから、恩賞は思いのままと、新政府にはびこるのであろうが、西郷は無欲であるから、それをやらない。無欲を徳として、それを誇示するのではなく、生来、高位、顕官には執着がないのであるから、西郷を利用しようと考えていた側近のなかには、はがゆい思いをした者もいたかもしれない。

出世の好きな伊藤博文や山県の尺度で西郷の心事を推し量ると、見当が狂うことが多い。西郷は本能的に、他人を押しのけて、自分が出世するようなことを嫌う。それは天を敬し、人を愛するという彼の信念に背くものなのである。

西郷は落ち目の庄内藩には寛大で、それは彼の性格に合った所業といえよう。しかし、大戦が完了したとき、天皇に拝謁して栄誉のお褒めの言葉をいただくのが、気恥ずかしいという幼児のような心理が、彼を支配していたことを知るのは、難しいことかもしれない。

そして、そのような西郷の心事を知らなければ、桐野ら私学校の後輩たちにかつがれて、挙兵に賛成するというような無謀(?)で計算の成り立たない所業も理解することは、難しいであろう。

第五章　兄弟永別

故山の秋風

西郷は、霧島や高千穂の峯を近くにのぞむ日当山温泉で、二月下旬まで静養した。犬と旧士族の青年を連れて、狩りに出かけ、帰ると天孫降臨の伝説のある高千穂の峯を仰ぐ露天風呂で汗を流した。束の間の憩いであった。湯に巨体を任せながら、西郷は思索した。

——いったい俺の理想とは何だったのか。徳川の圧政を倒して、天朝の御代に返し、民衆に幸福な生活を与える。確かに王政復古は実現し、倒幕も成功した……。

しかし、この天才の心のどこかに、しこる何ものかがあった。

——公家と藩閥が音頭をとる、いまの政治が、本当に自分が意図していた民衆のための政治なのか。王政復古とはこんなものだったのか……？

この時点で、太政官という新政府には、議定（公家と大名）、参与という幹部がいて、それぞれに各官（省）の長や役員についている。議定は中山忠能を筆頭に、正親町三條、中御門、岩倉、三條らの公家に松平春嶽（越前）、鍋島直正（佐賀）、毛利元徳（長州）、蜂須賀茂韶（もちあき）

（阿波）らの大名が加わっている。ふしぎなことに、太政官第一期（慶応四年、閏四月二十一日、任命）の大名の議定は、この越前、佐賀、長州、阿波の四人で、維新にもっとも功労のあったと思われる薩摩と土佐は入っていない。土佐の容堂（閏四月二十一日までは議定であった）が議定に再任されるのは五月十五日で、薩摩の島津忠義（同じく、以前は議定であった）は、明治二年三月四日に議定に再任されるのである。

西郷が日当山に隠棲していた段階で、議定は以上の諸侯のほかに公家の鷹司、東久世、備前の池田章政、伊予の伊達宗城、肥後の長岡（細川）護美（藩主護久の弟）らである。

西郷にとって不審なのは、王政復古にもっとも功績があったはずの薩摩藩主が冷遇されていることである。忠義は、王政復古のときにきまった三職では議定になっているが、そのあと、前述のように慶応四年閏四月には、いったんその職をはずされ、明治二年三月に再任されるのである。長州の毛利元徳は王政復古のときから明治二年五月まで通して議定であり、越前の松平春嶽もそうである。そのほか、佐賀では、慶応四年二月から四年閏四月までは藩主の鍋島直大が議定で、四年閏四月には父の直正に交替している。阿波の蜂須賀も、四年三月から明治二年の五月まで議定である。

もちろん西郷は、新政府に多くの人材を登用することには、大賛成である。例えば佐賀の鍋島直正は、閑叟と号し、名君の誉れが高い。内治では勤倹貯蓄、殖産興業を奨励し、外に向かっては、蘭学、英学を奨励し、反射炉、大砲の製作では、全国にさきがけて〝佐賀の海軍〟をつくったが、大政奉還、王政復古にはほとんど功績がない。

佐賀が新政府に駆け込んだのは、直正の政治力であったといわれる。西郷は直正の才能をかっているが、王政復古に血を流していない藩の藩主が、急いで明治維新という馬車に飛び乗るというやり方にはにわかに賛成できない。この点、西郷はあくまでも実戦派であった。

——鉄と血であがなったものでなければ、本物ではない……。

それが武人としての西郷の信念であり、彼を徹底的な倒幕に熱中させたのも、それゆえの情熱であった。阿波の蜂須賀や肥後の細川、広島の浅野、備前の池田らに対しても、西郷は釈然としないものを感じていた。

阿波の蜂須賀茂韶は王政復古のときはまだ藩主ではなく、阿波藩は朝廷のために働いていないと西郷は考えている。茂韶が藩主になったのは、慶応四年一月三日のことで、当時二十三歳。鳥羽・伏見の戦いのとき、朝廷は高松藩を征討しようとして、阿波藩に出兵を命じ、同藩は国境まで出兵したが、戦闘はやらなかった。

その後、同藩は、奥羽に出兵して功を立てたが、茂韶は、慶応四年三月から、ずっと議定である。鉄と血が革命の要素であると考えている西郷には、勤皇の証拠もない若い阿波藩主を議定にした朝廷の人事がわからない。

肥後の細川護美(もりよし)に対しては、西郷は別の考えを持っていた。護美は幕末に肥後藩主であった細川韶邦の末弟である。文久二年、肥後藩は佐幕から尊皇にきりかえ、京都守護に兵を送ることに決した。護美はその先発として肥後勤皇党の藩士たちといっしょに上京した。当時、京都には、すでに尊攘派の志士として有名な宮部鼎蔵(肥後藩士、元治元年六月、池田屋事件のときに重傷を負って自決する）がいて、長州藩の志士たちとともに活躍していた。

当時、二十一歳の護美は、これらの志士たちと、尊攘のために活躍して、〝肥後の牛若〟と呼ばれた。文久三年、次兄の護久が、藩主の代理で上京すると、兄弟そろって尊皇のために働いたが、肥後には有名な開明派の横井小楠という学者がいて、護美はその教えを受けていたので、単なる攘夷論者ではなかった。

西郷は京都にいたとき、この護美に会って、好もしい青年だと思ったことがある。小楠の弟子だけあって、才気があり、思慮も深い。しかし、肥後藩が王政復古のためにどれだけ働いたか、西郷は疑問に思っている。護美の長兄韶邦は、万延元年、肥後藩主となり、元治元年、公武合体派を宣言し、慶応二年、第二次征長の役で、長州兵が小倉城（老中小笠原長行が守っていた）を攻めたとき、肥後藩は小倉に味方して長州と戦い、かなりの死傷者を出した。肥後が勤皇の色をあきらかにしたのは、鳥羽・伏見の戦いの後である。

たしかに護美も護久、韶邦も、横井小楠の弟子であるだけに優秀な人物ではあるが、鳥羽・伏見の戦いまでは佐幕派であった肥後藩が、新政府に重用されるというのは、西郷には納得がいかないのである。

その点、芸州藩の浅野長勲（藩主長訓の世子、明治二年、藩主となる）が、王政復古のときから、慶応四年閏四月まで議定を勤めたのは、理由があると西郷は考えている。長州に近い芸州は、幕府と長州の間で、たびたび斡旋を行なってきた。しかし、いよいよ王政復古、倒幕となると、保身のために何度も態度を動揺させて、西郷をいらいらさせた。

結局、芸州も薩長とともに倒幕の同盟に参加し、長勲は十二月九日の王政復古の会議には家老並の辻将曹を従えて出席している。形としては芸州は倒幕派で、王政復古にも功績がないとはいえないが、片方では薩長と倒幕の同盟を結ぶと言いながら、片方では慶喜派の後藤や中根に説得されて公議政体に賛成したり、その首鼠両端で、何度もいらいらさせられたことを、西郷は決して忘れてはいない。芸州は、体を張って幕軍と戦った長州にくらべると、はるかに倒幕には熱意が欠けていたと、西郷は考えている。

また西郷は、各藩士から選ばれて太政官の運営に参加する参与の選定にも不満があった。慶応四年閏四月二十一日の段階で、参与は九名任命されていた。薩摩が大久保と小松、長州が木戸と広沢（真臣）、土佐が後藤、福岡（孝弟）、佐賀が副島（種臣）、肥後が横井小楠、福井が由利公正（当然、中根がなるはずであったが、彼は王政復古後、閏四月二十一日まで参与を勤めたが、新政府是正運動の嫌疑を受け、政治から引退した）で、西郷は大総督府参謀をしていたので、参与就任は五月七日で、二十日には薩摩の岩下方平が任命され、七月、佐賀の大木喬任、九月、同じく鍋島直大（佐賀藩主、直正の息）と公家の安野公誠が任命されている。

ここでも西郷は、佐賀人がのさばるのが気に入らなかった。長州が二人の参与を出しているのに対し、王政復古にほとんど手柄のなかった佐賀が、三人の参与を送りこんでいるのはどういうわけか。鍋島直正の政治力によるものかもしれないが、佐賀よりは王政復古につくしたと思われる芸州は一人も参与を出していないのである。熊本の横井は立派な人物として西郷も認めているが、倒幕には非常に反対であった福井が、議定に春嶽、参与に由利を入れているのも面白くないし、土佐から二人が入っているのも、彼には容堂の政治力としか思えないのである。

また、参与以外の各官（省）の人事にも不可解な面がある。

王政復古後、三職（総裁、議定、参与）ができた後、慶応四年一月に七科ができた。そのとき西郷は、仁和寺宮の下で海陸軍務掛を勤めた。その後、八局ができると軍防事務局に代わり、総督は同じ仁和寺宮であるが、次席の軍防事務局補は、鍋島直正と細川護美がなり、その下に薩摩の吉井友実や肥後の津田信弘、そして、もっとも軍事戦略を知る大村益次郎が、軍防事務局判事として働いていた。なぜ重要な軍防事務局の幹部に佐賀や肥後の大名が顔を出すのか。ここは当然、薩長が押さえるべきである。

さらに太政官制度ができて、軍務官ができると、知事は仁和寺宮で、副知事はやはり細川護美が、閏四月二十一日に任命され、大村益次郎がなるのは、明治元年十月のことである。

また、議政官下局の議長は大木喬任（佐賀）で、外国官・知事は伊達宗城で副知事は東久世と鍋島直大、刑法官・知事は大原重徳で副知事は備前の池田章政である。王政復古のとき章政はまだ岡山藩の支藩である鴨方藩の藩主であった。岡山藩が勅命で倒幕に参加するのは慶応四年二月のことで、章政が本家の岡山藩を継いで倒幕の兵を出すのは、同年三月のことである。王政復古に努力する意思がなく、大勢が倒幕に傾いてから朝廷側についた点では、阿波藩と同列である。

このように西郷はうつらうつらとしながら、露天風呂から霧島を眺めていたが、薩摩の大勢はとであった。

この英雄をいつまでもほうってはおかなかった。

藩主の島津忠義がじきじきに日当山温泉に西郷を訪れたのは、明治二年二月二十三日のことであった。

忠義は、西郷と馴染みの深い村田新八を連れてきて、藩の政治を見てもらいたいと懇願した。その後には、当然、老公(久光)がいるので、斉彬の遺徳を偲ぶ西郷は応じ難かったが、藩主みずからの訪問に恐縮して、参政に就任し一代寄合(家老格)となった。

久光や忠義が西郷に期待したのは何か。当時、薩摩には復員してきた将兵(その大部分が下士)が充満し、倒幕に意欲的でなかった藩主の一門や上士たちをばかにしていた。下士たちの崇拝の的が西郷で、彼らはいつかは西郷が自分たちのために論功行賞をやってくれると信じていた。久光の意図は、これらの下士を説得し、弾圧せよ、というのである。

西郷はこれらの下士(復古党と呼ばれた)をいかに説得すべきかで迷っていた。こういう政治的な仕事は彼は得手ではない。無為にして徳を保ち、教化するというタイプなのだ。

そこへ中央から、大久保が鹿児島にやってきた。勅使柳原前光の供で、目的は、久光を朝廷に引き出すためである。(久光は、このときは出仕せず、明治七年四月、左大臣となる)

俊敏な大久保は、西郷を中央に引っ張り出すことを考えていたが、鹿児島の現状をみて、まず藩政改革が先決と考え、小松と家老の桂久武(西郷の幼馴染み、西郷とともに参政となる。西南戦争で西郷方につき、城山で戦死)に相談した。

その結果、藩政の組織を官僚化し、桂を執政とし、伊地知ら五人を参政とし、太政官に準じて、軍務、会計、糾明(刑法)、監察などの局を設け、復古党の幹部を各局の総裁とした。

西郷が鹿児島にもどったのは二月二十四日であるが、その翌日、大久保が訪れた。大久保は、後事を西郷に託して東京に帰るが、もちろんあの乱れた藩政が、簡単に整理できるとは思っていなかった。

西郷は、翌三年一月まで参政を勤めるが、この間に彼がやった仕事は、下士中心の軍事的独裁体制をつくり、軍備を大拡充したことである。これが、明治四年の上京と廃藩置県のときに、親兵制度をつくる基礎となり、やがてこれが、征韓論以後、鹿児島にできる私学校の基礎となる。

もちろん、西郷は、四年先に自分が大久保らとの論争に敗れて、鹿児島に帰り、桐野らにかつがれて政府軍と戦うなどということは、夢想だにしていなかった。ただ彼が軍事、軍備に熱心なのは、彼のなかにある軍人的、将軍的気質によるものである。それに部下を愛し、郷里を愛するという彼の情が、鹿児島に一大軍閥を形成せしめたものであろう。

井上清氏によると、西郷は東北征討から京都に帰ったとき、薩軍の宿舎であった相国寺から軍備を撤収したにもかかわらず、この寺を借りる権利は残しておいたが、それは西郷がいずれ大兵を京都に送る用意をしていたからだという。その戦いの相手は誰か。いまや幕軍や東北諸藩の兵ではあるまい。薩摩の大敵は、木戸の指導のもとに、軍事の天才といわれる大村や、新鋭の山県、品川、山田顕義らを擁する長州しかいなかった。

もちろん、彼は長州勢と戦うことは考えていなかったであろう。ただ、京都に大兵を入れて一種のクーデターを行ない、自分の考える真の意味の明治維新を断行しようと考えていたのである。

――驕れる大官や、維新に便乗して虎の威をかる腐吏を追放して、真に民衆のために天皇親政を実現する……。

理想主義者の西郷は、この世にユートピアを実現しようと考え、その純粋さのゆえに自滅していくのである。

西郷がこの相国寺を陣地とすることを考えたのは、慶応四年夏のことで、それからまもなく年号は明治と改められ、九月二十日、天皇は東京に向かい、十月十三日、東京着、ここを新しい都とすることが決まる。これで西郷のクーデター計画は挫折するのである。

出仕の勅命

慶応四年一月の鳥羽・伏見の戦いで負傷した信吾は、その後、傷も癒えて兄隆盛といっしょに江戸にゆき、西郷・勝の歴史的会見のようすを見聞して、大いに学ぶところがあった。隆盛が兵を集めるために鹿児島に帰り、また奥羽の戦線にゆくときも、信吾は同行し、あるいは前線で監軍として戦った。この間に、次兄の吉次郎が戦死したことはすでに書いた。

明治元年、西郷信吾は二十六歳であった。多感な青春が終わりに近づき、自分の周囲の社会と自分の将来について考えるころである。

この時期に欧州留学を実現できたことは、彼の将来に大きな影響を与えることになった。隆盛が外国を知らないのにたいし、従道は留学の経験があるので、征韓論のときに兄と反対の立場に立ったという説は如何なものであろうか。むしろ時代を先見する従道の知性と、西郷家のためにお前は残れ、といった兄の指示が従道に帰郷を断念させたのではなかろうか。

この欧州留学の話は、前述のように北陸道鎮撫総督兼会津征討総督参謀の山県が、ヨーロッパ仕込み（?）の河井継之助と長岡で戦って苦戦したことから、欧州留学によってあちらの兵制、軍備、訓練、戦術、戦略を学びたいと、西郷に言い出したのがきっかけである。

信吾と山県（狂介）は、明治二年三月六日、太政官から、「ヨーロッパの情勢、とくに軍事情勢視察、英国ロンドンに留学を命ず」という内命を受け、さらに信吾は薩摩藩主の島津忠義から、「御雇をもってプロシア、フランス二国の地理を歴渉し形勢を視察すべし」という辞令を受けて、山県とともに出発したのである。

二人は、通訳の中村宗見とともに、六月、長崎を出港し、マルセーユ到着後は、山県はプロシアに、信吾はフランスに滞在して兵制を研究した後、イギリスで合流し、アメリカを経由して、三年七月に帰国した。ほぼ一年の留学だが、往復の船旅に三ヵ月ほどかかるので、正味九ヵ月の留学であったが、兵制のほか、警察、鉄道なども視察し、信吾にとっては学ぶことの多い旅行であったと思われる。

しかし西郷側の記録はなく、従道は、後にもこの留学のことは人に語りたがらなかった。留学したために、兄の挙兵に反対であったといわれるのが嫌であったからであろうか。

山県伝にもこの留学については、詳しい記録はない。おりからヨーロッパは、普仏戦争の最中にあった。二人が帰路についたころ、ナポレオン三世のフランスとビスマルクのプロシアが開戦した。二人はロンドンからニューヨークにゆく船の中で、このニュースを聞き、どちらが勝つか賭けをしたという。結果は、鉄血宰相ビスマルクと名参謀総長モルトケのプロシアの勝ちであったが、どちらが賭けに勝ったかはわからない。

大物の信吾が、俊敏ではあるが狷介で容易に人を容れない山県といっしょに旅行をして、どんな感想を抱いたか、興味のあるところであるが、資料がない。

この二人は、帰国後、明治十八年、従道が海相になるまで、陸軍の将軍として、閣僚として、つねに顔を合わせる。しかし、非常に仲がわるかったという話もないが親しかったという話もない。

しかし、西南戦争のとき、征討参軍として西郷を滅ぼす役目であった山県に、従道が複雑な気持を抱いていたことは、想像できる。従道もそのときは山県の代わりに、陸軍卿代理を勤めていたのではあるが。年は山県の方が五歳上である。

帰国した信吾は、太政官から、「御用これ有り、当分の間、東京滞在仰せつけられ候事」という辞令をもらった。当時、兄の西郷は中央新政府にあきたらず、鹿児島に帰っていたが、太政官としてはなんとかして、この人望のある英雄を中央に呼びもどしたいと考えていた。そこでそのつなぎとして、弟の信吾が鹿児島に帰らぬよう釘を刺したのである。このあたりから、この兄弟の宿命的な別離がはじまっていると見てよかろうか。

　しかし、東京にいるだけでは仕事にならない。八月二十二日、太政官は信吾に、「任、兵部権大丞」（課長級）という辞令をくれた。陸海軍の部長級である。当時、兵部卿（大臣）は有栖川宮で、兵部大輔（次官）は大村益次郎（明治二年十一月、暴徒に襲われた負傷で死亡）の跡を受けて前原一誠が勤め、その下の兵部少輔（局長）は山県であった。

　兵部権大丞になって間もない、九月十日、信吾は皇居で欧州留学の報告を行なった。天皇以下、右大臣三條実美、大納言＝岩倉、徳大寺、鍋島（直正）、参議＝大久保、副島、前原、木戸、大隈、広沢、佐々木（高行）らが居並ぶ前で、新帰朝者の信吾の話は、訥々（とつとつ）として雄弁ではないが、適度のユーモアをまじえて語り、大きな感銘を高官たちに与えた。

　木戸の日記には、

「西郷信吾、この度、欧州より帰る。その益甚だ多し。余、去年山県狂介を欧州行せしめんとして周旋せし時、西郷も同じくこの行のことを謀る。今日図らずも彼我ともその益少なからず。是また国家に関係せり」と書いている。

　これより少し前の八月二十九日の日記に、木戸は信吾との交遊のようすをつぎのように書いている。

「伊藤博文来る。山県狂介来る。西郷信吾、四時より来訪の約あり。当時権兵部大丞を奉職せり。兵部省の諸務相挙がらざるを憂嘆せり。この人正に実にその顔に顕わす。頼むべきの仁なり。十二時すぎに至って山県は一泊せり」

当時、木戸は参議筆頭の格で、これにゆうゆうと二時間も遅れたというが、大物（?）というべきか。この初対面で、信吾は木戸から合格点をつけられたと、『元帥西郷従道伝』の著者・西郷従宏氏（従道の孫）は言っている。

この年（明治二年）の十月、権兵部大丞になっていた信吾は陸軍掛となり、十四日、鹿児島に行くことになった。表面上は洋行の報告をするための帰省であるが、太政官は彼に兄隆盛の上京をうながすという任務を与えていた。

隆盛は何をしていたか?

明治二年二月以後、彼は薩摩藩の参政として藩政の改革に従事していたが、二年五月には政府の命令もないのに、かってに兵を率いて上京した。箱館の榎本軍討伐のためだという。しかし、西郷の部隊が箱館に着いたのは五月二十五日で、榎本軍は七日前に降伏していた。六月二日、浦賀に帰ると、政府はその兵士を中央政府の警備兵にするよう強く指示したが、西郷はこれを拒んで鹿児島に引き揚げてしまった。

西郷は、本当に箱館戦の支援をしにいったのか。それとも、新政府に対する威力偵察なのか、と井上清氏はいっているが、徳川に取り残された榎本や大鳥、松平らの行方を西郷は、心配していたのではないか。その心理は、複雑である。

榎本たちが、りっぱに最期を遂げ得るか、あるいは新政府に不足な人材を、この徳川の残党に求めようとしたのか。西郷は榎本軍の北海道共和国の構想を知っていたのであろうか。知っていて、その実態を見にいったのであろうか。ここに一つの疑問がある。

箱館において榎本の助命に、薩人の黒田清隆が非常に尽力している。黒田は、禁門の変以来、西郷とは馴染みが深い。薩長連合でも、王政復古でも、西郷、大久保のもとで活躍している。鳥羽・伏見の戦いにも参加し、長岡の攻撃の後は庄内藩の処理でも西郷といっしょである。庄内藩の処分で温情を示した西郷が、榎本軍の処理に関してなんらかの意思表示を、追討軍参謀の黒田にしていなかっただろうか。このあたり、西郷の動きにはミステリーが多いようである。

五月二十八日、箱館出港、六月二日、浦賀着、王政復古、東征の功により賞典禄永世二千石（家老並、木戸と大久保は千五百石）を下賜される。五日、政府から東京残留の命令を受けたが、西郷はそれを無視して、兵を連れて浦賀から鹿児島に帰ってしまう。

この年の六月、版籍奉還が行なわれ、各藩主は藩知事となり、西郷は、翌三年七月、薩摩藩の大参事となる。

一方、西郷は、二年七月、甲突川の上流東側の武村（たけ）に六百九十坪の家屋敷を買う。征韓論で引退以後はここに住む。いまもこの「西郷屋敷」は残って公園になっている。

十二月二十五日、島津忠義の名義で朝廷に位記返上の案文を書く。この中で初めて西郷隆盛の名前を用いる。信吾が従道と名乗るのは、もう少し後のことである。

明治三年が明けると、西郷は藩の参政を辞退して相談役となる。

このころ、長州では幕末にできた諸隊が、復員した後の政府の待遇が非常にわるいというので、騒動を起こした。

二月、西郷はこの騒動の調査にいったが、数千の薩摩藩兵（日本で一番士族が多い）を抱える彼としては、よそごととは思えなかった。政府は奥羽、北陸、箱館の鎮圧に各藩の兵を出動させているが、戦争が片づいた後の論功行賞はけっして十分ではなく、復員兵はみな生活に困っている。それを尻目に新政府の官僚は贅沢をし、不急の土木事業を起こしたりしている。本妻を郷里において、東京に権妻を貯える高官も少なくない。これでは反乱を要請しているようなものである。

七月、藩の大参事になってまもなく、西郷は福岡藩の贋札事件の調査に出かけた。福岡藩知事（前藩主）の黒田長溥（ながひろ）は、西郷が尊敬していた斉彬の曾祖父重豪の子で、斉彬と親しかったので、罪が長溥におよばないように、西郷は中央にこの事件の寛大な処分を願うよう努力した。

そして十月中旬、弟の権兵部大丞西郷信吾が、陸軍掛となって鹿児島にやってきたのである。ここで冒頭に述べたように、隆盛は弟のために花嫁を用意していた。得能良介の娘の清子である。隆盛が弟の妻をさがしたのはなぜか。二十八歳になった信吾に、東京の悪い虫がつかないように老婆心を出してくれたのか。それとも自分を中央に引っ張り出すという任務をおびてくる信吾に、発言の暇を与えないように、婚礼にまぎらわせようとしたのであろうか。

なんにしても隆盛は賞典禄二千石を頂戴していたにしては、貧しかったようである。蓄財などを考えない隆盛のために、糸子は苦労した。食器の数がたりないので、食事も何交替か

でとったという。信吾も婚礼衣裳がないので困っていると、隆盛が、
「これに紋を染めるがよか」と小倉木綿の白布をくれた。これは先に話の出た福岡藩主の黒田長溥から、斉彬の在世中に、隆盛がもらったものである。

婚礼の仲人は池上四郎（鳥羽・伏見の戦い以来、西郷に近い。戊辰戦争に参加して負傷し、明治四年、陸軍少佐となり、五年、征韓論が起こると、西郷の命令で満州方面を視察、西南戦争では五番大隊長として奮戦し城山で戦死する）夫妻で、秋の夜としては暑く、蚊が多いので、二人は、一晩中、扇子で蚊を追っていたという。

これを聞いた清子の父得能は、蚊帳や食器などを送ってくれたという。

さて、信吾の重要な仕事は、隆盛の東京への引っ張り出しで、このために木戸と大久保から、特別の依頼を受けていた。婚礼が終わると信吾は、洋行のみやげ話をするといって隆盛に会い、大久保らからの招きについて、朝廷の状況、薩摩の忠義、久光の意見などもまじえて、兄を説いた。誠意と兄を思う情熱を両眼に浮かべて、口下手の弟が説くので隆盛は涙ぐんできた。

「そうか、信吾、おはんはおいがいまの政府に何を望んでいるかわかっちょるか？」

隆盛はそういうと、じっと弟の瞳を見つめた。

「わかっちょるとも！　兄さぁ、兄さぁが出らんけりゃ、日本の旧士族や諸隊は、どもならんきに。これを押さえるんは兄さぁしかおらんちゅうて、一蔵どんもいうておらすけん」

信吾がそう言うと、隆盛の気持は動いた。

——新政府の官僚たちと、ともに働く気持はない。しかし、いっしょに大政奉還、王政復古、鳥羽・伏見の戦い、戊辰戦争で生死をともにした士族、兵士の戦後の生活のためになら、もう一度、廟堂に立ってもよかろう……。

隆盛の考えはそこに達し、上京を考慮しようということになった。

信吾は喜んで、この始末を大久保に書いた。この士族たちのための上京が、結局は城山での最期につながることを、この兄弟はどちらも知ってはいなかった。

隆盛はようやく決心をつけたが、そこに庄内から客がきた。旧庄内藩主の酒井忠篤が藩士七十余名を連れて、兵学修業のために鹿児島にやってきたのである。

隆盛がこれの接待に日を過ごしていると、十二月には岩倉が、勅使として大久保といっしょにやってきた。

その趣旨は、「島津久光と西郷隆盛は上京して朝廷に出仕せよ」ということである。

百姓一揆は依然として後を絶たず、旧士族の動きはきわめて不穏である。このさい、王政復古と戊辰戦争で武門の頭領のような働きを示した薩摩藩主の父と、薩軍の人望ある司令官に出馬を乞うというわけである。

岩倉は、大久保、山県、川村純義（兵部大丞）らを従えて、十八日、鹿児島に着き、信吾の出迎えをうけて、鶴丸城に入った。二十三日、岩倉は天皇の意図を伝えたが、久光は病気のために西郷のみを行かせることとし、自分は、明年、上京すると返事をした。隆盛もさすがに勅命とあって、有難くお受けをした。彼の胸には、ようやく新しい政治への布石が浮かび上がりつつあった。

このとき、鹿児島で山県と信吾の間に激しい論争があった。兵部大輔の山県は発足後まもない兵部省の仕事として、軍備、教育、兵器の補充などの必要にかられ、大丞の信吾に相談することなく、兵部省の年間予算三十万石をこれに充当してしまった。鹿児島でこれを聞いた信吾は、むっとした。山県が今後の軍事について語ると、

「予算の三十万石をすでに使用したのなら、おいが東京に帰っても、やることはありもはんで……」と、東京へ帰りたくないようなようすを示した。

信吾は兄の考え方について、大久保や吉井（友実）には手紙で報告していたが、直属の上司である山県には、ぜんぜん手紙を出さなかった。ここに両者の感情的な齟齬を生じ、この食いちがいは、後々まで解けなかった。茫洋としているように見えて、信吾には兄ゆずりの頑固なところがあり、筋の通らぬことは、絶対に許さぬというところがあった。

信吾が東京を発ったのは、十月十四日のことである。山県にその気があれば、その出発以前に信吾に話をすることは不可能ではなかった。信吾はそう考えて、山県の真意を疑ったのである。

信吾の怒りに対して、山県は、

「貴公が出発してから急に話が切迫してきたんじゃ」などといって弁解した。

隆盛を呼び出しにきているのに、弟と喧嘩をしてはまずい、という考えが山県の胸にあった。結局、信吾は了解したが、その胸の内は穏やかではなかった。奥羽征討でも、欧州留学

中でも感じたことであるが、山県はなんでも自分に都合のよいように事をはこび、結果として自分の手柄になるように事をもっていく。純粋、無私を信条としている大西郷の弟としては、愉快でなかった。

そして、この確執はその後もつづいてゆくのである。

薩長の争い、といっても、伊藤博文と従道は、終始、話が合った。〝周旋の俊輔〟といわれた伊藤の如才なさもあるが、大事なところでは筋を通し、適当に人の心理を察し、手柄を一人占めにしない伊藤の人柄が、従道と合ったらしい。

こんな話が残っている。

明治三十五年、従道が死んだとき、大勲位であったので、伊藤は国葬にしてよい、という意見であった。ところが、総理の桂太郎は枢密顧問官であった山県と相談して、それを沙汰止みにしたという。

岩倉の一行は、十二月二十八日、鹿児島を出発して、山口に向かったが、明けて明治四年一月四日、彼らが日向の細島にいたとき、隆盛は三日に鹿児島を出発して、そこで岩倉に会った。このとき、山県は国軍の編成について、隆盛に相談した。山県が天皇警護の軍隊の必要があるというと、隆盛は日ごろの考えである、

「薩長土三藩から親兵（約一万名）を奉ればよか」と答えた。

すでに徴兵制度を考えていた山県は、いちおうは賛成したが、

「ご親兵となった以上はもはやどこの藩の兵でもない。薩軍が薩摩守藩主に弓を引くことも

あり得る」と釘を刺して、隆盛の了解を得た。

細島以後、隆盛は岩倉の一行に従って長州に向かい、五日、三田尻に入港し、七日には山口に入って、木戸に会って今後の政治を語りあった。

「桂どん、おはん、体はどげんか？」

隆盛は懐かしそうにそう聞いた。木戸は脳の病気があり、床につくこともあった。

「大丈夫じゃ。まだ生きちょる。それよりこの三田尻の港は、貴公にも懐かしいところじゃろう」

木戸は少し皮肉そうにそう言った。

「うむ、このへんでは、大分おはんをいらいらさせたのう。じゃっどん、おはんの辛抱のおかげで王政復古も成りもした」

「いやあ、あれは西郷君のお手柄じゃよ。わが長州は幕軍を叩いて、幕府の命脈をちぢめる役目を果たしちょっただけよ」

怜悧な木戸は、謙遜するとみせて長州の優位を誇示した。長州征討の役で大村や高杉、山県が幕軍を叩かなければ、王政復古や倒幕も成立しなかったであろう、というのが、木戸の意見である。文久三年の政変や禁門の変で薩摩に苦い思いをさせられたことを、この秀才は忘れてはいなかった。隆盛はあえて弁解はせず、

「あれは、薩長連合の前の年でごわしたかな、おはんを下関に待たせたのは、あんときは、龍馬が周旋しとりもしたが……」

隆盛もまた懐かしそうな表情を示した。

「そのときだけではないよ。王政復古の前にもこの三田尻に薩軍がくるというので、合同するために芸州藩と待っていたが、あのときもこなんだ……」

木戸の口ぶりが愚痴めいても、大物のほうは気にもとめないようすで、

「いかにもして、おはんとこの藩主父子も、ご無事でよかごわした。年寄（家老）どんたちゃ、気の毒しちょったが……」と、毛利父子が処罰されなくてよかったというようなことを言った。

「おう、藩侯はいまお加減がわるいが、勅使が来られたら、いずれ上京されるであろうよ」といって、木戸は口をつぐんだ。

毛利父子がぶじにすんだことに対しては、隆盛や大久保の活躍があったことを、木戸はよく知っていたが、それに感謝する気持はなかった。

神経質な木戸は、終生、薩摩にはひどい目にあった、という思いを押さえることができなかった。西南戦争がはじまってまもない、明治十年五月二十六日、木戸は東京で病死するが、その末期の言葉は、

「西郷、いい加減にせんか！」であった。最後まで彼は、この南海の大物に悩まされたと考えながら、死んでいった。王政復古、倒幕の二つの柱は、つねに波長が合わなかった。

山口でも、岩倉は、毛利敬親（前長州藩主、現山口藩知事元徳の養父）を引見し、参朝して島津とともに廟堂の政治に協力するようにと指示し、敬親も病気が回復し次第、上京するこ

とを申し上げた。しかし、そうはいったものの、彼は最後の上京を果たすことができなかった。この年の三月二十八日、彼は山口の藩庁内殿で病死するからである。

隆盛は、今回、政治の刷新について、土佐にも協力させるべきだと木戸に言い、木戸も賛成した。

山口の用が終わると、岩倉は、川村らを従えて土佐訪問の途につき、隆盛、大久保、木戸は、山県とともに一月十六日、三田尻を出港して土佐に向かい、十七日、高知に着いた。

十九日、隆盛の一行は、土佐藩の大参事である板垣と会い、板垣も上京して廟堂入りを承知し、隆盛の一行は満足しながら神戸に向かい、ここで板垣と待ち合わせ、いっしょに東京に向かった。隆盛が東京に入るのは二月二日のことである。

一方、信吾は何をしていたか。兄の長州ゆきを見送った信吾は、鹿児島に残って、本職に励んだ。彼の本職とは何か。

山県といっしょの洋行で、彼は兵制を学んできたが、そのほかにポリス（巡査の前身）と鉄道を学んできた。彼がヨーロッパの街角で道に迷っていると、兵士のような服装の棒を持った男が、親切に教えてくれた。これがポリスで、市民の保護、街の警備、犯罪の摘発、犯人の逮捕などを監督すると聞いて、これは東京のような大都市の警備によいと思った。鹿児島でこれを兄に話すと大賛成であった。仕事のない士族に職を与えるよい組織だと彼は思ったのである。今回の帰郷以後、旧士族の就職は彼にとっては大きな問題であった。

信吾は鹿児島に二ヵ月近く滞在して、ポリス要員数十名を募集して、四年正月、新妻の清子を同伴して、ポリス志願者とともに東京に向かった。この後、薩摩藩士の川路利良に働きかけ、五年には彼を大警視として、日本の警察制度を発足させる。

なお、『元帥西郷従道伝』には、従道と鉄道の関係も詳しく出ているが、徴兵と従道の関係とともにこれは後で触れよう。

廃藩置県

明治四年二月二日に東京に着いた西郷隆盛は、二月八日、右大臣三条実美の邸で、木戸、大久保、板垣、岩倉らと会談し、隆盛の意見どおり、薩長土三藩の兵士を親兵として、朝廷を警護し、朝命に服しない者を討つ、という案を決議した。二月十三日、臨時につぎのような親兵の兵制がきまった。

鹿児島藩　歩兵四大隊、砲兵四隊。
山口藩　歩兵三大隊。
高知藩　歩兵二大隊、騎兵二小隊、砲兵二隊。
総兵力は八千名、兵営は市ヶ谷の旧尾張藩邸とする。

この会議で隆盛は、生き生きとしていた。これを眺めていた木戸は、

——水を得た魚とはこのことか……。と腹の中で苦笑していた。

木戸は新政府ができたときから参与、参議として中央にいた。彰義隊の戦いが終わるころから、西郷のようすがおかしくなり、明治元年の秋、庄内藩の処分が終わると、さっさと鹿児島に帰り、翌年五月、突然、薩軍を連れて箱館にゆき、戦いが終わっていることを知ると、東京にも寄らないで、そのまま兵を連れて鹿児島に帰ってしまう。何を考えているのかいっこうにわからないところがあったが、いま西郷の表情を眺めてみると、その答えが出たと木戸は思った。

要するに西郷は、兵隊が可愛いのである。士族と兵士とを問わず、自分と生死をともにしてくれた将兵の、身の振り方、それがこの大物の頭痛の種であった。いま勅使が鹿児島まで迎えにきてくれて、新政府が自分の注文どおり将兵を親兵に使ってくれることになると、がぜんこの巨漢の頬に血が上ってきたのだ。

もちろん、木戸といえども、長州諸隊の反乱には手を焼いている。この段階で、彼が頭を悩ませているのは、大楽源太郎のことであった。

大楽は、長州の尊攘派で、こちこちの攘夷論者であった。

慶応元年、高杉らが挙兵したとき、忠憤隊を組織し、諸隊志士の養成につとめ、藩庁の指示を聞かず、明治二年には山口藩部隊からの脱隊騒動の首謀者として、諸隊の脱走兵を豊後の日田を中心に糾合し、将兵の待遇に不満ありとして、政府に反旗をひるがえしていた。

木戸としては親兵は結構であるが、できれば長州の兵士拠出はこの脱走部隊の鎮圧の後にしてもらいたい、と西郷に頼んだが、西郷の勢いに押されてしまった。(豊後の反乱部隊は、

れる）

四年三月、長州、肥後、薩摩の藩兵が日田を囲み、やっと鎮圧された。大楽は久留米藩士に暗殺さ

わが意を得た隆盛は、さっそく、二月十五日、親兵徴募のために鹿児島に向かった。

木戸はその後ろ姿をわびしく見送る形で、しばらく遅れてやはり親兵を集めるために帰国した。

――またしても薩摩の大物にしてやられるのか……。

木戸の胸にはそのような無念の想いが流れていた。

隆盛は予定された兵力を集めると、四月二十一日、島津忠義に同行して、東京に帰った。

明治二年から三年にかけて、停頓したようにみえた新政府の動きも、西郷の上京とともに急に活発になってきた。それは彼の念願とする親兵制度の実施と、士族を中心とする独裁政権の可能性が、彼を生き生きとさせていたからである。

しかし、この新政府の革新が、やがて木戸らの主張する廃藩置県へと動き、そして、西郷の嫌う百姓の軍隊である徴兵制度となり、廃藩によっては主君久光の憎しみをかい、徴兵では、全国の士族が政府を恨むことになろうとは、西郷もまだ想像してはいなかった。

廃藩置県の詔書が出るのは七月十四日であるが、政府はその前に、六月二十五日、太政官制の大改革を行なった。

いままでの参議は総辞職し、木戸と西郷の二人が参議となった。西郷は、はじめ木戸一人が参議として、他はこれを補佐するという案を出して木戸を推したが、木戸は承知せず西郷

も出ることになった。

そして、七月十四日、廃藩置県の詔勅が出された日、西郷はまたクーデターを行なった。

この矛盾の多い英雄は、木戸、大久保の意見による廃藩置県が、日本の近代化と庶政の刷新に不可欠だと思いながらも、藩主や士族の今後に不安を抱いていた。しかし、彼が狙っている士族軍隊の独裁には、やはり藩制度は邪魔である。

この日、集まった旧諸侯や公家は、詔書が出ると、どこかの藩が反抗しはしないか、などと思案しはじめていた。すると、西郷が頭を上げて、

「なにを議論してごわすか！　不満の者はこの西郷が親兵を率いて討伐するのみでごわすぞ！」と声を張り上げたので、諸侯も黙ってしまった。

王政復古と同じ手である。しかし、これがやがて征韓論をへて、西郷が賊軍の首魁とされる手初めになろうとは、彼も想像していなかったであろう。

この廃藩置県でもっとも西郷を恨んだのは、薩摩の島津久光である。各県の知事が中央から任命されると聞いた久光は、自分を鹿児島県知事にしてくれといったが、認められなかった。政府は、旧藩主には華族の身分を与え、相応の禄を与える方針であった。

七月十四日、大隈と板垣が参議に追加された。これは西郷に対して勢力の均衡を保つために、木戸が土佐と肥前を引き込んだのである。

明治きっての組織者で新政府の柱であるはずの大久保が、参議にならないのはおかしいが、木戸が薩摩にブレーキをかけたと見てよかろう。

この後、七月二十九日には、三條実美が太政大臣となり、当分の間、廟堂は三條と四人の参議が切り回すことになる。

十月八日、岩倉が右大臣となる。木戸はなおも反薩運動をつづけ、六年四月には、土佐の後藤と佐賀の大木、江藤が参議となる。大久保が参議になるのは征韓論対策ふくみで、六年十月のことであり、同じころ副島、伊藤（博文）、勝海舟、寺島宗則も参議となり、征韓論に巻き込まれる。

この第三次太政官制は、明治十八年の内閣発足までつづき、西南戦争、朝鮮事件、自由民権運動の弾圧、憲法取り調べなど、多くの事件を経験する。

この太政官制は、七月二十九日に発足するが、参議のほか、各省の人事も決められた。主なものを拾うと、外務卿＝岩倉、大蔵卿＝大久保、司法卿＝江藤、文部卿＝大木、宮内卿＝徳大寺実則。（兵部省は、明治五年二月、陸海軍に分かれ、陸軍卿は山県、海軍卿は勝海舟となる。工部省は、三年閏十月に新設され、六年、伊藤博文が工部卿となる）

これと並行して、政府は軍制を改革した。維新の功労ある軍人を、それぞれ将官、佐官とし、各藩の士族から選抜された軍人に階級を与えた。

たとえば、薩摩の桐野、大山、長州の山田顕義は陸軍少将、野津鎮雄、谷干城は陸軍大佐というようで兵部省に役のある者は少し遅れた。兵部大輔の山県は、五年二月、陸軍大輔になるとともに陸軍中将、兵部大丞であった西郷信吾は、四年十二月、兵部少輔、五年二月、陸軍少輔兼近衛副都督となり、まもなく陸軍少将となった。（この人事は『陸海軍将官人事総

覧』によるもので、『元帥西郷従道伝』では、明治四年七月に「任陸軍少将兼兵部大丞叙従五位」の辞令が下りたとなっている）

このほか有名な軍人の四年七月ごろの初任を拾ってみると、乃木希典＝陸軍少佐、川上操六＝陸軍大尉、黒木為楨＝陸軍大尉、児玉源太郎＝四年四月十五日准少尉、寺内正毅＝陸軍少尉、後に海軍大将となる樺山資紀は四年九月、陸軍少佐である。

前にも触れたが、信吾が従道となるのはこの改革で太政官に呼ばれたときのことである。この改革で従道は出世して兵部少輔（六年七月、陸軍大輔）となり、四年十二月には正五位に叙せられた。

『元帥西郷従道伝』では、この年の八月二十三日、陸軍少将西郷従道は、鎮西鎮台（在熊本・師団）に派遣されたとなっている。

今回の廃藩置県では、たのみにしていた隆盛が士族を見殺しにするらしいというので、旧藩士族の憤慨するものが多かった。旧鹿児島藩権大参事の伊地知正治らが大いに憂慮して、隆盛か大久保に帰国して鎮撫にあたってほしい、と政府にたのんできたので、隆盛と大久保は多忙につき、代理として従道と宮内大丞の吉井友実を派遣することにしたのである。

二人は、鹿児島に四十余日滞在して、士族の代表と懇談して、慰撫につとめた。その記録はないが、「いずれ兄や大久保と相談して、士族を活用する道をひらきたい」というようなことを言ったのではないかと思われる。

『元帥西郷従道伝』には、二人は目的を果たして十月十八日、帰京の途についた、となっているが、十分に説得できたかどうかはわからない。口下手な従道が、このとき、もしもなんらかの方法で士族の立つ道を考える、というような口約束でもとられていると、六年一月の徴兵令公布で士族たちがいきり立ち、隆盛の征韓論主張、下野、帰国、挙兵というふうにつながるのかもしれない。新しい資料が欲しい。

最後の賭け

この年の十月八日、岩倉を全権大使とする欧米視察使節団の派遣がきまったことは記憶されるべきであろう。これがやがて征韓論と戦う火の元となるのである。そのメンバーは、副使に木戸、大久保、工部大輔の伊藤、外務少輔の山口尚芳（長州）、理事官として司法大輔の佐々木高行（土佐）、侍従長の東久世通嬉、陸軍少将・兵部大丞の山田顕義（長州）、戸籍頭の田中光顕（土佐）、文部大丞の田中不二麿（名古屋）、造船頭の肥田為良のほか書記官、通訳、随員ら四十八名で、十一月十二日、横浜を出港してサンフランシスコに向かった。主なメンバーの内訳は、薩摩一人に対して、長州三人、土佐二人で、この薩摩が大久保一人というのが、後のためには問題であろう。

従道、伊地知、黒田、寺島、川村、大山らのうちのだれか一人か二人を派遣しておけば、いくらかようすは違ってきたかもしれない。

岩倉らは、留守の間に隆盛らが勝手なことをするのを心配して、全権が帰国するまでは、新しい政策を実施しない、という約束を交わしていた。

すでに征韓論は、明治三年の春から唱えられている。二年十二月、政府が派遣した攘夷論者の佐田白茅は朝鮮を視察して、「朝鮮が、わが国書を受理しないのは、皇国を辱しめるものであるから、攻略すべきである」と征韓論を唱えた。明治四年には、一時、木戸もそのようなことを考えていた。それで岩倉は、留守の間の出来事を心配しながら、出発したのである。

岩倉の一行が出発してまもない十二月二十四日、兵部大輔の山県、同少輔の川村（純義）とともに兵部少輔になってまもない従道は、陸海軍の軍備を充実させ、国防の完全を期すべし、として連署して建白書を奉呈した。

その内容はつぎのとおりである。

一、常備、予備の二軍をもって、内治の守備に当てるべし。とくに常備軍の編成は緊急のもので、二十歳の男子で身体強健、家庭に支障のないものは、これを軍隊に入れ（徴兵の思想、欧米にならう）、一定の期間訓練した後、これを家に返し有事の際は召集する。「民として兵ならざるはなし」（国民皆兵の思想）で国のすべてを守備すべきである。

二、沿海の防備を厳にすべし。大いに海軍を拡張し、戦艦、海岸砲台を築造すべし。

三、陸、海軍将兵の教育、養成が必要である。兵学寮、造兵司を拡張し、欧米の人材を招いて士官を養成し、兵器、糧食を自給できるようにすべし。

今やロシアは南進政策をとりつつあり。廟堂においても世界の大勢を考慮して大計を立てるべきである。

この献策にもとづいて、政府は、明治五年二月二十七日、兵部省を陸軍省と海軍省の二つに分ける。陸軍卿は六年六月に山県がなり、海軍卿は同年十月に勝海舟がなった。

明治五年の正月二十七日、午後四時、従道はつぎの高官とともに、宮中で西洋料理の陪食を仰せつけられた。太政大臣＝三條、左院議長＝後藤、宮内卿＝徳大寺、文部卿＝大木、司法大輔＝宍戸磯、兵部少輔＝川村、東京府知事＝由利公正らである。

当時、宮中でも、外国使節の接待の必要から洋食の調理をこころみていたらしく、従道らはその試食に呼ばれたものであろう。

さらに、その年の二月の陸海軍の分離に伴って、従道は陸軍少輔、近衛副都督となり（隆盛は七月に元帥、近衛都督となる）、三月九日、陸軍少将に任じられた。そして、この日、三月九日には御親兵が近衛兵となり、山県が陸軍中将となって近衛都督となる。

五月、天皇は、関西、九州方面に巡幸された。従道は兄の隆盛、川村、徳大寺らとともにこれに随行した。

この巡幸の前の五月五日に、皇居に火事が出て、一部が燃えた。天皇はぶじであったが、薩摩の近衛将校のうち辺見十郎太陸軍大尉ら数名は品川遊廓で遊んでいて、この事件を知らず、遅くなって出勤したので、薩摩出身の近衛将校たちが、辺見らに自決を迫るということになった。

これを聞いた従道（近衛副都督）は、軍隊の規則違反は軍法によって律するべきで、仲間が切腹を強制すべきではない、と筋を通し、辺見は軍法会議で禁獄の刑に処せられた。

七月十九日、隆盛が元帥、近衛都督になると、従道は副都督を免じられた。兄弟で近衛兵の部隊に権力を持つのはよくない、という政府の考え方であったのかもしれない。

さて、明治六年の一月十日、問題の徴兵令が布告された。これが西南戦争の近因になったといってもよいかと思う。政府は、この年から新暦を用いることとし、五年の十二月三日を六年の一月一日とした。諸事文明開化で一新されていく中で、旧藩士族の不安と恨みは高まっていく。

隆盛が賛成した廃藩置県は、各藩の勢力を削り、無能な公家出身の大納言、大輔らを一掃する（残ったのは、三條、岩倉、徳大寺ぐらいのものである）という効能があったが、島津久光をふくむ各藩主の恨みをかうことになった。そして藩がなくなれば、当然、藩主から扶持をもらっていた士族は生活に困る。新しい県の役人になれたものはよいが、大部分の士族は路頭に迷うことになる。もちろん、西郷をはじめ、政府の要人は金禄公債（六年十二月、実施）などの救済措置を講じたが、士族の困窮は目に見えていた。

しかし、隆盛は、陸軍大輔山県の主唱する徴兵に反対することはできなかった。政府、官僚の腐敗を一掃するためには、廃藩置県が必要であり、これを実行すれば、徴兵は必至となる。王政復古も、その後の奥羽鎮撫も、勤皇諸藩の兵によって成就したが、諸藩の兵を解散するとすれば、これに代わる国軍が必要となる。内治と国防のために徴兵はどうしてもやらなければならない。西郷は徴兵に賛成という意思表示はしなかったが、山県に反対もしていない。消極的に賛成したといえる。

従道は徴兵に賛成であった。山県とともに欧米を見てきた彼としては、日本を近代化するには、廃藩置県とともに徴兵制度はどうしても必要であった。ここに従道と桐野の衝突が生じる。

薩軍の大隊長から陸軍少将になった桐野は、先に陸軍をフランス化するときにも反対したが、徴兵にも、

「山県は百姓を集めて、武者人形をつくる。なんの益があるのか?」と厳しく批判した。隆盛の説得がなかったなら、このとき桐野は、近衛将校を辞職していたであろう。

隆盛はあきらめのよい人のように見える。ときには果断(王政復古のとき)、ときにはしぶとい(明治維新後、新政府のやり方に不満で、鹿児島に帰ったり、兵を率いて箱館に行ったりする)が、城山で最期のときには、

「晋どん、ここらでよか」とあっさり死を認めている。

隆盛は徴兵を認めた段階で、士族のために自分を犠牲にしようと考えたのではないか。徴兵を認めるならば、士族を救う道はほとんど閉ざされる。明治四年の七月の段階で士官になった者はよいが、それ以外の士族は、陸軍士官学校、海軍兵学校を出なければ士官にはなれ

ない。若い人はまだよいが、年のいった者はいまさら学校、というわけにもいかない。警官の道も広くはない。腕に覚えの士族たちは、いたずらに齢を重ねるのみである。この時点で隆盛は、日本の近代化と国民全体の生活向上を考える政治家ではなく、薩摩藩士の生活を考える薩軍の司令官であった。

隆盛は苦しまぎれに征韓論を唱えたが、彼自身、どの程度に征韓論の成功を信じていたのか。彼が全権大使となって朝鮮で殺されたとして、果たして政府は、士族をいきなり士官に登用してくれるであろうか。新しい軍隊で、いったん士官として登録した者は、予備になっていても召集で士官になれるが、戊辰戦争で働いただけの者には、その道はひらけていないのである。

徴兵制が布告された段階で、隆盛は士族の救済がある程度まで不可能になったことに気づいたであろう。また気づくべきである。こと士族に関するかぎり、彼は自分の命運がつきたことを悟った。征韓論は事をあきらめた隆盛が打った最後の博打であった。そしてそれが、冒頭に述べたように、大久保、木戸、伊藤らによって阻止されたとき、彼は自分の前に墓碑が建てられたことを悟ったはずである。

先を急ごう。

明治六年――

一月十日　徴兵令布告さる。

三月二十五日　旧藩の藩債を政府が肩代わりするため、公債証書発行条令を定める。

五月二十六日　全権副使の大久保が帰国する。
七月二十三日　木戸帰る。
八月十七日　閣議、西郷隆盛の朝鮮派遣を決定。
九月十三日　岩倉具視ら全権団の主力が帰国する。
十月二十四日　天皇、岩倉の上奏により隆盛の朝鮮派遣を延期する。
十月二十五日　西郷、副島、後藤、江藤、板垣ら、参議辞職する。
十一月十日　政府、内務省を設置する。初代内務卿は大久保、大輔は大山と薩摩が占めた。
内務省の一番大きな仕事は、治安の維持である。この年は、各地で徴兵令反対の士族の動きが活発となり、また、農民一揆も増えてきたので、これを押さえるために警察制度の確立が急がれた。ここに薩軍司令官の西郷と内務卿の大久保の対決が芽吹くのである。

台湾出兵

鹿児島に帰った西郷隆盛が、明治七年六月、私学校をつくり、これが一万五千名を擁する一大軍団となり、大久保との対立から西南戦争となる経緯は、多くの本に書かれているので省略して、従道に関係のあるところを眺めていこう。

征韓論に敗れた西郷、江藤らの参議が退陣すると、後は古い順から木戸、大隈、大木、大久保、伊藤、勝、寺島が残り、長州二、薩摩二、佐賀二、幕臣一で、組織づくりに弱く、健康にも問題のある木戸を凌いで、いよいよ大久保の時代となった。

そして、あれだけ征韓論に反対したはずの大久保が、今度は民衆の不満を外にそらすための〝台湾出兵〟に賛成するのであるから、政治というものは不思議なものである。

事の起こりは、明治四年十一月、琉球宮古島の漁民を乗せた船が、台湾南部に漂着したことからはじまる。調べてみると漁民たちは、首狩族として知られる高砂族に襲われて、六十六名のうち五十四名が首を切られたことが判明した。

琉球藩主はこの事件を、鹿児島県令の大山綱良に訴えたので、大山は政府に、台湾追討を申し出たが、政府は冷淡であった。慶長年間の琉球征伐以後、薩摩藩は琉球の領有権を主張していたが、当時の明国もこれを主張し、それが清国に引きつがれていて、その所属は明確でない。かつ台湾に対する清国政府の態度も、領有はするが島民の所為には責任は持たぬというふうであった。

腹を立てた大山は、熊本鎮台鹿児島分営長の樺山資紀少佐にこれを訴えた。琉球は軍事的には熊本鎮台に属するからである。

大山と同じく熱血的な樺山は、熊本にいって鎮台司令長官の桐野にこれを話した。もちろん、桐野もこれに同意し、

「自分は山県陸軍卿に意見を具申するから、君は上京してこれを西郷（隆盛）参議、山県に上申せよ」と命じた。

上京した樺山は、まず幼馴染みの西郷従道陸軍少輔に会って事情を話した。

「おう、琉球んちゅ（人）が、高砂んちゅに首をば斬られもしたごっ……」

従道は大きな眼をひらいて樺山を見た。

すでに明治四年の夏に廃藩置県となり、時代は翌六年一月の徴兵令に向かって動いている。兄の隆盛は、士族救済のために征韓論を唱えはじめていたときであり、交渉の衝に当たるべき岩倉、木戸、大久保、伊藤らの幹部は洋行中である。

「一蔵（大久保）どんないてくれもしたらのう……」

従道は腕を組むと樺山を見た。樺山もうなずいた。隆盛に言えば、台湾を討て、というにきまっている。交渉には木戸より冷静な大久保がよい。外務卿は副島であるが、線が細い。清国の李鴻章と太刀打ちするには、大久保が欲しい。この段階で従道は、自分が台湾征討にいくとは考えていなかった。

樺山が隆盛に会うと、隆盛も台湾出兵に賛成した。

途中を省くが、政府は、外務卿の副島を全権大使として北京に派遣し交渉させたところ、清国側は、
一、琉球の島民は清国に所属するから、日本の介入する問題ではない。
二、台湾の現住民には「生蕃と熟蕃」があり、前者は清国皇帝の教化の圏外にあるので、〝化外の民〟といって、責任の外にある。
と返答した。

副島は、あくまでも琉球はわが日本の領土であることを強調し、生蕃が〝化外の民〟であ

るならば、わが国がその罪を問うてもよかろう、と清国側の言質（げんち）をとって帰国した。

この後、樺山は政府の命令で、清国、および台湾に赴き地理、民情、産業、軍事的状況などを視察して、政府の出兵を待っていたが、六年の夏から秋にかけて、征韓論が破裂したので、従道（六年七月、陸軍大輔）も樺山に台湾視察の一時中止を命じた。

ここにふしぎなのは大久保の態度である。隆盛一派がぞくぞくと鹿児島に帰り、近衛将校の騒ぎもようやく収まると、大久保は台湾征討を考えはじめた。大久保は西郷帰国騒ぎで、全国の士族が不満を訴えているのを見て、適当な外征が必要であると考えた。しかし、征韓論はつぶし、樺太問題も、樺太・千島の交換（明治八年五月、調印）も妥結の目処（めど）がついたので残るは台湾しかない。

七年二月六日の閣議は、「台湾蛮地処分要略」をめぐってもめた。すでに自由民権の火の手は各所に上がっており、鹿児島で何事かを画策しているらしい隆盛一派を懐柔するためにも、征台論は重大であった。

大久保は岩倉とともにこれを主張し、筋を通そうという木戸は、「征韓論に反対したものが、四ヵ月もたたぬのに、なぜ台湾征討なのか」と強く反対した。

このとき、従道は征討に賛成した。人に厚く、情を重んじる兄にくらべて知性的な従道は、これからの日本は大久保でなければならないと考えていた。その大久保が兄と同調する意味で、台湾に出兵するならば、兄の部下である薩摩隼人にも参加の機会があろうと考えたのである。

そして、木戸が、
「軍費はどうするのか?」と聞くと、従道は、とたんに腹で勝負する男に変貌し、
「五十万円あれば台湾を占領して、清国政府の頭を下げさせもそう。それ以上の出費となら ば、おいが切腹いたしもす」と無責任なことを言ったので、神経質な木戸は激怒した。
「外征は国家の大事である。かかる大事に、切腹すれば事がすむというは、明治開化の時代 になにごとぞ! 言うも野蛮、聞くも野蛮なり。堂々たる政府のことではない。参議孝允は 西郷の死をもって(出費の増大を)国民に謝することを得ず。そもそも戦いというものは、 人民の損益利害を先決とすべし!」と木戸は熱弁をふるったが、岩倉と大久保は、結局、台 湾征討軍派遣をきめた。

ただし、二月四日、すでに「佐賀の乱」が起こっていたので、大久保はまずこれの鎮圧に 力を入れた。

江藤新平は、西郷や、土佐、長州士族の同調を期待して兵を挙げたのであるが、西郷は動 かず、ほかも同様で、二月二十三日、江藤は佐賀を脱出して鹿児島に西郷を訪れてきたが、 保護を拒絶され(三千の同志を見捨ててきた者を匿うことはできぬ、と西郷は言ったという)、土 佐から阿波に抜けようとして逮捕され、四月十三日、佐賀で処刑された。

明治七年四月四日、従道は陸軍中将に任じられ、台湾蕃地事務都督に補せられた。五日、 陸軍少将谷干城、海軍少将赤松則良を台湾蕃地事務参謀とし、台湾蕃地事務局を正院(内 閣)におき、参議、大蔵卿の大隈をその長官とした。

六日、天皇が正院に、従道、谷、赤松を召して、つぎの条項の台湾蕃地処分に関する勅書を賜わった。

一、わが国人を暴殺せし罪を問い、相当の処分を行なうべきこと。
二、彼もしその罪に服せざれば、臨機兵力をもってこれを討つべきこと。
三、爾後、わが国人、かの地方に至るとき、土人の暴害にかからざるよう、よく防制の方法を立つべきこと。

この日、従道は、天皇から西洋馬具一式、短銃一組を下賜された。

九日、従道は、軍艦「日進」「孟春」を率いて品川を発し、長崎に向かった。

――兄さぁに会えるかも知れん……。

「日進」の艦上で、従道はひそかにそう期待していた。

――部隊編成の都合によっては、鹿児島にいって兄に援助をたのまなければならなくなるかもしれん、ひさ方ぶりに兄に会って征韓論以後のようすを見たい……。

従道は、兄が桐野らにかつがれて、佐賀の江藤のように挙兵して自滅することをおそれていた。

長崎に着いた従道は佐賀にいって、「佐賀の乱」を処理中の大久保に会い、台湾征討について協議した。従道は鹿児島にいって兄に兵力の支援をたのむつもりでいたが、大久保はそれを止めた。自分にない抱擁力を持つこの茫洋とした男が、この時点で隆盛と接触することを、大久保は好まなかった。従道は手紙を書いて兄に援軍をたのんだ。隆盛は喜んで士族の中の腕達者を選んだ徴集隊（三百名）、士官中心で編成された信号隊（四十五名）などを、従道のもとに送った。

「兄さぁは、お元気か？」

従道は徴集隊の隊長にそう聞き、隆盛が熊吉と犬を連れて、大山に狩りに行っていると聞くと、

「そげんか、狩りにのう……」と、懐かしそうな表情を示した。狩りに行っているくらいなら、挙兵とは縁が遠いとみてよかろう。

――兄さぁ、ごぶじで。援軍をば有難うごわした……。

父代わりに自分の面倒をみてくれた兄であるが、時代は、二人を仲のよい兄弟のままではおらせてはくれなかった。生別か死別か、別離の時は迫ってきているようであった。

四月末になって、いよいよ出撃という段になって問題が起きた。英国公使パークスが台湾出兵に横槍を入れたのである。侵略戦争であるなら、英国は中立を守る、というのである。

これに刺激されたアメリカも中立を宣言し、船の貸し出しを断わってきた。

困惑した政府は、使者を長崎に派遣し、大隈総裁に出兵中止を伝えた。大隈が従道に出兵の中止を伝えると、珍しく従道は頑固なところを示した。

「いやしくもこの従道は、勅書によって台湾に出兵するものでござる。それを、いまになってアメリカが船を出さぬからといって、中止するというのは、天子の光を妨げるものである。

わが軍が渡台して、外国が文句をいってきたら、『あれは、朝廷の命令に服さない脱走の徒である』というてくだされ、西郷は独力でも、台湾に渡りもすぞ！」

こう大隈に語ると、従道は四月二十七日、軍艦「有功」に福島少佐を長とする兵二百七十名を乗せて、台湾にゆかせた。

そして、さらに五月二日、陸海の兵千余名を、軍艦「日進」「孟春」「明光」「三邦」に分乗させ、台湾に向かわせた。

一方、最高責任者の大久保は苦悶していた。片方では木戸が、この筋の通らぬ出兵に反対する。片方では従道が頑として命令を聞かず、出兵を断行するという。

大久保は、とくに「台湾蕃地処分に関しては一切を委任する」という天皇の委任の勅書を受けて、長崎に向かった。

従道は、大久保の来る前に台湾に行こうとしたが、長崎駐在の米英領事が、日本が雇った船の出港をおさえたので、まだ長崎に残っていた。

従道を止めるつもりできた大久保も、従道の堅い決意を知ると、これを止めることは難しいと悟った。なぜ従道は台湾出兵にこだわったのか。兄と同じく従道は右顧左眄する官僚が嫌いであった。先のことはともかくとして、天皇から渡韓の許可を得た兄をおさえた岩倉一派のやり方が、彼には我慢がならなかった。彼の知性は征韓論を無謀とみたが、彼の情は兄と行を共にしたいということで満たされていた。兄の征韓論をおさえた岩倉や大久保は、国内が不穏であると思うと、征台論に赴く。その信念の薄いことはいかなることか。そこへいくと、自分に背いたはずの弟に、一諾のもとに軍隊を派遣してくれた兄の愛情が、従道には嬉しかった。

――兄の代わりに台湾に兵を出す。それで命令違反と言われるならば、自分も兄の跡を追って、鹿児島に帰ろうではないか……。

長崎で大久保と会った従道の面上には、そのように激するものがあった。

従道に会うと大久保は言った。

「おはん、命令をば聞かんと？　吉どんの代わりに台湾へ行くっとか？」

「一蔵どん、いかしたもんせ！　薩摩っぽの、意地でごわす」

従道は一歩も引かぬようすである。そこには兄への政府の冷遇に対する怨みに似たものがあった。

それを悟った大久保は、五月四日、大隈と三人で協議し、断固、出兵と決定した。こうして、総計三千六百名の兵が海を渡ることになった。

十八日、従道も高砂丸で台湾に向かった。千六百トンのこの船に、歩兵一中隊、砲兵隊、徴集隊一小隊のほかに、会計部、病院職員ら大勢が乗ったが、途中、糧食で非常に苦労をした。船内での炊事は難しいという長崎の洋食屋に頼んだところ、牛の生肉とパンを沢山積み込んだが、肉は腐り、パンにはかびが生えて、将兵は飢えに苦しんだ。水も勝手に飲んでいたので、暑熱の中で足りなくなり、ついには従道が水槽の番をするほどであったという。

先発の福島隊は、五月六日に蕃地社寮に入り、陣営の建設にかかっていた。

次発の谷、赤松組は、二十二日、同地に上陸すると、すぐに生蕃の宣撫にかかり、効果を挙げたが、まだ反抗的な生蕃が狙撃したりした。

やがて二十三日、西郷都督を乗せた高砂丸も琅璚湾に入港し、上陸して宿舎に入ったが、この夜は豪雨であった。

翌日から、従道は征討をはじめた。まず琉球人を殺害した牡丹社と生蕃結社の酋長を呼んで、犯人の逮捕を命じたが、首狩りは美徳だと思っている酋長は、なかなか言うことを聞かない。かえって、東方の四重渓の谷間で決戦しようと勇ましいことを言ってくる。日本軍もなめられたものである。

従道の上陸以前から、参謀長の佐久間左馬太中佐は生蕃集落とその陣地の強行偵察を行ない、戦闘を交えていたが、西郷が来ると本格的な攻撃を行なうことにした。敵はその守りとする四重渓の石門口に兵力を集結していた。この攻撃正面は敵が砦を構え、堡塁を増築して守りを固くしているので、日本軍が進撃していくと、まわりから射撃してくる。そこで佐久間参謀長は、一部、海軍の砲兵を崖の上に迂回させて、同時攻撃を行なったところ、敵はもろくも崩れ、牡丹社の酋長父子も戦死してしまった。

しかし、残りの牡丹社の生蕃はまだ抵抗してくる。生蕃は十二社あり、この日は日本軍の戦闘ぶりを見て九社が降伏したが、牡丹社と高士仏（クスッス）社、爾乃（ニイナイ）社はまだ頑強に抵抗していた。

ここにおいて従道は、六月一日、総攻撃を命じた。

中央本隊　西郷中将　参謀　佐久間中佐

右 翼 隊　赤松少将　同　福 島少佐
左 翼 隊　谷 少将　同　樺 山少佐

攻撃目標
本　隊　四重渓方面の牡丹社
右翼隊　保力渓方面の高士仏社
左翼隊　楓港渓から牡丹社の背後を衝く

各隊は、一日の朝、行動を開始した。牡丹社はすでに酋長が戦死したので、抵抗は弱かった。右翼隊は山中で泥濘が深く進撃は困難であったが、高士仏社の生蕃集落までゆくと抵抗は弱まった。

翌三日、もっとも獰猛残酷と言われる爾乃社を攻撃、山奥に堅固な砦を構える同社は激しい射撃を行なったが、わが軍の大砲と、連続発射するガットリング砲の威力には敵し難く、敗走した。つづいて西郷軍は、一番奥の総社である牡丹大社を占領、これで敵の組織的抵抗はおわった。

七月二十一日までに牡丹社、高士仏社、そして最強の爾乃社も、それぞれ酋長（牡丹社はその代理）が、牛三頭などを持って西郷の本陣に降伏してきた。西郷は彼らを引見して日本酒をふるまい、軍隊の訓練を見せて慰撫して帰宅させた。

その一方、彼は各地に分散していた琉球人の墓を統領浦にまとめて一基とし、碑の表に、「大日本琉球民五十四名之墓」と彫った。

七月四日、勅使が亀山の西郷の本陣にきて、慰労をふくむ特諭を賜わった。

このころ、政府は柳原前光を全権公使として、北京で外交交渉を行なっていたが、いっこうに捗（はかど）らない。先に清国側は台湾の生蕃は化外の民であるから、政府は責任を持たないといったが、日本軍が入ってその一部を占領すると、態度を硬化させた。日本側は謝罪と賠償、そして、今後、日本国民が安全に通行できるよう保障すべし、という条件を出したが、腹に一物の清国側は交渉を引き伸ばしながら、戦備をととのえようとしていた。

東京の政府は焦った。七月九日の廟議で、

一、台湾征討軍をいつ撤退させるべきか。

二、清国との交渉が決裂なら、これと戦争すべきや。

を論じたが結論は出ない。陸軍卿の山県や山田顕義らの将官は、兵備不十分として戦争は不可という意見であった。そこで兵備をすすめながら、交渉を行なおうというので、八月一日、大久保が全権として北京にゆくことになり、九月十日に北京着、総理衙門（外務省）と交渉に入った。大久保が初の外交交渉として老宰相李鴻章と火花を散らしたのはこのときである。

この談判が妥結するのは十月三十一日であるが、その間、西郷軍は酷暑の台湾で苦しみながら、住民との宥和をはかっていた。

従道は、まず警備のために部隊を分散させたが、住民に対して乱暴するようなことがないように、厳重に軍紀を励行させた。彼は占領が長期にわたることを考え、屯田植民を考慮して、日本から、松、杉、柳などの苗を取り寄せて植林を試みた。

　また従道は、牡丹社総攻撃のとき、一人の生蕃の少女を捕らえた。彼女は孤児で、年は十二歳、礼儀も知らず、ただ与えられたものを、がつがつと食うだけであった。従道はこれにオタイ（お台――台湾娘の意味）と名をつけ、日本の浴衣などをあたえて保護し、軍の補給係として来ていた大倉喜八郎に命じて、七月、これを日本に送り、本革屋町の植田発太郎に預け、女子に必要な教育を行なった。

　十月三十一日、日清の談判が成立すると、オタイはりっぱな日本少女の姿で台湾の郷里に帰ってきた。オタイは従道の本営にくると、

「ダンナサン、コンニチハ」と挨拶し、紙に、

『ニホン、トウキョウ、オタイ』などと書いて見せ、従道を驚かせた。

　これは、なんとかして生蕃を順化したいという従道の人間愛の現われであった。

やがてオタイは生藩の大頭目に引き渡され、日本語を話す頭のいい娘として、各蕃地を回って人気者となっていたが、帰国後、数年にして惜しくも病死して、従道を悲しませた。

　従道の日本軍が、懸念されていた暴行などを働かないので、安心した大頭目は、従道とその司令部を蕃社の視察に招待し、その夜は大宴会となった。酒は芋焼酎で、豚肉、鹿肉、パイナップル、龍眼肉、バナナなどが山盛りになり、大きな椰子の実の椀で酒を注ぐ。これには酒豪の従道もいささか閉口した。この夜、従道は大頭目の要請にこたえて生蕃の歌にあわせて大いに踊ったので、大頭目以下、非常に喜んだ。従道にはそういうひょうきんなところ

があったが、もちろん、これも蕃人順化の一方法であった。

北京の日清交渉は九月十一日からであるが、その前に六月下旬、北京は事を重大視して、沈保貞を欽差大使として台湾に送ってきた。沈は数百の兵力とともに従道と会ったが、従道は強気で一歩も退かず、こう宣言した。

「清国政府には三つの不信がある。
一、先に台湾の生蕃は化外の民と言い、いま領民であるという。
二、わが方は出兵のときに通知したのに、それを知らないという。
三、わが方の民が殺害されて二年になるのに、貴方はいまにいたって苦情を言う。
要するに貴邦には信をおき難し――」

さて、大久保が大政治家であるとともに外交官としても有能であることを示す北京談判は、まず、日本が三百万元の賠償金を要求することからはじまった。清国ははじめ、干戈を交えても賠償金は払わぬ、という意向であったが、大久保の粘りと、英国駐清公使ウェードの斡旋により、つぎの条件で談判を妥結した。
一、清国は、わが征蕃を義挙とみなす。（侵略ではなく、つぎの条件で日本の民を保つ行為とみなす）
二、清国は、わが方の被害民に撫恤金を払い、この戦いのために日本が築造した家屋にはらわれた代金を払う。

三、清国政府は蕃地に対し法律をつくって、外国通行客の安全を保障する。

四、撫恤金は銀十万両、家屋代金は四十万両とする。

十一月十六日、大久保は賠償金を受領した後、台湾に寄り、従道を訪問して談判の結末を語り、帰国した。

明治八年五月二十二日、従道も部下をまとめて帰国した。天皇は、従道の戦功を嘉(よみ)せられて勅語を賜い、金子(きんす)を下賜されたが、従道の胸は晴れなかった。征台を議するとき、彼は木戸の、「軍費はどうするか？」という質問に対し、「五十万円もあれば十分、これを越えたら、自分は腹を切る」と放言した。いま征台の役は終わったが、軍費はとても五十万円ではすまないようである。大隈の計算では七百万円以上かかっているだろうという。それではいくつ腹があっても足りない。賠償金は五十万両だというが、それでも足りない。

新聞は早くも、征台は一つには大久保の不平士族の宥和策であり、一つには従道が兄に代わって征韓論を征台論にすり替えたものだ、と批判しはじめていた。

天皇の御前を退出した従道が、陸軍省にいく馬車に乗ろうとすると、

「待ったもんせ」と大久保が乗り込んできた。

「信吾どん、新聞のいうことに煩(わずら)うこと無用」と大久保は言った。

「じゃっどん……」

従道は重い表情で大久保の顔を見た。

「今回の役でお上は、わが国権を維持した点に意義を見出しておわすのでごわす。不平士族も少しは息をついたじゃろう。鹿児島の吉どんは、ほっとしたかのう……」

そう言うと、大久保は髭をしごいて笑い出した。

「一蔵どん……」

従道はしばらく大久保の顔を見ていた。

従道が大久保に提出した報告書には、今回の役の陸軍軍人、軍属の参加総数は六千人、戦死十一人、負傷者二十五名であるのに、病死は五百四十人で、なおマラリア、チフス、コレラ、赤痢などの患者は相当数に及んでいる。簡単に台湾征討などというべきでない、と従道は考えていた。彼自身も熱病に冒されたが、床につくほどではなく、病院への見舞いに忙殺された。

かくして、台湾征討は多額の軍費を消費し、多くの戦死、病死者を出して、従道に苦い経験を残した。

明治政府のもとでの日本初の外征の勝利で、国民は喜んだが、従道にとっては苦い勝利であった。またこの出兵に反対であった木戸は、五月、参議を辞めて山口に帰り、大久保や伊藤は、これを東京に呼びもどすのに（大阪会議）苦労するのであった。

台湾征討の成功(?)で、従道は多額の御下賜金をいただいて、あるいはまた出征中の俸給を清子が貯金していて、これらで、兄隆盛を迎えるべき目黒の広大な邸の普請を行なった。

金は入り、邸は新築できたが、従道には苦い日々がつづいた。外征というものがいかに悲惨なものか、彼ははじめて身にしみたのである。

――これにくらべれば、文久三年夏の薩英戦争などは児戯に類するものであったかもしれない。戦争というものはおろそかに口に出すべきものではない……。

従道は兄の征韓論にも疑問を感じはじめていた。

――征台であれほどの苦心をするのであれば、征韓ではどれだけの犠牲が出るのか想像もできない。考えてみれば、事件のはじめに、五十万円で片づく、などと放言したことも汗顔の至りである。征台の犠牲は主として悪気象のせいであったが、あれが清国と本当の戦いになったら、どれだけの犠牲が出たかわからない。一蔵どんも危険な賭けをしたものである……。

そしてまた、兄のいうように、征韓論が実現していたら、結果はどうであったろうか？王政復古に成功して戊辰戦争に勝った隆盛は負けを知らない。精鋭な薩軍を投入すれば、韓国軍など鎧袖一触と考えていたかも知れないが、それは甘いのではないか。台湾は暑いが朝鮮は寒い。とくに北朝鮮は北海道並みだという。そういうところに兵を出し、清国、ロシアの介入を招いて長期戦ともなれば、いかなる被害が出るかもはかり知れない。薩摩藩士族に働き場所を与えるというような一方的な考え方で、外国と事を構えるならば、国を危うくすることもあり得る。今回露呈されたわが方の欠陥は、海軍、輸送船団の不足である。これが朝鮮への輸送となれば、事態はもっと困難が予想される。

――やはり木戸の言ったとおり外征より内治、とくに海軍の充実が喫緊の要事である……。

そう反省した従道は、しばらく軍事外交に関しては沈黙を守ることにした。

哀悼の慟哭

明治九年二月二十二日、従道は勲一等に叙せられ、日本で最初の従軍牌（記章）をもらった。またその日、従道はアメリカのフィラデルフィアで催される独立百年記念・万国博覧会の日本館の事務副総裁（総裁は大久保）の辞令を受け、それから日ならずして出発し、式典に出席した後、帰国した。

いよいよ西南戦争となるのであるが、ここでは、隆盛と従道に関係のある部分だけに留めることとし、ひとまず年表を眺めておこう。

明治八年――
五月七日　ロシアと、樺太・千島交換条約に調印。
（これが太平洋戦争のときまで有効で、千島は日本の領土であった。それが日米講和条約のときに、千島を放棄するといったが、それは北千島のことで、南千島は以前から北海道に付属しており、それがいま問題の北方領土なのである）
九月二十日　朝鮮で江華島事件起こる。

明治九年——
二月二十六日　日朝修好条約調印。
十月二十四日　熊本に神風連の乱起こる。
十月二十七日　秋月の乱。
十月二十八日　萩の乱。
十一月五日　萩の乱の首領前原一誠、捕らえられ、翌月三日、処刑される。
明治十年——
二月十五日　西南戦争はじまる。

詳しいことは省くが、西南戦争の発端は、大久保の挑発によるところが多いという説がある。

西郷には、もちろん、天皇の軍隊と戦う意思はなかった。前述のとおり、彼は徴兵令に反対しなかった段階で、薩摩士族を生かす道は征韓論しかないと考え、それが敗れたとき、薩摩のためにいけにえとなろうと決心した。薩摩士族をも自分をも生かす道は、もう閉ざされていたのである。

桐野たちも中央政府憎しの念は強かったが、大久保や大警視の川路利良らが、多くの薩摩出身の警官を鹿児島に送りこんで、「西郷暗殺」の噂をまいたりしなかったら、あのような戦争にはならなかったであろう。

西郷軍がついに挙兵したという報告が東京の政府に入ったとき、従道は京都にいた。おりから孝明天皇の没後十年祭で、天皇を中心に政府の幹部は京都に来ていた。兄の隆盛が一万三千の薩摩士族兵の陸軍大輔として山県陸軍卿の補佐をしていた従道は、兄の隆盛が一万三千の薩摩士族兵の司令官として、熊本に向かったという電報を手にすると、

「兄さぁが、挙兵？　そんなはずはなか……」と、その東京からの電報を握りしめた。

東京を去るときの兄の表情にも、そのような思い詰めたものは感じられなかった。

大久保の命令で川路大警視が鹿児島に送った警部の一人、中原尚雄が、西郷の私学校の生徒に捕らえられ、拷問によって、「西郷暗殺」を自白せしめられたことを知らない従道は、兄がいかに愛する部下のためとはいえ、挙兵するとは考えられなかった。そのとき従道の脳裏に一つの顔が浮かんだ。

――桐野の奴だ。あいつが兄さぁを担いだのだ……。

桐野は、敵を倒すことしか知らぬ男であった。強いことは無類であるが、それは個人の剣技であって、大部隊を動かす戦術、戦略が、彼にあろうとは思えない。中央政府、大久保憎し、徴兵令憎し、の一念から、彼は兄を担いで政府に一戦を挑んだものであろう。しかし、いかに薩軍が勇猛であろうとも、それは刀をふるって突撃する時代のことで、政府軍が近代化され、多くの砲と海軍を持っているかぎり、薩摩の示現流は通用しない。時代は薩摩を通り越して、国際的に通用する国軍を建設するところにきている。薩軍は歴史に追い抜かれたのである。

——兄さぁはそれを知らない。そして自分の父代わりで自分を慈しんでくれた兄さぁは、九州のどこかでその命運を終わるのだ……。

従道はひそかに瞑目した。

その日、従道は多忙であった。西郷の挙兵を知った廟議は紛糾した。西郷の私学校が、多くの士族や子弟を集め、その分派を集めると三万に近く、何かやるかもしれないという不安は、どの閣僚の胸にもあったが、海軍もなく、わずかな砲と弾薬で政府に反逆するとは考えられなかった。ただ一人、大久保だけは冷静で、それが従道には異様に思えた。彼はてきぱきと西郷軍征討の役割をきめた。

征討総督は有栖川宮、陸軍卿の山県が征討参軍、海軍大輔の川村純義が征討参謀に任じられた。従道は山県の代わりに陸軍卿代理として、東京の留守を預かることになった。

山県が、急遽、福岡に向かうと、従道は陸軍省の部下を集めて訓示をした。

「今回の鹿児島の挙兵は、兄隆盛の真意ではごわはん。兄は名目で、作戦は桐野らがやると思いもす。薩軍は戊辰戦争では働いたごっ、時代は変わりもした。おはんたちの中には、薩摩人もいるが、このさい、動揺してはいけんぞ。もう日本の進路はきまっちょる。大勢に逆らう者は、江藤どんや前原どんのごっなろうが……」

従道はそう訓示した後、大久保内務卿、大木司法卿、陸海軍の幹部と、全国の士族の動揺をおさえるような協議を凝らした。

十年四月、朝廷は西郷軍の挙兵を重要視して京都に朝廷の行在所をつくり、三條、岩倉、大久保、従道らもここの太政官に出仕して、西郷軍鎮圧の政策を練った。

西郷が立てば全国の士族はぞくぞく決起するという、桐野の計算は狂って、西郷軍ははじめから苦戦であった。

まず薩人の樺山中佐が参謀長をしている熊本鎮台が、頑強に抵抗して、第一歩でつまずいた。

この後、田原坂の激戦で西郷軍は敗れ、四月十六日、政府軍は熊本城に入り、西郷軍の主力は日向に向かうことになった。

このころ、英国公使パークスは、この戦争の帰趨に非常な関心を示し、従道と連絡をとっていた。政府軍が熊本城に入ったことを、従道から知らされたパークスは、従道を夕食に招いた。

薩英戦争以来、薩摩とは縁が深く、久光や西郷とも面識のあるパークスは、戊辰戦争と同じく、この西南戦争の休戦の斡旋を考えていたようである。

従道はパークスにこう語った。

「熊本城と政府軍の連絡がとれて、この戦いは終わったと見てよかろう。兄吉之助の行方は不明である。今回の兄の挙兵は、キリノ、シノハラ、ムラタ、オオヤマ(綱良)らの幹部が、兄の暗殺説を流したベップ、ヘンミらに引き摺られたのである。オオクボとカワジが兄キチノスケの暗殺を命じた証拠はない」

パークスは、実の兄と戦う従道のつらい立場に同情を示した後、

「ジェネラル・サイゴー、政府はキチノスケたちに亡命の機会を与えてはどうかね。同じ日本人で、兄弟や親友ではないか?」と聞いた。

「いや、それは無駄です」と、従道は首をふった。

「パークスさん、あなたは日本のサムライというものを知っているでしょう。彼らは敵から情けをかけられることを嫌います。別の方法で最期を遂げることを彼らは知っています」

また、従道は征韓論についてこう述べた。

「私は、兄の征韓論に反対したが、それは韓国を攻めると、清国が出てくると思ったからです。しかし、台湾征討で清国は出てこないことがわかった。兄が鹿児島に帰らずにいたら、今度の乱は起きなかったと思う」

しかし、パークスは、台湾と朝鮮は列強にとって意味が違うと言い、

「私の観察では、日本は朝鮮と戦うよりは、この内乱を選んだ方がよいと思う」といった。

(アーネスト・サトウ『日本における一外交官』より)

七月末、従道は、征討総督慰問のため東京を出発して鹿児島に向かった。

西郷軍は、肥後と日向の国境を南下し、また北上して惨めな逃避行をつづけていた。

八月末、従道は鹿児島について有栖川宮総督に天皇の勅書を渡した。

このころ西郷軍は、可愛岳の包囲を突破して、鹿児島に向かっていた。兄の隆盛はまだ生きているらしい。彼は睾丸の肥大する病気で苦しみ、それを革袋に包んで、輿に乗って山の中を逃げ歩いているという話を、従道は聞いた。

――兄さぁ、もういけんぞな、潔い最期、それしかごわはんで……。

鹿児島から熊本に向かう船の上で、ついに敗軍の将となった兄の身の上を思って、従道は暗然とした。

九月二十四日、一代の英傑、西郷隆盛は城山で自決し、西南戦争は終わった。その電報が陸軍省に入ったとき、参謀や士官たちは思わず凱歌を挙げかけたが、黙ってしまった。従道が隣の部屋にいたからである。

その日一日、従道は黙々と勤務をつづけた。情報がまとまると参内して、陸軍卿代理として戦況を報告した。

「ご苦労であった。兄の隆盛は、惜しいことをいたしたのう」

本心から隆盛を信頼し、愛しておられた二十七歳の天皇は、そう従道をねぎらい、隆盛の死を悼んだ。従道が厚くお礼を言って引き下がろうとすると、

「従道、今後とも勤めてくれよ」と天皇の言葉があった。

朝敵となった兄のことを恥じて、従道が引退を考えるようなことのないよう、天皇は釘を刺されたのであった。ほかにも意味があったのかもしれない。

その夜遅く、目黒の広大な邸に帰った従道は、珍しく晩酌もとらずに奥の仏間に入った。かなりの時間がたっても、従道は出てこない。心配した清子が仏間に近づくと、すすりなく声が襖の向こうからもれてくる。

「お前さま……」

清子が中に入ると、従道は闇の中に端座して、うなだれている。

「お前さま！」

清子は夫の膝元に走り寄った。夫が自刃しはしないかと思ったのである。兄よりは冷静であるといっても、朝敵となった兄が、偉大であれば偉大であるだけ、弟には重荷であったろう。聡明な清子にはそれがよくわかっていた。

隆盛が挙兵したとき、従道は自刃してその首を鹿児島にとどけて、兄を諫めることもできた。しかし、彼には陸軍大輔という重要な職務があるし、死をもって兄を諫めるには、あまりにも従道には時代が見えすぎた。弟が腹を切ったからといって、薩軍の犠牲になることを諦めるような兄ではない。従道には自分の信念どおり、西郷軍を鎮圧するよりほかに道はなかった。

しかし、それは軍隊という組織の道理であって、兄弟の情ではない。戦いが終わり、兄が自決した今となって、従道は激しい慟哭とともに兄の死を悼み、兄に詫びを言っていたのである。

「なんじゃ、お前か……」

そういうと、従道は妻の方を見た。清子が灯を入れると、従道の頬は涙に濡れていた。

「あまり、お前さまが遅かけん……」

清子はふたたび夫の前に坐った。

「心配ない、ちょっと、兄さぁに、挨拶していたところじゃ。御無沙汰したけんなあ……」

そう言うと、従道は仏壇の方をふり返った。兄の短刀がそこにあった。

清子は自分もその前に坐って合掌すると、

「お前さま、もう遅かけん、食事をして……」と、夫をうながした。

食堂に入った従道は、台湾で手に入れた老酒を、伊万里の杯に注がせて、飲みはじめた。

酒豪で聞こえているが、この夜はピッチが早かった。ぐいぐいと老酒の瓶をカラにしていく夫の姿を眺めながら、清子は黙って酌をした。

――女に何が言えよう。女に何がわかろう……。

慰めの言葉をかけるなら、叱責の声が帰ってきそうである。

――こういうとき女は悲しい……と彼女は思った。

これが、子供を死なせた女が相手なら、慰めの言葉を知らぬでもない。しかし、朝敵となって故郷の露と消えた兄を弔うために酒を飲んでいる弟の前で、言う言葉が彼女にはなかった。

いつも豪快と言われている夫のこの夜の暗い、つらそうな表情は、終生、清子の脳裏から消えることはなかった。

その後、城山で自決した隆盛、田原坂で戦死した末弟の小兵衛らの墓が、鹿児島の北郊、浄光妙寺にできたという話が東京にも伝わってきたが、従道はその墓参にも行けなかった。薩摩における従道の評判はよくない。それは政府軍に入って西郷軍を征討した大山、野津らも同じである。従道は兄と小兵衛の位牌を目黒の家の仏壇において、

「兄さぁ、小兵衛、堪忍しやったもんせ。おいも、鹿児島に墓参にいきたか。じゃっどん、いまはいけもはん」

その後ろで手を合わせる清子も粛然とするだけで、言う言葉もなかった。

日本最後の内乱は、だれよりも仲のよかったはずの西郷兄弟を二つに割いたまま、日本の近代化の波の中にその愛情を飲み込んでいくのであった。

第六章　飄々転々

大久保暗殺

西南戦争の論功行賞で従道は、十一月二十六日、山県に代わって近衛都督となった。
かねてから従道は、日本の近代化のために欧米視察に出たい旨を大久保に申し出ていた。しかし、西南戦争のためにそれは中断されていたが、これが終わると、大久保も従道の外遊を許してくれた。だが、その大久保の好意が、大久保の死によって無に帰するとは、だれが予想していたであろうか？
明治十一年が明けると、四月八日、従道は近衛都督を免じられ、十八日にはイタリア駐在公使に任じられた。（従道がイタリアに赴任し、あるパーティーで、挨拶するとき、通訳に、「よか頼む」といったら、通訳が長い挨拶をしたので、外国の高官は日本語というものは便利なものだ、と感心したという話が、ある本に書いてあったが、従道は赴任していないようである）
念願がかなったので、従道は大久保に感謝しつつ、清子も連れていくつもりで、旅装をととのえた。

ところが出発の直前、五月十四日、大久保が暗殺された。場所は紀尾井坂で、犯人は石川県士族島田一郎ら六人で、理由は、多くの失政のある明治政府の巨魁で、独裁政治家であった、というようなことであるが、要するに徴兵や西郷軍征討に対する旧士族の不満が高じたもので、このさい、江藤、前原ら決起して処刑された仲間の仇を討とうというものである。

大久保、岩倉、大隈、伊藤らが危ないという噂はしきりであったが、幕末生き残りの大久保は、護衛もつけず出仕して、この災禍にあったものである。

その権謀術数、決断力、組織力において、明治一代の政治家と言われた大久保は、西郷の死後、八ヵ月にしてその跡を追った。

木戸はすでに十年五月に世を去っており、こうして、西南戦争の前後に、王政復古を演出した明治維新の三傑はつぎつぎに世を去り、長州の伊藤、山県、佐賀の大隈、大木、薩摩の黒田、寺島、松方ら元勲二代目が、先輩の意図を継いで、自由民権との闘争を折り込みながら、困難な日本丸の舵をとっていくこととなり、従道も、当然、その主役の一人として荒波に巻き込まれていくのである。

大久保が暗殺されたとき、政府要人の中で真っ先にこれを知ったのは従道である。参内途中の従道は、大久保の急を知らせる使者に出会い、現場に駆けつけた。大久保はもう絶命していたが、従道はこれを毛布につつみ、馬車に乗せて近くの大久保邸に運んだ。

「一蔵どん……。どぎゃんしてこげんこっ……」

大久保の死顔を前にして、従道は絶句した。先に父ともたのんだ兄を失い、いま、その政敵ではあったが、かけがえのない先達を失い、従道は途方に暮れる思いであった。

ともに甲突川で泳いだ仲で、文久三年の夏、薩英戦争のときから薩摩藩のために戦ってきた。兄隆盛の動くところ、かならず大久保が影のようにつき添っていた。いや、隆盛を頭に立てながら、「大政奉還、王政復古」は大久保の青写真によって演出されてきたといってもよい。

——いま、西南戦争後の困難な時代に突入して、大久保なくして、だれがこの難局に処するというのか……？

従道は嘆きとともに自分の責任を感じるのであった。

彼の耳に兄の声が聞こえた。

——従道、いまぞ。おいは薩摩士族のために城山で最期を遂げた。じゃっどん、いまの日本にやりたかことは山とあったんじゃ。おはんそれをやれ、おはんならそれがでくっと。組織を固め、海軍を拡張し、貿易を振興する。日本が欧米に肩を並べるためにはいまが一番、大切なときぞ……。

従道はその兄の声を粛然として聞いていた。

——兄さぁは生きておわす。生きて日本の将来を憂えてごわすのじゃ。何が朝敵か。兄さぁの本心は、この一蔵どんが一番ように知ってごわしたはずじゃ。その一蔵どんも、こげん最期では、おいも一奮発せにゃならんごっ……。

従道は大久保の遺体の前で、兄の志を継ぐべく固く誓ったのであった。

第二の新政府

思いもかけぬ大久保の死で、せっかく念願のかなったイタリア駐在公使のポストであったが、従道は、ついに赴任することもなく、五月二十四日付で参議兼文部卿となった。

このころになると、明治政府も第二の新政府といった顔ぶれとなっている。

内務卿＝伊藤博文　いよいよ長州の名周旋家・伊藤の登場である。周防の束荷村の百姓の伜である伊藤は、若いときから目先がきいて、師の吉田松陰から、「周旋家になりそうな り」という評をもらっていたが、その後は、桂（木戸）、高杉（晋作）らの従者として人間を磨き、維新後は木戸の子分でありながら、明治四年の岩倉大使の欧米旅行に随行のさい、大久保とも親しくなり、征韓論で西郷が下野してからは、大久保と木戸の間を周旋して（大阪会議）、力をつけてきたが、木戸が西南戦争の途中に死に、いま大久保が死ぬと、両者の代理として伊藤の名がクローズアップされてきたのである。

外務卿＝寺島宗則（薩摩）

大蔵卿＝大隈重信（佐賀）　佐賀藩は王政復古にはさしたる働きがなかったが、鍋島直正の政治力で、大隈を、西郷、木戸と並ぶ参議に押し込んだ。これが薩長には非常な不満であったが、征韓論派去り、三傑亡きいま、大隈が参議筆頭で、ついで大木（佐賀・司法卿）と佐賀が優勢で、つぎが伊藤、寺島、山県、黒田清隆（薩摩）、そして従道、川村純義の順である。

　従道と川村が五月に参議になったのは、大久保の跡を埋め、薩閥の強化をはかったものであるが、長州閥もすかさず七月、井上馨を参議に押し込んでいる。

　この段階で参議の分布図は、長州三、薩摩四、佐賀二であるが、薩摩の寺島や従道はその政治力において、到底、伊藤や大隈の敵ではなく、十四年の政変で大隈が失脚するまでは伊藤、山県対大隈、大木の戦いがつづくのである。

　さてほかのメンバーである。

　陸軍卿＝山県、海軍卿＝川村、司法卿＝大木、文部卿＝従道、工部卿＝伊藤から井上に代わる。宮内卿＝徳大寺実則（西園寺公望の実兄）で、どうみても三傑につぐと思われるのは、伊藤の内務卿、大隈の大蔵卿、そして山県の陸軍卿くらいで、西郷、木戸、大久保のほかに大隈、板垣、後藤、江藤、大木、副島を擁した第一次新政府に見劣りがする。しかし、この大隈との拮抗の間に、伊藤はその政治的、事務的能力を発揮して、内閣発足、新憲法制定にこぎつけるのである。

　さて、従道の文部卿は七ヵ月で、その後、明治十一年十二月には山県の跡を襲って陸軍卿となるが、その後も十八年の新内閣で海軍に転じて、海軍大臣になるまでは、さしたる事件もない。

　年表を追ってみよう。

明治十一年――
五月　大久保暗殺さる。
八月　近衛砲兵大隊の反乱（竹橋事件）起こる。
九月　大阪で愛国社再興大会開かれる。
十二月　参謀本部設置、山県参謀本部長となる。
明治十二年――
三月　東京府会開かる（府会の初め）。愛国社第二回大会。
十月　徴兵令改正。
十一月　愛国社第三回大会、国会開設請願を決議する。
明治十三年――
二月　参議の各省卿兼任を止め、太政官と各省を分離。
三月　愛国社第四回大会、国会期成同盟と改称。
四月　河野広中ら十万人の総代として国会開設上願書を提出。
十一月　国会期成同盟第二回大会。
明治十四年――
三月　参議大隈、憲法意見書を提出。
七月　北海道官有物を関西貿易商会に払い下げ決定。
七月　天皇、東北、北海道巡幸に出発、十月十一日、帰京。

十月十二日　参議大隈罷免。北海道官有物払い下げ中止。二十三日に国会開設の詔書出る。

二十九日、自由党結成大会終わる。

西郷従道という人は、いろいろなポストを転々とした人であるが、陸軍中将から文部卿というのが、そもそものはじまりであろう。この椅子は、明治七年五月には、木戸がやっていたが、その後、空席になっていたので、ここに薩閥を入れる意味で従道をいれたのである。のちに陸軍畑から、突然、海軍大臣になったときもそうであったが、従道はわからぬことには口を出さない。この点、能吏型の伊藤、大隈、山県らであると、下僚から聞いて勉強し、いっぱしのことをいって煙たがれるのであるが、従道は全部を部下に任せて、「おいは文盲卿でごわす。予算の分捕りと責任だけはおいが取りもす。後はよろしくおたのみ申す」といって、黙って書類に判を押していた。

「今度の文部卿は大物だぞ。さすがは大西郷の弟だけのことはある」と部下の評判はすこぶるよろしいが、ここに早くも彼の韜晦（とうかい）の術がひそかに発揮されていることに気づくべきである。

それはどういう意味か？

兄が城山で自決したとき、従道は日本国のために兄の志を継いで働くことを誓ったが、それは兄のように日本の政界を代表するような頭領になることを意味してはいなかった。朝敵として果てた西郷の弟として、決して出すぎた真似はするまいと彼は心に戒めたのである。

そして、大久保が暗殺されたとき、彼はその決意を新たにした。

——未だに全国には不平士族が満ちている。大久保の果断な性格は、王政復古ではみごとな切れ味を示してくれたが、過激な弾圧はかならず反動を招く。独裁は危険である。人の上に立つことも、人をおさえることも、相当な力があっても、難しいことなのだ……。

聡明な従道は、つねに一歩後退して人の後からついていく処世術を二人の薩摩の英傑の最期から悟ったのである。

——いまの時代には一握りの官員の立身出世の裏に多くの人間の不満が満ち満ちている。一人や二人の政治家の力でこれをおさえることはできない。それは、兄隆盛が痛感していたように、明治維新後の官僚政治が、あまりにも薩長藩閥の功労者に厚く、下級士族や庶民にうすいからだ。これを挽回しようとする反動勢力が、かならずや大きな動きを示すであろう……。

従道はそう考えていたが、まもなくそれを証明する事件が起こった。

明治十一年八月二十三日の竹橋事件がそれである。近衛砲兵の一部が皇居の近くで反乱を起こしたのであるから、これは地方士族の反乱より深刻であるといえた。

この夜、砲兵二百六十余名が、竹橋兵営で大隊長と週番士官を殺して反乱を起こした。大蔵卿の官邸に砲弾を撃ち込み、赤坂の仮皇居に火を放って、参内する参議たちを捕らえようという計画であった。しかし、近衛歩兵の協力を得られなかったので、ただちに鎮圧され、首謀者は銃殺された。

彼らの決起の理由は、西南戦争でもっとも働いた近衛砲兵に恩賞がうすく、戦後の経済事情を理由に軍人の俸給が減俸になったことである。当時、近衛砲兵の月給は一等で三円四十三銭であったものが、二円四十三銭と一円も減らされたので、生活が苦しくなったという状況が原因であった。

政府は、各地で盛り上がる自由民権の波とともに、下からの経済への不満に、圧力に喘ぐようになってきた。

明治陸軍きっての組織者で天皇制の守り神である山県は、西南戦争のころから軍人に忠君愛国を強制して、軍紀を厳正にする訓示を出すことを考えていたが、この年（明治十一年）の十月十二日、『軍人訓戒』を布告した。これが、十五年一月四日に公布され、長く軍人精神の根幹とされた『軍人勅諭』の先駆となるものである。

このころ山県は、眼病を患っていたが、陸軍内部でも評判がわるかった。彼は大久保と同じく組織者に通有の過酷で専制的な性格であった。そのために、部内でも多くの批判があった。大久保とちがって彼は、身内や郷党に異常な好意を抱き、そのために晩年にいたるまで批判を浴びた。

明治五年の山城屋事件もその一つである。野村三千三は奇兵隊で山県の部下であったが、その後、山城屋和助という商人となり、兵部大輔（のち、陸軍大輔）の山県の愛顧を受けた。その縁で山城屋は政府の金六十万円を借り、これを長州関係の士官が借りたりして、乱脈となった。この責任を問われた山城屋は、明治五年の十一月二十九日、陸軍省内で切腹した。

これに連座した形の山県も、六年春、大輔の椅子を従道に渡した。

従道と博文

それから六年後、山県は眼病と不評のために、またしても陸軍卿の椅子を従道に渡すことになった。幸いなことに、当時、従道らが意見を出していた参謀本部が十二月から発足することになったので、山県はその参謀本部長に就任した。

従道は、欧米の制度をみて、軍隊を指揮するには、軍政と軍令の二途があるべきだと考えていた。一人の陸軍卿が人事、予算、教育などの軍政と、作戦用兵の軍令の両方を握ることは、いろいろな面で不都合があるし、権力が偏る（かたよ）きらいがある。それで陸軍の運用を、陸軍卿と軍令の長の二途に分けるべきだというのが、従道や大山の意見であった。

十二月二十四日付（明治十一年）で、従道は参議兼陸軍卿となり、山県は参謀本部長となった。従道の従兄弟の大山は、十一月二十日、陸軍中将に進級し、十二月五日には参謀本部次長になった。

では、海軍の軍令部はどうなっていたのか。軍令に関しては、陸軍が海軍の上に立っていて、参謀本部の中に海軍軍事部長ができるのが明治十七年二月のことで、この部長の仁礼景範が参謀本部次長、参謀本部海軍部長などになり、軍令部が独立するのは、日清戦争直前の二十六年五月のことで、初代軍令部長は佐賀出身の中牟田倉之助である。

従道の陸軍卿は、十三年二月末までの一年二ヵ月で、陸軍関係はぶじであったが、世間ではようやく自由民権の風が吹きはじめ、内務卿の伊藤はこれの対策に腐心していた。

台湾で高砂族の宣撫に苦心した従道は、民政の安定に関して、伊藤のよき相談相手であった。長州勢の中で山県と気のあわぬ従道も、伊藤とは気があった。それは伊藤が、大久保と意気投合していたことも理由の一つであった。

王政復古のころ、木戸や高杉の従僕をやっていた伊藤は、西郷、大久保、坂本龍馬とも面識があった。よく気のつく小僧だと、大久保も目をつけていた。その大久保が、とくに伊藤を自分の後継者として期待するようになったのは、明治四年の秋、いっしょに岩倉の供をして、欧米に旅行したときのことである。

一行がワシントンへ着いて、条約改正のことをアメリカ大統領に要請すると、それには全権として天皇の親任状がいるという。そこで、大久保と伊藤が日本まで取りに帰ることになった。せっかくワシントンまでいったのに、二人はまた大陸を横断して、船で日本に帰り、親任状を手に入れるとまたワシントンに帰った。

結局、このときはアメリカとの条約改正はならず、無駄足であったが、これが伊藤にとっては大いなる出世の緒となった。

外遊がはじめての大久保とちがって、伊藤は文久年間に、米英の四国艦隊が下関にきたときと、明治維新になって間もなくの二回、欧米を旅行している。

日本近代化の方法について、伊藤は熱心に大久保に語った。二人は、汽車の中でも、船の

中でも、同室のことが多かった。熱心に語る若い伊藤の頬に上る血を見ながら、

――この長州の足軽上がりは、なかなかの者じゃ。いま薩摩でこれだけの眼力を持った男がどこにいるか……？

大久保は、寺島や黒田の顔を思い浮かべながら、ふと不安にかられた。

伊藤はしきりに、いまは外国と事を構えるときではない、内政を整備し、富国強兵策で軍備を充実させ、産業経済を盛んにし、貿易、輸送を奨励すべきだと力説した。

案の定、岩倉の一行が帰国すると、国内は征韓論で湧きかえっている。大久保はあらためて伊藤の見識に感じるところがあった。

もともと長州代表の木戸と大久保は相入れぬところがあった。二人とも緻密な点は似ているが、大久保には西郷に共通する豪快なところもある。しかし、長身で好男子の木戸は、人の上に立つ器量に恵まれながら、救い難い心の狭いところがあった。

維新になってからも、木戸はしばしば、薩摩には、禁門の変以来、つねに煮え湯を飲まされてきた、と怨みごとをいって信用しなかった。病身でもあったが、木戸は西郷と並ぶ初代参議でありながら、大きな仕事はしていない。難しくなると山口に引退して、〝逃げの小五郎〟の本性を発揮する。

そういうとき連れもどし役を勤めるのが、かつての従僕である伊藤なのである。

――いまに伊藤の時代がくるだろう……。

そう考えながら大久保は、長州との連絡に、新しい政策の決定に、伊藤の才気を利用した。

つき合いの広い伊藤は、よく神田や高輪の邸に従道を招いた。目黒の従道の広い邸にも、伊藤は来た。

「従道君、あんた体も大きいが邸もでかいのう。しかし、わしならこんなでかい邸を一つ建てるくらいなら、小さいのを五つか六つ、あちこちに建てちょるところじゃのう」

伊藤がそう言うと、従道が、

「そのあちこちに、一人ずつ美形をおくというわけでごわすか。梅子どのも苦労が堪えませんのう」と従道が言い、二人は笑った。

鹿児島に帰った兄を迎えるために、この家を建てたのだ、と従道が説明すると、

「そうか、あの人もでかかったからのう……」そういって伊藤は屈託なく笑った。

人の陰で生きていこうと決意している従道には、伊藤のその明るさがうらやましかった。

薩摩は南国、萩は裏日本、それに伊藤は若いときから他家の走り使いをして苦労をしているが、そのような暗さがない。

――世の中は楽しくできている。どのような困難も乗り切れぬことはない。自分はこの世の中を愉快にやっていくのだ、ほかの人もそうだろう……。

伊藤の頬には、つねにそのような微笑が浮かんでいた。

「いずれ日本は、伊藤が引っ張ることになる。大隈もまけずに利口者じゃが、伊藤ほどの幅の広さはなか」

目黒の邸で晩酌のときに、従道はそう清子に語ったことがある。

「お前さまは、そんなに出世せんでもよかですよ。お兄さまのことを、わるくいう人もおらすもんで……」清子がそう言葉を濁すと、

「わかっちょる、おいはこれ以上はなりとうなか」

と言って、従道は苦そうに杯を口に運んだ。

「それに伊藤さまは、京、大阪、下関、熊本にも芸者さんがおらすそうで、梅子さまは、その芸者へのお手当で大変じゃそうで……。お前さまは、そげんこっはございませんでしょうがの……」清子がそう言ってにらむようにすると、

「わかっちょる、おいはこれだけじゃ」と従道は杯に酒を注がせ、「伊藤の話では、梅子どのはようできたおかかで、いくら芸者をつくっても、焼き餅もやかず、よう世話をしてくれよるちゅうて、のろけよった……」と苦笑した。

「冗談ではございませんよ。そりゃあ梅子さまは下関の芸者で、お客の機嫌をとることは慣れておいででしょうよ。私はそういう修業はしておりませんですけん……」

そう言って清子はまた従道をにらんだ。


従道が陸軍卿の間は、もっぱら山県が敷いた路線——兵力増強と訓練の強化——を継承した。他に朝鮮、清国の重要な問題を抱えながら、この期間中、陸軍大輔（次官）も少輔（軍務局長）も欠員なので、卿の従道が一人で奮闘した。山県が陸軍卿のときは、津田出（和歌山出身、少将）や鳥尾小弥太（長州出身、中将）がいたのであるが、途中から、二つのポスト

とも欠員になっていた。

このころの三浦梧楼（長州出身、陸軍中将）の思い出話が、『大西郷兄弟』に出ている。

西南戦争後、政府は薩摩人の懐柔に力を用いていた。大警視の川路利良（陸軍少将、薩摩）と高島鞆之助（陸軍少将、薩摩）が洋行することになり、三浦のところにも山県から話がきた。後日談になるがこのとき川路は、明治十二年の春に渡欧したが病気となり、帰国後まもなく死んでいる。一方、高島は十二年二月に欧州に出張、これは翌年三月に帰国している。

このように薩摩ばかり出していてはまずいので、こんどは長州にも行かせてやろうという政府の小細工だろうと、三浦が山県をてこずらせていたところ、ある夜、晩酌をやっていると二頭立ての馬車が狭い路地を入ってきた。だれかと思うと、陸軍卿の従道である。

「従道君、まあ、一杯どうかね」

三浦が杯をさすと、従道は茶碗でぐいぐい飲み、

「梧楼どん、洋行の話はどげんか？」と聞く。

「洋行は嫌いではないが、高島や川路をやったから、こんどは長州もゆかせてやろう、というので刺身のツマみたいに扱われるのは、わしは好かん」

頑固者の三浦がそうひねくれると、

「山県どんも困っちょった。一年くらい辛抱したらどげんか。ためになることもごわんど」

従道はそういって、大きな眼で、じっと三浦を見た。なんとなく吸い込まれるようで、

――ははあ、西郷兄弟というのは、こういう魅力で人をひきつけるのか……。と三浦は、

納得するところがあった。

結局、三浦はそのときはゆかなかったが、明治十七年の二月になってから陸軍卿の大山に随行して欧州にいった。そのとき、この従道の話を大山にすると、

「そげんこっはなか、従道どんな手練手管はなか」と大山ににらまれたという。


陸軍卿の任期中に従道がやった仕事の一つは、靖国神社の社号制定であろう。

すでに東京に招魂社があって、幕末以来、国事に奔走した吉田松陰、梅田雲浜というような人の霊を祭っていたが、従道はこの招魂社という社号は一時的に祭典を挙げて、在天の霊魂を招く場所なので、永世不易の社号を考えるべきだとして、明治十二年六月四日、「靖国神社」という社号を制定した。発足当時の管理は、陸海軍と内務省が担当で、建築修繕などの経費は陸軍省が専任となっていた。

農商務卿と開墾

明治十四年十月の政変で大隈が失脚して、大隈――福沢系の官僚が政府を去ると、従道は大隈系の河野敏鎌の跡をついで農商務卿に任じられた。このとき、従道は、十三年の二月に陸軍卿を辞めて参議だけになっていたので、十月の政変では伊藤の側に立って、大隈追放に働いた。

この政変は、簡単にいえば、大久保亡き後の両雄、伊藤と大隈の争いを、伊藤が大隈追放でケリをつけたもので、その理由としては、大隈が憲法制定で、ほかの参議たちを出し抜いて、意見を天皇に上奏したり、黒田が関係している北海道の官有物払い下げ事件で、政府内部の事情を新聞に密告したりしたというので、大隈が天皇の東北行幸に随行している間に、大隈追放の計画を練り、十月十一日、天皇の一行が帰京すると同時に、天皇に大隈の悪事を上奏して、大隈とその多くの仲間の官僚を一挙に追放したものである。

このとき追放された大隈派の官僚には、農商務卿の河野、郵便の祖といわれる前島密、統計院書記官の矢野文雄、尾崎行雄、犬養毅、外務省書記官の中上川彦次郎、小松原英太郎らがおり、この大部分が、まもなく大隈を戴く改進党の幹部となって、自由民権運動で伊藤や山県を悩ますのである。

微風に揚がる凧のような存在で、薩人であることから韜晦する従道は、事実上の伊藤内閣(伊藤は参議だけだが総理格、内務卿＝山田、外務卿＝井上は長州、大蔵卿＝松方、陸軍卿＝大山、海軍卿＝川村、農商務卿＝従道は薩摩、司法卿＝大木で佐賀を残し、文部卿＝福岡孝弟、工部卿＝佐々木高行は土佐)の中で目立たない存在をもって自任していた。

従道の農商務卿は、十四年十月から十七年二月一日までで、自由民権運動がたけなわになるころである。それと同時に、当然、政府の締めつけも激しくなっていった。

年表を追ってみよう。

明治十五年――
一月四日　山県が懸案としていた『軍人勅諭』が発布された。これで徴兵で集めた軍隊に筋金を入れようというのである。
三月一日　松方大蔵卿、日本銀行創立を建議する。
三月十四日　伊藤博文、西園寺、伊東巳代治、井上毅らを連れて、憲法取り調べのために渡欧する（帰国は翌年八月）。立憲改進党結成さる。
四月七日　板垣退助、岐阜で遭難する。壮士に刺されたとき、「板垣死すとも自由は死なず」と叫んだと伝えられる。同志の内藤魯一が言ったのだという説あり。
六月三日　集会条令を改正、自由民権派を規制する意図あり。
七月二十三日　朝鮮で政変（壬午の乱）、日本公使館襲撃さる。
八月　参謀本部長山県、軍備拡張を上申。
十一月十一日　板垣、後藤、渡欧する。この費用は井上（馨）らの斡旋で、三井から出た金であったが、板垣はよく知らず、帰国後、攻撃される。
十一月　福島事件起こる。相つぐ自由民権の大騒乱事件の皮切りである。
明治十六年――
四月　新聞紙条令改正（取り締まり強化）。
四月二十三日　自由党大会、改進党攻撃を決議する。
七月七日　鹿鳴館落成。文明開化へのあこがれ絶頂に達する。同二十日、岩倉具視没。

明治十七年――
五月十三日　群馬事件起こる。
七月七日　華族令公布。
八月十日　武州困民党決起、自由民権運動の実力行使たけなわとなる。
九月二十三日　加波山事件起こる。
十月二十九日　自由党解党、秩父騒動勃発。
十二月四日　京城に甲申事件起こり、日本公使館襲撃さる。
十二月十七日　大隈重信ら、改進党を脱退す。
明治十八年――
四月十八日　天津条約調印。
五月九日　日本銀行、初めて兌換銀行券を発行する。
十一月二十三日　大井憲太郎らの大阪事件発覚する。
十二月二十二日　太政官を廃し、内閣制度を実施する。初代総理大臣は伊藤博文、いままでの太政大臣三條実美は内大臣となる。

二年あまりの農商務卿の間に、従道の変わった仕事といえば、那須野ヶ原の開墾がある。那須野ヶ原は、海抜千九百十七メートルの那須山の南にひろがる高原である。明治維新以後、水利のよい東の方は、順次、開拓されたが、西側の黒磯、西那須野のあたりは、地下水が深く浸透していて、水利がわるく開発が遅れていた。

政府の政策である富国強兵には、産業振興、貿易推進だけではなく、原野を開拓して米麦の産額を増やすことも必要だと考えた政府は、大久保が内務卿のころから、未墾の原野の開拓に力を入れた。

大久保の指示で、青森県の三本木原、福島県の対面原を視察した官吏は、このうち那須野ヶ原が開拓に最適という報告を出した。

明治十三年五月、政府は、有志の印南丈作らが、那須開墾社という会社をつくることを認め、官有地三千町歩を貸与することにした。

西郷隆盛の若いときの仕事は農村の調査であったが、従道も荒れ地の多い薩摩で育ったので、農地の開墾には関心があった。明治二年に山県といっしょに欧米を視察した彼は、大農式の広い農場経営にも関心があった。

農商務卿になると、彼は従兄弟の大山とともに那須野ヶ原の開墾を考えた。さきの那須開墾社の近くにあった政府の土地九百町歩のうち五百町歩を一町歩一円で払い下げを受け、開拓をはじめた。

この開拓地に、二人は郷里の名前をとって加治屋町開墾場と名づけた。従道は亡き兄の従僕であった永田熊吉をこの開墾場に派遣した。このころ、官僚や旧大名が開墾場をもつのが流行となり、毛利、松方、鍋島、三島らの名のつく開墾場が増えて、那須野ヶ原もほとんど空き地がないようになっていった。

従道と巌の開墾場の最大の問題は、当然、水利であった。水の便がよければ、一町歩（十反。一反は十畝、一畝は三十坪だから三千坪――九千九百平方メートル）がいくら物価の安い時代とはいえ、一円ということはなかったであろう。加治屋町開墾場は、熊吉や大山家から派遣された大島仙之助が、地元の農民ほか宇都宮の四人の手を借りるなどの苦心をして、地下水を汲み上げ、二十三年ころには、どうにか収穫を上げることができるようになった。

その後、明治三十四年、西郷、大山両家は、この開墾場を分割して所有することとし、西郷側は加治屋町区西郷農場と称するようになった。

そして、この翌年、従道は死ぬが、その年の春、死の直前に彼はここにある別荘を訪れ、高原の森林の中を流れる清水に農民の苦心をしのび、名残りを惜しんだという。

従道の死の翌年の命日――七月十八日、従道の遺徳を偲ぶ地元農民が、ここに西郷神社を建てた。兄を祭る南洲神社は沖永良部島にあり、二人とも郷里を離れたところで神として祭られている。

従道は、西南戦争で兄に背いたという件で、終生、鹿児島には入れられないという気持を持っていたようである。

それで似たような気持を持つ大山とともに那須に土地を求めて、加治屋町の名前をつけたのではないか。この不毛といわれた開墾場の話を聞くと、西郷兄弟の悲劇の深さに思い当たるのである。

皇居に近い丸の内に、ロンドンを思わせる鹿鳴館ができたのも、従道が農商務卿のときのことである。当時の外務卿井上馨は利口な男で、一種のアイデアマンでもあった。

条約改正の大任を背負った井上は、ただ正面から列強の使節と交渉しても効果が少ないとして、日本人がけっして文明の遅れた人種ではないという証拠を示すために、ロンドンに劣らぬりっぱな社交場を建設し、ここで夜な夜な舞踏会を催して、外国使節を招待して、わが閣僚、華族の夫人、令嬢が相手をして、その文明開化ぶりを示そうというものであった。

この舞踏会にもっとも熱心なのは、当の井上と、まもなく総理になる伊藤の「長州プレイボーイ」(?)コンビであった。

もちろん、閣僚やその家族はつぎつぎに引き出され、従道もその例外ではなく、清子もダンスを習わされ、裾の長いローブデコルテなどを着せられ、伊藤夫人の梅子らとともに、鹿鳴館でしゃなりしゃなりと、外国公使の相手をさせられた。

従道は、

「おいは西洋舞踏は苦手でごわす」と言って、逃げ回っていたが、バザーにはひっぱり出され、陸奥宗光や森有礼の夫人や令嬢につかまり、大きな財布から何枚もの札を放出させられるのが、つねであったといわれる。

明治十五年一月、従道は開拓長官を兼任させられた。この北海道開拓の職は、黒田が三年五月に開拓使次官になってから、ずっと手がけてきたもので、その後、七年八月には、参議兼開拓長官となって力を注いできたのであるが、変人の黒田は、十四年の政変で大隈が失脚するとき、この北海道の膨大な官有物を、安い代金で薩摩出身の五代友厚に払い下げるといって物議を醸した。それで大隈を追放した伊藤は、黒田をそのままにしておくわけにもいかず、彼を内閣顧問に祭り上げて、従道を後任にしたのである。

すでに伊藤――山県――井上ラインの中に従道は組み込まれていた。才人ではあるが、重厚、豪快、線の太いというタイプではない伊藤は、長州閥に類をみない従道の茫洋とした個性を、廟堂のために必要と考えたのであり、そのアイデアは間違ってはいなかった。

黒田と従道の風格を語るエピソードがある。

自分が長いあいだ手塩にかけてきた北海道の長官を、従道がやるということを聞いた黒田は、心中、穏やかならず、一夜、従道の邸を訪ねた。黒田は薩閥の序列では、西郷、大久保亡き後は、参議の先任でその後に従道、川村、松方、大山とくるのである。

従道の顔を見ると、黒田は、

「おう、信吾どん、おはん、最近よか刀を求めやったいうやなか、おいに見せやったもんせ」とせがんだ。

傍らにいた清子はひやりとした。黒田は人間はわるくないが、有名な酒乱で、大久保の死ぬしばらく前、妻を斬り殺したという噂があった。伊藤や井上も、酒の席で黒田が刀を振回すので、いやな目にあったことが多い。

鳥羽・伏見の戦いで頭に弾を受けてから耳が遠くなった従道は、都合のわるいときは聞こえぬふりをすることが多かったが、このときはこころよくその刀を差し出した。ギラリとこれを抜いた黒田は、

「うむ、これは名刀のごっ。じゃっどん、試し斬りをやらんば、本当の斬れ味は、わかりもはん。どげんか。おはんの首では……」と、酒癖のわるい黒田は、従道の前にその太刀を差しのべた。このとき従道は大物の本性を発揮して、

「よかごわそう」と、その太い首を黒田の前にのばした。これには黒田も驚いた。

「うむ、そげん太か首は斬れんのう」

豪傑笑いをすると、黒田はその刀で床の間の柱に斬りつけ、刀を従道にかえすと、徳利の酒を頭にかけ、

「これで気分が爽快になった」と、西郷家を辞した。

「ずいぶん乱暴なお方ですこと」清子が胸をなでおろすと、

「なに、吠える犬は噛まんちゅうからのう……」と、従道は徳利をとると、なにごともなかったかのように杯を傾けはじめた。(『大西郷兄弟』より)

黒田に憎まれながらもなった開拓長官も、制度の改革でわずか一ヵ月で店じまいで、従道は業務を解かれた。

従道が見かけによらぬ粋なところをみせて陸軍省を驚かせたのも、このころのことである。

十五年七月、農商務卿の従道は、会計検査院長の岩村通俊(土佐出身、従道と越後口でともに戦う。西南戦争後の鹿児島県令として、薩摩人を慰撫する。のち、農商務相)とともに北海道視察に赴いたが、札幌から函館へきたところで、大山陸軍卿から電報が入った。

「テウセンデジヘンオキタ　サンギハシキユウキキヨウサレタシ」

壬午の事件が起きたので、参議は廟堂に至急帰れ、というのである。このとき、従道は函館一という「武蔵野」という料理屋で芸者の踊りを見ながら、大杯を傾けていた。

「西郷さん、あんた帰らにゃいけんぜよ」

岩村も少しあわてたが、従道はゆうゆうとして、

「なに山県どん（参謀本部長）と弥助どんがおれば、従道など昼寝をしていたらよか」と、なおも酒を飲みつづけていたが、やはり気になるとみえて、芸者に電報用紙を取り寄せさせると、やおら即興の都々逸を一句、

「イロトケンカハアリガチナレバマトマルモノナラマトメテオクレ」〈色と喧嘩はありがちなれば、纒まるものなら纒めておくれ〉（『大西郷兄弟』より）

これを受けとった大山は、

――信吾の奴、おいは凧に舞う奴凧じゃなんどというとるが、これでは糸の切れた凧ではなかか……。と苦笑した。

従道は大山に迷惑をかけるつもりはないが、なにかというと、出先にいる参議まで呼び集める山県の事大主義が癪にさわっていたのである。

十七年七月七日付で、従道は、華族に列せられ、伯爵になった。これは新しい華族制度を考える伊藤が、この日からそれを発足させたもので、伊藤、山県は侯爵、大山、黒田、川村は伯爵、仁礼、樺山、鳥尾は子爵で、大名では島津、毛利が公爵、山内、鍋島は侯爵、というふうで維新の論功行賞が中心である。

それにしても、足軽や下士出身者が大名と肩を並べて侯爵になるのであるから、出世から取り残された士族は怒るわけであるが、明治もここまでくると、管理体制がようやく固まって、もう大久保暗殺や竹橋事件のような反乱は稀になってきたようで、時代は新内閣制度、憲法制定、国会開設、そして、日清戦争へと移行していきつつあった。

天津談判

鹿鳴館はなやかなりし明治十七年の二月、従道は参議兼陸軍卿を仰せつけられた。陸軍卿の大山が三浦梧楼を連れて欧米に出張(明治十八年一月、帰国)したからである。臨時の陸軍卿であったが、これが腰掛けではすまぬことになった。

この年の十二月四日、京城で事変(甲申の変)が起きて、日本軍が出兵する騒ぎとなった。先に壬午の変で清国の力を借りた閔妃一派の独裁が強化されたので、独立党の金玉均らは福沢一門と連絡をとり、改革と独立を狙っていた。

たまたまこの年、清国はフランスとベトナムをめぐって清仏戦争をはじめ、朝鮮にいた軍隊の半分を引き揚げた。

この好機逃すべからず、として金一派は、十二月四日、クーデターを決行したが、失敗して、日本大使館に逃げこんだ。日本側の支援で金は宮廷にゆき、国王に日本に対する出兵要求を強要した。

そこで日本軍は出動して宮廷を固め、閔派の重臣を殺した。

六日、金らは新政権を樹立したが、清国軍三千が宮廷に到着し、日本軍と交戦したが、わが方はたったの三百なので、竹添公使は金らを連れて仁川から済物浦に逃げた。（金は日本に逃げ、暗殺される）

この事件は、金らをその後、使嗾した竹添公使がわるいのであるが、公使館を焼かれ、邦人婦女子が殺されたので、日本政府は、外務卿の井上を全権大使として熊本鎮台の二個大隊を朝鮮に送った。

朝鮮政府は、日本側の「謝罪」「賠償」という要求を認めたが、実情を知らない国民は、この事件は清国の責任であるから、清国に、「朝鮮への内政不干渉」「朝鮮からの撤兵」「朝鮮の独立の承認」「日本への賠償」を要求すべし、という世論が高まってきた。もっとも強硬な報知新聞は、「右の条件が容れられなければ、断固、開戦すべし」と論陣を張った。

そこで政府は、明治十八年二月、伊藤を全権として北京に送ることにした。

この少し前、陸軍卿であった従道は熱海にいた伊藤を訪問し、副使として北京に同行を願い出た。伊藤はまだ北京にいくことを考慮中であったが、従道が、

「おいは談判のことはわかりもはん。ただ北京では全権の命が危ないと聞いたもんで、そんときは楯の代わりにでもなろうと思いもしてな」というので、その気迫に押されて正使として渡清する腹をきめた。黒田が引退同様の現在、いまや従道は薩閥の代表であった。長州の伊藤だけにこの重任を負わせるわけにはいかん、と日頃の厚誼に応えたものであろう。

天津における日清談判は、四月三日に開始された。日清両軍の衝突の責任問題で、双方国際法の解釈で意見が一致せず、議事は難航した。日本側には、憲法取り調べで伊藤とともに渡欧した井上毅、伊東巳代治ら法律の専門家がいた。従道は、伊藤の隣に坐って、かつて台湾事件のとき、大久保と談判したという老獪な李鴻章を相手に、伊藤が丁丁発止と斬り結ぶのを眺めていた。

四月十日をすぎても、談判は停滞したままである。ある日、会議が休憩になったとき、それまで沈黙を守っていた従道が、突然、

「お国では、いっこうに女性に出会いもはんが、男子が子供を生むのでごわすか?」と聞いたので、むずかしい顔をしていた李鴻章もふき出し、談判は急に進行しはじめた。

このとき伊藤は一つのことを思い出した。十五年の三月から十六年の八月まで、伊藤は、井上、伊東、西園寺らとともに憲法取り調べのため欧州にいった。このときビスマルクに会った伊藤は、すっかりその鉄血宰相ぶりに魅せられ、帰ってきてもビスマルク病がなおらなかった。彼はビスマルクの真似をして高価な葉巻をふかし、チョッキの裏に親指を入れ、「諸君、ビスマルクなら、こういうときは自国の利益を優先しただろう」などと気どっていった。これを見ていた従道が、突然、言った。

「伊藤どん、いかにもビスマルクは、おはんによう似ちょりますのう……」

これには、伊藤もぎゃふんと参り、しばらくは葉巻を吸うことも止めたのであった。

——今回も、従道にはやられた……。

そう考えながら伊藤は苦笑していた。

従道の機知もあって、伊藤の努力がみのり、四月十八日、天津条約はつぎの条件で妥結、調印された。
一、日清両国はともに朝鮮から撤兵する。
二、両国は出兵のさいは互いに通知しあう。
三、両国は共に朝鮮に軍事教官を送らない。
京城における日本側が企んだ事変は陰謀的なものであったが、この天津条約は、日本がはじめて世界の大国と平等な条約を結んだものとして、列強外交官の高い評価を受け、李鴻章も大久保につぐ、外交のできる政治家が日本に生まれたことを認めた。

伊藤と従道は、北京に着くとまもなく英国の清国駐在公使ハリー・パークスの死に出会った。

パークスには二人とも縁があった。慶応元年九月、四国艦隊が兵庫沖に集結したとき、パークスは通商条約の勅許をとることに成功したが、その後、彼は薩長寄りで倒幕を支援し、高杉とともに伊藤に会ったことがある。

また、薩英戦争の後、近代化をはかる薩摩に対しても、彼は援助をおしまなかった。

伊藤との再会を喜び、従道が隆盛の弟であることを知っていたパークスは、隆盛の死を悼み、従道の成長を喜んだ。しかし、このころパークスはすでに病状が悪化していて、天津談判がはじまる前に死去し、二人はその葬儀に出席した。

天津談判では、いささか伊藤の応援をした従道であるが、農商務卿のときには、三菱の岩崎弥太郎を相手に放言して、岩崎ににらまれたこともあった。

岩崎は、いうまでもなく、わが国海運業の草分けである。岩崎は土佐藩をバックにした土佐商会で海運業をはじめ、維新後は、台湾征討、西南戦争などの輸送を担当して、富を蓄積し、郵便汽船三菱会社を経営して、海運業を独占していた。そこへ、三井や政府を背景とする共同運輸会社ができて、明治十七年には、異常なほどの競争を行なった。

政府は、この過当競争をやめさせるため、両者を合併させることにした。このまとめ役を従道がつとめたが、口の下手な彼は、いうことを聞かない弥太郎に、

「おはん、政府に反抗するとは国賊でごわすぞ」ときめつけて弥太郎を怒らせた。

「そこまでいわれるなら、この岩崎も、わが全汽船を焼き払い、三菱を解散させるきに！」

元土佐藩士の岩崎は、刀があれば決闘を申し込むくらいの勢いでそう怒鳴った。さすがの大物もこのときは、岩崎の気迫に押されて、じっと相手の顔を見つめるだけであった。

両者の合併は、この年の九月であるが、弥太郎はその五ヵ月前に病で世を去っていた。

第七章　大物海相

海軍拡張

明治十八年も押しつまった十二月二十二日、明治の歴史は新しい段階を迎かえた。新内閣制度が実施されたのである。

この内閣で、従道は陸軍中将で海軍大臣になった。明治の初期にはこのようなことがままあった。従道とともに台湾征討にいった樺山資紀も陸軍から海軍に移行し、明治十七年二月には、陸軍少将から海軍少将になっている。

ほかの顔ぶれをみると、太政官時代の卿から大臣に横すべりした者が大部分である。総理＝伊藤、外務＝井上、内務＝山県、大蔵＝松方、陸軍＝大山、司法＝山田で、従道のほかで変わったのは文部の森有礼、農商務の谷干城、新しくできた逓信に榎本武揚と珍しく幕臣を用いたことくらいである。

従道の海軍大臣は、もちろん総理である伊藤の海軍拡張、強化策の一環であるが、では、それまで海軍卿であった川村純義はどうなったのか。一般に薩の海軍というが、この時点でどういう提督がいたのか。

五年の三月に陸軍少将になった従道を別にして、中将の先任からいけば、七年一月に進級した榎本、同五月進級の川村、十一年十一月には伊東祐麿（薩摩）、中牟田倉之助（佐賀）、十八年に入って、六月二十九日に真木長義（佐賀）、仁礼景範、樺山資紀（各薩摩）が中将に進級している。こうしてみると、海軍中将は薩摩が四人、佐賀が二人、幕臣が一人で、長州と土佐はいない。

この中で海軍の中央にあって、兵部少輔、海軍少輔、同大輔、海軍卿を歴任した川村は、明治初期の海軍の育ての親であった。その川村がなぜ海軍大臣になれなかったのか。川村は従道より七歳年長ではあるが、このときまだ五十歳で、けっして引退の年ではない。これについて、樺山資紀（明治十九年四月、海軍次官）の息子の樺山愛輔著『父・樺山資紀』はつぎのように事情を説明している。

「――明治初期の海軍は、川村が十年の歳月をかけてつくり上げた。しかし、川村という人は一騎討ちの名将ではあったが、組織という方面にはぜんぜん不向きの人であった。いよいよ憲法制定も近く、新しい政治形態となるのに、全面的な海軍の改革に、川村に横車を押されては困る。そこで（川村の了解を得て）、山県、大山、西郷、川村の四人が集まって、川村の後任をきめることになった。山県、大山は陸軍向きですでに根を下ろしている。そこで結局、西郷従道の海軍大臣に落ち着いたというのである。

このとき、大臣を引きうけた西郷さんは、私の父に向かって『次官をたのむ』といった。

父は自信がないといって断わったが、西郷さんは何度でも繰り返す。父は、『私は海軍省の中の仕事は駄目です。これ以上やれというのは、私にテーブルの上で死ね、というのですか？』と語気荒く言った。すると西郷さんは、大きくうなずいて、『さようでごわす』といったので、父も参って引きうけたという。——」

しかし、川村が海軍大臣にならなかった理由はその程度のものとは考えられない。もちろん、〝薩の海軍〟という偏りを正すという伊藤の意図はあっただろうが一番大きな理由は、当時、問題となっていた海軍に参謀本部を設置することの可否をめぐる経緯であったと、『海軍創設史』はいう。

陸軍の参謀本部が陸軍省から独立したのは、西南戦争後の明治十一年であるが、海軍の軍令事項は海軍省軍務局が扱っていた。

明治十三年の春（？）、それまで海軍卿の職にあった川村は、海軍にも参謀本部を設置すべきであるとして、建白を行なった。

その要点は、つぎのごとくであった。

一、陸海軍の平等。

二、陸軍の用兵は参謀本部によって天皇に直属しているが、海軍のそれは海軍卿の下にある。

三、海軍も兵権と行政権を分離すべし。

四、自分が海軍卿のとき、海軍がまだ大きくないので、時機尚早と考えていたが、これは海軍の大小には関係がない。

これに対して陸軍では、参謀本部長の山県と、それまで陸軍卿であった従道が、そろって反対をした。

その主旨は、つぎのとおりである。

一、陸海軍は手足のように分離できないものである。陸軍に参謀本部があるのに海軍にもおく必要はない。

二、陸軍は首兵で、海軍は応用支援の兵である。両方に参謀本部をおくと作戦が二つに分かれる。

三、英国海軍には、海軍省はなく海軍本部があるだけである。まして、海軍の参謀本部はない。

これを見ると、当時は陸軍が主体で、海軍はあくまでも従という考えが強かったようである。それは、戊辰戦争も西南戦争も、陸軍が主体の戦争であったからである。

そもそも海軍というものは、外国に対して国を守る、あるいは制海権を握るという必要のあるときに有用なので、内戦では必要が認められ難い。かろうじて箱(函)館で海戦があり、台湾征討のときも、従道は輸送船で苦労したが、まだ日本に海軍の必要を痛感する政治家はいなかった。

坂本龍馬が生きていたら、海運、海軍を大いに発展させたと思われるが、同じ考えの勝海舟も維新後は発言力が強くはなかった。

なにより軍艦の建造は徴兵によって軍隊をつくるよりは金がかかるので、従道と山本権兵衛のコンビができるまでは、海軍の拡張は難事であった。

十三年の二月、川村は海軍卿の椅子を榎本に譲るが、これが評判がわるく、十四年の四月、また川村が海軍卿になった。

このときも川村では薩摩の海軍という色が強すぎるというので、山県、伊藤、大隈から反対があり、長州の山田が推されたが、山田が辞退して、また川村になったので、川村を忌避する動きは依然としてあった。

わるくとれば山県らは、川村がやり手のことは十分に認めており、川村が居すわると、海軍が力を得て、陸軍を圧迫するのを防ごうとしているようにも受けとれた。

川村は、十六年十二月、ふたたび海軍参謀本部を設置する案を出したが、これも否認された。

十七年二月、海軍省は軍務局を廃止し（明治二十二年五月、第一局として復活、二十六年五月、軍務局となる）、軍事部をつくり、これを軍令機関とした（初代軍事部長は仁礼景範である）。

以上のようにして川村は、明治十八年十二月二十二日、海軍卿の椅子を従道に譲るとともに、海軍を引退し、宮中顧問官となった。その理由は、彼が海軍に固執したこと、陸軍と競うつもりで海軍にも参謀本部をつくろうとして、反対されたことなどであったが、川村を追い出したはずの従道は、今度は海軍軍令の確立に力を入れ、十九年の三月には、仁礼が参謀本部次長として海軍関係を担当、二十一年五月には、参謀本部に海軍部が新設され、仁礼が初代部長となるのである。軍令部が参謀本部から念願の独立を果たすのは、日清戦争も近い明治二十六年五月のことである（陸軍参謀本部長は、二十二年三月、参謀総長となる）。

伊藤の新内閣は鳴り物入りで発足したが、仕事が山積していた。憲法制定、国会開設、自由民権対策、各省、地方の制度改革、教育の法令化、そして、条約改正のために鹿鳴館の舞踏会も盛んにしなければならない（従道も、明治十九年三月四日には、海相主催の大舞踏会を鹿鳴館で催した）。その改革のようすは省略するとして、従道の海相としての業績を眺めておきたい。

従道の第一の目的は、海軍の拡張であったが、そのためには金がいる。ところが、川村の海軍は会計が不備であったので、予算の要求が出しにくい。そこで従道は、まず事務に詳しい安保清康少将（備後出身、はじめは林謙三と言い、英国海軍で勉強したあと、薩摩に教えにゆき、鳥羽・伏見の戦いのときは、春日艦長として阿波沖で幕艦開陽と日本初の海戦を行なう。軍務局長、規程局長、元老院議官）を説得して主計総監・会計局長とした。

従道は、安保が実戦の雄であるとともに、事務官としても有能であることを、兵部省勤務のころから知っていたので、すでに引退していた安保を、礼をつくして招いたものである。この人事は当たって、海軍の会計は、みるみるうちに信用を回復していった。

先述のように、十九年の三月、海軍省にあった軍事部は参謀本部海軍部となり、軍令は一本化された。この改正のとき従道は、参謀本部長の有栖川宮、伊藤総理、大山陸相とともに天皇の前で改正の説明をしている。

このとき、陸軍では陸軍次官になったばかりの桂太郎少将が出席した。桂は、山県、川上操六と並ぶ陸軍の組織者である。

このとき、桂が大山に、

「こういう参謀本部の中に海軍が入るようなことになると、財政面で陸軍が海軍の面倒を見ることになる」と警告した。大山は、

「心配なか。信吾どんなよう心得ちょっ！」とこれを退けた。

この西郷・大山の陸海軍コンビが緊密な連絡を取りながら、日清戦争への前奏曲を奏でるのである。

輿望を担って海相の椅子についた従道が、まず考えたことは、海軍拡張のための海軍公債の発行である。

川村が海軍卿のときは、明治十六年度から二十三年度の八年間に二千六百六十四万円の建艦費を計上し、十八年度までに九百九十万円を支出した。しかし、海軍の経費としては、建艦費のほかに鎮守府設置、海岸防備、水雷敷設などの費用が必要であった。

そこで、従道は、海相としての初仕事に、大軍備拡張を計画し、艦艇五十四隻、総排水量六万六千三百トンを建造することにした。日清戦争前の第一期海軍拡張である。

明治十九年六月、海軍公債証書条令が可決され、二十三年度までの予算総額一千六百七十

余万円に対し、ほぼ同額の一千七百万円の公債を募集するのである。

第一回目の五百万円が募集されると、予想以上の人気で、七月十日までに一千六百六十四万円にのぼり、ほぼ目標に達した。

これまでの海軍の経費は、陸軍の半分以下のことが多かったが、徐々に陸軍に追いついていく。二十一年度の海軍経費は五百四十六万円、陸軍は一千百八十二万円、国の歳出は八千百五十万円である。

従道は欧米の海軍事情視察のために、十九年七月十三日、横浜を出港し、七月二十八日、サンフランシスコに到着した（留守の間は、大山が海相を兼任した）。随員は、柴山弥八大佐（参謀本部海軍部第二局長、のち、大将）、舟木練太郎大尉（のち、少将）、原田宗介技師（のち、造兵総監）、片岡正輝主計らで、サンフランシスコ到着後、シカゴではアメリカ公使館付であった斎藤実大尉（のち、総理、内大臣）が出迎えた。

従道の一行は、アメリカではアナポリス海軍兵学校のほか、造船所、火薬製造所、製鉄所などを視察した後、イギリスに渡って、九月十二日、リバプールに到着した。

アメリカにくらべてイギリスは、当時、世界一の海軍国で、ドイツ、フランス、ロシアをしのいでいた。

従道は、ここでも造船所、水雷関係、アームストロング社（建艦、兵器製造で有名）などを視察したが、もっとも重要なことは、イギリス海軍から軍艦を買うこと、日本海軍の組織、制度、教育を、イギリス海軍式でやりたい旨を申し込んだことであった。

当時、イギリスはロシアの東洋への進出を警戒しており、日本にこれを抑止し得る海軍の保有と、イギリスとの協力を望み、従道も、日本海軍がイギリス海軍と同じ組織を持てば、ロシアとの紛争のとき、英日の協同が容易であると考えていた（明治二年に創立された海軍兵学寮では、開校の当時から、イギリス人の教官を雇っていた）。

従道はついでフランスに渡った。フランス海軍も、大いに従道の一行を歓迎してくれた。従道はここでも、海軍の組織、軍政を勉強したが、協力関係については黙っていた。王政復古のとき、薩長は英国と結び、幕府はフランスと組んだのであった。

このとき欧州にも随行した斎藤実の回想によると、従道は磊落なタイプで、よく冗談を言ったという。夕食後に、随員たちが議論していると、そこへやってきて、

「よか、そん後は、おいが引き受けよう」といって、仲間に入った。

あるとき斎藤が相手をやっつけていい気になっていると、従道が、

「斎藤大尉、おはんいくつか？」と聞いた。

「二十八歳です」と斎藤が答えると、

「おはん、ええ年をして、どげんか？　おいは、おはんの年頃には、陸軍少将じゃったぞ」

といって、従道は笑った（ちなみに従道が陸軍少将になったのは、明治五年、三十歳のときであった）。

一行は、フランスの後、ドイツ、ロシア、イタリアを視察して明治二十年の六月三十日、横浜に帰り、従道は、七月一日付で海相に再任される。

汚名消ゆ

明治二十年十月十一日、従道と入れちがうようにして次官の樺山が、欧米を視察して回るために、横浜港から出港していった。

随員の顔ぶれが興味ぶかい。

海軍大臣伝令使・海軍少佐山本権兵衛（のち、海相）、参謀本部海軍部員・海軍少佐日高壮之丞（のち、常備艦隊司令長官）、海軍大尉遠藤喜太郎（のち、海相秘書官、軍令部第三局長）らで、ここに海兵二期生の山本と日高がはじめて登場する。

山本は二十四年から海軍大臣官房主事として、従道と絶妙なコンビを組み、日清戦争前の海軍づくりに邁進する。権兵衛は従道より九歳年下で、薩英戦争のときは十二歳で、砲台で弾運びをやっていた。鳥羽・伏見の戦いから戊辰戦争に転戦、明治二年、海軍兵学寮に入り、刀を抜いて文官の教官をいじめたり、賄征伐をやったりして、勇名（?）をとどろかせた。

海兵卒業後、少尉のときにドイツに留学し、「扶桑」などで砲術士官としての腕を磨く。大尉に進級した翌年、権兵衛は「浅間」副長となる。

明治十八年四月、新型巡洋艦「浪速」回航委員として渡英し、この間に少佐に進級して、十一月、副長となって日本へ回航する。このときの「浪速」艦長は伊東祐亨大佐であった。十九年十月、「天城」艦長となる。

二十年七月、海軍伝令使となり、十月、樺山次官の随員として欧米に向かうのである。

さて、この人事がきまったのは七月のことで、そのころ山本は、「天城」艦長として朝鮮に勤務し、軍需品補給のために長崎に入港していた。そこへ従道からの電報が来て、山本は東京に呼ばれた。

従道がさっそく、今回の樺山次官の洋行に随行するようにと言うと、山本は、

「お言葉でありますが、私は朝鮮で重要な研究をしていたのであります。その半ばに転任とは残念です。私の代わりに同期生の諸岡頼之（のち、中将、常備艦隊司令長官）を推薦します」と、この人事を断わろうとした。

従道はにやりとした。山本権兵衛の名は、その少尉時代から、やる気のある士官として聞こえていた。普通の士官なら、洋行は出世の条件でもあるから喜ぶのであるが、山本は朝鮮の研究の方が大事だという。やはり相当な人物だと従道は思った。

そこで従道は、

「自分が欧米にいったときは、柴山大佐を同伴したが、イタリア皇帝から海軍に関して細かい質問があったが、その返答は十分ではなかった。それで今度は実務に詳しい人物として、君が将官会議で選ばれたのだ」と説明した。

これには山本も了解したが、一言居士の山本は、そのまま樺山に随行することはしなかった。

だいたいにおいて、山本に限らず、英才、あるいはやり手と自他ともに任じる人物のやり

方は、まず断わって、相手がどうしてもたのむというと、それではと自分に都合のよい条件を出すのが手である。山本の場合もそうで、従道のもとを辞した山本は、樺山のところにいくと、

「次官は、少将までは陸軍で、警視総監の経験もおありである。今回の視察は、名目は海軍の研究であるが、実際には、陸軍や警察の研究が多くなるのではないか?」と聞いた。

樺山が苦笑して、

「そんなことはない。海軍が中心である」と言うと、山本はやっと納得した。

この樺山の一行が欧米から帰国するのは、二十一年の十月十九日のことであるが、その年の二月二十八日、従道は第二期海軍臨時費要求案を閣議に提出した。

二十二年から五ヵ年を期して海防艦など四十六隻および鎮守府設立費、兵器、火薬製造所の費用、計五千二百万円を要求し、これを公債でまかなうというのが従道の案であったが、先に多額の公債を募集したばかりなので、伊藤総理はこれを認めず、二十二年度には二十一年度の定額であった五百九十万円を目処(めど)とし、これに百七万円余を加えたほぼ七百万円を当て、さらに特別補充費として三百十五万円を支出すると決めた。

このため、従道は「秋津洲」「大島」の二艦の建造を止めた。海軍大拡張の前途も楽観を許さない。

翌二十二年の二月には憲法発布という大改革があり、自由民権運動は依然として盛んで、軍事予算の獲得も困難が予想された。

た。

二十一年四月三十日、伊藤は、憲法取り調べのため内閣を黒田に譲り、枢密院議長となっ

二十一年九月、従道は、伊藤とともに朝鮮とロシア領日本海沿岸を視察する命を受け、八月二十九日に東京を発し、九月十三日、新鋭艦「浪速」に乗ってまず釜山にゆき、「高千穂」「扶桑」ら五艦を護衛として、元山からウラジオストクにいたり、四日間ここに碇泊して、ロシア総督、東洋艦隊司令長官らに会い、二十八日、ウラジオストクを出港、隠岐島西郷をへて、十月十日、舞鶴に帰った。

二十一年十二月二十五日、従道は予備役に編入されたが、依然として海相であった。

二十二年二月、憲法発布。この年の五月二十四日、上目黒の西郷邸に明治天皇が行幸された。このとき、従道は、包永作の太刀一振を献上、天皇からは従道およびその家族に金品を賜わった。

庭には相撲の土俵が築かれ、数十番の相撲が天覧に供された。午餐には有栖川宮、三條内大臣、黒田総理、伊藤枢密院議長のほか、閣僚、枢密顧問官ら多数が陪席した。食事の間、薩摩琵琶、象の曲芸が演じられた。

この日、従道は感慨ひとしお深いものがあった。

この年、二月十一日の憲法発布の大赦によって兄隆盛は朝敵の汚名を除かれ、正三位を贈られた。天皇の行幸はそれを受けて、西郷家の復権を天下に示すものであった。午後六時、天皇の一行が去ると、従道は仏間に入って、灯明をつけた。

——兄さぁ、やっと朝敵の名がのぞかれましたぞ。城山のご最期から十二年、長い間、ご苦労でごわした。でも、陛下は兄さぁの真情をようご存じでごわんど……。

頬を伝う涙を拭いもあえず、従道は兄の位牌の前に額づくのであった。

——この上は、お上にご奉公のために、東洋一の海軍をつくらにゃならん。兄さぁ見ていて下さい……。

従道はなおも兄に話しかけていた。（隆盛の遺児寅太郎に侯爵が贈られるのは、明治三十五年六月三日、従道の死の直前である）

このころ、従道は、陸相の大山とともに国営の製鉄所をつくるべしという意見を上奏している。艦船、陸海軍の兵器は、ほとんどが材料を鉄に仰いでおり、十八年から二十年までの三ヵ年に、海軍は艦船兵器七十三万円を輸入し、陸軍も五十九万円を輸入していた。二十四年にいたって、海軍省は、製鉄所予算二百二十五万円を帝国議会に提出した。

明治二十二年十二月、黒田は山県に総理を譲り、従道は海相として留任したが、二十三年の五月十七日、樺山と交替して内相となった。従道の内相就任は、それまで山県総理が兼任していた内相の椅子に従道を当てたものである。

二十三年にはいると、憲法で国会開設が約束されたとおり、七月一日、第一回衆議院議員総選挙が行なわれた。その結果は、立憲自由党百三十名、立憲改進党四十一名で、民党が計百七十一名に対し、準与党の大成会はわずか七十九名で、政府の前途は困難が予想された。

案の定、十一月二十九日、第一回帝国議会が開かれると政府は苦戦した。

山県が提出した八千三百万円の予算案に対し、民党連合は八百万円近い大削減を加えた。これには建艦費に期待をかけていた従道も苦い顔をした。山県は苦肉の策として、伊藤と相談して、自由党に近い後藤逓相、陸奥農商務相を通じて、土佐派の竹内綱（吉田茂の実父）などを切りくずして、修正案をつくらせ、わずか二票の差で議会を乗り切った。

このとき民党を裏切って、政府側に投票した土佐派の二十八名は、内部に分裂性を秘めている自由党の本質を、遺憾なく国民の前に示したもので、それは爵位や閣僚の椅子に弱い板垣、後藤らの幹部の体質でもあった。

しかし、この分裂した自由党を不死鳥の如く蘇らせる手品師のような男がヨーロッパから帰ってきた。それは無類に押しの強い星亨である。彼は土佐派と板垣党首を連れもどして、新しい自由党をつくり、事実上の主宰者として、政府と戦うことになった。

アジア最初の議会である第一議会が惨憺たる状態のもとに終わると、立憲政治に反対の山県は、伊藤を後任に推薦して、内閣を投げ出した。

――お前が憲法や議会をつくったのだから、議会の運営はお前がやれ……というわけである。

しかし、伊藤はこれを拝辞した。

「私がいま総理になったら、かならずや、早晩、奇禍に会いましょう。そのさい、博文亡き後、だれがこの時局にたいし、皇室を助け、憲政有終の美をなす者がありましょうや？」

伊藤はそう上奏して、組閣を断わってしまった。

怜悧な伊藤には計算があった。内閣発足後の政権担当は、当分の間、薩長が交替で握ることになろう。伊藤、黒田、山県とくれば、当然つぎは薩摩で、弱体ではあるが、松方内閣というのが相場である。おそらく松方も、民党の強い議会を乗り切れまいが、いま自分が出て議会で負けると、もう薩長藩閥には切り札がない。だれがやっても駄目で、結局、伊藤しかいないという状態で、大向こうの拍手を浴びながら登場する千両役者という役どころが伊藤のねらいであり、伊藤はそういう派手なことが好きで、そこに庶民にも人気のある理由があった。

伊藤を大天狗と評して、天皇が侍補の佐々木高行に愚痴をこぼされたのは、このころのことである。

「伊藤は才力に任せ、ずいぶんわがままなり。今日、他に伊藤くらいの人物あれば、たがいに相制して、都合よろしきもその人なし。……右の状況にて伊藤は気高くなり、欧州にてはビスマルク、シナでは李鴻章、日本にては自分よと、いよいよ大天狗となりたり。伊藤が大天狗となれば、井上毅も天狗となりて、山県のいうことなどは聞き入れぬ由、つづいて、伊東巳代治も、金子堅太郎も、小天狗となりたる由……」

天性の大人物

結局、山県の後は、伊藤の思惑どおり、松方が、五月六日（明治二十四年）に組閣するが、その伊藤がこのとき第一に後継首班に推薦したのは、じつは従道であった。大久保亡き後、薩摩で第一等の人物は従道であると、かねてから伊藤は属目していた。松方は緻密な財政家ではあるが、スケールが小さい。議会で、星の自由党と戦うには、線が細いのである。

それに反して、従道は伊藤好みの人物であった。その豪快にして胆太く、しかもよく人を容れる、これは社交型の能吏である伊藤にないキャラクターである。

兄隆盛の大赦もあったことであるし、ここらで薩摩の代表として、従道に総理の印綬を帯びさせたいというのが、伊藤のねらいであった。キャリアからいっても、すでに参議、文部卿、陸軍卿、農商務卿、海相、農商務相、内相と多くのポストをこなし、俊敏、鋭利とはいえないが悪評はなく、部下の信頼も厚い。人の上に立ち、将に将たるの資質を持っている。総理を一期か二期、ぶじにこなせば、薩閥の頭領として自分の後継者になれるだろう、と伊藤は期待していた。

黒田は、人柄にとかくの風評があり、山県は権力主義的、専制的で憲政とあわない。松方にやらせる前に従道に箔をつけさせ、薩摩の筆頭に推しておきたい、というのが、いまや日本政界のボスをもって自任する伊藤のアイデアであった。

伊藤の従道評に触れておこう。

『大西郷兄弟』の著者・横山は伊藤がハルビンで暗殺されてまもなく、車中で後藤新平に会ったとき、伊藤の西郷兄弟観について、聞くところがあった。

後藤があるとき、伊藤に向かって、

「大西郷は、どういう人でしたか？」と聞くと、伊藤はただ一言、

「お前たちが見たら従道のほうを偉いと思うだろう」と答えたという。

伊藤は、従道の人間としての、政治家としての偉さを知っていた。しかし、大西郷には、もっと底のしれないものを感じていたのかもしれない。

この本には頭山満の従道評が出ているがこれも面白い。頭山は大西郷に私淑していたが、ついに会うことはできなかった。しかし、従道にはよく会っていた。

従道侯は底のわからぬ男、として、つぎのような話を頭山は残している。

「――木戸、大久保、岩倉らが死んで、大隈が一世の名望を担って立った。何かの事件のときに大隈が大気炎を吐いていた。閣僚はみな黙って聞いていた。

するると、突然、従道が、

『へいへい、本当に、おはんは偉かお人でごわすな。明治何年の事件も、何年の仕事も、みなおはんの仕事でごわしたな』と功績を並べたてた。その中には、木戸や大久保の仕事がたくさん入っていた。大隈もこれには参って、

『いや、西郷君、あれは木戸さん、これは大久保さんの仕事ですよ』と訂正した。

従道はとぼけて、

『さようでごわすか。おいどんは、あまりにも貴君が偉いので、維新前の仕事までみな、おはんがやったのかと考えたのでごわすよ』といったので、大隈も閉口して、それからはひどい気炎を吐くことは慎むようになった。うまく人をのせて馬鹿にする度胸は偉かった。この

調子で、伊藤も従道侯にはちくちくやられていた。

またあるときの会合で、桂太郎が士気の退廃を嘆くようなことを言った。すると、従道が桂の顔をつくづく眺めて、

『いや、ごもっとも、いまにサーベルをさげた幇間ができますからな』といったので、桂は顔をそむけたという。

こんな面憎い皮肉なことも、従道でなくてはいえんことじゃ。（要領よく上層部を取りもつ桂には、男芸者という評もあった）

なみなみの男ではなかったことは、あの男がぐっと度胸をすえて決心すると、万鈞の重みがあった。西南戦争に従道が薩摩軍に投じなかったことは、大久保にとってどのくらい力になったかもしれん。大久保があれだけ思いきって働いたのは、従道の決心をたよりにしていたようじゃ。

従道は大きなことに目をつけて、こまかいことには頓着しない男じゃった。あれが海軍大臣のときに樺山が次官をしていた。従道は何もしないで、ただ樺山が持ってくる書類に判を押すだけである。

あるとき彼は樺山に向かって、

『樺山さん、おいはこうして判ばかりついているが、日本の海軍はちっとは進歩していくかね？』と聞いた。自分が馬鹿になって、何も要領を得ぬような顔をしていて、じつは大いに要領を得ておったところは、あの男が、どこまで大きな人間であったか、底が知れん。

やはり海軍大臣のときの話じゃ。ある議員が海軍拡張に関して、『なぜ、海軍はそれだけの費用がいるのか？　いったい軍艦は、いかなる働きをしているのか？』

と聞いたことがあった。騒然たる中に壇上に立った従道は、丁寧にお辞儀をして、『軍艦は鉄でつくってありもす。そして、大砲を撃つのでごわす』というと、また丁寧にお辞儀をして壇をおりた。この大臣の人をくった答弁に、議会もしーんとしてしまった。

また、こういう噂話もある。

従道が内務大臣のとき、北海道長官が内務省の施設について非常に怒って東京に出てきて内務省で内務次官にくってかかった。えらい勢いで怒鳴るので、大臣の従道が、こっそり部屋に入って、煙草の火を長官の頬に押しつけたので、驚いた長官がみると、大臣が立っている。

『あまり喋ると、またつけますぞ』

従道が言ったので、長官は黙ってしまったというのじゃ。

大西郷は、だいぶ本を読んだというが、従道は書物によって鍛えたものではなかった。天性大きくできていたようじゃ。とうとうあの人間の深さが、わからんじゃった。並のものがあの真似をすると、すぐに化けの皮を剝ぎとられる。しかし、従道は非常な智者だから、ついに総理大臣にはならなかった。やはり燭台の前に坐るのは嫌いじゃったとみえる――」

伊藤から従道、松方の順に奏薦があったので、四月二十四日、二人に参内の命が下った。

しかし、参内した従道は、

「不肖の今日あるは、ひとえに兄隆盛の庇護によるのみでございます。みずから総理大臣になるなどは思いもよらぬところであります」といって、固辞し、松方を奏薦した。

微笑しながらこれを聞いていた天皇は、静かにうなずかれた。明治も二十四年となると、十七歳で皇位を継承して、岩倉、三條の補佐を受けていた天皇も、すでに四十歳の分別盛りである。兄隆盛が大赦になっても、みずから総理大臣の栄職につこうとは考えない従道の気持が、天皇にはよくわかるのであった。

引責辞職

かくて松方に大命が降下し、明治二十四年五月六日、松方内閣が成立し、従道は内相に留任したが、六月一日、辞職することになる。その理由は、ロシア皇太子の襲撃事件である。松方内閣が発足してまもない五月十一日、大津で、来日中のロシア皇太子ニコライ（のちのニコライ二世、ロマノフ王朝最後の皇帝）が、警備の巡査津田三蔵に、刀で斬りつけられ、負傷したのである。

ニコライ皇太子は、ウラジオストクで挙行されるシベリア鉄道の起工式に出席するのが目的で来られたのであるが、そのついでに東京のニコライ堂の落成式に出席することになり来日していた。

津田は国粋主義者で、ロシアが東洋を侵略するといって、憎んでいた。政府はあわてた。日清の間が危ないのに、ロシアの怒りをかうと、大変なことになる。内相の従道も驚いて、参内して天皇から見舞いにゆくよう命令を受け、北白川宮能久親王について、京都の病院にニコライ皇太子を見舞った。

幸いに皇太子は重傷ではなく元気で、

「どこの国にも変わった人間はいるものだ」と、こちらを慰めるような言葉をくれたので、従道もいささか安心した。

天皇も、翌日、東京を発して、京都に行き、皇太子を見舞った。皇太子はこれを非常に喜び、負傷も快方に向かったので、東京に行こうとしたが、ペテルブルクの皇后（皇太子の母）から、至急帰るように、という知らせが届いたので、上京することなく、神戸からシベリアに向かってしまった。

ここで問題は、犯人の津田の処分である。治安担当の従道は、当然、皇室に対する不敬罪を適用して死刑に処するべきだとし、ロシア宮廷の態度を軟化させるにもよいと思ったが、担当の大審院長である児島惟謙は、

「外国の皇族に対しては、不敬罪は適用できない。傷害罪である」と法理論を貫く態度である。

従道も、それはもっともだとは思いながら、それではロシアの態度が硬化すると考え、法相の山田顕義といっしょに滋賀県庁にゆき、児島と検事総長の三好退蔵を呼んで、説得した

が、児島はあくまでも、

「いまここで私が信念を曲げて、憲法に違反するような判決を下すならば、国の歴史に汚点を残し、お上の聖徳を冒すことになりましょう」と主張する。

従道も困って、

「おいどんは、法律論は知らないが、おはんのような処分をしたら、ロシアの艦隊は品川沖に集結し、東京は砲撃のもとにさらされるであろう。法律は国家の平和を保つためにあるはずじゃ。国家を破壊するようでは、かえって聖旨にもとるのではないか」と反論したが、児島は、

「行政官が司法権を動かすのは、憲法の精神にもとる。それでは三権分立の意味がなくなる」と筋を通して反撃するので、従道も説得の言葉がなくなった。山田が各裁判官に会って説得しようとしたが、裁判官はみな児島に同調して、信念を曲げようとはしない。結局、津田は謀殺未遂罪として無期徒刑に処せられた。従道の主張は通らなかったが、このとき従道は、児島らの裁判官の信念に感心した。同時に自分の行動に不信を感じ、従道は、治安の責任をみずからとる形で、六月一日、山田とともに辞職して、品川弥二郎にバトンを渡した。

ところが、この品川が第二回総選挙で、大干渉をして悪名を残すことになる。

その原因は、この年（明治二十四年）の十一月にはじまった第二帝国議会である。前回の分裂にこりた自由党は、星の指導のもとに団結し、改進党とも歩調を合わせ、松方内閣に総攻撃をかけた。政府提案の軍事予算は、軍艦建造費、製鋼所設立費、陸軍兵器弾薬庫改良費、

砲台建築費、鉄道国有公債案など軒をならべて否決された。

　このとき、海軍の腐敗を指摘された樺山海相は、憤然として壇上に立ち、「薩長藩閥政治などというが、今日、国の安寧を保ち、四千万の生霊に関係せず安全を保ったということは、だれの功であるのか？」と怒号して、民党を罵倒したので、議場は大混乱に陥り、松方総理は最初の解散権を行使した。これが十二月二十五日で、総選挙は、翌二十五年の二月十五日であるが、品川内相は空前の大干渉を行ない、全国で死者二十五名、負傷者四百名を出す騒ぎとなった。

無類の遊説

　しかし、蓋をあけてみると、民党は依然として百六十名以上を確保し、政府側は百二十名程度で、品川の干渉は失敗した。このために品川は、三月十一日、内相の椅子を副島種臣に譲る。

　しかし、このままでは民党が跋扈して議会政治の真意がまげられると考えた品川は、政府側の政党として、国民協会を創立して、従道の参加をたのんだ。それは、このとき品川が枢密顧問官になっており、従道もこの年の一月に顧問官になっていたので、目をつけられたからである。

　ところが、この国民協会は、政府の御用政党だという評判がしきりなので、従道の友人などは、これを心配して、井上、大山、松方らが、黒田の邸に、従道と品川を呼んで、従道の国民協会参加を断念するように勧告したが、従道は、

「この協会は、けっして政府の御用の党ではごわはん。政府を批判する政党でごわす」といって、勧告を聞かず、会頭に就任し、品川は副会頭になった。いよいよ協会が発足すると、従道は、東北、北海道に遊説し、品川は九州にゆき、多くの会員を集めた。協会の趣意書には、

「志すところは、宇内の大勢を通観し、国際競争の激烈なるに鑑み、党争を排し、協同一致、もって国力を増進し、国勢を振長するにあり」とあるが、これだけでは、観念的にすぎて何が目的かわからない。当時のジャーナリスト鳥谷部春汀の従道評を聞いてみよう。

「西郷伯は枢密院顧問官であったが、国民協会ができると、野に下り(従道は、六月三十日、顧問官を辞職している、品川も同じ)、みずから協会の会頭となって東北に遊説し、品川子は副会頭となりて九州に遊説せり。その進退は一般の党人のみならず、薩長の元老たちをも驚かせた。とくにもっとも奇観であったのは、伯の東北遊説であった。

品川が有名な生首演説をもって民党攻撃をしたとき、伯は都々逸をうたい、カッポレを踊り、一挙一動すべて喜劇の材料たらざるはない。古今無類の遊説法で、はじめ東北の人は伯の風采を想像し、相争ってその謦咳に接することを栄とした。しかるに親しく伯を見れば、さながら一個の大通人で、東北人ほとんど魅了せられたり。また伯はこの際、化粧も遊説には必要なりとして、その髭を剃り落としたという」

『元帥西郷従道伝』には、従道に同行した新聞記者松井伯軒の記事が載っている。

「――従道伯が青森から秋田に入ったころ、余は初めて伯に見えた。一行は伯の従者のほか、大岡育造、安達謙蔵、早川龍介らであった。

秋田の五城目では、大勢の自由党員が葬式の列をつくり、額には三角の白紙を当て、身には麻上下、足に冷飯草履をはき、白張提灯を捧げ、生首尊霊と記したのぼりや位牌を捧げる者らが、群れをなして一行を取り巻いて送りこむので、多勢に無勢、警官さえ手がでない有様であった。

このとき従道伯は、白のヘルメット帽をかぶり、鉄色の羽織を着たまま、例の如くうつむきがちに綱引車に乗っておられる。当時、民党が敵を扱うのはかくの如くであった。秋田では五城目の反動で非常に歓迎された。鶴岡では、伯がこの土地に住んでいる酒井伯（元庄内藩主、隆盛に恩義を感じていた）を訪問したほかは何もなかった。

最上川を舟で渡るとき、西郷伯は、つくづく余の姿をみて、

『おはんは不自由はせぬが、銭は持てんのう』といった。

余は雨具を持たぬので、洋服の上に油紙をかぶっていた。伯がいうには、自分の兄もこういうふうであったという。『余もとんだ南洲翁になったものだ』と苦笑した。

伯は丸顔で、眼が大きく、髪や髭も、絵にかいた達磨で、ことに腕には台湾の高砂族にもらったという太い鉄の輪をはめているので、ますます羅漢的である。

山形にいったときの旅館は、柴山楼という料理屋兼業で、内芸者のすべてが江戸っ子で、

久方ぶりに歯切れのよい言葉を聞いた。

演説会のとき、伯は旅館に残っていることが多いので、余はよく伯の部屋にうかがった。するとと、大小の妓が、一座で静かに伯の冗談を聞いていた。

米沢に近い小松というところで懇親会があった。出席者四百二十余名、中にはチョンまげの老人もいる。こういうとき伯は、かならず座を一周して献酬されるが、当時はいろいろの杯があって、中には一合近く入るものもあるが、伯はそれをいちいち受けては返杯される。元内務大臣のお杯というので、質朴な田舎の老人などは、感激して、大粒の涙をこぼす者も少なくなかった。伯の酒量は四升を越えても平気だと聞いて驚いた。

仙台の演説会では警察の手配が十分で、自由党は策もなかった。草苅親明らの差し金で、会場近くへ石油の缶を多く持ちこんで、叩き立てるので、演説会を押しつぶしてしまった。

日清戦争が終わってから、従道伯は、従軍記者が、かなりの苦難にあいながら、政府からなんの報いるところもないのをあわれみ、林田亀太郎衆議院議員とはかり、美術学校の意匠と製作でできた鉛筆（銀いぶしの大砲型に金の鳩を浮かす）を海軍模様の箱に入れて、銘々に贈られた、その好意と用意は感謝に余りある。――」

さて、総選挙の大干渉で不評の松方内閣は、明治二十五年五月の第三特別議会で、不信任案を上程された。松方は議会に停会を命じ、保安条令を発動して、民党壮士百五十名を北海道に追放した。

衆議院は、さらに追加予算の否決でこれに答えた。海軍の拡張予算も成立しない。内閣は分裂し、七月三十日、松方は後継に伊藤を推して投げ出した。

ここで伊藤は、またも組閣を引き受けなかった。彼には思惑があった。師の松陰が、〝周旋の俊輔〟と評した伊藤には、まとめの才能があった。衆議院が民党に圧倒されることは、彼が憲法制定を考えたときからわかっていた。いよいよ山県、松方が民党に押されているのをみると、彼は早くも自分で自由民権と対抗する政府の御用党をつくることを考えていた。

今回の総選挙の前に、彼は天皇に上奏をして、

「この博文に政党の組織をお許し下さい。天皇主権のための政党をつくり、民党と対抗しなければ、内閣の生きる道はありません」とお願いをしていた。

しかし、これに反対の山県や黒田らは、伊藤の政党づくりを抑えてしまった。そして、悪虐ともいえる大干渉をやって、松方内閣はのたれ死をとげたのである。

そもそも、従道が国民協会に入ったのは、伊藤の政党づくりを断念させるためであった。伊藤が、子分の伊東巳代治を東京日日新聞の社長にし、枢密院議長を辞任して、政党をつくると言い出したとき、従道が、

「わしがやるから、あんたは、いまの職にとどまってほしい」といって、国民協会の会頭になったのである。

伊藤はこう言っている。

「大命降下、といっても今回は、黒幕(元老)総ぞろいでなければ、組閣はできません」と、

元老たちの揃い踏みのような入閣を求めた。そして出来上がったのが、つぎのメンバーからなる第二次伊藤内閣（八月八日、成立）である。これは〝元勲内閣〟と呼ばれるもので、この陣容で、日本は日清戦争を戦いぬくのである。

総理＝伊藤、外務＝陸奥宗光、内務＝井上、大蔵＝渡辺国武、陸軍＝大山、海軍＝仁礼、司法＝山県、文部＝河野敏鎌、逓信＝黒田である。

この第二次伊藤内閣が成立する少し前のことである。赤坂離宮で天皇の招待があった。宴がはじまる少し前、おくれてきた後藤象二郎が、席がないので、一番上座の椅子に坐ろうとした。すると、従道が庭の石を拾うと、後藤のポケットに入れようとした。

後藤が、

「何をする？」と言うと、従道は、

「おはんでは、ここに坐るには重みがたりないから、足してやろうと思ったのじゃ」と言ったので、一同は爆笑したという。

そして問題の第四議会（明治二十五年十一月二十九日〜二十六年二月二十八日）が開かれた。衆議院議長は、自由党の頭領の星亨である。星は民党連合軍の形で、政府予算案に大なたをふるい、海軍拡張費も削る。伊藤は停会を命じたが、星は停会が明けると、さっそく政府弾劾上奏案を可決して、内閣を圧迫した。

土壇場に追いつめられた伊藤は、ついに奥の手を出した。天皇の詔勅である。

「今後、六年間、皇室費から十分の一にあたる三十万円を支出し、官吏の俸給もその十分の一を献納して建艦費にあてるゆえ、人民も後の半分を差し出すべし」というのである。当時の自由民権派は、天皇の言葉に弱かった。これで自由党は、政府と妥協して軍事予算は通過した。どうも伊藤の方が、山県や松方よりは役者が上のようである。

絶妙のコンビ

第四議会が終わると、伊藤は内閣の改造を行なった。法相が、山県から芳川顕正に、文相が河野敏鎌から井上毅に、そして、従道は仁礼に代わって二度目の海相(三月十一日)になった。

このとき、国民協会という政党の会頭が政府に入るということで、批判する者もいた。従道は、沼津の別荘に潜んでいたが、勅命を奉じてきた黒田に説得されて、東京にもどった。国民協会の連中が送別と入閣の祝賀を兼ねた宴会を催したとき、挨拶に立った従道は、「おいどんが入閣したので、大変驚かれた人も多いようだが、おいどんも大層驚きもした」といったので、一同、爆笑し、批判する者もいなかったという。

これも天衣無縫の従道の人徳であるが、ここで当時の新聞記者石川半山の従道評をみておこう。

――内務大臣のころ、従道は、〝なるほど大臣〟と仇名をつけられていた。人が雄弁にしゃべると、従道は、「なるほど、なるほど」といって聞いている。

しかし、それはその説に感心しているのではなく、相手にいいたいことを全部いわせて、最後にきつく批判するためであることが多い。

前述のように、伊藤が盛んにビスマルクの話をするのを、黙って聞いていて、最後に、「なるほどビスマルクはおはんによう似ちょりますのう」といって、ぎゃふんといわせたのもその一つである。「西郷がなるほど、なるほどと謹聴しているときは油断がならない」というのが、伊藤の従道評の一つである。

徳望家というものは、多く優柔不断に流れ、八方美人で人に馬鹿にされるものだが、従道はつねに人に畏敬され、何人も彼を軽侮し得ない。さらに言えば、従道の特質はつぎの三つである。

一、立憲政治の世の中に無言で大臣を勤めること。

二、無能にして多、到るところ可ならざるはなく、かつて失敗したことがない。

三、政治家として政敵に憎まれない。

一の無言の件であるが、憲政の時代には雄弁が尊ばれるのに、従道はそれをやらない。議会で一度も演説をしたことがないが、それでいて政党員から無能を攻撃されたことがない。

二の無能は、確かに彼は自分の細かい仕事に通暁していないようにみえる。しかし、どの職についてもぶじに勤める。陸軍卿、文部卿、農商務卿、海相、内相、枢密顧問官と、いくところ無為にして化す、無手勝流で部下に十分の仕事をさせるのである。

三の敵に憎まれないということも、彼の人徳である。国民協会の会頭になったときも、その途中から、伊藤内閣の海相になったときも、これを攻撃する者がいなかった。それは従道がいつも裸の状態でいて、いっさい、弁明をしなかったためであろう。

西郷従道は、「じゅうどう」と読むのが本当だと冒頭に書いたが、世間では、「つぐみち」あるいは「よりみち・寄り道」と呼んでいた。従道が国民協会を脱退してふたたび海相になったとき、俳人正岡子規は、随筆『春鳥五章』の中で、つぎのように書いている。

「君はまた大臣になり玉ふ位ならば、はじめから、何故に民間の協会に入り玉ひしぞ。それはより道でござる。

とんと落ちつつと上りて雲雀かな」

また別の随筆『御夢想』には、こういう俳句を載せている。

海相　亡き兄のまぼろし悲し秋の暮

従道が海相になってまもなく、五月二十日（明治二十六年）に参謀本部の海軍部が独立して、参謀部長の中牟田倉之助が初代軍令部長となった。いよいよ日清戦争へのお膳立てが進行するのであるが、いま一つ大きな強みは、山本権兵衛大佐が従道とコンビを組んだことである。

権兵衛は、二十四年六月、「高千穂」艦長から海軍省の大臣官房主事（軍務課長に相当）になっていたが、その後の彼の動きに触れておきたい。

明治二十年十月、樺山海軍次官の洋行に随行した山本権兵衛は、二十一年十月に帰国、二十二年四月、「高雄」艦長心得となり、同八月二十八日、二段進級して海軍大佐となり、「高雄」艦長となった。当時の海相は西郷従道である。

二十三年九月、権兵衛は、新鋭の「高千穂」艦長となる。そして、二十四年六月、官房主事になると、猛然と制度改革の仕事をはじめた。当時の海相は樺山であったが、二十五年八月、仁礼に代わる。権兵衛が海軍参謀本部設置を提案したのはこのときである。この案は、同年の十一月、閣議に提出されたが、陸軍から反対がでた。参謀総長は帝国全軍の作戦を指揮するもので、海軍を分離することはできない、というのである。当時の参謀総長は有栖川宮、次長は川上操六、陸相は大山、次官は児玉源太郎という強力なメンバーであった。

これに対して海軍は、参謀本部の制度は海軍の関知するところではない。海軍にも、陸軍と同じく独立した統帥権を与えるべきである、として頑張り、一時は仁礼海相が辞職を申し出るという騒ぎもあった。

このとき、仁礼と次官の伊藤雋吉（としよし）を強く支援したのが、後に〝権兵衛大臣〟と呼ばれる希代の組織者・山本権兵衛主事なのである。このときは陸軍に押し切られたが、智謀の権兵衛は、このさい一挙に海軍の諸制度を改革する案を立て、ひそかに時機を待っていた。

そこへ、二十六年三月、大物の従道が海相にカムバックしてきたので、権兵衛は喜び勇んで、苦心の改革案を大臣に提出した。

その日は土曜日であったが、一日おいて月曜日の朝、従道は権兵衛を呼んで、大部の書類

を前におき、

「この案はなかなかようでけちょる。幸い今回、宮中に海軍制度調査委員会がでくっと。委員長は枢密院議長の山県伯、委員には井上（馨）内相、井上（毅）文相、それにおいらがなりもす。この案をば、この委員会にかけもそう」といった。

権兵衛は不審そうな顔をして、

「委員会のことは初めて聞きもした。閣下は、私が半年以上もかけて、作成したこの案を、昨日一日で読まれ、海軍に関係のない人の多い委員会にかけようといわれるが、納得がいきもはん」と抗議した。

従道は苦笑した。じつはこの委員会は、権兵衛が官房主事に就任してから辣腕をふるい、樺山、仁礼らを操縦して、〝権兵衛大臣〟の異名をとるほどになったので海軍の予算分捕りをおさえ、権兵衛を圧迫するためのものであった。従道は言った。

「おいは、おはんの案を軽視してはおらんど。おはんに風当たりの強かことは、おいもよう承知しちょる。一大佐の身で難局に当たるのは用意なことではごわはん。今後は外部に対する責任はすべておいが取りもそう。海軍内部のことは全部おはんに任す。誰がまことの忠義か、いずれ事の真相知る人ぞ知る。やがて天空海闊の気運の開かるる日もくるであろう」

ここにおいて権兵衛も納得し、従道が、

「おはんの提出した案はだいたいにおいて眼を通した。委員会がでけた以上は、これにかけるほかはなかろう」というのを了解した。

その後のある日、従道が権兵衛を呼んで、
「山県伯が、おはんに会いたい。都合を知らせよと言うちょる」と言った。権兵衛は、
「そげん政治家めいたことは好かんでごわす」と言ったが、山県は枢密院議長のほか、海軍制度調査委員長であるので、権兵衛も会うことにして、目白の山県邸（椿山荘）を訪問した。
会見は午前九時から午後四時に及んだ。

山県　今日は、官位をはなれて山県と山本の談話としたい。まず国防に関する意見を聞きたい。

山本　明治維新のとき、私は一兵卒として参謀である閣下の下で働きました。しかし、その後、海兵の生徒となり、海軍の戦術、戦略、国防を学びましたので、いささか質問に答えたいと思います。

山県　近頃、貴君が海軍省において、いろいろな改革を行ない、術策を弄して事を誤ると、告げ口する者があり、新聞にも出ている。これについて、聞きたい。

山本　いかに自己一身上の陰口をきかれようとも、みずからやましいことはないので、意に介しないことにしています。しかし、このような陰謀が海軍の改革に悪影響を及ぼす虞（おそ）れがあります。以下その批判に答えたい。（と逐一反証を挙げる）

山県　それはよくわかった。つぎに貴君の今回の改革の大要を聞きたい。

山本　閣下は海軍制度調査委員長である。この席は公式のものではないが、詳しく説明したい。

として、五年前、欧米視察のときに調査した列強海軍の制度、現在の情勢、日本海軍の実情、将来に対する国防の大計、今回改革すべき諸制度について、詳しく説明した。

山県は、大いに得るところありと、夕方近くまで山本の話を聞いた。この後、まもなく山県は、閣議に出て、各大臣にこう言った。

「わしはいままで、山本権兵衛という男は大贋物(がんぶつ)ではないかと疑惑を抱いていた。しかし、今回、親しく会見して、とくと語りあったところ、わしの疑惑は氷解し、山本は思慮綿密、細事に拘泥せず、所信に邁進するの気概あり。識見、力量、豊富で、大いなる抱負を抱いた人物であることがわかった」

これを聞いた、やはり海軍制度調査委員の井上馨と井上毅も、山本の話を聞きたい、と従道に申し込んだ。従道の指示で権兵衛は、井上馨を内相邸に訪問したところ、井上毅も来会して懇談した。

まず、井上馨が約三時間にわたって、権兵衛が提出した制度改革案の説明と、権兵衛に対する悪評への弁明を聞いた。権兵衛は山県のときと同じく、詳しい説明をした。

ついで井上毅が法律の学者らしく、この案文の中の字句の適当でないと思われるものについて質問した。権兵衛は、

「字句の修正は書記官の仕事と思う。内閣には書記官あり、法制局には参事官あり、規則法令の本旨に間違いがなければ、この修正整理は、それらの人に任せたい」と答え、井上も了解して会談を終わった。この改革案はこの年の五月以後、つぎつぎに実施された。

　また、権兵衛は制度の改革に伴う人事異動と人員整理を考えた。このさい問題となったのは、維新以来の功労者ではあっても、もはや老朽して新しい海軍には必要のない将官の淘汰であった。権兵衛はたとえ薩摩人であっても、不要の将官は整理し、自分に悪評を立てる者といえども、将来の役に立つと思われる者は残した。その結果、淘汰すべき将官八名、佐、尉官八十九名に上った。

　この名簿をみた従道は、少し心配げに問うた。

「こげん大勢の士官を一遍に整理して、一朝事あるときに不足はごわはんか？」

　権兵衛は答えた。

「いまや新しい教育を受けた士官が増加しておりますので、配置には不足はございません。また戦時には、予備役の者を召集することもできます」

　これで、制度改革と並行して人員整理も行なわれた。維新以来の士官が多かったので、一時は従道に詰め寄る者、強硬に書面で抗議する者もいたが、従道が平然とこれを聞き流すので、結局、全員が予備役入りの願書を出した。

　このように大物海相と〝権兵衛大臣〟のバッテリーは、絶妙の活躍をつづけ、権兵衛の意見はほとんどが従道によって実施された。また、二人とも酒豪であるが、飲むと権兵衛は、

「閣下は海軍では新参、おいどんは古参でごわす。なんでもおいどんの意見を聞きやったもんせ」といって、従道を苦笑させた。

　権兵衛の兄の子供である山本英輔（海軍大将、連合艦隊司令長官）は、後年、

「叔父（権兵衛）も従道侯がいなかったら、少佐か中佐でクビだったかもしれない。あんな悍馬を乗りこなす大臣はめったにいないからね」と側近に述懐していた。

権兵衛の気炎

さて、日清戦争の前年、日本海軍の現況はいかなるものであったのか。

軍艦　明治十年　十五隻　一万五千トン
　　二十年　二十三隻　三万八千トン
　　二十六年　二十七隻　五万一千トン

軍人　明治十年　四千人
　　二十年　一万四百人
　　二十六年　一万三千六百六十人

経費　明治十年　三千七百万円
　　二十年　一億九百万円
　　二十六年　八千百万円

というように経費の一部を除いて増加している。

さて、いよいよ日清戦争に入るのであるが、戦争の推移、状況については、他にも多く出ているので詳述を避けて、ここでは、従道と権兵衛に関係する点だけについて記述する。

そもそも日清戦争の近因は、明治二十七年の五月に起こった東学党の乱であり、これを鎮圧するために朝鮮の政府が清国に出兵を要請したことが、日本の出兵の原因となった。まだ開戦に至らぬころ、陸軍には、朝鮮半島には最低でも二個師団は出兵しておくべきだという議論があった。そういう議論の下地のあるところに乱が起こったので、陸軍は色めきたった。戦争は立ち上がりが大切だ、というのが参謀次長川上操六の意見である。

海軍は、明治十八年の天津条約で、出兵のときにはおたがいに通知し合うと約束しているので、出兵はまかりならんとして、このときは出兵に賛成しなかった。しかし、東洋のモルトケ（ドイツの名参謀総長）をもって自任している川上は、強硬にそれを主張する。

このころ、陸軍にはやり手の児玉がいて、川上とともにしきりにその抱負を語っていた。しかし、海相の従道は、閣議に出ても、

「海軍は自分と中牟田、山本でいたします。ご安心されたい」というだけで、多くを語らなかった。

開戦の迫ったときの閣議に、従道は山本に出て説明せよ、という。権兵衛は、

「閣議に一主事が出るのは如何か？」と断わったが、

「今日は川上も出るというから、おはんも出てくれ」という。これには理由があった。

川上と権兵衛は同年で、少年時代には鹿児島の造士館で机をならべた仲である。戊辰戦争にも二人は兵士として参加した。その後、川上は引きつづき陸軍に入り、明治四年七月には中尉に初任されたが、権兵衛は海兵に入ったので、任官が遅れた。そのため、切れ者の参謀

として出世した川上は、いまや陸軍中将の参謀次長だが、権兵衛は大佐の六年目である（山本の少将進級は日清戦争の後）。しかし、ボッケモン（豪傑）といわれた権兵衛は、相手が中将でも容赦はしなかった。

案の定、閣議がはじまると川上は、とうとうと陸軍の計画を開陳し、出兵、開戦を力説する。黙って聞いていた権兵衛は、やおら口を開くと、

「操六どん、陸軍には橋をかける工兵がごわすか？」と聞いた。川上は胸を張って、

「もちろんごわす。どこにかけるんじゃ？」と聞いた。すると権兵衛が、

「九州の呼子港から対馬をへて朝鮮の釜山まで百八マイル（海の一マイルは一・八五二キロ）の橋をかければ、陸兵を朝鮮に送るのに、なんの造作もごわはんじゃろう」と言ったので、さすがの東洋のモルトケも、唖然として、あいた口がしばらくはふさがらなかった。

前述のように参謀本部には、陸主海従の伝統があり、海軍は陸軍が立てた作戦を補佐すればよい、という傾向が強かった。権兵衛はそれに一矢を報いたのである。

川上が、しばらくはショックのために沈黙していると、権兵衛は戦時海軍論をぶちはじめた。

「一、戦時海軍の第一の要務は制海権の獲得である。けっして陸軍の輸送船を護衛するのが主務ではない――」

この制海権という言葉は、列席の伊藤首相、山県枢密院議長、大山陸相らはもちろんのこと、閣僚にも初耳であった。そのくらい、海軍に関する幹部の関心は薄かったのである。し

かし、その中で一人、ふだんから権兵衛の気炎を聞かされてきた従道は、わが意を得たりと微笑していた。

「二、軍艦が陸軍の輸送船団を護衛する場合でも、敵の艦隊が現われたときは、輸送船はさておいても敵と決戦しなくてはならない。

三、このほか海軍の任務としては、陸戦隊の揚陸、外国と敵国の物資輸送の封鎖などがあり、また緊急の策としては前進根拠地の設営がある。陸軍の輸送護衛として、補助的に考えるのは御免ねがいたい。

四、川上次長の言には、敵海軍が健在なのに敵前上陸を敢行するという。その稚気や哀れむべきである」

感心しながらこれを聞いていた川上は、大きくうなずくと、権兵衛に、一度、参謀本部にきて、海軍の作戦の構想を説明してほしい、といった。

ところが権兵衛は、自分は一海軍省主事で、海相の命令によってこの席に出ているので、参謀本部にゆくことは自分が決めるべきではないという。しかし、従道や伊藤、山県、大山もそれを希望するというので、権兵衛は参謀本部にいって、思うぞんぶん海軍の実態とその作戦計画を語り、川上らを納得させた。

このほか、開戦前に、権兵衛が従道に進言したのは、常備艦隊（司令長官伊東祐亨中将）の佐世保集結であった。

五月に東学党の乱が起こったとき、常備艦隊は清国の福州方面を行動中であったが、権兵衛は外交段階にあるとき、艦隊が事を構えることをおそれ、前進根拠地の佐世保で補給、修理、訓練を行なうことを適当と考えたのである。

これに対し軍令部長の中牟田中将は、おりから丁汝昌の率いる清国艦隊が仁川に集結し、佐世保に向かう伊東艦隊を追跡する気配を示していたので、

「このさい、機先を制して、先制攻撃をかけるべきだ」と主張したが、〃権兵衛大臣〃はこれをおさえ、

「今回の戦いは挙国一致で戦う戦略を必要とする。伊東艦隊は決戦の準備をして行動しているのではない。かつ外交交渉の余地もある。佐世保集結が先決である」と主張し、従道もこれに賛成した。

また、権兵衛は常備艦隊の中に高速の遊撃隊を設け、これで清国艦隊を撹乱することを考え、従道と中牟田の賛同を得て、その司令官の人選にかかった。中牟田はこのとき、ある大佐（柴山弥八、佐世保鎮守府長官心得）を推し、従道も賛成していた。

しかし、権兵衛はこの任務は、果敢迅速な判断と行動力を必要とするとして、坪井航三少将（長州出身、当時、海軍大学校長、アメリカに留学し、単縦陣戦法の研究家として有名）以外にはない、と主張した。

これに対し中牟田が、

「坪井は少将の古参で、伊東と仲がよくないというがどうか？」と疑問を呈した。

そこで権兵衛が、直接、坪井を説得することになった。権兵衛の来訪を受けた坪井は、一

日の猶予を乞い、翌日、芝白金の山本邸を訪問して、

「自分は伊東提督になんら怨念はない。ただ、なんとなく虫が好かぬ、という程度である。今回、貴君の懇切な要請に会い、祖国の急にあたり、個人の感情は問題にならず」と受諾の意思を表明したので、開戦直前の七月十九日に、坪井は第一遊撃隊司令官を発令された。坪井は権兵衛の期待どおりその第一遊撃隊を率いて、九月十七日の黄海の海戦では単縦陣戦法をもって敵の主力艦隊を縦横に攪乱、痛撃し、勝利の緒をつくった。

これと直接関係はないが、その二日前の十七日に、中牟田は軍令部長を罷免され、枢密院顧問官になっている。これは薩閥の策動で、大山陸相、川上参謀次長の名前で、従道に、中牟田を樺山に代えてくれ、という要請があったことに基づく。陸軍の言い分には、中牟田が温厚、消極的にすぎ、戦時の軍令部長として不安あり、という。

これを聞いた従道は、樺山の激しい性格が軍令部で問題を起こすことを憂えて、権兵衛に相談した。

すると権兵衛は、

「海軍の人事に陸軍が介入するのは好ましくない」としながらも、

「これは今回設置された大本営において、陸軍の参謀次長と海軍の軍令部長が並立されるとき、その釣り合いからきたものであろう。中牟田子爵は自分が海兵生徒のときに兵学頭で自分には懐かしい恩師であるが、学者的な謹厳寡黙な態度が、陸軍の不信をかったのではないかと思われる。さて、樺山子爵の性格は海軍部内に波瀾を生じるかもしれないが、海相と軍

令部長の職責は別であるから、海軍省はその職務を守ればよかろう」とこの異動に賛成し、中牟田は開戦直前に軍令部長から枢密顧問官となったが、やはり薩閥が佐賀人を追い出したという評をおさえることはできなかった。

樺山が軍令部長に就任すると、すぐに強気の発言が出てきた。当時、常備艦隊のほかに警備艦隊があった。樺山は、この警備という名前が、内地を守る後退的なものであるとして、この変更を権兵衛に求めた。しかし、権兵衛は、いまは開戦の準備中であるから、旧のままにして、いずれ編制を考慮したい、と答えた。樺山の意向は警備艦隊を常備艦隊に併合したいというものであった。

それからまもなくして、権兵衛は、警備艦隊を西海艦隊とし、これと常備艦隊を合わせて連合艦隊をつくる案を立て、従道の許可を得て、七月十八日、伊東中将が初代連合艦隊司令長官に就任した。連合艦隊は山本権兵衛がつくったということになった所以である。

その翌日、十九日に日本政府は、最後通牒を清国政府に送り、二十三日、伊東長官は連合艦隊を率いて佐世保軍港を出港して、朝鮮西方の黄海方面に向かった。単縦陣の坪井第一遊撃隊司令官は、「吉野」「秋津洲」「浪速」（艦長は東郷平八郎大佐）の新鋭高速艦三隻を率いて、仁川方面に先行した。

七月二十五日、第一遊撃隊は豊島付近で清国の軍艦三隻と遭遇し、これと交戦して、一隻を拿捕し、一隻を自沈せしめた。東郷の「浪速」が、清国兵を満載していた英国船高陞号を撃沈して問題となったのは、このときである。詳しい事情は省くが、これを聞いた伊藤総理

は、

「イギリスを敵にするのか！」とカンカンになって従道を詰問した。まもなく内閣に呼びつけられた権兵衛は、

「この情報の出所は、上海電報で、すぐには信用し難い。もし事実としても、わが軍艦がイギリス船を砲撃するには、東郷艦長に相当な事情があったに違いない。ただしこの相手が英国であったことは幸いで、もしロシアであったら問題は難しくなったであろう」と答えた。

伊藤は、

「貴下は国際法について、研究したことがあるのか？」と聞いた。

「研究したことはないが、発生した事実の真相を確かめ、これを国家存立相互保持の意義に照らし、常識をもって善後の措置を講ずるのみである」と答え、伊藤もいくらか気分を静め、権兵衛も退出した。

　まもなく英国支那艦隊司令長官は伊東長官に抗議をしてきた。伊東はこれを海相に報告、高陞号事件は予想どおり国際的事件となってきた。

　従道の方も、権兵衛に情報を集めさせた。

　そこへ東郷艦長から、伊東長官宛に打電した詳しい報告が入った。高陞号は英国船であるが、清国に雇傭されており、清国の陸兵を満載して、牙山の基地に向かう途中で、「浪速」の停戦信号を無視したので、「浪速」は警告の後、これを撃沈したものとわかった。

　従道の指示で権兵衛は内閣に出てこの事情を説明し、

「英国船といえども、清国兵を輸送するときは、軍事的行動で、万一の場合も船価を賠償すればよかろう」

と説明した。しかし、英国が清国に加担することをおそれる伊藤は、なおも楽観せず、天皇も心配しておられた。

海軍はとんでもないことをする。どうも薩の海軍は出すぎてはいないか、という声も高かった。

――東郷という奴は、若いときから気の強か奴じゃったが、なかなかやってくれるのう……。

従道も少し渋い顔になったが、吉報は海の向こうからやってきた。ロンドンタイムズに、英国の有名な法律学者ホーランド博士の論説が載った。

それはつぎのような主旨である。

「高陞号が撃沈されたとき、戦争はすでにはじまっていた。宣戦布告はなくても戦争行為は違法ではない。これは英国と米国で何度も判決が出ている。高陞号には日本軍を攻撃にいく清国兵が乗っているので、日本軍が撃沈しても正当行為で、船員は救助されて自由の身になっているから国際法に違反しない。日本政府は英国に謝罪する必要はなく、また船主および溺死した英国人の家族も日本政府に賠償を要求する権利はない」

これにつづいてウェストレーキ博士も、ロンドンタイムズに同じ主旨の論文を掲載したので、世界の世論は東郷艦長の処置を正当と認めるようになり、伊藤も愁眉を開いたのであった。

「大臣、やはり東郷の処置が正しかったんでごわすよ。おいどんは、そげんこっ考えておりもした」

権兵衛がそう報告すると、

「じゃっどん、昨日までは、おはんの顔色は冴えとらんごっあったぞ」と、従道はこの敏腕な〝権兵衛大臣〟を冷やかした。

「東郷は英国で国際法を勉強しちょります。これからは国際法も必要でごわすな」と権兵衛がいうと、

「おはんに任そう。おいはもう間にあわんごっ」といって、従道は笑った。

初の海軍大将

八月一日、日本は清国に宣戦を布告し、戦争は本格的になった。枢密院議長であった山県も、このさい陣頭指揮をとるべしというので、八月三十一日、第一軍司令官として、朝鮮に渡ることになった。このとき、山県軍司令官に「進級補除」の権限を与えられたので、海軍でも連合艦隊司令長官にその権限を与えるべきだ、と樺山軍令部長は主張した。このとき権兵衛は反対の意見を従道に進言した。

「出先の司令官に、進級や補佐の人事の権限を与えるのは、今日のように通信が発達しない

ときの便法である。とくに海軍では、一隻の軍艦に、長官、参謀長、艦長、副長らが乗っており、つぎつぎに指揮権を継承できるようになっている。海軍は海軍独自のやり方でいくべきであろう」

これでこの事項は、海軍では沙汰やみとなり、進級異動の人事は、海軍省で行なうことになった。

朝鮮の戦線で日本軍は勝ち進み、山県の第一軍は平壌を包囲した。九月十五日、天皇は大本営を広島に進められ、従道も権兵衛をふくむ副官部を連れて広島に向かった。十六日、有栖川宮参謀総長、大山陸相、西郷海相、軍令部長代理の角田軍令部第一局長が天皇の御前に集まって、作戦会議が開かれた。

樺山軍令部長は海上にあった。権兵衛が案を出して、前線の視察にいってもらったのである。陸軍が前首相、枢密院議長の長老・山県を第一軍司令官に出したので、海軍も軍令部の長を前線に送るというのである。

連合艦隊司令長官の伊東は優秀な指揮官であるが、やや自重的なところがあるので、猛将の樺山をつけて助けようという権兵衛の腹であった。

樺山の留守の間、樺山に代わって川上と対抗するのは、当然〝権兵衛大臣〟で、従道と大山の従兄弟は、黙って聞いているだけである。

大山は、この十日ほど後に、第二軍司令官として大陸に渡る予定であった。会議の間、天皇は平壌と黄海の伊東艦隊の動きを気にしていた。午後十時、平壌占領の電報が入ると、政務室にいた天皇のところに侍従たちが入ってきて、「万歳！」を叫んだ。「まだ黄海の海軍がある」と、天皇は容易に眉を開かれなかった。

翌十七日、黄海で伊東艦隊と丁汝昌の北洋艦隊が激突、決戦に及び、深夜に入って、四隻撃沈、敵を旅順に追い込んだという電報が入ったので、やっと天皇も安心された。

〽煙も見えず雲もなく……の歌で有名な「黄海の海戦」は、大連の東百二十キロの海洋島の東方海面で行なわれた。

日本艦隊は、三景艦と呼ばれる「松島」（旗艦・伊東長官座乗）「厳島」「橋立」と、単縦陣の坪井少将の率いる第一遊撃隊の「吉野」「高千穂」「浪速」「秋津洲」、ほかには「扶桑」「千代田」「比叡」「赤城」、そして、実戦視察の樺山軍令部長を乗せた西京丸（仮装巡洋艦）であった。

対する丁汝昌の艦隊は、当時、世界最強といわれた八千トン近い巨艦「定遠」「鎮遠」をはじめ十四隻で、日本軍より優勢であった。

九月十七日の朝、坪井の第一遊撃隊が、『敵発見！』を打電した。ときに午前十一時三十分、坪井は四隻の高速巡洋艦を率いて、単縦陣の名に恥じず、猟犬のように敵の巨艦の前後を走り回り、猛撃をつづけ、緒戦で勝敗を決定的にした。

北洋艦隊は「超勇」ら四隻を失い、「定遠」「鎮遠」も大破して、残りの艦とともに旅順に逃げこんだ。

わが方は「松島」が大破し、ほかに「赤城」「比叡」、西京丸が損害を受けたが、沈没した艦はなかった。

樺山軍令部長は、西京丸の艦橋にあって目の前で展開される激戦を目撃し、自分も危うく負傷するところであったが、大いに勇壮な気分を味わった。

日本艦隊がはじめて経験した大海戦で、勝利を得たので、権兵衛も従道も、これで黄海の制海権を握り、戦争の前途に明るいものを見出したのであった。

黄海海戦で予想以上の勝利を得たとき樺山軍令部長が、

「伊東は、すでに十分に名声を得たから、ほかの提督（井上良馨中将・横鎮長官か、有地品之允中将・呉鎮長官かのどちらか。井上は薩摩、有地は長州）と更迭して、戦勝に与(あず)からせてはどうか？」という意見を出した。

これに対して権兵衛は反対意見を従道に提出した。

「この戦争の前に列強は、大国清国に対して、新興の日本海軍がどのていど戦えるか疑問に思っていた。いま黄海の勝利で伊東中将は〝ヤルー（黄海）アドミラル・イトー〟という仇名をつけているほどである。これはわが海軍力を示すもので、帝国の名誉である。よって戦争の終わるまで連合艦隊の長官は世界的人物となった伊東中将として通すことが、戦勝の所以と考えられます」

従道はこれを可として、伊東の継続を決めた。

このとき権兵衛の考えはこうであった。黄海の勝因は、坪井の第一遊撃隊の奮戦にある。

そして、坪井をここまで使うことは、井上や有地では難しい。樺山はつぎの海戦も大勝利と決めて、別の提督にも栄誉を分かつことを考えているが、いつも勝てるとは限らないのだ。

さて、大山の第二軍は、遼東半島に上陸し、十一月七日、大連を占領し、二十一日には、旅順を一日で占領してしまった。

翌二十八年二月十二日、威海衛にいた北洋艦隊司令長官丁汝昌は、わが連合艦隊に降伏し、丁は部下の命を助けてもらいたいとして、毒をあおいで自決した。

二月中旬、清国政府は米国を通じて日本に講和を申し込み、李鴻章を全権とする旨を申し入れてきた。〝東洋の眠れる獅子〟といわれていた清国も、ここに日本軍の軍門に降ったのである。

さて、これより前、二月二日、大山の第二軍が威海衛の海岸を占領したころ、このさい天皇の旗を大陸にすすめて、士気を鼓舞し、一挙に北京を占領して清国を圧倒すべし、という意見が強くなってきた。権兵衛はこれを重大事として、反対意見を従道に述べた。

「もちろん、陛下が山東半島、あるいは遼東半島から北京に天皇旗を進められるならば、士気は大いに挙がるでごわそう。じゃっどん、列強が、もっとも干渉してくるのは、この北京占領のときでごわす。清国に多くの利権を有する露、英、仏、独らは、日本が清国を無条件降伏せしめて、多くの利権を得る条約を結ぶことを喜びますまい。もしわれに倍する列強の軍隊が、直隷平野でわが大本営と陛下を包囲するならば、由々しき大事でごわすぞ。一時の戦勝におぼれてむやみに前進するときは、思わぬ不覚をとりもそう。もしどうしてもこれが必要なるときは、皇族を代理にすべし」

従道は大きくうなずいて、この旨を伊藤総理に話した。伊藤は、直接、権兵衛を呼んで、天皇旗を大陸に進めるがごときことは絶対にやらせぬ、この伊藤が引き受けた、と権兵衛に断言した。

天皇の代理として小松宮彰仁親王が、旅順に渡ったのは、戦争が終わって休戦条約が調印された後の四月十三日のことである。

そして、講和条約の調印後、四月二十三日、ロシア、ドイツ、フランスの三国干渉が起こった。

このとき、伊藤は、権兵衛にしみじみと言った。

「貴公があのとき外国の干渉があるかもしれぬから、天皇旗を大陸に進めるのは危うし、と警告したが、いまになって思い当たるのう」

天皇は伊藤らの重臣と相談の結果、戦争で疲弊したいまの日本の力では、とても三国と対等に戦うことは不可能として、その勧告をのみ、遼東半島を清国に返還することにした。

台湾、澎湖諸島の割譲と償金二億両はそのままで、日本は遼東半島を返す代わりに、三千万両を受け取った。日清戦争前後の外交で体をすりへらした陸奥外相が、この三国干渉で命を縮めたことは有名である。

大本営は、四月二十七日、広島から京都に移され、五月二十七日、東京に移された。

日清戦争は、三国干渉という西欧列強の卑劣な介入をふくみながらも終わり、明治二十七年十月三日、従道は日本で最初の海軍大将になった。

従道につづいては、樺山が二十八年五月十日に大将になった。樺山の場合は海軍中将から海軍大将であるが、従道の場合は陸軍中将から海軍大将であるからこの点でも異色である。

従道は陸軍中将のまま三回にわたり、通算五年間にわたって海軍大臣を勤めた。大将になってから三十一年十一月に内務大臣に転任するまでを数えれば、さらに四年が加算される。

また従道は、明治七年、三十二歳で陸軍中将になってから、二十七年まで二十年間も中将のままであり、これはほかに比類ない長いものであろう。従兄弟の大山は中将を十四年やっている。ただし大山は、従道より四年遅く中将になったが、大将進級は従道より三年早い。日本軍砲兵隊の創立者としての実力もあったであろうが、軍部の独裁者ともいえる山県の覚えがよかったことも、その理由の一つであろう。

外国では、イギリス海軍の英雄ホレイシオ・ネルソンが二十歳で海軍大佐になり、二十年間、大佐を勤めたという話があるから、どこの国も昔はのんびりしていたのであろう。ネルソンが戦死するトラファルガーの海戦は日本海海戦のちょうど百年前である。

一方、権兵衛は、明治二十八年三月八日、海軍少将に進級し、海軍省軍務局長に補された。そして、この三年後には中将に進級し、まもなく海軍大臣になるのであるから、従道よりはだいぶ出世が早かったようである。

日清戦争の間、第二軍司令官となった大山に代わり、従道が陸相を兼務したことは、あまり知られていないようである。従道は内閣発足前に陸軍卿を二度勤め、陸軍中将で海軍大臣になった。

大山も、明治十九年に従道が洋行したときは、海相を兼務している。従道は二十七年十月から翌年三月までの重要な時機、陸相を兼務している。次官兼軍務局長が、児玉源太郎という無類の切れ者であるから、任せて勤まったのであろうが、児玉といい、権兵衛といい、陸海軍の名だたる秀才を統率したのであるから、並の人物ではない。やはり大物というべきであろう。

従道が陸軍中将であった期間は、山県が陸軍の支配者であり、参謀本部長として海軍の軍令にも影響力を持っていた時期でもあった。

従道は、明治の初めに、山県といっしょに洋行しているが、そのころからウマの合わぬものを感じていた。冷徹、専制的で自分の郷党や系列の子分だけを大事にして、栄爵をもって人を籠絡する傾向の強い山県のやり方は、無為無心にして人を化するという大西郷の徳を偲ぶ従道とは相容れないところがあっても無理ではなかったであろう。従道の進級が遅かったのは、山県との間の微妙な摩擦が原因のように思われるが、如何であろうか。

さて、二十八年三月、山県が凱旋してくると、従道は陸相の椅子を彼にゆずり、五月、大山が凱旋すると大山が陸相になった。従道の海相は、三十一年十一月八日、内相となって権兵衛にバトンを渡すまでつづく。権兵衛は、三十一年五月に海軍中将となり、十一月には軍務局長から、次官をへることなく一足飛びに海相になる。

この年の一月には、従道は日本海軍で最初の元帥となっている。

従道が大将になるとき、天皇から、「特旨をもって現役と心得べし」というお沙汰があった。

日清戦争は終わったが、三国干渉の後、ロシアに対する「臥薪嘗胆」というのが、国民の合言葉であり、海軍の任務はますます重大で、天皇は従道を予備役にすることを避けようとしたのだった。（従道は、明治二十一年十二月、予備役に入っているが、事実上、日清戦争では現役同様に海軍を指揮していた）

明治の功臣の中で、天皇の信頼を得た人物は多くいたが、その中で、岩倉、木戸、伊藤、山県にもまして信任の厚かったのは、西郷隆盛であった。その風貌、無私の態度はまさしく大英雄のそれで、城山の最期を聞いたときは、天皇も、「とうとう西郷もいってしまったか」と嘆かれた。

その後、風貌のよく似た弟の従道が廟堂に出入りするようになると、天皇は大西郷を偲ぶ意味もあって、従道に特別の親愛感を抱かれるようになったらしい。二十二年五月の西郷邸への行幸もその現われであるし、二十五年十一月、政党をつくって国民協会の会頭になったときも、天皇は、「従道は、政府に反対するような立場にならねばよいが」と心配された。

そして、二十六年一月には、天皇は侍従長の徳大寺を介して、伊藤総理に、「従道の国民協会会頭は政府の援助の立場にある間はよいが、長期間におよぶと政府に反対する立場になるかもしれない。維新の元勲が兄弟ともに罪に陥るようなことがあってはならない。機会をみて従道を協会から脱退せしめ、政府の要職につけることができないならば、欧米に留学せしめてはどうか」という趣旨の意向を伝えている。

従道が協会を辞めて伊藤内閣の海相になったのには、この聖旨もひびいていたのであろう。

日清戦争後の従道は、対露の戦争準備に、権兵衛とともに打ち込んだ。三国干渉のとき、恐露病患者といわれる山県は、このさいロシアと結んで英、独、仏の欧州連合軍を破るべきだという意見を持ったが、従道は、「ロシア恐るべし」として征韓論を主張した兄の遺志を継いで、つぎは日露戦争であるという信念をまげなかった。

話が前後するが、二十八年八月五日、日清戦争の論功行賞として、天皇は宮中に功臣を召して、叙勲と叙爵を行なった。

従道はつぎの人々とともに功二級金鵄勲章をもらった。それは、有栖川宮、山県、大山、野津道貫、樺山、川上、伊東らであり、さらに、山県、大山とともに旭日桐花大綬章を受け、さらにまた、伊藤、山県、大山とともに侯爵に叙された。

ここで、『陸奥宗光伝』に載っている従道の話が目に入ったので、紹介しておきたい。

日清戦争直前の五月、開戦必至となったとき、外相の陸奥は軍部の勝算を聞こうというので、まず参謀次長の川上を訪れた。多年にわたって対清戦略を練ってきた川上は、自信たっぷりに、

「われにドイツ式操練で鍛えた精鋭六個師団あり、海軍が輸送路を確保してくれれば、必勝の成算がごわす」と断言した。

これをたのもしく思った陸奥は、海相の従道を訪問した。兄の隆盛は鹿児島では、〝巨人

（うど）さぁ〟と呼ばれていたが、この弟もそれに劣らぬ大物で、陸奥の問いに、

「やれといわれればやりもす。やるからには勝たにゃあいけんでごわしょう」と茫漠とした答えをした。そのとき陸奥は、

「西郷という男は、大風の中に灰を撒（ま）くようなことを言う男だ」と感じたという。

六六艦隊構想

いよいよ日露戦争への準備である。

明治二十八年三月、少将に進級して軍務局長となった山本権兵衛は、本格的な対露決戦用の艦隊づくりに踏み切った。六六艦隊の構想がそれである。すなわち、甲鉄戦艦六隻、一等巡洋艦六隻で艦隊を編成し、とりあえずロシアの東洋艦隊と対抗させようというものである。

この日清戦争直後の拡張案を第十一回拡張案と言い、これが第一期（明治二十九年度開始）と第二期（三十年度開始）に分かれ、いずれも権兵衛が立案して、従道が議会の可決と天皇の裁可を得たものである。

二十八年の段階では、二十年に計画された戦艦「富士」「八島」（各一万二千トン）が進行中で、六六艦隊を建造するには、一万五千トンの戦艦（「三笠」「敷島」「朝日」「初瀬」）と九千トンの一等巡洋艦六隻（「出雲」「磐手」「八雲」「吾妻」「浅間」「常磐」）をつくる必要があり、これを、第一期（戦艦「敷島」、一等巡洋艦二隻、二等巡洋艦三隻、水雷砲艦一隻、駆

逐艦八隻、水雷艇三十九隻）と第二期（戦艦「三笠」「朝日」「初瀬」、一等巡洋艦四隻）に分けてつくり、総予算は二億千三百十万円と算出された。
このうち、第一期拡張案が西郷海相によって、第九帝国議会に提出されたときの興味ふかい逸話が、『元帥西郷従道伝』に出ている。
多額の海軍予算に対して民党の攻撃は鋭い。先鋒は、後に憲政の神様といわれる尾崎行雄である。彼は勢いこんで質問したが、相手がなまずのような従道であるから始末にわるい。
尾崎　帝国の国防は陸軍を主とするや？
西郷　大砲を主とします。
尾崎　国の大方針は移動防御にあるのか、あるいは攻勢防御にあるのか？
西郷　遠くへ行くには速力の速い巡洋艦があり、近くにきたときには水雷艇があります。
尾崎　国の方針を尋ねているのだ。進んで敵に当たるのか。または守って戦うのか？
西郷　戦いをするには海に艦隊があり、陸には砲台があります。大砲を撃つには砲艦があり、敵艦を打ち砕くには水雷があります。

瓢箪なまずのように取りとめのない従道の人を食った答弁に、さすがの尾崎もとらえる術もなく、唖然としていると、従道はなおもつづけた。
「なにしろ軍艦は鉄でつくりますので、金がかかりますので、よろしくおねがいします。ご質問があれば、次官（伊藤雋吉）に説明させます」

このなまくら問答でも拡張案は通ったのであるから、従道のなまず戦法も相当なものといえよう。

大物海相西郷従道というと、こういう茫漠とした逸話が多いが、じつは彼はきわめて緻密な提督であった。

六六艦隊の大型予算が議会に提出される前、二十八年七月、彼はこれを閣議に提出して、長時間の説明を行なった。もちろん、この草稿は権兵衛が書いたものであるが、従道といえども鵜呑みにしていたわけではない。彼も海相としてはすでに五年余のキャリアを持っていた。

いまその要旨を紹介しておこう。
一、海軍の要は制海権を確保するにあり、それには主力艦隊を充実する必要があった。そして、その主体は甲鉄戦艦隊でなければならない。昨年の清国艦隊との海戦において、われわれが如実に実験したところでもある。
二、しかし、海戦というものは甲鉄戦艦のみでできるものではない。それは、陸軍でも歩兵を補佐するのに砲兵、騎兵、工兵があるようなものである。つぎにその必要な軍艦の種類を挙げよう。
イ、戦略を定めるには、敵の所在を偵察する必要がある。このため快速の巡洋艦を必要とする。（以下略）
ロ、水雷砲艦

八、水雷母艦（以下略）

三、つぎにどの程度の主力艦隊を必要とするか。わが国に攻めてくる可能性のある外国艦隊は、露、英、仏の三国である。かりに英国が東洋に艦隊を送るとして、その勢力は地中海艦隊の甲鉄戦艦隊の三分の一ないし半数で、ロシアもそれに近く、それに他の国から一、二の甲鉄戦艦が参加するかもしれない。これらを総合するに日本近海に進攻してくる外国の甲鉄戦艦は五、六隻と思われる。これに対して帝国は大型甲鉄戦艦四隻をつくり、目下、建造中である二隻の甲鉄戦艦に四隻の甲鉄戦艦を加え、都合、六隻の甲鉄戦艦を保有せんとするものである。もしこのほかに、彼らが旧式戦艦若干を派遣するならば、わが方は「鎮遠」（日清戦争のとき鹵獲）「扶桑」「松島」「厳島」「橋立」および新計画による一等巡洋艦を当てればよい。

四、本計画は十年計画であるが、わが方を進攻するヨーロッパの国は、その甲鉄戦艦を東洋に派遣するときは一万五千トン以上の甲鉄戦艦は、スエズ運河を通航することは困難であり、もし喜望峯を回るときは、その途中は英国に石炭をたよる必要あり、英国が中立を守るときは、航海は非常に困難となるべきである。

（中略）

付記　本計画において、新造の軍艦は外国に注文するが経費と期間の面で有利であるが、国産を奨励すべきことは、技術の向上と将来性の面でもちろん行なうべきと思考する。

従道と権兵衛が心血を注いだ第十一回海軍拡張案は議会で成立し、その後、権兵衛は三十一年十一月、海相となるや、三十五年には二回、拡張案を提出し、これも成立するが、残念ながら従道の死後のことになった。

参考までにその大要を眺めておこう。

予算・一億一千五百万円、一等戦艦三隻、一等巡洋艦三隻、二等巡洋艦二隻。もちろんこれらは日露戦争には間に合わず、この中には苦心して突貫工事で建造したが、その途中で英国の弩級戦艦完成のために時代遅れとなる戦艦もふくまれていた。

参考までに、従道が世を去る明治三十五年における列強海軍の保有トン数を記しておこう。

イギリス＝五十六万二千トン
フランス＝二十四万七千トン
ロシア＝十九万三千トン
日　本＝十二万九千トン
イタリア＝十二万四千九百トン
アメリカ＝十一万九千トン
ドイツ＝十一万六千トン

こうしてみると、日本はロシアの三分の二以下の兵力で日露戦争にのぞんだのである。ただし、ロシアの海軍は太平洋艦隊とバルチック艦隊に分かれ、さいわい各個撃破で太平洋艦隊をほぼ全滅させた後、バルチック艦隊が到着したので互角の決戦を行ない得たのである。

明治二十九年の八月末、伊藤内閣は、日清戦争をはさむ四年あまりの任期を終えて総辞職し、松方内閣（第二次）にバトンを渡した。

これより先、五月三十日、日清戦争で体をすりへらした陸奥外相が、病気のために辞職した。（明治三十年八月三十日没）

若いときから親交のある陸奥に去られて落胆していた伊藤に、いま一つの難題がふりかかった。

伊藤は、陸奥の辞職の直後、六月五日、海相の従道と、新任の台湾総督桂太郎を伴って、新しく領土となった台湾の視察旅行を行なった。

六月九日に愛知県の武豊港を黄海海戦で奮戦した巡洋艦「吉野」で出港し、十二日に台湾の基隆着、各地を視察した後、清国の厦門（アモイ）に渡り、七月十一日に帰京した。

ところが、これを待っていたように、蔵相の渡辺国武が、次年度予算について、他の閣僚と意見が合わぬとして、辞意を表明した。そのため、井上馨は、戦後の経営に挙国一致で当たるために、大隈を外相に、松方を蔵相に当てることを進言した。

伊藤はこれに同意し、八月十六日、伊皿子の邸に黒田枢密院議長、西郷海相、大山陸相、板垣内相（この年四月、入閣）、高島拓相らを招いてこの人事をはかったところ、板垣以外は賛成した。

板垣の意見では、松方はよいが、大隈は政府に反対する進歩党の首領であるから、これを入閣させるのは憲政の本義に反する、ことに進歩党の中堅である旧改進党員は、背信不義の徒でともに席を同じゅうすることはできぬ。大隈を入れるならば、自分は内閣を去る、と板垣は強硬に主張した。

大隈と板垣は後藤とともに、明治十年代の後半以後、伊藤らに敵対した民党の領袖であったが、大隈が黒田内閣に外相として入閣してから、後藤、板垣も閣僚への野心を抱きはじめて、つぎつぎに入閣するようになってきていた。

しかし、大隈と板垣は犬猿の仲で、三十一年の六月には、伊藤の画策で大隈内閣（板垣を内相・副総理として、隈板内閣と呼ばれた）をつくるが、四ヵ月で倒壊する。

この板垣の横槍に当惑した伊藤は、後事を黒田と高島に託して、大磯の別荘に引きこもった。まず高島は松方と交渉したところ、大隈と親しい松方は応諾するとともに、大隈の入閣にも賛成の意を表した。

八月二十日、黒田は伊藤を訪問して高島の話をつたえた。伊藤はさらに高島に板垣の説得を依頼したので、高島が板垣に会ったところ、板垣は、いま一度、総理の方針を確かめたいというので、二十七日、伊藤はふたたび伊皿子の邸に先の閣僚を集めて討議したが、板垣はあくまで大隈の入閣に反対した。

そこで松方は、大隈が入閣しないならば自分も下りるといって、兵庫の別荘にこもった。

ここにおいて伊藤は、板垣を罷免するか、大隈、松方の入閣を諦めるかの瀬戸際に立ち、

「すでに四年間で、日清戦争と戦後の処理も一段落した」として、二十八日に辞表を奉呈し

た。

　他の閣僚も、つぎつぎに辞表を出したが、天皇は、従道、板垣、渡辺の辞表は允許されたが、ほかの辞表は却下し、黒田に臨時総理を命じ、ついで山県に大命降下があった。

　しかし、山県はこれを固辞し、結局、松方に大命降下することになった。

　九月十八日、松方内閣は成立し、松方は総理兼蔵相、大隈は外相、樺山は内相、従道、榎本農商務相、高島は留任となった。

　この間、松方内閣の成立に関して、従道はそのとりまとめに尽力したというので、七宝焼の花瓶一個を天皇から下賜された。同時に、黒田は蒔絵書棚一個、山県は蒔絵手箱など、井上は蒔絵料などを下賜されている。

　このとき、従道は、黒田、山県らとともに薩長派と大隈派の和解に努力し、新しく法相となる芳川顕正、逓相となる野村靖の説得にも力があったという。大味に見えていて、従道にはこのような政治的手腕を発揮することもあったらしい。

　明治三十年の末、松方内閣が動揺すると、樺山や高島は、ひそかに従道に総理就任をうながした。しかし、従道は前にもあったとおり、兄のこともあって、絶対に承知しなかった。「自分は総理の器ではごわはん。いまや日露の間は重大な段階にきておりもす。総理になる者は、もっと頭のよか、取り回しのうまか人がよか」といって、彼は伊藤を推薦した。

　従道は、松方内閣が内紛で倒れた後の、第三次伊藤内閣（明治三十一年一月、発足）にも留任し、（この年、一月二十日、従道は元帥となる）先述の大隈内閣（明治三十一年六月、成立）が発足したときも、海相として留任して、軍務局長の権兵衛とともに、日露戦争に備える艦隊の増強に力を入れた。

　これらの留任のとき、いつも従道は、後任に権兵衛を推薦して、辞意を表明したが、そのつど天皇は、留任の沙汰を下された。天皇は権兵衛の才能を、伊藤や山県からよく聞いておられたが、この重要な時期に従道を閣僚からはずすということを、不安に思っておられたのであろう。

　大隈内閣は、四ヵ月の短命内閣で、三十一年十一月、山県内閣（第二次）にバトンを渡す。このとき、従道はついに辞意を通して、多年、勤めた海相の椅子を、もっとも信頼する権兵衛に渡す。

　ここで権兵衛の動きを振りかえってみたい。

　三十年十二月、松方内閣が倒れ、伊藤が組閣することになったとき、伊藤は権兵衛と桂太郎（東京防御総督）を呼んで、陸海軍の大臣となることを依頼した。大山も従道も非常に長い間、陸海相を勤めてきたので、このさい若返りをさせようというのである。桂は承諾したが、権兵衛は辞退した。桂は権兵衛より十年も前に少将になっており、七年前から中将である。自分はまだ少将の三年目で、陸軍との折衝、予算の分捕りには、どうしても従道の茫洋たる風格を必要とする、と権兵衛は考えたのである。

　第三次の伊藤内閣が成立した後、伊藤は権兵衛を呼んで、英国が威海衛を清国から租借するにあたり、日本の了解を求めてきたことについて、意見を求めた。

「清国は、日清戦争の償金をまもなく払いおわる。わが軍隊はこの保障のために威海衛を占領しているが、支払いが終われば、引き揚げる。その後に英国政府は東洋艦隊の根拠地として、威海衛を租借したいと申し込んでいるのである」

権兵衛は答えた。

「威海衛は、わが軍隊の撤退後、いずれかの強国の狙うところになろうと考えておりました。すでにロシアは旅順、大連を、ドイツは膠州湾（青島が中心）の租借を要求している（いずれも明治三十一年三月、清国が受諾）。これら渤海湾の咽喉を抑える要地を二国が占拠した以上、英国にもその要求を満たさせるべきであろう。英国が威海衛を抑えるならば、前二国になんらかの牽制を期待できよう。ただし、ここに一つの条件があります。それは、わが新領土の台湾、澎湖諸島の安全をはかるために、対岸の福建省方面を、わが勢力範囲たらしめることの了解を英国に求めるべきである。これは将来のわが南進政策のために重要な条件であろう」

伊藤はこれを了承して、その旨を英国に伝達した。福建省の海岸をわが勢力範囲におくということは、難しいことであったが、明治三十五年の日英同盟で台湾方面の安全は確保されることになった。

また、権兵衛軍務局長は、横須賀、呉、佐世保の軍港を整備し、海軍大学校の改良なども行なったが、従道大臣との名コンビを発揮したのは、戦艦「三笠」の英国への発注のときであった。

この発注は、三十一年の秋のことであったが、すでに従道は権兵衛に海相の椅子を譲って内相になっていた。ロシアとの決戦のためには、「三笠」はぜひ必要であるが、海軍にはもう金がない。困った権兵衛大臣は親分の従道に相談した。いま手付け金をヴィッカース社に送らないと、同社は契約を解除するというのである。話を聞いた従道は、大きな眼をさらに大きくして言った。

「権兵衛どん、それは国家の一大事でごわすぞ。すぐさま『三笠』を英国のヴィッカース社に注文すべきじゃ。こうなったら薩の海軍総動員じゃ。すぐ樺山を呼ぼう」

そういって従道は文相をしていた樺山を、内相官邸に呼んでその話をした。樺山も従道と同じ意見で、

「おい権兵衛、いますぐ手付けを送れ。なに、金は別の予算を流用すればよか」と過激なことをいう。

従道も、

「そうじゃ、別途の予算を流用するのは、海軍大臣としては違憲かもしれんが、この建艦は国家の重大事じゃ。もしこれが違憲として、責任に問われたら、われわれ三人が二重橋の前で腹を切ればよか。議会も文句はいうまい。三人が死んでも、『三笠』ができればよか」というわけで、「三笠」は日露戦争に間にあったのである。

『大西郷兄弟』には、尾崎行雄の従道についての回想が出ている。尾崎は大隈内閣の文相であったので、伊藤内閣から留任した従道の行き方に強い関心を持っていた。

――西郷従道は人に対してつねに親切いんぎんで、海相として大隈内閣に残ったときも、大隈に対する振舞いはとくにいんぎんで、先輩であり総理である大隈に深く傾倒しているように見えた。倣岸なる大隈が自分の子分のごとくに思ったのも無理はなかろう。成立後まもなく大隈内閣に内紛が起こり、板垣派は辞表を提出し、大隈派は単独内閣に改造しようと、板垣、松田（蔵相）、林（逓相）の辞表の裁可を待っていた。このとき大隈は、桂は板垣につくだろうが、西郷は自分の方にくるだろうと期待していた。しかし、結局それは駄目で、大隈内閣は総辞職してしまった。

それから数年後、自分が政友会にいて、桂内閣を粉砕しようとして果たさず、井上馨の調停によって和解し、首相官邸で杯をあげたとき、桂が当時のことを回想してこう言った。

「自分と西郷侯が大隈内閣に留任して宮中から退出するとき、侯は自分を呼びとめて、この内閣はじきに喧嘩をはじめるだろうが、おたがいどちらにも加担しないことにしよう。喧嘩の仲間に入ってはいかんよ、といって豪快に笑っていた」

大隈派はこれを知らずに西郷に期待していたのだ。いわんや西郷はその後、内相となり、板垣派と提携し、大隈派にかなりの痛手をおわせるにおいてをや――

明治三十二年、内相時代に従道は、社寺局を分割して神社局を独立せしめた。これは兄隆盛の祭政一致、敬神崇祖の思想を継承し、対露戦準備においては、陸海軍の増強だけでは不十分で、精神的に国民が団結し、祖先から伝わる日本精神を十分に発揮すべし、という従道の考えからきたものであろう。

晩年と終焉

明治三十三年九月二十六日、第二次山県内閣が総辞職すると、従道も内相を辞め、これが最後の官職となり、後は前官の礼遇を賜わり、元老として天皇を補佐することになった。海相として対露準備に忙しい権兵衛を助けたのは、もちろんのことである。

以下、従道が内相、元老として政治の上層部にいた時代の年表を拾ってみよう。

明治三十三年——

一月二十七日　北京の列国公使団、清朝に義和団鎮圧を要求。

三月十日　治安警察法公布。

三月二十九日　改正された衆議院議員選挙法公布。

この法令が貴族院の委員会で審議されるとき、内相の従道は、文句をつけようと待っている元勲格の議員が説明を要求したとき、例によって、いんぎんにお辞儀をした後、「政府は、今回、時の要求に応じて、本案を提出しました。よろしくお願いします」といって、着席してしまった。

これには、剛腹な谷干城、曾我祐準（いずれも陸軍中将）らも唖然として、論議することもなくこの法案はぶじに通過した。

五月三日　青木外相、駐清公使西徳二郎に義和団に対し欧米諸国と共同措置をとるよう命令す。
五月十九日　山県内閣によって軍部大臣の現役大、中将制確立さる。大正二年六月、山本権兵衛内閣のときに解除され、昭和十三年にまた復活する。
五月二十日　北京駐在の十一ヵ国公使団会議は、清国に義和団の鎮圧を要求。
五月二十八日　義和団北京の隣の豊台を襲撃。北京列国公使団、護衛部隊派遣要請を決議。
五月三十一日　英、仏、露、米、伊、日の陸戦隊三百名、太沽（ターク―）から北京に到着。
六月一日　憲政党総務、伊藤博文と会見、党首就任を懇請（七月八日、伊藤、就任を断わり、新党組織を示唆する）。
六月六日　義和団天津郊外で連合軍と交戦。
六月八日　北京――天津間の鉄道不通となる。
六月十日　北京――天津間の電信不通。英国艦隊司令長官の指揮下に海兵二千名、天津より北京に向かう。
六月十四日　義和団、連合軍と北京で交戦。ロシア陸兵四千、太沽より北京に向かう。
六月十五日　日本の閣議、清国に陸軍派遣を決定。

六月十七日　連合軍太沽砲台占領、清国軍・義和団、天津租界を攻撃、十八日にいたり連合軍を破る。
六月十九日　清国政府、各国公使に二十四時間以内に北京立ち退きを通告。
六月二十日　義和団、北京の各国公使館を包囲。
六月二十一日　清国政府、北京に出兵の各国に対し宣戦布告。
六月二十三日　両広総督・李鴻章、上海各国領事と、華中、華南の勢力維持のために停戦交渉を開始。
七月四日　義和団、奉天付近の東清鉄道を破壊。
七月六日　日本の閣議、清国に混成一個師団派遣（日本軍計二万二千に達する）を決定。
七月十四日　連合軍（二万、日本軍中心）天津を攻略。
八月四日　連合軍、北京に向け出発。清国李鴻章を全権として停戦交渉を下命。
八月十四日　連合軍、北京総攻撃を開始、北京入城、各公使館を奪回。
八月二十五日　伊藤博文、政友会創立委員会を開き宣言を発表。
八月二十五日　黒田清隆没（六十一歳）。
九月十五日　立憲政友会発足。
十月八日　義和団事件に関する列国北京公使会議はじまる。
十月十九日　第四次伊藤内閣発足。
十二月二十四日　列国公使団、清国全権委員に十二ヵ条の講和条件を提示、十二月三十日、清国全権団受諾。義和団事件（北清事変）終わる。

明治三十四年——

一月二十六日　政府、衆議院に北清事変の軍費、建艦費補充などのため増税諸法案を提出。衆議院は可決、貴族院で問題となる。

二月二十六日　貴族院本会議委員会で否決の増税案を上程、十日間の停会命令が出る。

三月一日　西郷従道、伊藤総理の依頼で京都で山県、松方と対談、貴族院との調停を依頼、拒絶される。

三月五日　天皇、山県、松方、西郷、井上らの四元老に、政府、貴族院間の調停に当たるよう命令、十一日、不成立に終わる。

三月十二日　貴族院に対し増税法案の成立を命じる勅語下る。十六日、可決。

三月　ドイツ駐英代理大使、駐英公使林董に日英独三国同盟を提唱、四月九日、林より加藤（高明）外相に報告、日英同盟交渉の端緒となる。

四月十九日　北京列国公使団、清国に義和団事件の賠償総額四億五千万両を要求、五月二十九日、清国受諾。

五月二日　伊藤総理、閣内不統一（渡辺蔵相の公債募集に関する意見が閣僚と食い違う）のために、辞表を提出。

五月五日　天皇、山県、松方、井上、西郷らの四元老に、後継総理につき諮問あり。

五月十五日　井上馨を奏薦。

五月十六日　井上に大命降下、井上は桂に陸相、渋沢栄一に蔵相を交渉、不成功のため二十三日、辞退。
五月二十三日　元老会議（伊藤、山県、松方、従道、井上、大山）後継総理に桂太郎を奏薦。
六月二日　桂内閣成立。
九月七日　北京で、列国、義和団事件最終議定書に調印。十一ヵ国に賠償総額四億五千万両を三十九年分割払い。北京公使館区域の列国軍隊駐留権、太沽砲台撤去を承認。
九月十八日　伊藤博文、欧米に向け横浜を出発（日露協定交渉のため）。
十月十六日　林公使、英国外相と公式の同盟交渉に入る。
十一月六日、英国外相、同盟条約草案を林公使に手交する。
十二月二日　伊藤、露外相と日露協定の交渉開始。
十二月七日　元老会議、日英同盟修正案を可決。十日裁可。十二日、林公使、英国外相に提出。

明治三十五年――

一月　シベリア鉄道、ウラジオストク――ハバロフスク間開通。
一月三十日　日英同盟協約、ロンドンで調印。
二月二十五日　伊藤博文、欧米より帰国、日露協定は十二月二十三日、打ち切っていた。
六月十四日　北京列国公使会議、賠償金の分配を決定する。日本の取り分は三千四百八十万両。

七月十八日　西郷従道没、六十歳。

西郷従道のからだが胃癌の症状を呈しはじめたのは、明治三十四年の秋ごろからである。しかし、三十五年の春、小松宮彰仁親王が、英国皇帝ジョージ五世の戴冠式に参列するに際して、そのお供を命じられ、英国に行くこととなり、横浜港を出港したが、すでに病状が悪化していたので、途中より引き返した。

この夏、従道の嗣子の従徳が、岩倉具定の次女の豊子と結婚し、従道の長女の桜子も具定の長男の具張の許に嫁いだ。

従道ははじめ自分が開墾した那須野ヶ原に骨を埋めるつもりでいたが、衰弱がはなはだしいので、妻の清子が東京に連れもどした。

五月下旬、天皇の名代として田中光顕宮内大臣が目黒の邸に見舞いにきたとき、従道は床の上に正座して、天恩に感謝した後、

「このまま栄位、栄爵を身に帯びて、不帰の客となるのはまことにおそれ多く、地下の兄隆盛にも申しわけがない次第であります。一切の位階勲等を拝辞いたしたく存じまする」と申しあげた。

田中は驚きながら、これを取りつぐことを承知したが、もちろん、天皇はそれを承認せず、かえって六月三日、隆盛の嗣子の寅太郎に侯爵を授ける趣旨のお沙汰があり、従道を感泣せしめた。

従道は死期が迫るのを知ると、枕許にいた長女の桜子に、筆と硯を運ばせ、二首の歌を書いた。

筆の終り
若きより死地の山旅数知らず寿ぶき祝えけふの別れを
辞世
世の中に思うことなし夕立の光り輝く露と消えなん

世の中に思うことなし、とは長い間、気にかけていた兄の嗣子に爵位を賜わったことへの感謝の意であろう。

この辞世を書いたのは、死の二日前、七月十六日で、その後、痛みのため意識がもうろうとして、臨終を迎えた。

従道は、寅太郎が侯爵を授与されたとき、山県、大山とともに大勲位に叙せられ、菊花大綬章を授与されているが、その逝去にあたって正二位から従一位に叙せられている。宮中からは侍従が弔問に来邸した。

先述のように伊藤らの元老は、従道に国葬を賜わるべきだと主張したが、桂総理は山県と相談した結果、国葬の議は沙汰やみとなった。

七月二十二日、葬儀、とくに近衛兵の儀仗を賜わった。

〈参考資料〉西郷従宏「元帥西郷従道伝」芙蓉書房＊井上清「西郷隆盛(上下)」岩波文庫＊「日本の歴史・開国と攘夷」小西四郎＊井上清「明治維新」中公文庫＊「大西郷兄弟」横山健堂＊「西郷従道」安田直＊「西郷都督と樺山総督」記念事業出版会＊鳥谷部春汀「侯爵西郷従道君」「太陽」臨時増刊、明治十二傑・一八九九＊渡辺磯治郎「人物近代日本軍事史」千倉書房＊「新聞集成明治編年史」本邦書籍＊勝田孫弥「西郷隆盛伝」伝記刊行会＊「大西郷全集」日本史籍協会＊江藤淳「海は甦える」文藝春秋＊「人物日本の歴史・新政の演出」小学館＊大久保利謙「明治政府・その実力者たち」人物往来社＊伊藤正徳「大海軍を想う」文藝春秋＊司馬遼太郎「翔ぶが如く」文芸春秋

西郷従道翁の孫である西郷従宏氏から多くの貴重な談話を頂き、資料の提供を受けました。

我が大西郷兄弟論

——日本の近代にとって何であったのか？

豊田　穣

『大西郷兄弟』その他によって、まず従道論を拾ってみたい。

まず鳥谷部（とやべ）春汀の『大隈侯の観察した従道侯』である。

大隈侯、西郷侯を評して、西郷侯は猛将にも非ず、智将にも非ず、謀将にも非ず、天成の大将にして、将に将たるの器を有するものなり。

西郷侯は、台湾征伐のほかはかつて戦場に出でたることなく、山県公の如く軍政に功あるにも非ず。山県公は陸軍の編成者として我が国に大功あり、しかれども大将としては、遠く西郷侯に及ばず。西郷侯の最も尊きところは、無邪気にして野心なきにあり。彼は人と功を争わず、名を当世に求めず、超然として得失利害のほかに立つ、これその器の偉大なる所以にして、実に世間希に見るの人物なり。

西郷侯は功名を求めざると共に、大事に臨んで驚くべき胆勇を現わすことあり。明治七年

（一八七四）、征台都督として長崎を発する時の如きは、所謂抜山の気性、五体に溢れて、眼中殆ど政府なきの観あり。

西郷侯は無能無為なれども、よく物を容る、あたかも貧乏徳利の如し。貧乏徳利は酒も容るべく、酢も容るべく、醤油も容るべし。歴史上に寛仁大度の豪傑と称せらるる漢の高祖もまた恐らくは貧乏徳利的の人物ならん。故に西郷侯と漢の高祖とは共に同一模型の器なり。

西郷侯は渾然として圭角なく、滑稽にして愛敬あり、老人も喜び小児も喜び婦人も喜ぶ、これまた貧乏徳利たる所以にして、外務大臣となれば、最も妙なり。ただ彼は自ら用いるの才に非ずして、まさに将に将たるの大将なり。大将は大度にしてよく物を容れざるべからず、故に大将たるの器はすべて貧乏徳利なり。

鳥谷部はこの文の後に、こう書いている。「大隈侯は西郷侯を以て貧乏徳利となす。されどその実、大隈侯自らその貧乏徳利の内容中の人たるを知らざるなり」

大隈にはまた西郷兄弟の金銭感に関する話がある。正確な観察かどうかはわからないが、明治初年、隆盛が従道の永田町の家に同居していたころの話らしい。

「どういうものか薩人には財を好む者が多い。よく集めることを知ってよく散じることを知らぬ。その中において老西郷はまず出色な人であったろう。月給なども大半は弟に使われてしまう。弟の従道がまた非常のズボラで始末におえぬ。明治初年の参議の月給は六百円であったが、老西郷はあのような恬淡な性格であるから月末にそれを受け取ってきても、キチンと始末するでもなく棚かなんぞの上にほっておくと、弟の従道は得たり賢しとさっそくそれを頂戴して出掛けてしまう。それを兄の西郷は格別気にもとめぬ様子らしかった」

隆盛が参議になったのは、明治四年（一八七一）六月で、七月には大隈が参議になっている。この年十一月、岩倉について、木戸、大久保、伊藤らが欧米視察に出発すると、西郷を筆頭に大隈、板垣らが留守をあずかることになった。このとき西郷が大隈に、「おはんは政務に通じているようでごわすな。これを預けもそう。おはんのやることには異存はごわはん」といって、自分の印鑑を大隈に預けたというのが大隈の自慢話として、『早稲田清話』の『大隈公座談集』に出ている。

この留守内閣には、ほとんど事務的なもののほか仕事がなかった。というのは、岩倉らが出発するとき、「留守の間は重要な政治的な変革は行なわない」という約束をして枠をはめていったので、大きな仕事はやれない。（それにもかかわらず征韓論は実施の運びに近くなったが）瑣末な事務が苦手な西郷は、それを能吏型の大隈に任せたらしい。だから大隈は、西郷の月給のことや従道がそれをどう管理していたかも知っているようなことをいうのである。

このころ従道は兵部大丞（軍務課長格）で、間もなく兵部少輔（軍務局長格）になる。かなりの高給を取っていたし、すでに兄の世話でもらった清子もいた。勝手に兄の月給を従道が使ったとは思えないが、隆盛の偉さを伝説にしようという大隈の仕業であろうか。

従道の晩年に絶妙のコンビを組んだ山本権兵衛は、西郷兄弟ともに縁が深く、ともに傾倒するところがあった。

『伯爵山本権兵衛伝』によると、権兵衛が海軍に入るようになったのは、大西郷の教えによるという。明治二年（一八六九）三月、戊辰戦争を終わって鹿児島に帰っていた権兵衛は、藩命によって東京に留学することになった。このころ、隆盛は参政として藩を指導し、四大隊の常備兵を造った。上京する権兵衛が挨拶にいくと、

「これからの若いもんは海軍で働くことが肝心でごわすぞ」と隆盛は言った。上京した権兵衛は、とりあえず湯島の昌平黌に入ったが、隆盛が薩軍を率いて函館の榎本軍を討伐に行くといって、東京に出てくると、権兵衛はそれに従軍して函館にいった。五月中旬、函館に着くとすでに榎本軍は降伏していた。東京に帰るとき、隆盛は権兵衛に勝海舟への紹介状を書いてくれた。勝の教えによって、権兵衛はこの年（明治二年）九月創設の海軍操練所に入った。これが後の海軍兵学校である。権兵衛はその手記に、「余が今日あるは全く西郷南洲翁の高諭に感じ、深く自覚したる結果に外ならず」と書いている。

権兵衛はまた従道について、次のように書いている。（原文は文語体）

私は維新以来南洲翁には常に絶大の尊敬を払っていたが、従道氏には深く親炙（しんしゃ）するの機会少なく他より伝聞するところを総合判断するに、従道氏は翁と違い、才子ふうにしてよく人と交わり、殊に征韓論勃発に際しても、大山氏と同じく翁と進退を共にせず、却（かえ）って大久保氏の意思に従い、高島、野津その他有力の人々を引き止めたる挙動は実に不満に堪えなかった。私は鹿児島に帰省して南洲翁と話したとき、従道氏を批評したこともあった。

明治二十年夏、私が海軍大臣伝令使の折、従道氏が佐世保軍港視察のとき随行して、長崎丸山の宝亭に従道氏に招かれたとき、日頃の疑問について、質問した。

一、征韓論のとき何故南洲翁と進退を共にしなかったのか？

二、台湾征討のとき、陛下の命令であったことはわかるが、大久保卿より出発見合わせの指示があったのにあえて出発したのは、征韓論のとき残った不名誉を挽回して兄の機嫌をとろうとしたのではないか？

三、南洲翁引退後の政変に対し政府の取った政策は、諸事順調ならず多くの異変を引き起こした。そして維新の大業にさいし翁の手足となって働いた人々が、翁の引退を傍観して救うことのできない状況に陥らしめたのは、東京に残った諸氏の罪ではないか？

これに対し従道氏は、次のように答えた。

一、自分は大山と同様に欧州に留学して、政治、教育、軍事等を視察していかにして維新の大業の基礎を確立すべきか迷っていた。岩倉公の帰国するやまず内政を改革し財政を整理すべしと主張したが、これが至当と考えた。殊に兄を朝鮮に送るのは死地に送ると同じで、これを阻止するのが国家への適当な策であろうと考えたのだ。（中略）

二、台湾征討事件、自分が長崎出張中、大隈氏より「外国からの傭船問題につき大久保氏長崎着まで待たれたし」という電報を受け取ったが、先発の軍隊はすでに出港後で如何ともし難かった。後発部隊を出発させなければ国家の面目に拘わる重大問題となるので、自分は全責任を負って断固として実行せしめ、大久保氏の長崎到着を待って熟議の上、直ちに乗船台湾に向かったのである。

台湾問題終了後、自分は鹿児島に帰省して兄に会って兄の引退後の政情、社会の状態などについて、くわしく話したところ、兄はさまざまな風説に迷わされることなく、了解してくれた。その後、それまで一番自分を誤解しているという篠原国幹に会ったところ、誤解も解けたと見えて、温和な表情であった。（注、三、については、権兵衛は従道から十分な説明が聞けなかったが、その心中を察して深くは詮索しなかったという）

明治七年（一八七四）二月、権兵衛は海軍兵学校本科上級生のとき、江藤新平の書を読んで、政府に対する不信の念を高め、直接大西郷に会って真相を確かめようと決意、同僚の佐近允隼太と共に帰省して西郷に会った。このとき西郷から、日本の将来にとって、若い者が政治を心配するよりは海軍のために働くように、といわれて納得して帰京した。このとき、座談の中で大西郷は弟従道の評を漏らしている。

「信吾は吉次郎（従道の次兄、戊辰戦争で戦死）と違い、少々智恵があるゆえ、あるいはお話（権兵衛の疑問の件）のようなこともあったかもしれないが、いやしくも君国のため一意専心ご奉公する大義の気持は決して忘れてはおらぬはずと確信している」

日露戦争後、権兵衛が伯爵、功一級の名士になり、伊藤博文がハルピンで暗殺されて間もないころ、ある提督が、「閣下の最も私淑せらるる偉人は誰ですか？」と聞いた。

権兵衛はこう答えた。

「わしは、往年は大西郷を崇拝していた。それはわしの青年時代で血気盛んの頃で、十分判断力のない時代であったかもしれない。近年、従道侯を補佐したが、従道侯はじつに寛仁宏量、大度の方であった。よくあらゆる人を容れられた。その点まれに見る方で大いに学ぶところがあった。両西郷のほかに伊藤公がある。公は海軍のことをよく理解した方で、枢要な問題で公の援助にあずかったことは度々であった。偉大な存在であった。わしは常に敬仰している」

「我が大西郷兄弟論」という題を掲げたが、実は西郷隆盛一人を論じるのも大変なことである。

次に『元師西郷従道伝』から三宅雪嶺と徳富蘇峯の説を紹介しておこう。いずれも明治三十五年（一九〇二）、従道が世を去ったときの文章である。

三宅　従道はある点において兄隆盛に似、ある点においてすこぶるこれと違う。隆盛は狷介ではないが、ひろく交際することを好まず、むしろこれを嫌った。従道は誰とでも談笑し、酒を飲み裸踊りすることもある。微細なことは知らないような顔をしていて、要領を得、調停に長ず。隆盛の如く悲壮な気風はないが、器の大きな点では、一長一短、いずれを取るべきかわからない。

徳富　勝海舟が人に語ったところによると、西郷（従道）は年をとるに従ってまるで兄

（隆盛）に似てきたと。単に智恵と度量を較べると、むしろ兄に優れりと。従道侯はほとんど意なく、必なく、固なく、我なき人であった。その経済的志望と調停的精神とは国家の大局に利益ありと認める場合には、何事にも、何人にも、一身を挺して、これを資するを惜しまなかった。人あるいは侯が為すところなきを病む。しかし、為すところがないのは、大いに為すところがあるのである。古人のいう知名もなく、勇功もない大人（たいじん）の本色は侯がこれに近い。もし強いて兄に及ばないところを挙げるならば、智と量ではなく、大気迫、大雄図、大誠意であろう。（中略）

侯はその鋭い舌鋒を諧謔で包み、頓智を唖然たる酔語に混ぜ、人の弱点を風刺し、談笑の間に幾多の葛藤を解決するその炯眼、機智、手練は皆の認めるところで、しかもその鷹揚で滑脱な皮膚の下には、一塊の熱血が沸騰していることは、侯が人には見せないところであるが、往々にしてほとばしり出ざるを得ないこともあるのである。

さて、我が大西郷兄弟論である。

このような英雄を論じるとき、その評価の方法は企業トップ、経営者、管理職として、いかなる統率力、企画力、判断力、決断力、先見の明があるか？　というようなことを条件として、論じた方が、今の読者には分かりやすいであろう。

また二人とも軍人であるので、優れた武将の要素である智、仁、勇の三つの点から論じることもできよう。

さて、兄の隆盛である。智、仁、勇のうち仁と勇は満点をつけてよかろう。智恵というこ
とになると、この古今無双といわれる英雄は、いわゆる世間的な世渡りの智恵という点では
要領が悪かったかもしれない。しかし、彼には時代を見抜く智恵があった。少なくとも明治
維新まではそうであった。とにかく大きい。気迫、決断力、統率力、構想力、人を容れる寛
容、自然に人が集まる人徳、童子のような純情と永遠の青年のような情熱、そして実行力…
…。

強いて欠点といえば、人間愛が強いために情にもろい。郷里や部下、郷党をあんずるあま
りその犠牲になっても悔いない……理性が情に負けることが多い。

憎月照との心中、征韓論と城山の最期。しかし、その無私の精神と広く人を容れる包容力
は、日本人的な心情に強く訴える。幅が広く見えて直線的、純粋であるから、いったん挫折
するともろい。常に真面目でふざけることはない。建設的で改革、革命のときにはその性格
が陽的で前向きに働く。しかし、いったん、革命が成功してその後の内政、内治ということ
になると、あまりにも革命的かつ過激で、保守政治家に向かない。永久革命を目指すレーニ
ン型で、革命後に過激派を粛清して、専制保守で内政を固めるスターリン型（大久保はこれ
に近い）ではない。そこに城山の悲劇が内蔵されている。

こういう点から西郷の生涯を巨視的に眺めると、腹芸の大家ともいえる西郷のハイライト
は、王政復古までの革命的な行動、遅くも慶応四年（一八六八）三月の江戸城明け渡しか戊
辰戦争までで、それ以降の内政においては、理想主義の彼は現実主義の大久保や岩倉に追い

越されている。人をまとめるというよりは、その風格でおのずから人を心服させるという力を持っている西郷は、多くの人をまとめて革命に持ち込むにはよかったが、維新後の改革と組織造りには、別の才能が必要で、その点、大久保の現実主義や組織力の方が社会にアピールするようになってきたのである。

井上清氏の言によれば、大西郷は歴史に追い越されたのである。清濁合わせ呑む、ということが隆盛には出来なかった。武力が先行する倒幕の革命的行動においては、純粋な理想主義に則(のっと)って、不純なものは切り捨てればよかったが、金や情実のからむ維新後の生臭い時代には、正直にいって西郷の特性はだんだん不必要になってきたのである。

明治四年（一八七一）に鹿児島から出てきて廃藩置県、軍制の改革をやったが、あくまでも薩軍・士族に拘泥する彼は、ついに征韓論で中央を去らねばならなくなった。これは第二の維新をやろうとしたショック療法を彼が狙ったともいえるが、そのような過激なショックを民衆が欲していたかは疑問で、あのとき、日本にさしたる近代的な武力もないのに、朝鮮に兵を出せば、清国、ロシアはもちろん、欧州諸国の干渉を受けることは当然であった。

西郷の個人的な特性が、日本の歴史を動かすようにグローバルに働いたのは、明治二年（一八六九）までで、それ以降は薩摩の西郷に留まって、日本の大西郷ではなくなり、そこにこの大英雄の悲劇があった。スケールは違うが、秀吉、ナポレオンと比較することも必ずしも無理ではなかろう。

まず改革と統一、その晩年という見方で、秀吉と比較してみよう。

秀吉の場合、改革、革命的な動きは、主の信長に多くを負っている。今川義元を奇襲でやぶり、京都に入って、天下布武を唱えて、一応の統一を果たした信長が、秀吉の主でなかったら、秀吉が関白になれたかどうかわからない。

天正十年（一五八二）、信長が暗殺されたとき、まだ信長の支配下になかったのは、西の毛利、島津、東の北条、伊達くらいであった。秀吉は順番にこれを従えていくが、その手腕は信長譲りかそれ以上の点もあり、見事である。ここまでを戊辰戦争までの西郷と較べることが出来ようか。

そして、天下を統一すると、秀吉は頭がぼけたようになってくる。朝鮮出兵がそれで、この点も西郷と似てくる。国内で行き詰まると、海外に出兵したくなる独裁者は多いが、その点、秀吉の朝鮮出兵は、ナポレオンのロシア遠征と似ている。

秀吉の朝鮮出兵は、跡継ぎと喜んでいた鶴松の死から自分を慰めるものともいわれるが、小田原攻めの後で、関東を家康にくれた後、子飼いの諸大名にくれてやる土地がなくなったので、明国を侵略しようとしたというのが、本音であったと思われる。この点も朝鮮出兵によって薩軍に働き場所を与えて、その生活を確立させようとした西郷の思考法とスケールこそ違え似ている。違うのは秀吉は実際に出兵して失敗し、西郷は岩倉、大久保に反対されて実行できず、帰省してしまう点である。

内政についても触れておこう。

秀吉の内政は石田三成、小西行長らの事務官僚によって、ある程度の治績を挙げた。西郷は組織力のある事務官僚の大久保と衝突してしまう。廃藩置県を推進した西郷のことであるから、ある程度の内政整備の才能はあったと思われるが、それよりも薩軍士族のための征韓論が先行したことが、この英雄の挫折の原因となった。

さもあらばあれ、この希代の太っ腹の英雄は、いかにも日本人好みの英雄で、未だに上野の銅像は旅行者に愛され、鹿児島の南洲墓地の石段は擦り減って修理を必要とするほどである。城山の最期から百十年近くがたっているが、西郷さんの人気は滅びない。この根強い人気を知ったら、地下の西郷は、「そげんこつはおいどんは、なんにも知りもはん」とはにかむことであろう。

西郷とナポレオンの比較については、多くをいう必要はあるまい。ナポレオンはその革命的な情熱と、成り上がり的な立身出世主義で、信長と秀吉を合わせたような武将であるといったら、大きな間違いであろうか？

トラファルガーの海戦では、英国自慢の名将・ネルソンに大敗を喫したが、アウステルリッツの会戦では、ロシア、オーストリアの連合軍を撃破して、ヨーロッパのほとんどを制圧した。しかし、秀吉の朝鮮出兵と同じくロシア遠征で大きく挫折して、ついにセントヘレナ行きとなったのは、秀吉より哀れで、どこか西郷と似ている。

弟・従道の特質

一、知的な駆け引き

風貌は兄に似ているが、従道はかなり大西郷と違っている。その第一は知的な駆け引きであろう。隆盛はそういう手練手管を用いることを好まず、それが彼が人の信頼尊敬を受ける理由であった。隆盛にも腹芸はあったが、従道のはもっと計画的で計算されている。早くいえば人の悪いところもある。それは俗物をたしなめるときにも出てくるが、自分の意見を通すときに面倒な横槍を防ぐという意味で出てくる。

たとえば、伊藤博文がビスマルクに心酔して、葉巻を吸って、チョッキに指を突っ込んだりして、威張ると、「ほういかにもビスマルクは貴公に似ちょりますのう」と冷やかして、伊藤をぎゃふんといわせた話や、大隈が大きなことをいうと、「維新の手柄は全部貴公ですな」といって、大隈にそれを否定させるなどがそれである。

二、自己韜晦の裏表

また海相となり議会ができて、説明や答弁のときにも、自己韜晦の形でとぼけて、相手を困惑させて議事を通過させるというのも、従道の得意な芸であった。

このような駆け引きは、とても誠実と信念の人である隆盛には望むべくもない。隆盛は桐野ら薩人には絶対の人気があったが、もし憲法制定後の大臣になって、議会の答弁に立ったら、とても伊藤、山県、大隈、井上らのようにはいかず、また弟の従道のように駆け引きをしたり、自己韜晦をして、とぼけて相手を困惑させるというような芸当はとてもできず、予算の分捕りには苦労をしたのではないか？　結局、腹を立てて引退、鹿児島に籠るということになったであろう。

この自己韜晦こそは、従道の処世術で、その裏には同情すべき彼の心情がひそんでいたと見るべきである。

信念や包容力、誠実などという面では、従道は兄に及ばないであろう。しかし、知性、先見、社交上の駆け引きというような面では、従道は兄にないものを持っている。維新ごろまでは一介の壮士でしかなかった従道が、政治家として廟堂に立つことを考えたのは、明治三年（一八七〇）、山県と共に洋行から帰朝して、兵部権大丞に任じられてからのことであろう。

戊辰戦争までは新政府の指導者として、輝くような存在であった兄は、従道が帰朝したときには、新政府の堕落に嫌気がさして、鹿児島に帰っていた。従道は兄の代わりに薩摩の郷党を代表して、廟堂に立とうと考えていたが、やがて大久保、木戸、山県、大隈らとつきあうにいたって、自分は一薩摩の代表ではなく、日本の政府の重要な一員であることを自覚するようになってきた。

それは隆盛が王政復古、明治維新第一の功労者で、常に自分が天皇の御代にしたという自負心を持ち（悪い意味ではなく）、それからくる強い責任感を抱き、また政府軍の中心が薩軍であったために桐野ら薩人のかつぐ対象となったのに比べて、従道は明治維新では一士官として働きはしたが、非常に功績があったわけではなく、また薩軍の中心でもなかった。

したがって彼は兄の後継者として、薩軍の中心となるという意識は薄かったとみてよいであろう。その上、彼が兄の影響のためとはいえ、維新早々に欧米を視察して、外国の文明や制度に触れて、兄の知らない新しい世界を見てきたということも、征韓論に同調できない大きな理由となった。要するに弟の方が時代や世界の潮流に目覚めていたということで、これも兄弟離別の悲劇の大きな原因であった。

征韓論に敗れて、大西郷が鹿児島に引き揚げるとき、従道は行を共にしたいといって、兄に残るようにいわれる。このときどうしても彼が行きたければ、いったであろう。しかし、従道の中に醒めた知性は、征韓論が無理で鹿児島に引き揚げた兄が桐野らにかつがれれば、決してよい結果にはなるまいと見通していたのである。これが大西郷と従道のもって生まれた気質の相違である。これが後に山本権兵衛から難詰されるもととなるのだが、従道としては覚悟の上であったろう。

しかし、西南戦争で兄を攻める側になり、彼が憂えたように、兄が城山で最期を遂げると、従道は非常に悩んだ。

――自分は父代わりとして、この世の中でもっとも世話になった兄を攻めて殺す側に回った……

もちろんそこには天皇の政府の一員として、国家のために戦をするという大義名分がある。しかし、理屈や弁明の嫌いな点では、この兄弟は共通していた。従道はなるべく兄を裏切ったことの弁明をしたくないと考えていた。だから自己韜晦の傘のもとに隠れるのを一つの戦術としたのである。

自己韜晦は、兄を裏切った弟の悲しい沈黙の戦術であったのである。この裏を知らない人には、従道はユーモラスな、図太い、あるいは厚かましい人物と映ったかもしれない。しかし、私は、そのようなエピソードにぶつかるたびに、従道の心中の悲しみに触れる思いがする。常に、

——出過ぎた真似はするな、兄が朝敵になったことを忘れるな、いつも控え目で功名野心に逸るな……

というのが、従道の処世訓の一つであったと思われる。ある意味で従道こそは兄よりも悲しい宿命を背負いながら、自分に与えられた道を黙々と歩んだのではないかと思うが如何であろうか。

三、従道の人使いと人まとめ

抜群の統率力に恵まれていることで、この兄弟は共通している。この場合、隆盛はその徳で自然に人が服するようになる。従道は部下に任せて、責任を負わせ、仕事の意欲が湧くようにもっていく。従道の方が要領がよいといってよいが、それは彼が兄ほど人徳がないことを自覚していた証拠ともいえるが、それでは従道は無能かというと、そうではない。

従道は西南戦争のとき、山県に代わって陸軍卿代理となるまでは、陸軍次官以下の軍部官僚で、上役に仕える身であった。特にうるさい山県の下につくことが多かった。能吏型ではないが、事務系の仕事も結構こなしていたのである。下僚が上役に「君に任せよう」というようなことは、いかに藩閥政府でも出来なかったと思われる。従道が本当に無能であったならば、長州閥の山県が隆盛の弟を左遷することは容易であったろう。しかし、山県は西南戦

争勃発の重要な時期に、自分が参軍として九州に行くとき、従道を陸軍卿代理に当てているのである。

しかし、従道の真価が政府の上層になってから十二分に発揮されたことは、当然である。兄と同じく弟も生まれながらにして、将に将たるの器であったのだ。

従道が人使いの天才であったことは、その二度目の海相就任の権兵衛とのやりとりでよくわかる。あの悍馬といわれた権兵衛も、従道にはうまく乗りこなされているという感じである。

従道はまた人まとめや人とのつきあいもうまかった。これは兄とは違う才能である。特に内閣で海相となったころからの、議会での応酬や内閣更迭のときの人の説得には、雄弁ではないのに独特の腹芸で相手を納得させたのである。彼の機転に満ちた臨機応変の遣り取りをみると、なかなか鋭敏な頭脳の持ち主であることがわかる。

先に隆盛を秀吉やナポレオンと比較したが、従道の場合、不幸にして比較すべき古今の英雄、偉人が見当たらない。強いていえば秀吉の敵でありながら、参謀となった黒田如水や上杉影勝の名家老で関が原の敗戦後もその智謀で知られた直江山城守直継が浮かぶが、近いところでは、勝海舟や榎本武揚に似たところがある。

勝は幕臣でありながら、維新後もその海軍に関する才能をかわれて海軍大輔や参議、海軍卿などを歴任したが、その人の使い方や人のまとめ方について、従道のような異色な方法を取っていたか、まだ聞いたことがない。ただその著書などを読むと、かなり維新後の世相を皮肉に眺めていたと思われる。

　榎本も函館では政府軍に敵対した男であるが、これも助命されて駐露公使、海軍卿、逓信大臣、文部大臣、外務大臣などを勤め、明治三十年（一八九七）まで内閣に席を持っている。くわしくその伝記を調べたことがないが、史実を拾うと、かなり屈折したものを胸に秘めていたと思われる。

結　論

大西郷兄弟とは近代日本及び日本人にとって何であったのか？

西郷隆盛は、新生日本を造るにふさわしい強烈な個性であり、エネルギーであった。彼がいなかったら明治維新は十年遅れたか、あるいは徳川慶喜を幹部として残した不透明なものになって、瓦解したかもしれない。その行動力、決断力、破壊力は誕生したときの太陽のように強烈であった。そしてその強烈さのゆえに、そのエネルギーが新しい世界に不必要になったとき、この巨星は壮烈な自爆を遂げなければならなかったのである。人が朝敵となった西郷を少しも非難せず、百年後もその徳を偲ぶのは、その強烈無比のエネルギーが形成した無類の壮大な人格の故であろう。

　そして隆盛が太陽ならば、従道は月でなければならない。その光は太陽の万分の一にもたりない。片方は明るい昼の世界を照らす。片方は夜、森羅万象に陰影を与える。陽と陰の相対がこの兄弟をぼんやりと分ける。兄は弟に死後も影響を与え、弟は兄の遺産を悲しみと共に受け継いでいく。しかし、あるとき、月は太陽よりも皓々と光り、下界に光明を与えることがある。静かに光り人々に安息を与える。従道にはそのような仏陀に似た諦観と微笑が感じられるが如何であろうか？

もちろん、彼が明治政府に対し陸海軍の建設に貢献した大きな功績は人のよく認めるところであるが、この異色ある元勲の背後に常におぼろげな光が揺曳していることを、洞察すべきではないか。

単行本　昭和六十二年一月「西郷従道」
平成二年五月　改題「大西郷兄弟物語」
文庫本　平成七年四月「西郷従道」
平成二十九年十一月　改題「大西郷兄弟物語」潮書房光人社刊

NF文庫

大西郷兄弟物語

二〇一七年十一月十五日　印刷
二〇一七年十一月十九日　発行

著　者　豊田　穣
発行者　高城直一

発行所　株式会社潮書房光人社
〒102-0073　東京都千代田区九段北一-九-十一
振替／〇〇一七〇-六-五四六九三
電話／〇三-三二六五-一八六四㈹

印刷所　慶昌堂印刷株式会社
製本所　東　京　美　術　紙　工

定価はカバーに表示してあります
乱丁・落丁のものはお取りかえ致します。本文は中性紙を使用

ISBN978-4-7698-3040-5　C0195
http://www.kojinsha.co.jp

NF文庫

刊行のことば

第二次世界大戦の戦火が熄んで五〇年——その間、小社は夥しい数の戦争の記録を渉猟し、発掘し、常に公正なる立場を貫いて書誌とし、大方の絶讃を博して今日に及ぶが、その源は、散華された世代への熱き思い入れであり、同時に、その記録を誌して平和の礎とし、後世に伝えんとするにある。

小社の出版物は、戦記、伝記、文学、エッセイ、写真集、その他、すでに一、〇〇〇点を越え、加えて戦後五〇年になんなんとするを契機として、「光人社NF（ノンフィクション）文庫」を創刊して、読者諸賢の熱烈要望におこたえする次第である。人生のバイブルとして、心弱きときの活性の糧として、散華の世代からの感動の肉声に、あなたもぜひ、耳を傾けて下さい。